Christoph Görg

Isengrim

Christoph Görg

ISENGRIM

SIEBEN TAGE IM NOVEMBER

Historischer Kriminalroman

GOLDEGG VERLAG

Bildrechte Autorenfoto: © Inge Prader
Umschlaggestaltung: © Irene Maurer
Korrektorat: Pamela Obermaier | textsicher.at

Der Verlag und sein Autor sind für Reaktionen, Hinweise oder Meinungen dankbar. Bitte wenden Sie sich diesbezüglich an verlag@goldegg-verlag.com.

Der Goldegg Verlag achtet bei seinen Büchern und Magazinen auf nachhaltiges Produzieren. Goldegg Bücher sind umweltfreundlich produziert und orientieren sich in Materialien, Herstellungsorten, Arbeitsbedingungen und Produktionsformen an den Bedürfnissen von Gesellschaft und Umwelt.

ISBN: 978-3-99060-305-5

Unter den Linden 21 • D-10117 Berlin
Telefon: +49 800 505 43 76-0

Goldegg Verlag GmbH, Österreich
Mommsengasse 4/2 • A-1040 Wien
Telefon: +43 1 505 43 76-0

E-Mail: office@goldegg-verlag.com
www.goldegg-verlag.com

Layout, Satz und Herstellung: Goldegg Verlag GmbH, Wien
Printed in the EU

Für Tanja.
After all this time?
Always.

Prolog: Polterabend

Dienstag, 1. November 1194, abends

Magdalena hatte keine bösen Vorahnungen, als sie pünktlich zum Klang des Abendläutens aus dem Badehaus in den Novembernebel hinaustrat. Ganz im Gegenteil: Die hübsche Bademagd war bester Laune.

Ein leichtes Lächeln spielte um ihre Lippen, als ihr Blick auf den Badewedel, ein Bündel aus frischen, grünen Zweigen über der Eingangstür, fiel – das traditionelle Zeichen dafür, dass der Badeofen angeheizt war, die Schwitzstube auf Temperatur und die Badezuber bereit für sauberkeitshungrige Besucher.

Oder liebeshungrige, dachte Magdalena. *Auf der Suche nach den Genüssen, die ihnen meine Hände, mein Mund, mein Körper bereiten können. Besser als jede andere Bademagd in ganz Krems und Umgebung es zu tun vermag.*

Das Lächeln auf ihrem Gesicht vertiefte sich.

Man hat immer von mir gesagt, dass ich einen grünen Daumen hätte. Dass ich gut darin bin, frisches Grün auch aus dem kältesten Erdreich sprießen zu lassen. Nicht nur bei Pflanzen, sondern auch bei Männern. Aber nicht mehr lange. Bald wird alles anders.

Noch wusste niemand, dass sie am nächsten Tag, am Morgen des Allerseelentages des Jahres 1194, nicht mehr an ihren langjährigen Arbeitsplatz zurückkehren würde. Magdalenas engste Freunde, die ganz in der Nähe in einer Taverne auf sie warteten, würden die Ersten sein, die davon erfahren sollten.

Morgen dann werde ich es allen anderen erzählen.

Magdalena machte sich keine Illusionen: Neue Freunde würde sie wohl nicht gewinnen mit den so sorgfältig geheim gehaltenen Plänen für ihre Zukunft – eher das Gegenteil. Auf einen ehrlichen Gratulanten würden wohl zehn Neider kommen.

Gratulieren werden mir freilich auch die Neider, dachte sie. *Aber hinter meinem Rücken werden sie sich die Mäuler zerreißen über mich, all die Heuchler, die Scheinheiligen, die Pharisäer! Aber wie sagt man so schön: Mitleid bekommt man geschenkt, Neid muss man sich hart erarbeiten.*

Und gearbeitet hatte sie weiß Gott genug in den vergangenen fünfzehn Jahren: klare, helle Lauge vorbereitet aus Wasser und dem Aschebeutel, gefüllt mit vier, fünf Händen voll Asche aus dem großen Heizofen. Gäste beiderlei Geschlechts mit Schwämmen eingeseift, mit Lappen gewaschen und mit klarem Wasser abgespült. Mit Männern gegen einen kleinen Obolus nackt einen Badezuber geteilt oder gegen einen größeren eines der diskret durch Vorhänge abgeschirmten Ruhebetten im hinteren Bereich des Badehauses. Wasser, Bier und Wein serviert – und nur ganz, ganz selten hineingespuckt, wenn sie ein Gast davor wirklich schlecht behandelt hatte.

Aber nicht mehr lange. Bald wird alles anders.

Magdalena war mit Anfang dreißig keine junge Frau mehr, doch das befreite Lächeln auf ihrem Gesicht ließ sie jünger erscheinen: wie ein glückliches Mädchen, das sich zum ersten Mal seit langer Zeit auf seine Zukunft freut.

Angesichts des Nebels und der rasch einfallenden Dunkelheit spielte sie mit dem Gedanken, ins Badehaus zurückzukehren und eine Fackel oder eine Laterne mit auf den Weg zu nehmen. Dann schüttelte sie den Kopf: Ihre Freunde warteten bereits auf sie, und den kurzen Weg zu ihrer Stammtaverne würde sie zur Not sogar mit verbundenen Augen finden.

Als sie entschlossen in die Allerseelennacht hinaustrat, das lange blonde Haar unter ihrer Kapuze verborgen, hörte Magdalena die Stimme, die sie aus dem Nebel heraus anrief.

»Magdalena«, sagte die Stimme, kalt und bedrohlich wie der Nebel selbst.

»Ich muss mit dir reden.«

»Niemals!«, sagte Niki und schlug zur Untermauerung seiner Entschlossenheit mit der flachen Hand auf die Tischplatte, dass die Weinbecher seiner Freunde nur so wackelten. »Das sagt ihr mir jetzt? Am letzten Abend vor meiner Hochzeit? Das mach ich nicht. Ganz sicher nicht!«

»Ohne die traditionelle Beschreitung des Ehebettes vor Zeugen bist du aber nicht rechtskräftig verheiratet, Nikolaus«, gab Joachim von Senftenberg, der Burgherr von Aggstein, nicht minder entschlossen zurück.

Niki warf dem Mann mit dem weißen Haar und den jugendlichen Gesichtszügen einen misstrauischen Blick zu auf der Suche nach einem unterdrückten Lächeln oder dem Aufblitzen von Schalk in den Augen seines besten Freundes.

»Engeltrud und ich sollen, ähm, unsere Ehe vollziehen, und ihr seht uns dabei zu? Alle?«, fragte er entgeistert.

»Nicht alle Hochzeitsgäste natürlich«, sagte Joachim und lächelte beruhigend. »Nur die Brautmänner und Brautjungfern. Der engste Freundeskreis des Brautpaares halt. Also mehr oder weniger wir, so wie wir hier sitzen.«

Seine ausholende Handbewegung umfasste vier junge Männer und zwei junge Frauen, die mit Niki und Joachim an diesem Abend des Allerheiligentages im Jahr 1194 zusammensaßen und sich schier ausschütten wollten vor Lachen, während der zukünftige Bräutigam sich mit nur zum Teil gespielter Verzweiflung die Hände vors Gesicht schlug.

»Lass sie doch zuschauen, Liebster. Ich bin mir sicher, sie können noch das eine oder andere von dir lernen!«, sagte das Mädchen an Nikis Seite mit einem gespielt unschuldigen Augenaufschlag.

»Wenn du dich jetzt auch noch auf die Seite unserer … *Brautmänner* und *Brautjungfern* schlägst, dann überleg ich mir das mit der Hochzeit noch einmal, Engel«, knurrte Niki und schenkte seiner Verlobten einen zärtlichen Blick, der seinen schroffen Tonfall Lügen strafte.

Engeltrud – für ihre Freunde: Engel – war siebzehn Jahre alt und damit drei Jahre jünger als er selbst. Ihr kupferrotes Haar war wie immer nachlässig zu ein paar eher ungleichmäßigen Zöpfen unterschiedlicher Dicke geflochten und verlieh ihr in Nikis Augen das Aussehen einer etwas unordentlichen Wikingermaid. Ein paar Strähnen hatten sich aus den Zöpfen gelöst und rahmten ein hübsches Gesicht mit einer selbst jetzt im November noch sommersprossigen Stupsnase und großen grünen Augen ein. Unter ihrem Kleid aus dunkelgrün eingefärbter Wolle wölbte sich ein nicht mehr übersehbares Bäuchlein: Engeltrud war schwanger, und das schon seit dem Frühjahr.

»Ich hoffe, sie halten wenigstens den Mund beim Zusehen!«, sagte Niki missmutig, in Gedanken immer noch bei seiner bevorstehenden Hochzeitsnacht.

»Sachkundige Kommentare zur gebotenen Vorstellung sind eigentlich schon üblich«, lachte eine Stimme von der anderen Seite des Tisches, die Gerwald gehörte, einem Sohn des Dürnsteiner Schmiedes Vinzenz.

»Oder, falls nötig, wohlmeinende Anfeuerungen!«, ergänzte eine andere, identisch klingende Stimme: die von Gottfried, dem anderen Sohn des Dürnsteiner Schmiedes Vinzenz. Gottfried war der ältere der beiden, wenn auch nur um ein paar Minuten; unterscheidbar waren sie nur durch die Augenklappe, die der ältere Bruder mit Stolz als Andenken an eine gewonnene Schlacht trug.

Niki musste fast gegen seinen Willen grinsen. Er stimmte in das Gelächter seiner Freunde ein, hob seinen Becher und prostete der fröhlichen Runde zu.

Alle waren sie gekommen; alle waren sie der Einladung zur ausgelassenen Feier seines Abschieds vom Junggesellenleben gefolgt. Alle, die Niki schätzen und lieben gelernt hatte in den beinahe zwei Jahren, seitdem er durch einen Sturz von der Mauer der Burgruine Dürnstein aus dem 21. Jahrhundert buchstäblich hineingefallen war ins tiefste Mittelalter.

Nikis Blick blieb am grimmigen Hadmar von Kuenring hängen, dem stolzen Sohn des Burgherrn von Dürnstein, und wanderte dann weiter zu dessen bildhübscher Geliebten Liesbeth, der älteren Schwester der Zwillinge, an der das schwarze Haar und die blauen Augen ihrer Familie ungleich reizvoller aussahen als an ihren kleinen Brüdern. Neben Liesbeth saß Engeltruds Bruder Bertram der Bulle, groß, breit und stoisch wie eh und je.

Meine engsten Vertrauten und besten Freunde, dachte Niki. *Und doch kennt keiner von ihnen mein Geheimnis.*

Nicht einmal Engeltrud, die sein Kind erwartete und die er am nächsten Tag heiraten wollte. Ihnen allen gegenüber hielt Niki beharrlich daran fest, dass er sein Gedächtnis verloren und keine Erinnerungen mehr an die Zeit hatte, bevor Engel und Bertram ihn verletzt, desorientiert und verzweifelt nach seinem Auto suchend vor dem Stadttor von Dürnstein aufgelesen hatten, damals am Epiphaniastag, am 6. Jänner des Jahres 1193.

»Ohne Zuseher geht es aber nicht. Irgendjemand muss

schließlich bezeugen, dass es sich bei der Braut um eine brave und gottesfürchtige Jungfrau handelt!«, sagte Liesbeth kichernd und zwinkerte Engeltrud dabei verschwörerisch zu.

»Brav und gottesfürchtig? Jungfrau? Echt jetzt?«, lachte Niki und zog eine Augenbraue hoch. »Wir reden aber schon von Engel hier? Ihr wisst so gut wie ich, dass sie zwei Jahre lang drüben im Badehaus gearbeitet hat! Und dort Männern beim, ähm, Baden behilflich war. Unter anderem.«

»Was? Ich dachte immer, du hast dort ... nur den wohlhabenden Kremser Frauen ... die Haare gewaschen!«, sagte der seit seiner schwierigen Geburt langsame Bertram auf seine gewohnt bedächtige Art und gab sich alle Mühe, seine kleine Schwester dabei streng anzusehen. »Soll das etwa heißen ..., du bist im Badehaus in Wahrheit einer ... anrüchigen Tätigkeit nachgegangen?«

»Gerochen hat dort sicher niemand«, grinste Engeltrud. »Ich habe im Gegenteil bei meinen Kunden immer peinlich genau auf Sauberkeit geachtet. Ungewaschen kam mir da keiner in meinen Badezuber!«

»Sei unbesorgt, Liesbeth: Alle Regeln werden auf Punkt und Beistrich eingehalten«, sagte Niki rasch in das allgemeine Gelächter hinein, um weitere Scherze über Engeltruds unehrenhaften früheren Broterwerb hintanzuhalten. »Wir heiraten an meinem Lieblingsplatz an der Donau auf dem Weg von Dürnstein nach Weißenkirchen. Dort, wohin ich mich gerne zurückziehe, um ohne unerwünschte Zuhörer zu singen und mein Spiel auf der Laute zu üben.«

»Manchmal hat man einfach das Bedürfnis, unbeobachtet zu sein«, sagte Gottfried, sein Tonfall verständnisvoll, sein Zwinkern verschwörerisch.

»Und möchte auch einmal laut, ähm *singen* können, ohne dass einem dabei das halbe Dorf zuhört«, sagte Gerwald mit einem breiten Grinsen.

Niki warf den Zwillingen, die das junge Liebespaar an dem versteckten Plätzchen am Donauufer einmal in flagranti überrascht hatten, einen finsteren Blick zu und fuhr schnell fort, bevor einer der beiden dazu eine launige Anekdote beisteuern konnte.

»Mein zukünftiger Schwager Bertram wird mir die Braut in Vertretung seines verstorbenen Vaters zeremoniell übergeben. Damit geht die Munt, die Vormundschaft, über Engeltrud von ihrem Bruder an mich als ihren Ehemann über.«

»Herzlichen ... Glückwunsch«, sagte Bertram mit so viel spürbarer Erleichterung, dass ihm dies einen Stoß vom Ellenbogen seiner Schwester und jede Menge neues Gelächter einbrachte. »Ihr habt leicht ... lachen! Sie ist immerhin schon ... fast achtzehn. Ich hab wahrlich nicht mehr damit ... gerechnet, dass sie in dem Alter ... noch jemand heiraten will!«

»Im Gegenzug dafür übergebe ich Bertram den Kaufpreis, will sagen: den Muntschatz«, fuhr Niki fort. »Also so ziemlich alles Geld, das ich nach der Einrichtung unseres neuen Zuhauses noch übrighabe. Das ist nicht üblich da, wo ich herkomme. Aber du bist natürlich jeden einzelnen Pfennig wert«, fügte er schnell hinzu und küsste seine Verlobte auf die Nasenspitze, um seinerseits den Kontakt mit ihrem Ellenbogen zu vermeiden.

»Unsere Hände werden mit einem Band zusammengebunden, um das Ehegelübde zu sprechen«, nahm Niki die Aufzählung wieder auf. »Wir werden einander Liebe, Achtung und Treue versprechen in guten und in schlechten Tagen, in Gesundheit und Krankheit, bis dass der Tod uns scheidet. Diese Formel war mein Wunsch. Erinnert mich an ... da, wo ich herkomme.«

»Bist du närrisch, Blondie? Was ist denn das für ein neumodischer Brauch?«, fuhr Hadmar auf. »Wenn das Schule macht! Liebe, Achtung und Treue bis zum Tod gilt schon seit grauer Vorzeit nur für Frauen – wir Männer mussten sowas noch nie versprechen! Abgesehen davon: Was machst du, wenn sie dazu nein sagt?«

»Das hätte sie sich früher überlegen müssen«, lächelte Liesbeth und legte sanft eine Hand auf den Bauch ihrer Freundin.

»Danach findet der Brautlauf statt, die Heimführung, der feierliche Zug in unser zukünftiges Zuhause«, fuhr Niki rasch fort, um Hadmar auf andere Gedanken zu bringen. »Dann sind wir endlich daheim, nehmen huldvoll unsere Geschenke entgegen und machen dann, was wir am liebsten machen: essen, trinken und feiern!«, rief er in die Runde, erhob sich und stieß nacheinander mit den Weinbechern seiner Brautmänner und Brautjungfern an.

»Aber vergiss nicht, Engel vor dem Eintreten noch auf den Fuß zu steigen!«, erinnerte ihn Liesbeth beim Anstoßen. »Wenn sie schneller ist, stehst du die ganze Ehe lang unter ihrem Kommando!«

»Und denk unbedingt daran, ihr den traditionellen Blütenkranz zu schenken«, sagte einer der Zwillinge.

»Als Symbol der Fruchtbarkeit«, sagte der andere mit einem Grinsen und einem Blick auf Engels Babybauch.

»Du musst unbedingt ... einen Baum pflanzen. Ein Baum ist ... sehr wichtig!«, sagte Bertram.

»Und wann beginnt dann endlich die feierliche Beschreitung des Brautbettes?«, fragte Joachim. »Damit wir alle noch was von dir lernen können?«

Um Niki drehte sich alles: die Gesichter seiner Freunde, ihr Lachen und ihre guten Ratschläge. Er sank auf seinem Platz zusammen, rieb sich die Augen und schnitt eine Grimasse. »Irgendwie hab ich mir das einfacher vorgestellt. Ich glaub, ich brauch noch was zu trinken!«

Engel legte ihm eine Hand auf den Arm.

»Vielleicht sollten wir mit der nächsten Runde noch auf Magdalena warten, damit unser Kreis vollzählig ist?«, fragte sie. »Und damit wir nicht schon völlig betrunken sind, wenn die zweite Brautjungfer zu uns stößt? Es kann jetzt wirklich nicht mehr lange dauern, sie sollte jeden Augenblick hier sein!«

»Unsinn. Jeder weiß, wie gesund Wein ist. Ist schließlich aus Obst gemacht«, sagte Hadmar. »Da kannst du jeden Medicus fragen: Je mehr man davon trinkt, desto besser für das körperliche Wohlbefinden. He, Bruder Franziskus! Noch eine Runde von Eurem Besten, seid so gut!«

Magdalena drehte sich auf dem Absatz um und stapfte wütend davon, in die Dunkelheit und in den Nebel hinein, ohne auch nur einen Blick zurückzuwerfen.

Jetzt hatte sie es doch getan, allen guten Vorsätzen zum Trotz: jemandem von ihren Plänen erzählt.

Auch schon egal, dachte sie. *Morgen werden es ohnehin alle wissen.*

Als sie hinter sich das Knirschen von Stiefeln auf Stein vernahm, das nicht von ihren eigenen Schritten stammte, war es schon zu spät.

Magdalena wollte noch herumfahren, da wurde sie bereits von hinten umfasst. Einen Augenblick lang sträubte sie sich, kickte mit ihren Füßen, wand sich im Griff ihres Angreifers, bis sie einen dumpfen Schlag gegen ihren Hals spürte, der ihren Aufschrei im Ansatz erstickte.

Die Bademagd fühlte keine Schmerzen, nur Schwindel, Verwirrtheit, zunehmende Dunkelheit.

Vier Sekunden, nachdem der Schnitt durch ihren Hals Arterien, Venen, Luft- und Speiseröhre durchtrennt hatte, hörte Magdalenas Herz auf zu schlagen, als über die geöffnete Halsvene Luft in ihr Herz gelangte und dort eine Embolie auslöste.

Zwei Sekunden danach verlor sie durch den Mangel an Sauerstoff im Gehirn das Bewusstsein, ohne zu realisieren, was mit ihr geschehen war.

Als Magdalenas Beine nachgaben und ihr Körper auf dem feuchten Straßenpflaster zusammenbrach, war sie bereits tot.

»Noch eine Runde? Kommt sofort!«, rief Bruder Franziskus von seinem Platz hinter dem Schanktisch, griff nach zwei leeren Weinkrügen und verschwand mit ihnen in einem Nebenraum.

Die Taverne im Lesehof der salzburgischen Benediktinerabtei St. Peter unterschied sich wohltuend von den meisten anderen Schenken, Gast- und Wirtshäusern in Krems. Im Gegensatz zu den anderen Tavernen, in denen sich die einheimische Bevölkerung genauso betrank wie die auswärtigen Marktfahrer und die Treidelknechte, die mit ihren Pferden die Handelsschiffe auf den Treppelwegen donauaufwärts zogen, wurde hier der Fußboden täglich gefegt und mit frischem Stroh und duftenden Kräutern bedeckt. Der ausgeschenkte Wein, ein klarer Weißwein von kräftigem Geschmack und Geruch, lagerte in sauberen Fässern, die man in einem Nebengebäude ebenso persönlich in Augenschein nehmen konnte wie die imposante Weinpresse, die anstelle von schmutzigen Füßen zur Herstellung des edlen Traubensaftes benutzt wurde. Kein Wunder, dass dieser Wein bei Klöstern donauaufwärts bis hinauf nach Bayern so beliebt war, dass viele von ihnen in Krems Weingärten aufkauften und Lesehöfe errichteten, um ihren Bedarf an Messwein für liturgische Zwecke zu decken – und mit dem Erlös aus dem Verkauf die Ordenskasse aufzubessern.

Verantwortlich für all das und nicht zuletzt für den Namen, unter dem die Taverne im Volksmund bekannt war, war der wohl seltsamste Gastwirt von Krems: Bruder Franziskus, ein Mönch des Benediktinerordens, unter dessen gestrenger Aufsicht Laienbrüder und angeheuerte Landarbeiter die Weingärten der Abtei St. Peter im Umland bestellten.

Der erste Anblick von Franziskus hatte schon manch gestandenem Mann einen ordentlichen Schrecken eingejagt: Seine spindeldürre Gestalt, die schwarzen Ringe rund um seine tiefliegenden dunklen Augen und sein völlig haarloser blasser Schädel verliehen ihm ein unheilvolles Aussehen; ein Eindruck, der durch das traditionelle schwarze Habit der Benediktiner mit der Kapuze auch nicht gerade gemindert wurde.

Sieht aus wie Gevatter Tod, nur ohne Sense, dachte Niki, als der Mönch mit den frisch abgefüllten Weinkrügen an ihren Tisch trat. *Kein Wunder, dass alle Welt seine Taverne nur den* Knochenmann *nennt. Dabei ist Franziskus in Wahrheit eine Seele von einem Menschen, nie um ein freundliches Wort verlegen und bei jedem Unsinn mit dabei!*

An diesem Abend sah Franziskus nicht aus, als ob ihm der Sinn nach Scherzen stand.

»Ihr solltet nicht mehr hier sein«, sagte er, während er kopfschüttelnd seinen letzten Gästen reihum die Becher füllte. »Es ist schon stockdunkle Nacht draußen. Wisst ihr nicht, dass in der Nacht von Allerheiligen auf Allerseelen böse Geister ihr Unwesen treiben?«

»Stockdunkle Nacht?« Hadmar von Kuenring machte eine wegwerfende Handbewegung. »Habt Ihr nie zugehört, wenn wir von unserer Reise nach Konstantinopel erzählt haben? Wir haben wahrlich dunkle Stunden durchlebt im bulgarischen Räuberwald, auf den Pässen des Balkantors und im Kerker des kaiserlichen Palastes. Glaubt uns, Bruder: In *dieser* stockdunklen Nacht sind *wir* das Gefährlichste, dem man begegnen kann, wenn wir uns später auf den Heimweg nach Dürnstein machen!«

»Ich bezweifle weder Euren Mut noch den Eurer Freunde, Hadmar«, entgegnete der Mönch mit dem Totenkopfgesicht und schickte ein freudloses Lächeln in die Runde. »Aber wir reden hier nicht von Widersachern aus Fleisch und Blut. In dieser einen Nacht im Jahr steigen die Armen Seelen aus dem Fegefeuer zur Erde auf, um sich für kurze Zeit von ihren Qualen auszuruhen. Kennt ihr nicht die Geschichte von dem Totengräber, der sich um Mitternacht arglos in eine Messe in der Friedhofskapelle setzte, bis er merkte, dass rund um ihn herum nur längst Verstorbene saßen?«

Am Zentralfriedhof ist Stimmung, dachte Niki unwillkürlich, während er zusah, wie Franziskus ungewohnt mürrisch in einem Nebenraum verschwand.

»Für einen Mann der Kirche ist unser Wirt aber ganz schön abergläubisch«, sagte er leise, als ihr Gastgeber außer Hörweite war. »Was meinte er mit den *Armen Seelen*?«

»Die Armen Seelen sind all jene Verstorbenen, die sich gerade im Fegefeuer befinden«, antwortete Joachim von Senftenberg, nicht wirklich zu Nikis Überraschung: Sein bester Freund war ein gläubiger Mann und nahm seine Christenpflichten sehr ernst. »Dort erleiden sie zu ihrer Läuterung allerlei Qualen. Immerhin in der Gewissheit, irgendwann daraus in den Himmel entlassen zu werden. Gebete von uns Lebenden helfen dabei, diese Zeit zu verkürzen und sie schneller aus ihren Qualen zu erretten.«

O-kay, dachte Niki. *Und da, wo ich herkomme, schnitzen die Kinder Kürbislaternen, gehen verkleidet von Haus zu Haus und sammeln Süßigkeiten ein.*

Er fröstelte mit einem Mal; mit dem Gelächter der jungen Menschen schien auch die zuvor noch angenehme Wärme aus dem Gastraum verschwunden zu sein.

»Die Menschen fürchten sich nicht vor den Armen Seelen«, fuhr Joachim fort. »Sie stellen Kerzen, Brot und Wein auf ihre Gräber, Schüsseln mit Milch und Brosamen auf den Tisch und lassen in der Stube ein Licht für sie brennen. Wenn es einen Grund dafür gibt, dass heute nach Einbruch der Dunkelheit niemand mehr sein Haus verlässt, dann ist das ihr Aberglauben: Vielen denken, dass heute Nacht nicht nur Seelen aus dem Fegefeuer zu Besuch kommen, sondern auch andere Kreaturen der Unterwelt. Grabunholde. Wiedergänger. Gestaltwandler.«

Niki warf seinem Freund einen misstrauischen Blick zu, aber Joachims Gesicht zeigte kein Lächeln, seine Augen kein schelmisches Funkeln.

»Am meisten fürchten sie sich vor einer Kreatur namens Isengrim«, sagte Joachim leise.

Niki runzelte die Stirn. »Isengrim? So wie der Wolf in der Fabel?«

»Genau. So nennen sie die Bestie, die für eine Vielzahl von Morden an Kindern und jungen Frauen verantwortlich gemacht wird, die vor vielen Jahren, noch vor dem Kreuzzug, hier in der Umgebung passiert sind.«

»Ein Wolf soll Morde begangen haben?«

»Wir sprechen hier nicht von einem gewöhnlichen Wolf.«

Der letzte der dicken Holzscheite, der im großen offenen Kamin noch für Licht und Wärme gesorgt hatte, brach mit einem Ächzen in sich zusammen. Ein paar orangefarbene Funken stoben noch auf den Fußboden. Dann fielen schwarze Schatten über die Gaststube. Mit einem Mal wurde es dunkel um die jungen Menschen.

»Wir sprechen hier von einem ... *Werwolf*«, sagte eine hohle, unheimliche Stimme, die nicht Joachim gehörte.

Niki fuhr herum und sah, dass es einer der Zwillinge war, der mit einem bösen Lächeln die letzte Kerze, die in der Gaststube noch brannte, zu sich herangezogen hatte, sodass sie direkt vor seinem Kinn auf dem Tisch zu stehen gekommen war. Die Beleuchtung von unten ließ sein Gesicht verzerrt und unheimlich aussehen.

»Ein Gestaltwandler. Jemand, der tagsüber unerkannt als Mensch unter uns lebt und nur nachts zum Wolf wird, um seine Untaten zu verüben. Da geht er nämlich auf die Jagd. Nach Rehen, nach Schweinen, nach Schafen und nach Ziegen. Und nach Menschen natürlich.«

»Angst und Schrecken vor dem Ungeheuer sind so groß, dass die Menschen sich nicht einmal trauen, das Wort ‚Werwolf' offen auszusprechen«, ergänzte der andere Zwilling, mit mindestens ebenso hohler Stimme. »Aus Sorge, dadurch den bösen Geist zu beschwören, ihn damit erst anzulocken. *Isengrim* nennen sie die Bestie stattdessen, wie den Wolf aus der Fabel.«

»Sie sehen schon seit Längerem Zeichen, dass er zurückkommt. Dass es wieder losgeht«.

»Die entsetzlich zugerichteten Rehe zum Beispiel, die die Jäger und Forstaufseher von Ritter Hadmar immer öfter im Wald finden.«

»Daran ist nichts Ungewöhnliches«, unterbrach Joachim aus dem Halbdunkel heraus die mit gekonnten Grabesstimmen vorgetragene Wechselrede der Brüder. »Die vergangenen Winter waren streng. Man sieht immer mehr Wölfe rund um Krems und Dürnstein. Wenn die Donau zufriert, kommen sie auch aus dem Dunkelsteiner Wald von der anderen Seite des Flusses herüber.«

»Es sind keine Wölfe, die diese Rehe gerissen haben. Wölfe würden die Rehe fressen, nicht nur ausweiden und liegen lassen«, sagte einer der Zwillinge.

»Die Totengräber finden am Friedhof vor der Stadt auch immer öfter jüngst Verstorbene, die wieder ausgegraben und übel zugerichtet wurden«, sagte der andere.

»Auch dafür gibt es eine einfache Erklärung«, warf Hadmar aus einer anderen dunklen Ecke heraus , ein. »In Wahrheit haben die Totengräber wohl in der gefrorenen Erde die Gräber nicht tief genug ausgehoben, und in der Nacht sind halbverhungerte Hunde über die frischen Gräber hergefallen, haben die Verstorbenen wieder ausgegraben und sich an den sterblichen Überresten gütlich getan. Kein angenehmer Anblick, aber wohl kaum ein Fall für Isengrim, den Werwolf!«

»Man sagt, der alte Isengrim hat damals ausschließlich

unschuldige Kinder und ehrbare Jungfrauen getötet«, flüsterte Gottfried.

Schweigen fiel über den Tisch. Gerade, als die Stille anfing, an Nikis Nerven zu zehren, begannen die Zwillinge zu kichern.

»Gott sei Dank ist also niemand an diesem Tisch in Gefahr!«

Bruder Franziskus, der unbemerkt in die Gaststube zurückgekehrt war, schüttelte den Kopf und schnalzte missbilligend mit der Zunge, während er Späne in die Glut des Kamins warf und Holzscheite auf die neuen Flammen. Mit einem Schlag wurde es wieder hell in der Taverne. Die Zwillinge lachten, die anderen Männer grinsten, die Mädchen kicherten und schimpften. Liesbeth versetzte ihren Brüdern mit der Routine jahrelanger Erfahrung zwei kräftige Klapse hinter die Ohren.

Gruselige Halloween-Geschichten erzählen können sie, die zwei Witzbolde, dachte Niki. Er glaubte kein bisschen an Geister, aber selbst er meinte zu spüren, wie mit dem Gelächter seiner Freunde die Wärme wieder in die Gaststube zurückkehrte.

Mit der abfallenden Spannung bemerkte er auch, dass ihn langsam seine Blase zu drücken begann.

»Ich muss mal kurz raus«, teilte er der Runde mit und erhob sich von seinem Platz.

Auf seinem Weg zur Eingangstür riefen ihm seine Freunde nach, was er Isengrim sagen sollte, wenn er ihn träfe. Engel trug ihm auf, nach Magdalena Ausschau zu halten.

»Der Blitz möge Euch treffen, wenn Ihr mir vor die Tür pinkelt, Nikolaus!«, rief als letzter Bruder Franziskus dem jungen Sänger nach. »Geht lieber ein paar Schritte. Die Nachtluft wird Euch guttun!«

Die dunkle Gestalt blickte ohne erkennbare Emotion auf den zusammengesunkenen Körper hinab, der eben noch die Bademagd Magdalena gewesen war. Und auf die schwarze Blutlache, die sich um ihren Kopf herum ausgebreitet hatte.

Das letzte Grau der Abenddämmerung war längst verschwunden: Dunkelheit lag über Krems. Nebel hing in dicken Schwaden zwischen den Häusern. Die Straßen und Gassen waren menschenleer, und durch die geschlossenen Fensterläden der Häuser fand nur da und dort ein schmaler Lichtstreifen seinen Weg ins Freie.

Die Gestalt hob den Kopf und vergewisserte sich, dass weit und breit keine lebende Seele zu erkennen war.

Vorsichtig nahm sie die tote Bademagd in ihre Arme und hob sie hoch. Sie kannte die Straßen und Gassen von Krems gut und wusste, wo sie mit ihrer Last hinwollte.

Weg von der Straße.

Hin zu einer geschützten Ecke.

Im Eingangstor eines steinernen Bürgerhauses legte die Gestalt den Leichnam Magdalenas unerwartet sanft, fast zärtlich ab.

Dann griff sie nach ihrem Gürtel und zog einen Dolch.

Ein paar Schritte an der Nachtluft werden mir guttun?, dachte Niki. *Na, ich weiß nicht.*

Die Nachtluft war in erster Linie kalt und feucht. Ein feiner Sprühregen benetzte Nikis schulterlange blonde Locken, die ihm seinen Spitznamen *Blondie* eingetragen hatten. Noch auf der Türschwelle fluchte er leise, wickelte sich fest in seinen Wintermantel aus dickem Wollstoff – ein Geschenk von Herzog Leopold für die Reise nach Konstantinopel im Jahr zuvor – und zog sich die mit Marderpelz verbrämte Kapuze über den Kopf.

Ein echter Pelzmantel!, dachte Niki schuldbewusst. *Politisch korrekt ist anders, aber bei der Kälte heiligt der Zweck die Mittel. Außerdem fällt das bei dem Nebel eh niemandem auf: Man sieht ja kaum die Hand vor Augen!*

Irgendwo bellte ein Hund. Ein Kind weinte. Nikis Stiefel knirschten auf dem ungleichmäßigen Straßenpflaster, als er auf den langgestreckten Platz hinaustrat, auf dem der tägliche Markt abgehalten wurde und der heute noch diesen Namen trägt. Hier machten Tag für Tag kleine Händler kleine Gewinne mit dem Handel von kleinen Dingen des täglichen Bedarfs: Lebensmittel, Hausrat, Kleidung. Häute, Honig und Wachs. Der wahre Grund, warum Krems die wohlhabendste Handelsstadt des Herzogtums Österreich war, wohlhabender selbst als seine Hauptstadt Wien, lag aber anderswo: in den Lagerhäusern der Fernhändler und Kaufleute, wo das weiße Gold, salzburgisches und bayrisches Salz aus Hallein und Reichenhall, umgeschlagen wurde, bevor es auf dem Landweg im ganzen Herzogtum und bis hinauf ins Sudetenland weitergehandelt wurde.

Eingedenk der eindringlichen Aufforderung von Bruder Franziskus wandte sich Niki zunächst nach rechts und schlug den Weg zum Höllentor ein, dem südlichen Stadttor von Krems, das in die sumpfige Auenlandschaft hinausführte, wo hinter schmalen Nebenarmen und dicht bewachsenen Inseln irgendwo die Donau lag.

Er blieb einen Augenblick stehen, um sich zu orientieren. Die Stadtmauer, in Wahrheit nicht mehr als ein hölzerner, mit Lehm beworfener Palisadenzaun, eignete sich gut als Wegmarke: Niki wusste, dass sie ein paar Jahrhunderte später der heutigen Ringstraße Platz machen würde.

Das bedeutet, dass ich jetzt mehr oder weniger … auf dem Dreifaltigkeitsplatz stehe, dachte er.

Nichts deutete darauf hin, dass hier in achthundert Jahren einmal eine Pestsäule stehen würde. Und eine Filiale der Raiffeisenbank.

Niki seufzte. In Momenten wie diesem vermisste er sein Zuhause besonders heftig. Seine Eltern. Seine nervige kleine Schwester. Niemals hätte er sich gedacht, dass ihm Sophie so fehlen würde. Dass es ausgerechnet sie sein würde, die ihm am häufigsten in seinen Träumen erschien. Er vermisste seine elektrische Gitarre, Apple Music und Netflix. Seinen Instagram-Account und seinen YouTube-Kanal.

Schaut nicht so aus, als würde noch etwas aus meiner vielversprechenden Karriere als Influencer, dachte er und verdrehte die Augen. *Zumindest nicht so, wie ich mir das damals vorgestellt hab …*

Niki war Anfang 1193 nur wenige Tage nach der Verhaftung von Richard Löwenherz in Dürnstein angekommen und hatte die dreimonatige Gefangenschaft des englischen Königs auf der Burg Ritter Hadmars von Kuenring aus nächster Nähe miterlebt: Er hatte mit ihm Schach gespielt, seine Speisen vorgekostet, einmal sogar in des Königs Kleidung als sein Double gedient. Erst viel später war es Niki bei einem flüchtigen Gedanken an den sagenumwobenen Sänger Blondel, dessen romantische Geschichte in der Wachau jedes Kind kennt, wie Schuppen von den Augen gefallen: Der einzige blonde Sänger, der in der ganzen Geschichte tatsächlich eine Rolle gespielt hatte … war er selbst gewesen.

So gesehen bin ich eigentlich der größte Influencer aller Zeiten, dachte er schmunzelnd. *Ich werde noch in achthundert Jahren Follower haben. Hold my beer, Kim Kardashian!*

In seinen nunmehr fast zwei Jahren im Mittelalter war es dem jungen Mann aus dem 21. Jahrhundert naturgemäß nicht immer gelungen, durch seine Handlungen keinerlei Einfluss auf sein Umfeld, das Leben seiner Freunde und Feinde und wohl auch auf deren Zukunft zu nehmen.

Er hatte sich aber immer nach Kräften bemüht, das kleinzuhalten, was er bei sich seinen »historischen Fußabdruck« nannte – seiner Ansicht nach meistens mit Erfolg.

Immerhin ist die Gefangenschaft von Richard Löwenherz am Ende doch noch mehr oder weniger so über die Bühne gegangen, wie wir sie aus den Geschichtsbüchern kennen, dachte er. *Und den Heiligen Gral haben wir Gott sei Dank auch nicht gefunden in Konstantinopel.*

Und so war er für seine neuen Zeitgenossen einfach nur der fröhliche Sänger Blondie mit den auffallenden Locken und dem seltsamen Dialekt geworden, der bei einem heftigen Sturz auf den Kopf seine Erinnerungen verloren hatte. Sein Talent für Fremdsprachen hatte ihm dabei geholfen, sich mit der Zeit immer besser mit ihnen zu verständigen, seine musikalische Begabung hatte ihn zum Troubadour gemacht, zum Spielmann und Spaßmacher, gern gesehen in allen Burgen, Tavernen und Badehäusern von Krems und Umgebung – auch wenn man von seinen Liedern und Geschichten oft nur die Hälfte verstand.

Er hatte gelacht und geweint, geschwitzt und gefroren; Freunde und Feinde gefunden, seine Unschuld und sein Herz verloren und mehr als nur einmal auch dem Tod ins Auge gesehen. Aber was auch immer geschehen war, im Guten wie im Bösen: In jedem Augenblick hatte er sich voller Energie gefühlt, lebendiger als jemals zuvor in seinem alten Leben, das ihm im Vergleich grau und eintönig erschien.

Wenn jetzt eine gute Fee mit einem Zauberstab vor mir stehen würde und mich fragt, ob ich wieder nach Hause will: Ich würde nicht mitgehen, dachte Niki, selbst ein wenig überrascht von der Erkenntnis, nachdem er sich an einem Busch am Rand des Weges zum Höllentor erleichtert hatte. *Außer vielleicht, um rauszufinden, wie »Game of Thrones« ausgeht.*

Als er sich umdrehte und sich auf den Weg zurück zur Taverne machte, deren Lichter durch den Nebel gerade noch diffus zu erkennen waren, hatte er noch keine Ahnung, wie oft und wie sehr er sich in den nächsten sieben Tagen die gute Fee mit dem Zauberstab herbeiwünschen würde.

Als Niki das massive Tor der Gaststube – schwere Holzplanken, mehr schlecht als recht zusammengehalten von großen, rostigen Eisennägeln – vehement ins Schloss warf und sich mit dem Rücken dagegenstemmte, als wären alle bösen Geister der Allerseelennacht hinter ihm her, ließ der dumpfe Knall seine Freunde herumfahren.

»Was ist mir dir, Blondie? Hast du den Werwolf getroffen beim Pinkeln?«, lachte einer der Zwillinge. Das Gelächter am Tisch verstummte rasch, als Niki wortlos auf den Tisch zutrat, schwankend wie ein Betrunkener und weiß wie ein Bettlaken. Er nahm einen Schluck Wein aus dem erstbesten Becher, spülte sich damit den Mund aus und spuckte ihn unter dem fassungslosen Blick von Bruder Franziskus auf den Fußboden.

Während seine Freunde ihn mit Fragen bestürmten, trank er den Becher in langen Zügen leer, um den bitteren Geschmack von Erbrochenem endgültig aus seinem Mund zu spülen. Die Gesichter, die Fragen, die Berührungen – alles rund um ihn erschien ihm gedämpft, wie durch einen Schleier, und verlangsamt, wie in Zeitlupe.

Sie wissen nicht, was passiert ist, dachte Niki benommen. *Wie sollen sie auch? Ich war gerade mal zehn Minuten weg. Eine Runde Wein, ein Holzscheit im Kamin, ein paar Witze lang hier drinnen. Und draußen vor der Tür? Eine halbe Ewigkeit.*

Als er den leeren Becher auf dem Tisch abstellen wollte, stieß er dabei einen der tönernen Krüge um. Bruder Franziskus' bester Wein verteilte sich in einem Schwall auf der Tischplatte und tropfte durch die Ritzen darin auf den Boden. Der Krug rollte langsam auf die Tischkante zu, kippte über den Rand, fiel und zersprang mit einem lauten Klirren in tausend Scherben.

Das Geräusch holte Niki aus seiner Trance zurück.

»Nein, den Werwolf hab ich nicht getroffen«, brachte er endlich mit sichtbarer Mühe heraus. »Magdalena hab ich getroffen. Gleich links vom Eingang. Auf der anderen Seite der Judengasse. Beim Hinausgehen war der Nebel noch so dicht, außerdem bin ich in die andere Richtung …«, stammelte er hilflos. »Erst beim Zurückgehen. Ich dachte, da liegt ein Hund. Da hat jemand seinen Hund im Freien vergessen. Deswegen bin ich hin. Dann erst hab ich sie gesehen …«

Nikis Stimme versagte. Er räusperte sich und atmete einmal tief ein und aus, im aussichtslosen Kampf gegen den tiefsitzenden Schock, der seine Gedanken lähmte.

»Zumindest das, was von ihr noch übrig ist.«

Der erste Tag: Der Hauptmann und der Hurenspross

Mittwoch, 2. November 1194

Sieht aus, als ob sie schläft«, flüsterte Engeltrud unwillkürlich, als könnte sie ihre Freundin mit zu lauten Worten aus ihrem vermeintlichen Schlummer wecken.

»Vom Schlaf zum Tod ist es oft nur ein kurzer Weg«, entgegnete Niki, ebenfalls im Flüsterton.

Ein Stadtwächter namens Bruno hatte das junge Paar am Tor des Herzogshofes in Empfang genommen, der Kremser Stadtburg, in der die Babenbergerherzöge bei ihren Aufenthalten in der bedeutendsten Handelsstadt des Herzogtums Österreich Hof hielten. Bruno trug einen knielangen Leibrock aus naturfarbenem Leinenstoff und darüber nur das traditionelle ärmellose Lederwams der Stadtwache. Niki fröstelte schon beim Anblick des jungen Mannes mit dem militärischen Kurzhaarschnitt und den müden Augen: Der

Allerseelentag des Jahres 1194 hatte genauso kalt und nebelig begonnen, wie der Allerheiligentag geendet hatte.

Als die Absätze ihrer Stiefel über die polierten Marmorplatten der prunkvollen, zurzeit unbenutzten Amtsräume im Erdgeschoß der Burg hallten, hatte keiner der drei jungen Menschen ein Auge für die gediegene Einrichtung, die bestickten Wandteppiche und die bunten Wappenschilder an den Wänden: das traditionelle Wappen der Babenberger, zwei schwarze Panther auf goldenem Grund, und das neue rot-weiß-rote, das der Legende nach auf die Eroberung der Stadt Akkon auf dem letzten Kreuzzug drei Jahre zuvor zurückging.

Das Ziel ihres Besuches lag im Keller.

»Wir haben sie noch in der Nacht hierhergebracht«, hatte Bruno auf der steinernen Wendeltreppe gesagt, als er Engeltrud und Niki voran als Erster in die Gewölbe unter der Burg hinuntergestiegen war. »Meine Aufgabe war es nur, sie zu säubern. Und sie, so gut es mir eben möglich war, wieder ...« Der Wächter schluckte auf der Suche nach einem geeigneten Wort. »... zusammenzusetzen.«

Er hat verdammt gute Arbeit geleistet, dachte Niki, während er das friedvolle Gesicht der Toten betrachtete: unverletzt, gereinigt vom Blut, die Augen geschlossen. *Sie sieht wirklich aus, als ob sie schläft.*

Magdalena war auf einem gewöhnlichen Holztisch aufgebahrt worden, ihr langes blondes Haar über das Kopfende hinaus fast bis zum Boden hängend, mit in der Zugluft flackernden Kerzen zu beiden Seiten ihres Kopfes. Zwölf Stunden zuvor, als Niki die Leiche entdeckt hatte, waren Magdalenas Augen noch geöffnet gewesen und hatten blicklos in das durch den Nebel diffuse Mondlicht der Allerseelennacht hinaufgeschaut. Niki lief bei der ungebetenen Erinnerung ein kalter Schauer über den Rücken.

Bruno wartete taktvoll einen Moment, während Engeltrud und Niki, wortlos vereint in der Trauer um ihre Freundin, auf die Frau hinunterschauten, mit der Engel zwei Jahre lang im Kremser Badehaus gearbeitet hatte. Und die an diesem Tag eigentlich ihre Brautjungfer hätte werden sollen.

Als der Wächter schließlich das ehemals weiße, nunmehr mit rostbraunen Flecken getrockneten Blutes gesprenkelte Leinenlaken zur Seite zog, das den Leichnam vom Hals bis zu den Zehen bedeckt hatte, wurde rasch offensichtlich, dass Magdalenas Weg zum Tod kein kurzer gewesen war.

Und was Bruno mit »zusammensetzen« gemeint hat, dachte Niki.

Hastig hob er die Hand vor den Mund beim Anblick der entsetzlichen Verletzungen und hustete gezwungen, um einen Brechreiz zu überspielen. Es war nicht der erste, seit er in der Nacht zuvor förmlich über Magdalenas Leiche gestolpert war, und es würde an diesem Morgen wohl nicht der letzte bleiben.

Das Mädchen an seiner Seite weinte nicht. Das hatte Niki von seiner zukünftigen Ehefrau auch nicht erwartet. Sie starrte nur bewegungslos und still mit weit aufgerissenen Augen auf den zerstörten Körper hinunter, der einmal ihre beste Freundin gewesen war.

Niki bemerkte, dass Engeltruds Fingernägel sich tief in die Ballen ihrer zu Fäusten geschlossenen Hände gegraben hatten. Er berührte vorsichtig ihren Arm. Engel zuckte zusammen, als würde sie aus einem Traum aufschrecken. Als sie ihn erkannte, entspannte sie sich ein wenig und öffnete ihre verkrampften Fäuste. Ihre Nägel hinterließen kleine, blutige Halbmonde in ihren Handballen.

»Was wir hier vor uns haben, ist nicht Magdalena«, sagte Bruno leise, als er merkte, wie betroffen die beiden Besucher, jetzt Hand in Hand, vom Anblick des Leichnams waren. »Das ist nur ihre sterbliche Hülle. Ein zerbrochenes Gefäß, in dem bis letzte Nacht ihre Seele gelebt hat. Alles, was Magdalena ausgemacht hat, ist lange fort.«

Als der Stadtwächter begann, langsam und methodisch die Verletzungen an dem nunmehr unbedeckten Körper auf dem Tisch zu zeigen und zu beschreiben, begann Nikis Magen erneut zu rebellieren. Zur Sicherheit wandte er den Blick ab und ließ ihn zur Ablenkung durch den Kellerraum schweifen, in dem Bruno sie durchgeführt hatte, seine ... *Obduktion*, dachte Niki, als er die Sägespäne auf dem Boden bemerkte, den hölzernen Eimer voll mit blutigem Wasser, die nassen Lappen und die glänzenden metallischen Instrumente, die auf einem kleinen Beistelltisch säuberlich auf einem rechteckigen Stück Leder ausgelegt waren und das flackernde Fackellicht reflektierten.

Der Raum war klein, vielleicht acht Schritte lang und vier Schritte breit. Zwei vergitterte Öffnungen in der Decke ließen zwar kaum Tageslicht aus den ein Stockwerk über ihnen liegenden Fensteröffnungen herein, dafür aber jede Menge kalte Morgenluft. Es roch nach Schimmel und Feuchtigkeit.

Nur mit einem Ohr folgte Niki den Ausführungen Brunos: Stich- und Schnittverletzungen auf dem gesamten Oberkörper. Bauchraum linksseitig geöffnet vom unteren Ende des Brustkorbs bis zum Becken. Innere Organe und Eingeweide zum Teil ausgetreten.

Er war dankbar dafür, dass er das alles letzte Nacht, erhellt nur vom diffusen Licht des nebelverhangenen Mondes, mehr erahnen als erkennen hatte können. Und dass Bruno die klaffende Öffnung in Magdalenas Bauch mit Nadel, Faden und geschickten Händen zumindest notdürftig wieder verschlossen hatte.

Während Bruno weitersprach, zeigte und erklärte, trat Niki an ein Regal an der Außenwand heran, auf dem man die Kleider und Habseligkeiten der Toten abgelegt hatte. Magdalenas Mantel, Kleid und Unterkleid waren steif von getrocknetem Blut, die beiden Letzteren von zahlreichen Messerstichen buchstäblich in Fetzen geschnitten. Ein unwillkommenes Bild tauchte kurz aus der finstersten Ecke von Nikis Unterbewusstsein auf, wohin er alle Erinnerungen an die Nacht zuvor verbannt hatte: Magdalena, den Mantel geöffnet, Kleid unter Unterhemd bis zu den Brüsten hochgeschoben, die im fahlen Mondlicht weißen Beine obszön gespreizt. Was zwischen Brüsten und Beinen alles war, in Klumpen und in Schlingen, feucht und glitschig und in unterschiedlichsten Grautönen zwischen Schwarz und Weiß, hatte Niki erfolgreich verdrängt.

Neben den Kleidern lag Magdalenas Geldkatze: ihre Gürteltasche, die eine Handvoll gewöhnlicher Pfennige enthielt – Silbermünzen, die durch langjährigen Gebrauch und Oxidation dunkel, fast schwarz verfärbt waren. Und zu Nikis Überraschung auch einen weißen, glänzenden Pfennig, funkelnd im Kerzenschein. Auf einer Seite des Pfennigs war eine ummauerte Stadt mit zwei Türmen abgebildet, die wohl Krems darstellen sollte. Auf der anderen Seite sah man einen Reiter mit vorgehaltener Fahnenlanze – ein Bildnis von Herzog Leopold, dem Helden von Akkon. Neben der Geldkatze lagen ein Kamm aus Holz und die Haarspange, die Magdalena im Badezuber immer benutzt hatte, um ihr langes Haar hochzustecken.

Und dann lag da noch die Schachfigur.

Noch ohne sie in die Hand zu nehmen, konnte Niki erkennen, dass sie genauso blutverschmiert war wie Magdalenas Kleidung. Und dass sie deutlich sichtbare Fingerabdrücke aufwies.

Niki zögerte kurz, bevor er den ursprünglich weißen Bauern, gefertigt wohl aus Knochen oder Horn oder gar aus Elfenbein, vorsichtig in die Hand nahm und sein rudimentär geschnitztes, vollbärtiges Gesicht betrachtete.

Leider gibt's hier keine Möglichkeit, die Fingerabdrücke abzunehmen, dachte er, als er die kleine Schachfigur ins Regal zurückstellte. *Wahrscheinlich gehören die Abdrücke ohnehin Bruno oder einem der anderen Stadtwächter. Oder Magdalena selbst. Oder doch ihrem Mörder?*

»Von rechts nach links?«, fragte Engel gerade, als Niki

sich umwandte, um Brunos Erläuterungen wieder seine ungeteilte Aufmerksamkeit zu widmen. »Wie kommst du darauf, dass ihre Kehle von rechts nach links durchgeschnitten wurde? Für mich sieht das einfach aus wie von einem Ohr zum anderen ...«

»Weil der Einstich rechts an ihrem Hals, wie du hier siehst, tief und scharf abgegrenzt ist, während die Wunde beim Austritt des Messers auf der linken Seite unregelmäßig wird und ausfranst, siehst du: hier«, erklärte Bruno. »Ich würde wetten, dass der Schnitt von hinten durchgeführt wurde. In etwa so!«

Zu Nikis Überraschung griff Bruno nach seiner Schulter, drehte ihn herum, legte von hinten seinen rechten Arm um Nikis Oberkörper und strich ihm gleichzeitig mit dem Zeigefinger seiner linken Hand von rechts nach links über den Hals.

»Wenn Hauptmann Roderich, der Kommandant der Stadtwache, mich nach meiner Meinung fragt – was nicht geschehen wird, weil er mich nie nach meiner Meinung fragt –, würde ich sagen: Der tödliche Schnitt wurde vom Mörder auf diese Weise ausgeführt. Was außerdem den Vorteil hat, dass ihn all das Blut, das in einem großen Schwall aus einer solchen Wunde austritt, nicht von Kopf bis Fuß beschmutzt.«

»Aber ...«, sagte Niki, während er sich geistesabwesend aus Brunos Umarmung befreite. »Das heißt doch, der Mörder ist Linkshänder, nicht wahr?«

»Ich kenne niemanden, der ausschließlich Linkshänder ist«, antwortete Bruno. »Linkshändigkeit ist eine Missbildung, die den Knaben schon in frühester Jugend abgewöhnt wird. Abgesehen davon: Seht Euch mal das hier an, Ritter Nikolaus!« Bruno deutete auf die vernähte Wunde im Bauchbereich des Leichnams.

»Sag bitte einfach *Niki* zu mir, oder von mir aus auch *Blondie*, so wie alle anderen«, murmelte Niki. Er zwang sich,

Brunos Blick zu folgen, und erkannte, was der junge Stadtwächter meinte: Der gesamte Oberkörper des Leichnams war mit Stich- und Schnittwunden übersät, die allesamt nicht allzu tief aussahen. Eine Seite des Bauches hingegen war durch einen einzigen gewaltigen Schnitt von oben nach unten aufgeschlitzt und dadurch praktisch geöffnet worden.

Für diesen Schnitt müsste ein Linkshänder quasi ... rückhändig zustechen, dachte Niki. *»Backhand« wie ein Tennisspieler. Das muss jemand tatsächlich mit der rechten Hand getan haben!*

»Das heißt: Magdalenas Mörder ist offensichtlich beidhändig«, sagte er leise.

Tief in Gedanken griff Niki nach einer Hand der Toten, zuckte aber bei der Berührung der kalten, steifen Finger zurück: Zwölf Stunden nach Magdalenas Tod war die Leichenstarre längst eingetreten. Verärgert über seine eigene Feigheit schüttelte er den Kopf, ging stattdessen neben dem Tisch in die Hocke und untersuchte nacheinander die Hände der Bademagd aus nächster Nähe, ohne sie dabei jedoch zu berühren.

Weder ihre Hände noch ihre Unterarme wiesen Verletzungen auf. Ihre Nägel waren sauber, rund zurechtgefeilt und sahen angesichts ihrer sonstigen Wunden fast überraschend aus wie immer: Kein einziger Nagel war eingerissen, kein Blut darunter, keine Hautfetzen.

»Gewehrt hat sie sich offensichtlich nicht«, murmelte er.

»Keine Verletzungen am Kopf, keine Blutergüsse am Kinn, keine Würgemale am Hals«, sagte Bruno, der Nikis Blicken gefolgt war. »Nichts deutet darauf hin, dass ihr Mörder sie niedergeschlagen oder bewusstlos gewürgt hat, bevor er sie getötet hat.«

Niki überwand sein Unbehagen und berührte nun doch sanft eine von Magdalenas kalten Händen.

»Ich glaube, du hast recht, Bruno«, sagte er leise. »Magdalena wurde überrascht von dem Angriff. Was immer ihr zugestoßen ist: Wenigstens hat sie ihr Ende nicht kommen sehen.«

»Saubere Stiche übrigens, Bruno«, sagte Engeltrud geistesabwesend, während sie den Körper ihrer Freundin musterte.

Niki wusste, dass seine Verlobte in Dürnstein und anderen Dörfern in der Umgebung manchmal bei Entbindungen mithalf und die besonderen Herausforderungen beim Vernähen menschlicher Haut kannte. Er warf Engel einen prüfenden Blick zu und stellte fest, dass sie ihren ersten Schock offensichtlich überwunden hatte.

»Hast du auch ihren ... Schoß untersucht, Bruno?«, fragte sie schließlich zögerlich.

Der junge Wächter riss die Augen auf.

»Schau mich nicht so an. Ich habe bei Geburten mindestens ebenso viele weibliche Genitalien berührt wie männliche im Badehaus. Wenn man dafür in die Hölle kommt, dann ist bei mir ohnehin schon alles zu spät. Kann ich bitte mehr Licht haben?«

Bruno begriff schneller als Niki, was Engel vorhatte. Er nahm eine Fackel aus ihrer Wandhalterung, trat nahe an den Tisch heran und senkte sie über den Unterleib des Leichnams.

Niki sog scharf die Luft ein, als er sah, wie Engel sich über den nunmehr hell ausgeleuchteten Schoß Magdalenas beugte, vorsichtig ihre gekräuselten blonden Schamhaare teilte und mit zwei Fingern ihrer rechten Hand sanft, fast entschuldigend in sie eindrang.

Rasch drehte er den Kopf weg und sah angestrengt zu Boden. Er ahnte, worauf Engel hinauswollte. Was noch lange nicht hieß, dass er dabei auch zusehen konnte.

»Ihr Schoß ist unverletzt, außen wie innen«, sagte Engel,

als sie ihre Finger vorsichtig wieder zurückzog, sie im Licht der Fackel betrachtete und an ihnen schnupperte.

»Diesen Geruch allerdings ... kenne ich nur zu gut«, flüsterte sie und schüttelte unwirsch den Kopf, als die beiden jungen Männer unwillkürlich vor Engels ausgestreckter Hand zurückwichen.

»Dies hier muss von ihrem letzten Kunden im Badehaus stammen«, sagte Engel nachdenklich. »Oder von ihrem Mörder.«

»Zivilisten im Hauptquartier der Stadtwache?«, fragte Hauptmann Roderich und sah Bruno finster an, ohne Niki und Engeltrud auch nur eines Blickes zu würdigen. »Was haben die zwei hier zu suchen, Hurenspross?«

Der Hauptmann der Stadtwache, der gerade ohne anzuklopfen in den Kellerraum gestürmt war, verfügte über kein einnehmendes Äußeres. Er war nicht sehr groß, dafür umso breiter in den Schultern und den Hüften. Auf seinem muskulösen, fassförmig anmutenden Körper saß ein runder Kopf mit großen Ohren und einer fleischigen Nase. Sein Haar, seine Augenbrauen und sein Bart waren dunkel, buschig und ungepflegt. Er trug ein ärmelloses Wams aus altem Leder, das auf seiner Vorder- und Rückseite die Spuren zahlreicher gewaltsamer Auseinandersetzungen in Form von Kratzern, Schnitten und Abschürfungen aufwies.

Gerade so, als würd er mit Absicht damit angeben wollen, welchen Gefahren er sich in seinem Dienst für die Stadt Krems bereits erfolgreich ausgesetzt hat, dachte Niki mit einem Seitenblick auf Bruno, der das gleiche Lederwams trug, nur halt makellos sauber und augenscheinlich frisch geschrubbt.

Bruno hatte beim überraschenden Eintreten seines Vorgesetzten eine Art Habtachtstellung eingenommen und fixierte nun mit ausdruckslosem Gesicht ein Stück Wand über der Schulter des Hauptmanns.

»Zur Feststellung der *I-den-ti-tas* der Leiche!«, sagte er mit fester Stimme. »Engeltrud hier war die beste Freundin des Mordopfers.«

Roderich musterte Engel abschätzig.

»Schau an: noch eine Bademagd. Hier muss wohl irgendwo ein Nest sein«, sagte er. »Rote Haare und in freudiger Erwartung. Stimmt anscheinend, was man so sagt: Je rostiger das Dach, desto feuchter der Keller?«

Niki spürte Engels kühle Finger an seinem Arm, gerade noch rechtzeitig. Er nahm einen tiefen Atemzug und entspannte sich wieder.

»*Identitas?*«, blaffte der Hauptmann seinen Untergebenen an. »Warum denn das? Wir kennen Magdalena. Ganz Krems kennt Magdalena!«

»Steht in den Vorschriften, Herr Hauptmann!«

»In den Vorschriften?«

Hauptmann Roderich zog die Augenbrauen zusammen und sah Bruno misstrauisch an, aber der junge Wächter hielt seinem Blick ungerührt stand und verzog weiterhin keine Miene.

»Und was heißt hier überhaupt *Mordopfer?*«, fuhr er seinen Untergebenen an. »Er obliegt ausschließlich mir, darüber zu befinden, wie diese … Bademagd ums Leben kam. Solange ich das noch nicht getan habe, ist sie auch noch kein Mordopfer!«

»Bei allem Respekt, Hauptmann«, mischte sich Niki ein. »Wie sollte Magdalena denn sonst gestorben sein?«

Roderich fuhr herum und funkelte jetzt Niki böse an.

»Und Ihr seid?«

»Nikolaus von Dürnstein, Hauptmann. Ein Freund des Mordopfers.«

»Vielleicht hat sie sich ja … selbst getötet?«, sagte der

Hauptmann und verzog seinen Mund zu einem zynischen Grinsen.

Niki sah fassungslos zwischen dem geschundenen Leichnam Magdalenas und dem obersten Stadtwächter von Krems hin und her, während er nach Worten rang, was ihm nur sehr selten passierte.

»Hat sie natürlich nicht, sonst hätten wir die Tatwaffe ja bei ihr gefunden«, rief Roderich und hieb Niki eine seiner großen Hände auf die Schulter. »Was glaubt Ihr, wen Ihr hier vor Euch habt? Einen Anfänger?«

Der Hauptmann lachte, als hätte er gerade die Pointe eines besonders guten Witzes erzählt.

»Ich habe von Euch gehört, Nikolaus von Dürnstein. Man nennt Euch *Sänger Blondie*, den berühmten Troubadour!«, sagte er mit einem jovialen Lächeln und vor Sarkasmus triefender Stimme. »Jedermanns beliebtester Bänkelsänger. Zum Ritter geschlagen von Richard Löwenherz höchstselbst. Auf Reliquienjagd in Konstantinopel mit dem Kuenringer-Spross und dem ehemaligen Wegelagerer Joachim von Senftenberg. Welch Glanz in unserer bescheidenen Stube!«

»Magdalena ist unzweifelhaft ein Mordopfer«, sagte Niki, ohne auf Roderichs Schmähungen einzugehen. »Und es ist Eure Aufgabe, herauszufinden, ob sie Feinde hatte. Wer aus ihrem Tod Nutzen zieht. Wer ihr das angetan hat. Engeltrud und ich könnten Euch für den Anfang einmal wertvolle Hinweise geben!«

Roderich trat einen Schritt auf Niki zu, bis sich ihre Nasen fast berührten. Niki wünschte, er hätte das nicht getan: Der Hauptmann roch nach Knoblauch, Wein und schon lange nicht mehr gewaschener Kleidung. Seine Stimme, eben noch ölig und schmeichelnd, wurde mit einem Mal kalt und schneidend.

»Wenn ich bei meiner Arbeit Hinweise von Zivilisten benötige, dann frage ich sie danach, Blondie«, zischte er. »Vorzugsweise auf einem Verhörstuhl, in einer anderen ruhigen Kammer hier im Keller der Stadtburg. Mit Eurer kleinen Freundin hier würd mir das wahrscheinlich sogar Spaß machen. An Eurer Stelle würde ich hoffen, dass Euch diese Erfahrung erspart bleibt!«

Zu Nikis Erleichterung trat der massige Mann einen Schritt zurück und nutzte den neugewonnenen Abstand, um sich theatralisch in die Brust zu werfen.

»Der Ablauf dieser Untat liegt so klar vor mir wie das Wasser unserer schönen Donau«, behauptete er. »Ein Mann ist auf dem Heimweg von einer Taverne. Er hat gut gegessen und vor allem gut getrunken. Der Wein steigt ihm zu Kopf in der kalten Nachtluft, und in … andere Teile seines Körpers, wenn Ihr versteht, was ich meine.«

Hauptmann Roderich zwinkerte Niki zu und tippte sich mit der Spitze seines Zeigefingers an die Seite seiner Nase.

»Auf der Straße begegnet er der schönen Bademagd. Vielleicht kennt er das liederliche Frauenzimmer. Er weiß, dass sie sich im Badehaus für ein paar Münzen fremden Männern hingibt. Vielleicht hat er selbst schon einmal einen Zuber mit ihr geteilt? Erfüllt vor Wollust stürzt er sich auf sie, drängt sie gegen eine Wand, schiebt ihren Rock hoch. Der Anblick ihrer nackten Brüste und Schenkel bringt ihn halb um den Verstand.«

Der Hauptmann unterbrach sich kurz und schluckte ein paar Mal, die Augen geweitet in seinem rot angelaufenen Gesicht.

Grad, dass ihm der Sabber nicht vom Kinn auf den Boden tropft, dachte Niki angewidert.

»Als das Weib zu schreien beginnt, schneidet er ihr die Kehle durch, damit keine unliebsamen Zeugen aufmerksam werden. Und damit sie seine Untat nicht am nächsten Morgen beim Stadtrichter anzeigen kann. So und nicht anders ist dieses Verbrechen abgelaufen, und bald schon wird der Unhold am Galgenberg oben im Wind schaukeln. Vertraut mir:

Ich kann Verbrecher an ihrem Aussehen erkennen. An ihren bloßen Gesichtszügen!«

Hauptmann Roderich trat erneut bedrohlich nahe an Niki heran und bohrte ihm seinen rechten Zeigefinger anklagend in die Brust.

»Man sagt von Euch, dass Ihr Eure Nase gerne in Sachen steckt, die Euch nichts angehen. Ich gebe Euch einen guten Rat: Bleibt mir vom Leibe. Wenn Ihr mir bei meiner Arbeit ins Gehege kommt, dann gnade Euch Gott! Und jetzt verschwindet aus meinem Haus!«

Niki merkte, dass er unter Roderichs Drohung unwillkürlich den Kopf zwischen die Schultern gezogen hatte, und ärgerte sich ein wenig über sich selbst. Er warf Engeltrud einen verlegenen Blick zu und bedeutete ihr mit einem Kopfnicken, mit ihm den Kellerraum zu verlassen.

Als sie bereits auf halbem Weg zur Tür waren, hörte er, wie Roderich hinter ihren Rücken Bruno anschnauzte.

»Wozu hast du dir überhaupt so viel Arbeit mit ihr gemacht? Magdalena war doch nur eine Hure. Gibt ohnehin viel zu viele davon in der Stadt. Vor allem, seit auch noch diese zugereiste Frau aus Wien ihr Dirnenhaus hier eröffnet hat. Das haben wir gerade noch gebraucht …«

Niki kannte seine Verlobte nur zu gut. Blitzschnell griff er nach ihrer Hand. Aber nicht schnell genug. Sein Griff ging ins Leere.

»Sie war *nicht* nur eine Hure!«

Mit zwei raschen Schritten war Engel zurück in den Raum geeilt und hatte sich in voller Größe vor Hauptmann Roderich aufgebaut. Im Licht der Fackeln, das ihr zu Zöpfen geflochtenes Haar feuerrot und ihre großen Augen katzengrün leuchten ließ, sah sie wunderschön aus, wie eine kriegerische Walküre aus einer nordischen Heldensage. Niki hielt unwillkürlich den Atem an.

»Sie war jemandes Tochter. Sie war jemandes Schwester. Und vor allem war sie meine Freundin!«, fuhr das Mädchen den überraschten Hauptmann an. Niki konnte sich ein schadenfrohes Grinsen nicht verkneifen. Engeltrud war einen Kopf kleiner als der Hauptmann und höchstens halb so schwer; dennoch wich Roderich vor dem so plötzlich über ihn hereingebrochenen Zorn des Mädchens unwillkürlich einen Schritt zurück.

Sieht aus wie ein fetter, alter Pitbull-Terrier, der vor einer angriffslustigen Katze mit ausgefahrenen Krallen den Schwanz einzieht, dachte Niki amüsiert.

»Wir werden herausfinden, wer ihr das angetan hat, ob Euch das gefällt oder nicht«, fauchte Engel. »Wenn Ihr uns daran hindern wollt, dann gnade *Euch* Gott!«

Ohne den Hauptmann, Bruno oder Niki eines weiteren Blickes zu würdigen, drehte sich Engeltrud auf dem Absatz um und stürmte aus dem Raum. Auf ihrem Weg hinaus sah sie noch einmal zu Magdalena hinüber und nickte ihr zum Abschied kurz und entschlossen zu.

Es sah aus wie ein Versprechen.

»Du weißt wirklich, wie man sich Freunde macht«, sagte Niki zu Engeltrud, als er sie beim Brunnen im Zentrum des Hohen Marktes endlich einholte.

Rasch verschloss er ihren Mund mit einem Kuss, bevor sie ihm ebenso an die Kehle springen konnte wie gerade zuvor Hauptmann Roderich. Auch als sich ihre Lippen längst getrennt hatten, hielt er sie noch in einer engen Umarmung fest. Nach ein paar Atemzügen spürte er, wie ihre Anspannung nachließ, bis sie seine Umarmung schließlich erwiderte und ihr Gesicht im Kragen seines Mantels vergrub. Erst als Niki die Feuchtigkeit von ein paar Tränen an seinem Hals spürte, erkannte er, wie sehr die Obduktion des Leichnams ihrer besten Freundin und die Auseinandersetzung mit dem Hauptmann der Wache sie mitgenommen hatten.

Niki legte Engeltrud einen Arm um die Schultern und setzte sich mit ihr an den Rand des runden, mit einem eisernen Gitter abgedeckten Brunnens mitten auf dem ältesten Platz von Krems, auf dem schon zweihundert Jahre zuvor die erste befestigte Stadtburg errichtet worden war.

Von den Ständen der Brot- und Fleischhändler vor dem Rathaus wehte der Duft nach am Spieß gebratenem Huhn herüber. Nikis Magen knurrte. Er merkte, dass er zum ersten Mal seit dem verhängnisvollen vorigen Abend wieder hungrig war. Dass es ihn fröstelte, war keine so große Überraschung: Der morgendliche Bodennebel hatte sich während ihres Aufenthalts im Herzoghof verzogen, aber noch immer war die Luft kalt und schwer vor Feuchtigkeit und legte sich unangenehm auf Haar, Haut und Kleidung. Er wickelte sich fest in seinen Wintermantel und widerstand nur mit Mühe der Versuchung, sich die Kapuze über den Kopf zu ziehen.

»Nur eine Hure! Was soll das überhaupt heißen: eine Hure?«, schniefte Engel, in Gedanken offensichtlich immer noch bei Hauptmann Roderich, als ihr Kampfgeist in der wärmenden und tröstlichen Umarmung ihres zukünftigen Mannes nach einer Weile zurückgekehrt war.

»Ist eine Hure nur eine Frau, die in einem Dirnenhaus ihren Körper für Geld verkauft? Oder auch eine Bademagd, die in einem Badehaus ihren Lebensunterhalt verdient? Das Serviermädchen einer Taverne, das für ein paar Kupfermünzen einem angeheiterten Gast im Hinterhof mit der Hand Erleichterung verschafft? Die Bauernmagd, die auf dem Dorffest mit dem einen oder anderen Burschen ins Heu geht, der mit ihr tanzt und ihr ein Geschenk am Stand der fahrenden Händler kauft? Die arbeitslose Tagelöhnerin, die sich von einem lüsternen alten Bauern vögeln lässt, nur damit sie in der Nacht in einem Bett schlafen kann und ein Dach über dem Kopf hat? Die Frau, die drei Kinder von drei Männern hat, ohne jemals verheiratet gewesen zu sein?«

Engel spuckte aus, um ihrer Verachtung für die Männerwelt im Allgemeinen und Hauptmann Roderich im Besonderen zusätzlichen Nachdruck zu verleihen.

»Für fette Schweine wie diesen Hauptmann sind alle Frauen Huren, die nicht verheiratet sind und zu Hause ohne Widerspruch ihrem angetrauten Ehemann zu Willen sind!«

Niki zog es vor, diesen Ausbruch unkommentiert zu lassen. Mit einer gewissen Erleichterung sah er Bruno aus dem Tor des Herzoghofs treten. Der junge Wächter blieb kurz stehen und blinzelte in der Helligkeit; dann erkannte er Niki und Engel und trat auf Nikis einladende Handbewegung hin auf das junge Paar zu.

Eigentlich ein fescher Kerl, dachte Niki, der Bruno zum ersten Mal bei Tageslicht sah – und ohne dabei von einer nackten Leiche abgelenkt zu sein.

Bruno hatte dunkles, kurz rasiertes Haar, schwarze Augen, ein gut geschnittenes Gesicht und breite Schultern. Niki schätzte den Wächter auf Anfang zwanzig, ein oder zwei Jahre älter als sich selbst.

Sieht ein bisschen aus wie Hadmar, wenn er sich seine wallende Mähne abschneiden würde, dachte er.

»Gibt es tatsächlich eine Vorschrift, die verlangt, dass Mordopfer von Angehörigen oder Freunden identifiziert werden?«, fragte er, als sich Bruno an seiner Seite auf den Rand des Brunnens fallen ließ.

»Nein. Das hab ich erfunden«, antwortete Bruno und zwinkerte Niki zu. »Aber der Hauptmann hat sich noch nie um die Vorschriften gekümmert. Er kann nur lesen, wenn er dabei gleichzeitig die Lippen bewegt, und auch dann nur ganz langsam. Glaubt mir: Er wird nicht nachsehen, das ist ihm schlicht zu anstrengend.«

Niki musste lächeln.

»Na dann gratuliere ich dir zu deinem Einfallsreichtum«,

sagte er und klopfte Bruno anerkennend auf die Schulter. »Ist der Hauptmann immer so unfreundlich zu dir?«

»Du meinst, weil er mich *Hurenspross* genannt hat? Das ist keine Beschimpfung, das ist mein Spitzname«, grinste Bruno bitter. »So ist das bei uns in der Wache: Jeder hat einen. Mir macht das nichts aus: Ich hab meinen schon seit meiner Kindheit.«

»Wie um alles in der Welt kommt man schon als Kind zu so einem Spitznamen?«, fragte Engel.

»Ganz einfach: Indem man in einer ... Taverne aufwächst«, sagte Bruno zögerlich. »In meinem Fall drüben in Mautern, im Haus ‚Zu den roten Lippen'.«

Bruno senkte den Kopf und betrachtete die Spitzen seiner Stiefel, als er Engels Augen bei der Nennung des Namens aufleuchten sah.

»Ja, das ist das örtliche Dirnenhaus«, sagte er zerknirscht. »Meine Mutter hat dort gearbeitet. Nach ihrem Tod haben mich die Hausmutter und die anderen Frauen bei sich aufgenommen und großgezogen als eine Art Maskottchen, als Glücksbringer. Wer mein Vater ist, habe ich nie erfahren. Vielleicht kenne ich ihn sogar: Es könnte jeder Mann sein, der sich ein paar Pfennige für ihre Gesellschaft leisten konnte. Obwohl meine Mutter, Gott hab sie selig, bis zu ihrem Tod Stein und Bein darauf geschworen hat, dass mein Vater ein feiner Herr war, ein wohlhabender Adeliger gar.«

Bruno hob den Kopf und zwinkerte Engel zu.

»Wer weiß, vielleicht bin ich ja wirklich ein unehelicher Edelmann. Ich würde mich ja gerne *Bastard* rufen lassen, da würd ich gleich ein paar Stufen höher stehen auf der Leiter. Aber dafür hätte mein Vater mich anerkennen müssen. So ist es halt beim *Hurenspross* geblieben.«

»Und wieso hat man unter allen Wächtern gerade dich mit der Obduktion, ähm, mit der Untersuchung des Leichnams beauftragt?«, fragte Niki schnell, um das Thema zu wechseln. Brunos Worte waren leicht dahingesagt gewesen; der bittere Tonfall ließ jedoch darauf schließen, dass er sich für seinen Hintergrund aus bescheidenen Verhältnissen mehr schämte, als er zugeben mochte. »Bist du nicht noch ein bisschen jung für einen Medicus?«

»Der Medicus der Stadtwache beschäftigt sich lieber mit den Lebenden als mit den Toten. Und über den Tod von Magdalena konnte, na ja, nicht wirklich ein Zweifel bestehen.«

Wieder senkte Bruno den Blick auf seine Stiefelspitzen, wieder glitten seine Gedanken in die Vergangenheit.

»Als der alte Kaiser Barbarossa vor fünf Jahren zum Kreuzzug aufbrach, schloss ich mich der Truppe von Herzog Leopold an«, sagte er leise, wie zu sich selbst. »Viele Ritter und Knappen und einfache Männer wie ich haben damals das Kreuz genommen, um im Heiligen Land ihr Glück zu machen. Wenige haben es bis nach Akkon geschafft. Viele sind schon unterwegs gestorben: durch Feindeshand, durch Unfälle, an Verletzungen, Krankheiten und Seuchen. Einige sind ertrunken wie der Kaiser selbst. Andere haben einfach aufgegeben, weil ihnen irgendwann Brot und Geld ausgegangen sind.«

Bruno verstummte für einen Moment. Niki bemerkte, wie die Miene des jungen Wächters sich verfinsterte.

»Meine große Stunde schlug bei der Belagerung von Akkon. Wir hatten die von den Muslimen eroberte Stadt in einem Ring eingekesselt, und die Truppen von Sultan Saladin uns alle miteinander in einem zweiten, größeren Ring. Jedes Mal, wenn unsere Belagerungsmaschinen eine Bresche in die Mauern der Stadt schlugen, befahl Saladin einen Angriff, sodass die Verteidiger der Stadt ihre Mauern wieder reparieren konnte, während wir den Angriff in unserem Rücken abwehren mussten. Jeden Tag verloren wir tapfere Männer, jeden Tag waren viele Verletzte zu beklagen. Arme und Beine mussten amputiert werden. Eines Tages hat man mir befohlen, einen verwundeten Ritter festzuhalten, während ein Medicus mit der Knochensäge zu Werke ging. Ich war der einzige Gehilfe, dem bei dem Anblick nicht schlecht wurde. Als der todmüde Medicus nicht mehr konnte, hat er mir die Säge in die Hand gedrückt. Von diesem Tag an hatte ich eine neue Aufgabe.«

Bruno blickte auf, bemerkte, dass Niki und Engel ihn mit großen Augen anstarrten, und lächelte bitter.

»Nicht viele von uns sind nach der Eroberung von Akkon und dem Sieg über Saladin nach Hause zurückgekehrt. Wenn ich ein Edelmann oder wenigstens ein Bastard wäre, hätte man mich zum Ritter geschlagen als Belohnung für all die Leben, die ich im Heiligen Land gerettet habe. Oder mir zumindest einen gerechten Anteil an der Beute zukommen lassen«, sagte er und schüttelte den Kopf.

»Als bloßer Hurenspross bin ich nicht an Ruhm und Geld, sondern nur an Erfahrungen reich geworden.«

Bruno seufzte und stand auf.

»Ich muss wieder rein, ich hab noch Dienst«, sagte er. »Die Ablösung kommt erst zur Mittagsstunde, und der Hauptmann wird mich für mein Verhalten vorhin wahrscheinlich zum Reinigungsdienst an die Latrinen abkommandieren bis dahin. Gehabt euch wohl!«

»Und ich denk mir immer, ich hab kein leichtes Leben«, sagte Niki zu Engel und schob sich das letzte Stück der fettigen Scheibe Schwarzbrot in den Mund, die ihm als Teller für die vom Grillspieß gesäbelten Stücke des knusprigen Brathuhns gedient hatte, das er an einem Stand vor dem Rathaus gekauft hatte.

Engel hatte sich erst nach langem Zureden überreden lassen, ein Flügelchen des Huhns anzunehmen, an dem sie immer noch lustlos herumknabberte. Sie gab Niki keine Antwort; ihre Gedanken waren offensichtlich anderswo, während sie neben ihm herging auf dem Weg vom Hohen Markt zurück zur Taverne der Abtei St. Peter, wo ihr Verlobter sich den Tatort noch einmal bei Tageslicht ansehen wollte.

Als das junge Paar nach rechts in die Landstraße abbog, die schon das mittelalterliche Krems als Hauptstraße durchschnitt, von Westen nach Osten, vom Steinertor zum Wienertor, kamen die beiden an dem Badehaus vorbei, in dem Magdalena gearbeitet hatte. Und auch Engel, bis vor etwa einem Jahr: bis zum Beginn ihrer gemeinsamen Reise nach Konstantinopel, der Suche nach einer bedeutenden Reliquie, auf die Herzog Leopold sie geschickt hatte, und von der sie im Frühjahr ohne Reliquie, aber dafür mit Nikis Kind unter dem Herzen zurückgekehrt war.

Die weißen Tücher und das Reisigbündel, die als Symbol für Badehemden und Badewedel sonst anzeigten, dass der Badeofen angeheizt war, die Schwitzstube auf Temperatur und die Badezuber bereit für Kunden, hingen nicht über dem Eingang. Niki fragte sich, ob Wolfram der Bader (»Der Leib im Wasser, die Kehle voll Wein, mehr braucht es nicht zum Glücklichsein – das ist mein Motto!«) aus Respekt vor Magdalena beschlossen hatte, sein Haus an diesem Tag nicht zu öffnen. Er bezweifelte es: Wolframs Geiz und Geldgier waren sprichwörtlich.

Kurz schweiften seine Gedanken ab, zurück zu dem Tag vor anderthalb Jahren, als er selbst zum ersten Mal das Badehaus besucht hatte. Als er Engeltrud zum ersten Mal nackt gesehen hatte. Dass das Mädchen in diesem Augenblick gerade zu Joachim von Senftenberg in einen Badezuber gestiegen war, hatte dem eigentlich überaus erfreulichen Anblick viel von seiner Anmut geraubt. Niki, der damals schon Hals über Kopf in Engel verliebt gewesen war, war untröstlich gewesen, und rasend vor Eifersucht. Und das, obwohl Magdalena, die mit ihm den benachbarten Badezuber geteilt hatte, ihr Bestes gegeben hatte, um ihn von den Vorgängen jenseits der fadenscheinigen, halb durchsichtigen Vorhänge zwischen den Zubern abzulenken.

Niki zuckte unwillkürlich zusammen, als die Erinnerungen an die nackte blonde Frau, die heute Engels Brautjungfer hätte sein sollen, in seinem Kopf von den Bildern ihres nackten Leichnams abgelöst wurden, wie er ihn vorhin im Keller des Herzoghofs untersucht hatte.

»Warum hat man ihr das angetan?«, fragte Engel, in Gedanken offensichtlich ebenfalls bei ihrer Freundin, und warf die Reste ihres Hühnerflügels an den Straßenrand, zu all dem anderen Unrat, den die Stadtbewohner jeden Tag aus ihren Fenstern auf die Straßen kippten – bestehend aus Gemüseresten, abgenagten Knochen und dem Inhalt ihrer Nachttöpfe, darauf wartend, entweder von Tieren gefressen oder vom nächsten Regen weggeschwemmt zu werden.

»Du meinst, warum man sie ermordet hat?«

»Ich meine, warum man sie *auf diese Weise* ermordet hat! Warum musste ihr Mörder sie auch noch ... in Stücke schneiden?«

Niki zuckte mit den Schultern.

»Die Antwort muss in ihrer Vergangenheit liegen. Irgendjemand hatte ein Motiv. Soll heißen: Irgendjemand hatte etwas zu gewinnen durch ihren Tod. Irgendjemand wollte sie zum Schweigen bringen. Oder hat sie vielleicht einfach nur aus ganzem Herzen gehasst. Du kennst ... *kanntest* sie besser als jeder andere. Sag mir: Fällt dir irgendjemand ein, auf den so etwas zutreffen könnte?«

»Nein. Ganz sicher nicht. Magdalena war die beliebteste Magd im Badehaus«, sagte Engel nach einer längeren Nachdenkpause, während die beiden sich zwischen von Menschen gezogenen Leiterwägen, von Ochsen gezogenen Karren und den dazwischen herumwuselnden Bürgerinnen und Bürgern der Stadt Krems die Landstraße entlang ihren Weg Richtung Steinertor bahnten. »Und ich bin mir sicher: Sie hatte keinen einzigen Feind im Leben!«

»Die beliebteste Bademagd? Ich dachte immer, das wärest du gewesen?«

»Nur bei einer … bestimmten Art von Kunden«, sagte Engel mit einem Zwinkern. »Eher bei den an Lebensjahren schon etwas Fortgeschrittenen. Die im Badezuber jugendliche Leidenschaft bevorzugen.«

Niki lächelte in sich hinein. Er hatte die unbekümmerte, offensive, manchmal fast aggressive Sexualität Engeltruds selbst schnell zu schätzen gelernt. Wenn Engel einmal in Fahrt kam und richtig loslegte, dann war am Ende kaum mehr Wasser im Badezuber, das wusste er aus eigener Erfahrung.

»Magdalena war anders. Sie war bei allen Kunden gleichermaßen beliebt. Sie verführte eher ihren Geist als ihren Körper.«

»Ihren Geist?«

»Im Gegensatz zu mir ist …«, Engel brach ab, schluckte trocken und kämpfte einen Moment lang sichtlich um ihre Fassung. »… *war* Magdalena sehr einfühlsam. Sie hatte ein gutes Gespür für die Stimmung ihrer Kunden und war eine ausgezeichnete Zuhörerin. Manche ihrer Gäste haben gar keine körperlichen Dienstleistungen von ihr in Anspruch genommen. Die bezahlten für eine Stunde mit ihr im Zuber, einfach nur für die Möglichkeit, ihr Herz auszuschütten. Und Magdalena hat immer aufmerksam zugehört. Du hast keine Ahnung, was die ihr da so alles anvertraut haben!«

Niki runzelte die Stirn. Hatte Magdalena in der Intimität des sexuellen Zusammenseins vielleicht Geheimnisse erfahren von einem Kunden, der sich später gewünscht hatte, er wäre weniger indiskret gewesen?

»Den Jungen gab sie das Gefühl, schon ausgewachsene Bullen zu sein. Den Älteren, dass sie noch in der Blüte ihrer Jahre standen«, fuhr Engel fort. »Und wenn es mit den betagteren Gästen trotz aller Bemühungen einmal nicht zu den erhofften … Ergebnissen im Badezuber kam, verlangte trotzdem niemand sein Geld zurück. Ihre Kunden verehrten den Boden, über den sie schritt!«

Sie war jemandes Tochter. Sie war jemandes Schwester, dachte Niki. *Vielleicht war sie ja auch ... jemandes Geliebte?*

»Außerdem war sie eine treue Seele«, fuhr Engel fort. »Erst vor ein paar Tagen hat ihr Wilhelmine, die Hausmutter des neuen Dirnenhauses beim Steinertor, ein Angebot unterbreitet, für besseren Lohn dorthin zu wechseln. Wolfram der Bader hat sich zu Unrecht Sorgen gemacht: Ich bin mir sicher, Magdalena hätte unser Badehaus um kein Geld der Welt verlassen!«

Niki seufzte und verdrehte die Augen zum Himmel. Hatte man Magdalena ein Angebot unterbreitet, das sie nicht ablehnen konnte, und ein »Nein« nicht als Antwort akzeptiert? Oder hatte sie gar zugesagt, aber Wolfram wollte sein bestes Pferd im Stall nicht ungesühnt weggehen lassen? An ihr ein Exempel statuieren als abschreckendes Beispiel für seine anderen Bademägde?

Die beliebteste Magd im Badehaus. Die keinen einzigen Feind hatte im Leben, dachte er. *Je länger ich Engel so zuhöre, desto weniger kann ich mir das vorstellen.*

»Was würde Sherlock Holmes tun?«, murmelte Niki und sah nachdenklich auf die Stelle unter dem Torbogen hinunter, an der er in der Nacht zuvor Magdalenas Leiche gefunden hatte.

»Schörlok ... wer?«, fragte Engel.

»Sherlock Holmes. Der größte Detektiv aller Zeiten.«

»Detektiv?«

»Das ist jemand, der Verbrechen aufklärt.«

»Du meinst, jemand wie Hauptmann Roderich?«

»Nein. Ich meine ganz sicher nicht jemanden wie Hauptmann Roderich!«

Engel legte die Stirn in Falten.

»Und was würde dieser ... Schörlok tun?«

Niki lächelte.

»In seinem allerersten Fall, ‚Eine Studie in Scharlachrot', hat er damit begonnen, am Tatort nach Fußspuren zu suchen.«

»Da würde er hier nicht viel Glück haben. Der Boden ist gepflastert.«

Engel hatte recht: Während die Straßen und Wege im Großteil des Stadtgebietes von Krems aus gestampfter Erde bestanden und sich bei jedem mittelschweren Regenschauer in ein Meer aus knöcheltiefem Schlamm verwandelten, war die Hauptverkehrsader, die Landstraße, zwischen dem Steinertor und dem Wienertor mit Kopfsteinpflaster bedeckt. Genau wie die beiden wichtigsten Märkte der Stadt: der Hohe Markt – und der Tägliche Markt, wo Niki gerade stand und missmutig zu Boden blickte.

Es gibt keine Fußspuren, dachte er. *Und ich bin nicht Sherlock Holmes. Ich habe nicht einmal ein verdammtes Vergrößerungsglas!*

Weil er sich vor Engel nicht völlig blamieren wollte, ließ sich Niki trotzdem auf die Knie nieder und musterte nachdenklich den Tatort.

Das Haus an der Ecke Judengasse und Täglicher Markt sah von außen recht schmuck aus: Ein großzügiges Eingangstor ging unter einem soliden Torbogen auf den Täglichen Markt hinaus. Der kleine Behälter am rechten Türpfosten, der die Mesusa enthielt, die traditionelle Schriftkapsel der Juden, bestätigte Niki, dass dieses Haus jüdische Bewohner hatte.

Niki beugte sich vornüber auf alle viere und unterzog zuerst den Boden rund um den Torbereich einer genauen Untersuchung, danach die gemauerte Türschwelle, auf der er Magdalenas Leichnam gefunden hatte, und zuletzt noch die Tür selbst und die weiß getünchten Mauern zu beiden Seiten des Eingangs.

»Ärmlich, aber sauber«, murmelte er sarkastisch: In Wahrheit war Niki beeindruckt von der Ordentlichkeit und Sauberkeit der Hausfront. Bis auf ein paar bräunlich verfärbte Flecken auf den Pflastersteinen erinnerte nichts an die Ereignisse der letzten Nacht.

Die meisten Türschwellen in Krems sind schmutziger und fleckiger und klebriger, selbst wenn auf ihnen niemand gestorben ist ein paar Stunden zuvor, dachte er.

»Erinnerst du dich noch an den Zwischenfall im bulgarischen Räuberwald vor einem Jahr?«, fragte er Engel nachdenklich. »Als mir ein Straßenräuber die Wange aufgeschlitzt hat, bis ihm Joachim im letzten Moment einen Pfeil durch den Hals geschossen hat?« Unwillkürlich tastete er nach den beiden Narben, die ihn für immer an diesen Augenblick erinnern würden. »Und als Hadmar später den flüchtenden Anführer der Räuber, den mit dem schwarzen Rauschebart, hoch zu Ross verfolgt und ihm mit dem Schwert den Kopf abgeschlagen hat?«

Unter dem überraschten Blick von Engeltrud wandte Niki sich um, trat an einen der zahlreichen Marktstände vor dem Eingangstor heran und sprach mit der Verkäuferin, einer rotgesichtigen Frau mit einem Kopftuch. Eine Münze wechselte den Besitzer, und Niki kehrte mit einem Becher in der Hand zum Eingangstor zurück.

Ohne auf Engels fragenden Blick zu antworten, schüttete Niki mit einer schnellen Bewegung aus dem Handgelenk wortlos den Inhalt des Bechers über die Tür, die Wände und die Türschwelle. Blutrote Flüssigkeit spritzte in alle Richtungen, lief über die Tür hinunter, zog gespenstische Spuren über die weißen Wände und sammelte sich auf der Türschwelle zu einer Lache.

Engel erstarrte, bis der Geruch ihr verriet, dass Niki hier offensichtlich roten Wein verschüttet hatte.

»Bei allen Göttern, hast du mich jetzt erschreckt!«, fuhr sie ihn an. »War das jetzt notwendig? Ich hätte mir auch so vorstellen können, wie das wohl gestern Nacht ausgesehen haben mag!«

»Das ist genau der springende Punkt«, sagte Niki nachdenklich. »Es hat nämlich nicht so ausgesehen. Ich hab gerade einmal einen Becher mit Wein verschüttet, und sieh nur, was das bisschen Flüssigkeit hier für einen Saustall angerichtet hat. Wir haben letztes Jahr aus nächster Nähe miterlebt, was passiert, wenn man einem Menschen den Hals durchschneidet. Da spritzt das Blut heraus wie aus einem Springbrunnen!«

Engel sah Niki fragend an. »Springbrunnen?«

»In einem riesigen Schwall«, sagte Niki rasch. »Und dann noch einmal, und noch einmal, im Rhythmus seines Herzschlages. Wohl eher ein Eimer voll als ein Becher!«

Er strich mit der Hand über die Wand, auf der der Rotwein ein abstraktes Muster hinterlassen hatte.

»Wenn Magdalena an diesem Platz hier gestorben wäre, dann würden das Tor und die Wände und die Türschwelle ganz anders aussehen.«

»Du hast mir vorhin meine Frage nicht beantwortet«, sagte Engel und nippte vorsichtig an ihrem heißen Gewürzwein. »Als ich von dir wissen wollte, warum jemand Magdalena … auf diese Weise ermordet hat.«

Niki hatte Engel auf einen Becher heißen Rotweins mit Honig und Gewürzen eingeladen – und bei der Gelegenheit die erboste Verkäuferin mit dem Kopftuch besänftigt, die mit großem Unverständnis Zeugin der scheinbar sinnlosen

Verschwendung des ersten Bechers, den Niki ihr abgekauft hatte, geworden war.

»Wenn du wirklich meine Meinung hören möchtest: Ich kann mir zwei Gründe vorstellen, warum jemand, der Magdalena aus irgendeinem Grund töten will, sie am Ende auch noch so zurichtet, wie es unser Freund Bruno so eindringlich gezeigt und beschrieben hat«, sagte Niki und nahm einen Schluck von seinem Glühwein.

»Entweder der Mörder hatte aus irgendeinem Grund einen derart unbändigen Hass auf Frauen im Allgemeinen, dass er diesem Hass freien Lauf gelassen hat, auch als Magdalena längst tot war. Er wollte sie nicht einfach nur töten, sondern für irgendetwas ... bestrafen? Sie ganz und gar auslöschen. Sie entblößt und erniedrigt zurücklassen.«

Postmortale Erniedrigung, dachte Niki, als ihm das Wort einfiel, das die Ermittler in den US-amerikanischen Fernsehserien mit Namen wie »CSI: Den Tätern auf der Spur« und dergleichen immer benutzten.

»Oder?«, sagte Engel zwischen zusammengebissenen Zähnen.

»Oder der Mörder hatte ein persönliches Motiv, ausgerechnet Magdalena zu töten. Geld? Rache? Liebe? Und das alles ...«

Nikis Stimme versagte, während er mit der Hand eine hilflose, allumfassende Bewegung machte. »Das alles hat er nur inszeniert, um von diesem persönlichen Motiv abzulenken.«

Zur Motivverschleierung sozusagen, dachte Niki, mit seinen Gedanken immer noch im CSI-Universum.

»Und Isengrim der Werwolf?«, fragte Engel nach einer langen Pause.

»Du weißt, dass ich nicht an Monster glaube.«

»Ich spreche nicht von einem Dämon, der in der Allerseelennacht aus dem Fegefeuer emporgestiegen ist. Ich spreche von einem Menschen, der glaubt, er wäre ein Wolf? Der sie völlig ohne Motiv getötet hat, einfach weil sie zur falschen Zeit am falschen Ort war?«

Die Glocke der Stephanskirche schlug einmal an zum Zeichen der Mittagsstunde. Der traurige Ton schien endlos lang in der Luft zu hängen, bevor er endlich verklang. Niki spürte, wie ihm trotz des warmen Bechers in seinen Händen ein kalter Schauer über den Rücken lief.

Ein geistesgestörter Mörder? Ein Triebtäter, der es auf Bademägde abgesehen hat?, dachte Niki. *Ein mittelalterlicher Jack the Ripper?*

»Gnade uns Gott, wenn es kein Motiv gibt«, murmelte er.

»Warum?«, fragte Engel.

»Weil es dann keinen Grund gibt, mit dem Morden aufzuhören.«

»Na schau: Auch der längste Nachtdienst geht einmal zu Ende«, rief Niki Bruno entgegen, froh über die Ablenkung, als er ihn raschen Schrittes auf den Stand der Weinhändlerin zukommen sah. Der junge Stadtwächter sah gleichzeitig todmüde und aufgeregt aus. »Magst du einen heißen Gewürzwein mit uns trinken, bevor du zu Bett gehst?«

»Gut, dass ich euch noch hier antreffe«, sagte Bruno etwas atemlos, ohne auf Nikis Einladung einzugehen. »Ich dachte, ihr würdet es rasch wissen wollen: Hauptmann Roderich hat den Mörder gefasst!«

Niki und Engel sahen Bruno mit großen Augen an.

»Was? Wer? Warum?«, brachte Niki schließlich heraus und fasste damit seine wirbelnden Gedanken recht treffend zusammen. »Wen hat Hauptmann Roderich gefasst?«

»Mendel den Wucherer. Man hat ihn gerade in der Synagoge drüben festgenommen und im Keller vom Herzogshof eingesperrt. Er wohnt hier«, antwortete Bruno und deutete mit dem Daumen über seine Schulter.

»Es ist seine Türschwelle, auf der die Tote gefunden wurde. Es ist sein Haus …« Bruno stutzte kurz beim Anblick. »… das jemand offensichtlich mit Rotwein bespritzt hat.«

»Das war ein, ähm, ermittlungstechnisches Experiment«, murmelte Niki und fühlte, wie seine Ohren rot wurden. »Und deswegen hat man ihn verhaftet? Nur weil Magdalena vor seiner Eingangstür gefunden wurde?«

»Er ist Jude. Das allein reicht normalerweise für eine Verhaftung.«

Bruno griff dankbar nach dem Becher mit Glühwein, den Niki ihm bestellt hatte, und nippte an dem heißen Getränk.

»Wenn ein Verbrechen passiert, dann befiehlt uns Hauptmann Roderich für gewöhnlich, die üblichen Verdächtigen zu verhaften: Spielleute, Gaukler und anderes fahrendes Volk. Lotterpfaffen, Bettler und Wanderhuren. Kurzum: alle Arten von Vaganten, die sich tagsüber in Krems herumtreiben, aber nicht hier ansässig sind. Davon sucht er sich dann denjenigen aus, dessen Nase ihm am wenigsten gefällt, und lässt ihn aburteilen. Ihr wisst ja: Er kann Verbrecher an ihrem Aussehen erkennen. *An ihren bloßen Gesichtszügen.*«

Bruno verzog den Mund zu einer verächtlichen Grimasse.

»Die Stadttore werden aber beim Abendläuten geschlossen, zur gleichen Zeit wie das Badehaus. Und da war Magdalena nach übereinstimmenden Zeugenaussagen noch am Leben und guter Dinge. Das kann nicht einmal der Hauptmann einfach so in den Wind schlagen. Daher gab es diesmal keine bequemen Auswärtigen als Verdächtige. Und so musste eben der alte Wucherer dran glauben.«

»Wucherer?«

»Er verleiht Geld gegen Zinsen. Guten Christenmenschen ist das verboten. Juden genau genommen auch. Aber die dürfen nur von ihresgleichen keine Zinsen nehmen. Deshalb hat inzwischen die halbe Stadt Schulden bei Mendel.«

»Hat Magdalena den Mendel gekannt?«, wollte Niki von Engeltrud wissen.

»Jeder in Krems kennt Mendel«, antwortete sie. »Netter alter Herr. Schlohweißes Haar. Hat erwachsene Söhne. Enkelkinder. Begeisterter Schachspieler. Bei gutem Wetter sitzt er oft im Freien und spielt gegen einen seiner Freunde. Oder mit einem neugierigen Kind, das das Spiel der Könige erlernen will.«

Niki fiel nicht zum ersten Mal auf, dass Engel mit Wärme in der Stimme von Juden sprach – genau wie von allen anderen Mitmenschen, die wie sie selbst als Außenseiter am Rande der Gesellschaft ihr Dasein fristeten. Gleichzeitig war ihm bewusst, dass die rothaarige Bademagd und Henkerstochter damit eine Ausnahme in seinem neuen Freundes- und Bekanntenkreis darstellte.

»Schachspieler?«, hakte er ein.

»Ah, du denkst an unser ... Beweisstück«, sagte Bruno. »Mir ist aufgefallen, dass du die Schachfigur bewundert hast vorhin. Ja, die wurde bei Magdalena gefunden.«

»Was meinst du mit: *bei Magdalena*? Hatte sie sie in der Hand? Oder in ihrer Tasche?«

Bruno zögerte.

»Soviel ich gehört habe, hat man sie unter dem Leichnam gefunden.«

»Man hat also eine Schachfigur auf der Türschwelle eines Schachspielers gefunden«, warf Engel ein. »Sehr verdächtig. Wahrlich kein Wunder, dass der wackere Hauptmann den alten Mendel vom Fleck weg verhaftet hat!«

Niki schenkte seiner zukünftigen Frau ein bitteres Lächeln.

»Was geschieht jetzt mit Mendel dem Schachspieler?«, fragte er Bruno; er brachte es nicht übers Herz, den alten Juden als »Mendel den Wucherer« zu bezeichnen. »Wie geht die Untersuchung nun weiter?«

»So wie es immer gemacht wird«, antwortete Bruno mit einem Schulterzucken. »Der Verdächtige wird einer peinlichen Befragung unterzogen. Wenn er bis zum dritten Grad durchhält, ohne zu gestehen, werden weitere Nachforschungen angestellt.«

»Kommt das häufig vor?«

»Nie. Die meisten gestehen schon beim ersten Grad. Hauptmann Roderich ist gut darin, Verdächtige zum Reden zu bringen.«

Das Rathaus gehörte mit den beiden Kirchen von St. Stephan und St. Vitus, dem Herzogshof und der Münzprägestätte zu dem erlauchten Kreis der Gebäude, die in Krems über verglaste Fenster verfügten: ein Mosaik aus kleinen Glasscheiben, verbunden durch ein Netz von filigranen Bleirahmen, unterschiedlich eingefärbt bei Kirchen, farblos bei weltlichen Gebäuden.

Bürgermeister Eduard würdigte seine beiden Besucher keines Blickes, während er aus einem solchen Fenster auf den Hohen Markt hinunterschaute.

Engeltrud hatte hartnäckig darauf bestanden, dem Bürgermeister ihre Bedenken bezüglich des schnellen Erfolges von Hauptmann Roderich persönlich vorzutragen. Und wenn Engel sich etwas in den Kopf setzte, dann erreichte sie das meistens. Auch, wenn sie – wie in diesem Fall – keinen Termin für eine Audienz hatte.

Den hab ich mir älter vorgestellt, dachte Niki, während er gemeinsam mit Engel darauf wartete, dass ihre kurzfristig anberaumte Vorsprache beim Kremser Stadtoberhaupt begann. *Und nicht so gutaussehend.*

Der Bürgermeister war etwa Mitte dreißig, hochgewachsen, schlank und kräftig. Er hatte langes, goldblondes Haar, leicht gewellt hinter seinen Ohren und im Nacken, einen sorgfältig gestutzten Vollbart derselben Farbe und wache blaue Augen. Seine Kleidung, ein gelber wollener Leibrock über blauen Beinlingen, war ebenso modisch wie farbenprächtig. Als er sich umdrehte und endlich auf Niki und Engel zutrat, war sein Schritt federnd und voller Energie.

»Der Winter naht«, sagte der Bürgermeister statt einer Begrüßung. »Sagt mir, meine Freunde: Was findet jedes Jahr am Christtag statt?«

Niki und Engel tauschten unsichere Blicke.

»Ähm, Weihnachten?«, sagte Niki.

»Auch. Etwas Wichtigeres?«

»Wichtiger als das Fest der Geburt Jesu Christi?«

Eduard schenkte seinen Besuchern ein nachsichtiges Lächeln.

»Am Christtag wird jedes Jahr der Kremser Bürgermeister neu gewählt«, sagte er. »Ihr wisst vielleicht, dass ich selbst erst seit einem Jahr die Bürde dieses Amtes trage. Ich habe noch keine große Hausmacht hier in der Stadt. Ein Jahr ist vergangen, und für die Bürger bin ich immer noch ‚der Neue'.«

Eduards Lächeln verschwand. Der Bürgermeister strich nachdenklich mit der Spitze seines Zeigefingers über seine rechte Augenbraue.

»Mein Vorgänger Albrecht hat zwar in all seinen Jahren nichts anderes gemacht, als sich aus der Stadtkasse die eigenen Taschen zu füllen, aber für viele Kremser ist er immer noch ‚unser Bürgermeister'. Albrecht wird alles tun, um an meiner Stelle zurück in sein altes Amt gewählt zu werden.«

Eduard trat nahe an seine beiden Besucher heran und schenkte ihnen wieder sein feines Lächeln. Ein leichter Duft von Lavendelwasser lag in der Luft.

»Wisst Ihr, was das Letzte ist, das Allerletzte, was ich jetzt brauchen kann?«, fragte er vertraulich, fast im Flüsterton, sein Gesicht ganz nah an denen seiner Besucher. »Einen. Verdammten. Ungelösten. MORDFALL!«

Niki und Engel fuhren unisono zusammen, fast so, als hätte der Bürgermeister ihnen mit dem laut und scharf wie ein Peitschenhieb hervorgestoßenen letzten Wort einen Schlag versetzt.

»Bei uns in Krems passieren nicht viele Morde«, fuhr Eduard fort, jetzt wieder im angenehmen Plauderton, während er hinter seinem mit prunkvollen Schnitzereien verzierten Schreibtisch Platz nahm, ohne Niki und Engel ihrerseits zum Hinsetzen auf die Besucherstühle aufzufordern. »Tavernenschlägereien zwischen betrunkenen Treidelknechten: ja. Meinungsverschiedenheiten zwischen Käufern und Verkäufern auf den Märkten, die am Ende mit den Fäusten ausgetragen werden: hin und wieder. Häuslicher Zwist zwischen Ehepaaren: gelegentlich. Aber Morde? Nicht einmal die verdammten Straßenräuber töten heutzutage noch ihre Opfer! Es ist viel lukrativer, sie laufen zu lassen, um sie beim nächsten Mal wieder ausplündern zu können!«

Niki erinnerte sich unwillkürlich an das Skelett des Mörders Herfried von Mautern, des letzten in Dürnstein hingerichteten Verbrechers, das seit vielen Jahren über dem östlichen Stadttor zur Abschreckung in einem Käfig vor sich hin rottete. Burgherr Hadmar von Kuenring hatte schon mehr als einmal im Scherz dazu aufgerufen, endlich einen neuen Mörder zu fangen, damit das unansehnlich gewordene alte Skelett ausgetauscht werden konnte.

»Der Mord an dieser Bademagd wird mich mein Amt kosten, wenn ich nicht rasch einen Schuldigen präsentieren kann!«

»*Irgendeinen* Schuldigen?«, sagte Niki. »Oder den Mörder?«

Eduards Lippen verzogen sich wieder zu einem Lächeln, aber diesmal lächelten seine blauen Augen nicht mit. Ihr intensiver Blick vermittelte Niki stattdessen erfolgreich den

Eindruck, dass man sich ihn besser nicht durch sarkastische Bemerkungen zum Feind machte.

»Wie ich höre, befindet sich der Mörder bereits im Gewahrsam der Stadtwache!«, sagte der Bürgermeister mit Nachdruck.

»Das ist der Grund, warum wie hier sind«, sagte Engel mit für sie völlig untypischer Höflichkeit und Zurückhaltung. »Wir wollen bei der weiteren Untersuchung des Verbrechens behilflich sein.«

»Ich bedanke mich bei Euch beiden für Euer Angebot, aber das wird nicht notwendig sein«, gab der Bürgermeister ebenso höflich zurück. »Der Jude Menachem, besser bekannt als *Mendel der Wucherer*, wird gerade jetzt einer peinlichen Einvernahme durch Hauptmann Roderich unterzogen.«

»Und Hauptmann Roderich ist gut darin, Verdächtige zum Reden zu bringen, wie wir gehört haben«, sagte Niki mit einem bitteren Lächeln.

»Die tote Bademagd wurde von Euch selbst auf seiner Türschwelle, mithin auf seinem Grund und Boden aufgefunden. Stimmt das etwa nicht, Ritter Nikolaus?«

»Ja, aber ...«

»STIMMT ES ODER STIMMT ES NICHT?«

»Ja, das stimmt«, gab Niki kleinlaut zu.

»Bei ihrer Leiche wurde eine Spielfigur gefunden. Diese ist Teil eines Schachspiels, das Mendel gehört«, fuhr der Bürgermeister fort. »Das Schachbrett wurde im Haushalt von Mendel sichergestellt. Gemeinsam mit einunddreißig Spielfiguren, vollzählig bis auf die eine, die man bei der Bademagd Magdalena gefunden hat. Glaubt Ihr mir das oder glaubt Ihr, ich lüge Euch an?«

Niki murmelte eine zustimmende Antwort.

»Und wenn der Jude Menachem, besser bekannt als *Mendel der Wucherer*, bei der Befragung durch Hauptmann Roderich jetzt auch noch ein Geständnis über dieses schreckliche Verbrechen ablegt, wird der Stadtrichter ohne Bedenken einen Schuldspruch fällen, und das nach bestem Wissen und Gewissen.«

»Der Stadtrichter?«, fragte Engel und legte die Stirn in Falten. »Wer ist das?«

»Er steht vor Euch«, sagte Eduard und schenkte dem rothaarigen Mädchen ein strahlendes Bürgermeisterlächeln, das seine gepflegten und gleichmäßigen Zähne gut zur Geltung brachte.

»Ich weiß, dass es nicht *Mendel der Schachspieler* war, Herr *Stadtrichter*«, sagte Niki hitzig. »Magdalena ist nicht an der Stelle gestorben, an der ich sie aufgefunden hab gestern Nacht. Dafür leg ich meine Hand ins Feuer!«

»Sagt das bitte nie in Gegenwart von Hauptmann Roderich, der macht sonst die Probe aufs Exempel!«, gab der Bürgermeister gut gelaunt zurück.

»Ihr Mörder hat ihr die Kehle durchgeschnitten, irgendwo zwischen dem Badehaus und dem Täglichen Markt. Und dann hat er sie unter Mendels Torbogen abgelegt, um ihr, ähm ... alles andere anzutun. Aus welchem Grund auch immer.«

Jetzt war es an Niki, Eduard finster anzusehen.

»Ich weiß nicht, wie Ihr Euch als Bürgermeister macht. Aber wenn Ihr ernsthaft glaubt, dass der unglückselige Jude, der anscheinend nicht den Hauch eines Motivs, eines Grundes für sein angebliches Verbrechen hat, tatsächlich eine Frau tötet, nur um sie dann zu seinem eigenen Haus zu tragen und sie ausgerechnet auf seiner eigenen verdammten Türschwelle zurückzulassen, dann seid Ihr zumindest als Stadtrichter eine echte Fehlbesetzung!«

Für einen Moment nur verflog das Lächeln des Bürgermeisters; für einen Moment nur verzog sich sein Gesicht zu einer zornigen Grimasse, bevor er seine Mimik wieder unter Kontrolle hatte.

»Ich habe alles gesagt, was zu sagen war«, sagte er schließlich ruhig. »Ich schlage vor, Ihr lasst den Hauptmann mit seiner Befragung fortfahren und stört nicht länger seine Ermittlungen. Geht einfach weiter Eurem Tagwerk nach und haltet Euch aus diesem Fall heraus. Glaubt mir: Das wäre das Beste. Für alle Beteiligten.«

In Eduards Stimme lag nicht der Hauch einer Drohung, sondern ausschließlich Wohlwollen und freundschaftliche Fürsorge.

Man könnte fast glauben, er meint es ehrlich, dachte Niki.

»Und damit war unsere Audienz beim Herrn Bürgermeister und Stadtrichter auch schon wieder beendet«, sagte Niki und presste sich die Handballen gegen die vor Müdigkeit brennenden Augen. »Engel ist dann durch den Wald zu Großmutter raufgegangen, und mich hat sie hierhergeschickt, um bei deinem Vater um Unterstützung für unsere Sache zu werben.«

»Ein Wunder, dass die blinde Hexe noch lebt«, antwortete Hadmar. »Niemand weiß, wie alt sie wirklich ist. Wahrscheinlich nicht einmal sie selbst. Hundert vielleicht? Sie war schon eine alte Frau, als mein Großvater noch am Leben war.«

»Engel meint, Großmutter sagt selber, dass der kommende Winter ihr letzter sein wird.«

Und da weise alte Frauen angeblich die Stunde ihres Todes kennen, wird Dürnstein wohl bald eine neue »Großmutter« brauchen, dachte Niki, der die blinde Greisin gut leiden konnte.

Er fröstelte. Die große Halle von Burg Dürnstein, wo der wöchentliche Gerichtstag von Burgherr Hadmar von Kuenring stattfand, war nicht einmal im Hochsommer hell und warm, und jetzt Anfang November glich sie einem großen

Eiskasten. Die riesigen Wandteppiche vor den unverglasten Fenstern hielten zwar die feuchte Zugluft des Allerseelentages fern, bei der Gelegenheit aber auch das bisschen Tageslicht, das sonst durch die ohnehin kleinen Fensteröffnungen in die Halle gefallen wäre.

Sämtliche Fackeln an den langen Wänden zur linken und zur rechten Seite der rechteckigen Halle waren angezündet, genauso wie der offene Kamin an der gegenüberliegenden Seite und die vielen Kerzen am Kronleuchter; zusammen füllten sie den großen Raum mit Licht und Rauch. Und sorgten dafür, dass Ritter Hadmar und seine Beisitzer vorne am Herrentisch die Hitze des flackernden Kaminfeuers im Rücken spürten, während Niki am anderen Ende der Schlange der Besucher vor sich hin fror. Die Glasaugen der ausgestopften Jagdtrophäen an den Wänden der mit Sägemehl gefüllten Schädel von Hirschen, Wölfen und Wildschweinen, die Niki zu verfolgen schienen auf seinem langen Weg durch die Halle von Burg Dürnstein, trugen auch nicht gerade dazu bei, dass seine Glieder wärmer und seine Gedanken fröhlicher wurden.

Endlich hatten sie fast alle die Halle verlassen: die Bittsteller, die Streitparteien, und all die Leute, die bloß hier gewesen waren, um am Ende des Gerichtstages mit Neuigkeiten und Gesprächsstoff ins Dorf zurückzukehren in einer Zeit, die arm war an guten Geschichten.

Geschichten! Und Lieder! Ihnen hatte Niki es zu verdanken, dass er seinen Lebensunterhalt verdienen konnte, als er nach seinem Sturz von der Mauer der Ruine Dürnstein im Mittelalter wieder zu sich gekommen war.

Während der letzte Bittsteller des Tages, ein empörter Bauer, sich noch bei Ritter Hadmar darüber beklagte, dass ihm in den vergangenen Wochen bereits das vierte Schwein gestohlen worden war, begannen Nikis Gedanken abzuschweifen. Weg vom Nebel, von der Kälte und von der toten Magdalena, hin zu all den geliebten Austropop-Songs, die er seinem anfangs staunenden, aber trotz der ungewohnten Melodien und den teils unverständlichen Texten zunehmend begeisterten Publikum auf der Laute dargebracht hatte. Niki hatte sich dabei schamlos bei Ambros, Fendrich und Danzer bedient, bei Udo Jürgens, STS und der EAV. Bei allen Liedern, von denen ihm die Akkorde und die Texte, hundertmal gespielt auf der Gitarre zu Hause in seiner Zeit, noch in Erinnerung geblieben waren.

Auch wenn er wie so oft von seinen Zuhörern, hier auf Burg Dürnstein, im Badehaus von Krems oder in einer der zahllosen Tavernen quer durch die Wachau aufgefordert worden war, eine Geschichte zu erzählen, hatte Niki mit großem Erfolg Bücher und Filme aus seiner Zeit für seine neue Heimat adaptiert. Während andere Bänkelsänger und Troubadoure das »Nibelungenlied« zitierten, erzählte Niki von nordischen Gottheiten, von Odin, Thor und Loki – allerdings mehr in der Fassung der »Avengers«-Filme von Marvel. Seine dramatische Schilderung vom Untergang der vermeintlich unsinkbaren Titanic auf der reißenden, Hochwasser führenden Donau erfreute sich großer Beliebtheit, insbesondere unter den Fischern, Fährmännern und Treidelknechten, die ihr halbes Leben am und auf dem Fluss verbrachten. Und wenn der Zuhörerschaft einmal der Sinn eher nach romantischer Unterhaltung stand, hatte Niki mit seiner Adaption von »Pretty Woman« – reicher Prinz verliebt sich in einfache Bademagd – ein ebenso beliebtes Ass im Ärmel.

»Was für eine Verschwendung!«, knurrte der Schweinebauer, als er, offenkundig immer noch aufgebracht, an Niki vorbei in Richtung Ausgang stapfte. »Wenn man sie wenigstens aufgegessen hätte …«

Wenigstens aufgegessen?, dachte Niki und sah dem zornigen Mann verwirrt nach, jäh aus seinen angenehmen Gedanken gerissen, als er Hadmars Hand auf seiner Schulter spürte.

»Komm schon, Blondie«, sagte der Sohn des Burgherrn.

»Das war der Letzte für heute. Jetzt kannst du mit meinem Vater sprechen!«

Der Herrentisch, an dem für gewöhnlich Burgherr Hadmar von Kuenring und seine Familie ihre Mahlzeiten zu sich nahmen, stand auf einem niedrigen Podest vor dem Kamin und überblickte die Halle, in der zu Essenszeiten weitere Tische für die Besatzung und das Gesinde der Burg aufgestellt wurden.

Wie immer an Gerichtstagen wurde der Burgherr auf den hohen, mit Schnitzereien verzierten Holzstühlen hinter dem Herrentisch von seiner Gattin Eufemia von Mistelbach und von Vater Burghard, dem ältlichen Pfarrer von Dürnstein, flankiert. Hadmar war im Herzogtum Österreich der Erste Ritter, der engste Vertraute von Herzog Leopold V., und verwaltete in dessen Namen ein Gebiet, das rund um die Stammburgen Dürnstein und Aggstein im Westen bis ins Mühlviertel reichte, im Osten bis zum Marchfeld und im Norden bis an die Grenze zu Böhmen und Mähren. Zwei Jahre zuvor hatte der Herzog Hadmar gleichermaßen eine besondere Ehre erwiesen und eine besondere Verantwortung auferlegt, indem er ihm den in Wien gefangen genommenen englischen König Richard Löwenherz zur sicheren Verwahrung übergab, bis dieser nach Abschluss der Verhandlungen über sein Lösegeld an den deutschen Kaiser Heinrich VI. ausgeliefert wurde.

Hadmar von Kuenring war schon Anfang fünfzig, glattrasiert, dunkelhaarig wie seine Söhne Hadmar junior und Heinrich, die Schläfen unter dem Pagenschnitt bereits grau meliert. Er trug selbst am Gerichtstag nur einen schlichten schwarzen Leibrock anstelle der traditionellen goldenen

Röcke mit den schwarzen Querstreifen, die seinen Soldaten ein wenig das Aussehen von Wespen auf zwei Beinen verliehen. Er hatte es nicht nötig, seine Wappenfarben zu zeigen: Seine Untertanen wussten auch so, wer er war. Eufemia von Mistelbach trug ein mitternachtsblaues Kleid mit geschmackvollen silberfarbenen Stickereien und eine weiße Leinenhaube, unter der nur ein paar Strähnen ihres Haares hervorlugten. Sie hatte ihren Söhnen offenbar ihre schlanke Figur und ihre gleichmäßigen, gut geschnittenen Gesichtszüge vererbt. Eufemia konnte Niki gut leiden, weil sie wie er Musik und Gedichte liebte, und schenkte ihm zur Begrüßung ein huldvolles Lächeln.

Während Vater Burghard, ein spindeldürrer alter Mann mit einem großen Adamsapfel und wirr vom Kopf abstehenden weißen Haaren, noch damit beschäftigt war, sorgfältig die letzten Richtersprüche des Burgherrn mit Tinte und Federkiel zu Pergament zu bringen, hörten Vater und Sohn Hadmar sowie Eufemia aufmerksam zu, als Niki die Ereignisse dieses langen Tages für sie Revue passieren ließ: von der Obduktion von Magdalenas Leichnam durch Bruno den Stadtwächter über den Auftritt von Hauptmann Roderich und Nikis Untersuchung des vermeintlichen Tatortes bis hin zu der wenig erfolgreichen Vorsprache bei Bürgermeister Eduard.

»Und du glaubst nicht, dass dieser Jude der Täter ist?«, fragte Ritter Hadmar, legte die Stirn in Falten und wechselte besorgte Blicke mit Frau und Sohn.

»Kann ich mir nicht vorstellen«, antwortete Niki. »Die Straßen waren menschenleer gestern Abend, und der Nebel so dicht, dass man zeitweise die Hand nicht vor den Augen sehen konnte. Wäre Mendel der Mörder, hätte er sein Opfer ungesehen an so ziemlich jedem beliebigen Platz in Krems ablegen können. Und nicht ausgerechnet auf seiner eigenen Türschwelle.«

Niki schaute in das knisternde Kaminfeuer und strich

sich nachdenklich über den schütteren Bartflaum auf seinem Kinn.

»Außerdem hat Mendel kein Motiv für den Mord. Zumindest keines, von dem wir bisher wissen.«

»Motiv?«, fragte Eufemia.

»Keinen Anlass. Keinen Beweggrund«, erklärte Niki, der es gewohnt war, dann und wann unbedacht verwendete Begriffe aus seiner Zeit erklären zu müssen. »Er war nie zu Gast im Badehaus, weil die Juden ihr eigenes haben. Engeltrud sagt, Magdalena hat Mendel nur vom Sehen gekannt, genau wie sie selbst. Liebe. Hass. Rache. Geld. Macht. Irgendeinen Anlass gibt es immer für ein derartiges Verbrechen. Niemand mordet völlig ohne Beweggrund!«

Die »Jack the Ripper im Mittelalter«-Theorie lassen wir jetzt mal außen vor, dachte er.

»Um das endgültig zu beurteilen und jeden Zweifel auszuräumen, müssten wir mit Mendel selber sprechen«, fuhr er fort. »Der wird aber gerade im Keller vom Herzogshof von Hauptmann Roderich gefoltert, der Verbrecher angeblich an ihrem Aussehen erkennen kann. Und sowohl der Hauptmann als auch der Bürgermeister haben Engel und mir in unserem eigenen Interesse nahegelegt, uns aus der Sache herauszuhalten. Jeder auf seine Weise, aber beide in aller Deutlichkeit.«

Niki hob den Blick und sah dem Burgherrn in die Augen.

»Engeltrud und ich wollen nichts anderes, als im Rahmen der Ermittlungen gehört zu werden«, sagte er. »Damit der wahre Mörder zur Verantwortung gezogen wird, und nicht der erstbeste Verdächtige! Könnt Ihr den beiden nicht einfach befehlen, uns anzuhören und mit Mendel sprechen zu lassen? Solange er noch dazu in der Lage ist, Antworten zu geben?«

Ritter Hadmar zuckte resigniert mit den Schultern.

»Glaub mir: Nichts täte ich lieber! Der Hauptmann ist ein Aufschneider, der seinen ganzen Sold für Wein ausgibt – zumindest den Teil davon, den er nicht vorher beim Würfeln verliert: Er ist wahrlich ein begnadeter Spieler vor dem Herrn! Und der Bürgermeister …« Der Burgherr verzog das Gesicht zu einer angewiderten Grimasse. »Der Bürgermeister ist ein eitler Geck, viel zu jung für sein Amt und voller neumodischer Ideen.«

»Eigentlich genau wie du, Blondie«, grinste der junge Hadmar. »Ihr müsstet fürwahr blendend miteinander auskommen!«

»Der Mord wurde im Stadtgebiet von Krems begangen, dort habe ich nichts zu sagen«, fuhr Ritter Hadmar fort, ohne seinem Sohn Beachtung zu schenken. »Zu meinem großen Leidwesen, wie ich gestehen muss. Besonders wenn ich mir ansehe, welche Reichtümer Krems und Stein Jahr für Jahr anhäufen. Jedes verdammte Handelsschiff legt hier an und leistet seinen Obolus, bevor es seine Reise nach Wien und weiter nach Ungarn fortsetzt. Jede Fuhre Salz, die aus Hallein oder Bad Reichenhall nach Böhmen und Mähren transportiert wird, wird hier besteuert. Kein Wunder, dass die Pfeffersäcke in den Städten immer reicher und fetter werden, während meine Bauern hier am Land zusehen müssen, dass sie über den Winter kommen, ohne dabei aus lauter Verzweiflung das Getreide aufzuessen, das sie für die Aussaat im nächsten Frühjahr zur Seite gelegt haben!«

Der Burgherr schlug mit der flachen Hand auf den Tisch, sodass ein Federkiel vom alten Vater Burghard über die Kante rollte und ins Stroh auf den Boden fiel. Ein paar junge Hunde stürzten sich darauf in der vergeblichen Hoffnung, es würde sich dabei um einen Knochen handeln, und begannen, spielerisch miteinander zu raufen.

»Wo ist sie nur hin, die gute alte Zeit, als wir Ritter in unseren Ländereien noch nach Belieben rauben, morden und brandschatzen konnten?«, rief er mit einem grimmigen Lächeln.

»Das war ein Scherz«, fügte er hinzu, als er Nikis entsetzten Blick sah. »Aber im Ernst: Diese Vollmacht kann dir nur Herzog Leopold geben. Wenn er dich mit der Suche nach dem Mörder beauftragt, dann hast du freie Hand in Krems!«

Als Niki sich mit hängenden Schultern von Ritter Hadmar, Frau Eufemia und Vater Burghard verabschiedete, legte der Burgherr seinem Sohn eine Hand auf den Arm.

»Bist du so gut und reitest für mich zu Joachim nach Aggstein rauf?«, bat er ihn. »Ja, jetzt gleich. Frag ihn einfach, ob bei ihm … alles ist, wie es sein soll. Er wird wissen, was ich damit meine.«

Wenn Niki nicht so übermüdet gewesen wäre und mit seinen Gedanken schon zu Hause bei Engeltrud und Bertram, wäre ihm sicher der angespannte Tonfall aufgefallen – und der eindringliche Blick, den Burgherr Hadmar dabei mit seinem Sohn wechselte.

»Was meinst du mit: *Dann muss ich halt nach Wien fahren und mir vom Herzog die Erlaubnis holen*?«, fragte Niki entgeistert. »Ich dachte, wir wollten nur, dass man uns zuhört?«

Die Hütte, die Niki seit seiner unfreiwilligen Ankunft in Dürnstein zu Beginn des Jahres 1193 gemeinsam mit den Geschwistern Engeltrud und Bertram bewohnte, bestand nur aus einem einzigen Raum. Von den Trägerbalken an der Decke über der zentralen Feuerstelle hingen allerlei Kochgerätschaften, Gewürze und Kräuter herab. Die Einrichtung bestand im Wesentlichen aus einem Tisch, umgeben von ein paar dreibeinigen Schemeln, einem Regal mit hölzernen Schüsseln und Trinkbechern und der Bettstatt, wo Bertram auf einem Strohsack seine Nächte verbrachte. In einer Ecke lehnte eine kostbare Armbrust, die von arabischer Bauart war und den kunstvollen Verzierungen und fremdländischen Schriftzeichen nach zu schließen wohl einmal einem reichen muslimischen Würdenträger gehört hatte. Der junge Hadmar hatte sie Engel geschenkt als Dank für einen rettenden Einfall beim Kampf gegen eine Bande bulgarischer Straßenräuber und dem Mädchen in den Monaten ihres Aufenthaltes in Konstantinopel geduldig beigebracht, wie man damit umgeht: wertvolle Fertigkeiten, die sich bei ihrer Flucht aus Byzanz und auf der Heimreise der Gefährten als lebensrettend erwiesen hatten.

Der Boden der Hütte bestand aus festgestampfter Erde, bedeckt mit einer dicken Schicht aus Stroh und getrockneten Kräutern. Es war wie üblich halbdunkel in dem fensterlosen Raum, und der Rauch aus dem kleinen Feuer brannte Niki in den Augen.

Gemeinsam mit Bertram saß er am Tisch und sah Engeltrud dabei zu, wie sie, beladen mit Wolldecken und Schafsfellen, trotz Babybauchs geschickt die Leiter von der Zwischendecke herunterkletterte, wo das junge Liebespaar für gewöhnlich übernachtete – mit einigem Abstand zum Licht und der Wärme des Feuers, aber auch zu den Augen und Ohren von Engels großem Bruder. Bis zu diesem Tag zumindest: Niki und Engel wollten mit ihren wenigen Habseligkeiten wie geplant in den alten Wachturm umziehen, obwohl ihre Hochzeit natürlich nicht stattgefunden hatte. Deshalb standen zwei der drei mit eisernen Beschlägen versehen Truhen, in denen die Bewohner der Hütte ihre Siebensachen aufbewahrten, mit geöffnetem Deckel mitten im Raum. Dort warteten sie darauf, fertig gepackt und von Niki und Bertram mit dem Leiterwagen den kurzen Weg zur Stadtmauer und dann den halben Burgberg hinauf zum Wachturm übersiedelt zu werden.

Niki sprang auf, nahm seiner Verlobten die Decken und Felle ab und legte sie auf den Tisch.

Engeltrud verdrehte die Augen.

»Wie oft hab ich dir schon gesagt, dass du mir nicht hilfst, indem du mir Dinge abnimmst und sie *irgendwo* ablegst?«, fragte sie gereizt. »Du weißt genau, dass wir die Decken mitnehmen wollen. Warum legst du sie nicht gleich in eine Truhe?«

»Ich hab gesehen, dass du schwer beladen bist, und wollte dir helfen«, rechtfertigte sich Niki entrüstet.

»Wenn du die Decken auf den Tisch legst, hilfst du mir aber nicht. Genauso gut könntest du sie in den verdammten Garten hinauslegen! Dorthin, wo du immer das Brennholz fallen lässt, anstatt es hier neben der Feuerstelle aufzuschlichten!«

Niki legte die Stirn in Falten. So hatte er sich seinen Hochzeitstag wirklich nicht vorgestellt. Er war todmüde, gezeichnet von seiner schrecklichen Entdeckung am Vorabend, von einer schlaflosen Nacht und einem langen Tag voller unerfreulicher Erkenntnisse und Konfrontationen.

»Meinst du das im Ernst, dass ich morgen nach Wien reisen soll, um Herzog Leopold zu treffen? Wie stellst du dir das vor, Engel? Ich bin ein Troubadour, ein Minnesänger, und kein verdammter ... *Detektiv!*«, sagte er daher schärfer, als er eigentlich wollte. »Ich habe genau keine Ahnung von der Aufklärung von Verbrechen. Alles, was ich darüber weiß ...« Niki brach ab.

... habe ich aus Büchern, Film und Fernsehen!, dachte er missmutig.

Dieser Gedanke erinnerte Niki einmal mehr an den moralischen Zwiespalt, über den er schon den ganzen Tag nachgegrübelt hatte: Einerseits glaubte er an die Unschuld von Mendel dem Schachspieler und würde es sich nie verzeihen, wenn der alte Jude auf dem Galgenberg sein Leben lassen würde, bloß weil Niki sich nicht energisch genug für den Beweis seiner Unschuld eingesetzt hatte. Andererseits: Was würde geschehen, wenn er mit dem gesammelten Wissen aus seinen geliebten Kriminalgeschichten – von Sherlock Holmes bis »Tatort«, von Hercule Poirot bis »CSI« – hier im Mittelalter einen Mörder überführte, der ohne sein Zutun unentdeckt geblieben wäre? Welche Auswirkungen würde das auf die Zukunft haben, wie er sie aus den Geschichtsbüchern seiner Zeit kannte? Was, wenn er damit unwissentlich den Stammvater eines zukünftigen Herrscherhauses ausradierte, eines genialen Wissenschaftlers, eines begnadeten Künstlers?

Die Möglichkeit, dass der wahre Mörder gar einer seiner eigenen Urahnen sein könnte, verbannte Niki bewusst aus seinen Gedanken: Darüber wollte er gar nicht erst nachdenken, davon würde er nur Kopfschmerzen bekommen. Wenn er jetzt Engels Wunsch entsprach und sich selbst auf die Suche nach Magdalenas Mörder begab: Würde er damit nicht den natürlichen Lauf der Dinge beeinflussen? Mit voller Absicht genau das machen, was er sonst so tunlich zu vermeiden suchte?

»Hör mal, ich mochte Magdalena genau so sehr wie du, aber ich bin von allen hier der am wenigsten geeignete Ermittler!«, fügte er hinzu, immer noch fieberhaft auf der Suche nach einem Ausweg aus seinem Dilemma. »Warum fragst du nicht Hadmar? Der hat Autorität, immerhin ist er der Sohn des Lehnsherrn. Oder deinen speziellen Freund Joachim, den Herrn von Burg Aggstein? Du weißt, dass er dir keinen Wunsch abschlagen kann!«

Bertram der Bulle seufzte und verdrehte die Augen. Nach fast zwei Jahren der Wohngemeinschaft mit seiner Schwester und ihrem Freund erkannte er einen aufziehenden Sturm bereits an seinen ersten Vorzeichen.

Engeltrud schleuderte ein Bündel Sommerkleider unnötig

leidenschaftlich in ihre Kiste, fuhr herum und sah Niki mit zusammengekniffenen Augen an. Wenn er mit seiner scherzhaften Anspielung auf die frühere intime Beziehung zwischen Engel und Joachim die zunehmend aufgeheizte Atmosphäre hatte auflockern wollen: Es hatte nicht funktioniert.

»Oder wir überlassen die Sache wirklich der Stadtwache«, fuhr Niki eilig fort. »Dieser Bruno macht den Eindruck, als wüsste er, wovon er spricht!«

»Ja, aber auf den hört ja niemand!«, gab Engeltrud hitzig zurück. »Du warst dabei, als Hauptmann Roderich seine Arbeitsweise erklärt hat. Glaubst du im Ernst, der findet Magdalenas Mörder?«

»Du warst auch dabei! Du hast gehört, was er gesagt hat: Wenn ihm jemand in die Quere kommt, dann kann er gleich Mendel in seiner Zelle Gesellschaft leisten! Was soll ich dann machen? Mit ihm Schach spielen, bis man ihn zu seiner Hinrichtung abholt?«

»Wenn du dir von Herzog Leopold eine Vollmacht holst, kann dich niemand irgendwohin wegsperren! Machst du dir jetzt in die Hosen aus Angst vor dem fetten Hauptmann? Ich hab dich immer für mutig gehalten. Sag mir jetzt bitte nicht, dass ich mich in dir getäuscht habe!«

Niki und Engel standen einander gegenüber im Halbschatten der Hütte, die Gesichter gerötet, die Nasenspitzen nur durch eine Handbreite getrennt, die Augen funkelnd im Schein der Flammen aus der Feuerstelle.

»Ihr Troubadoure singt doch immer von Minnediensten, die edle Ritter ihren angebeteten Damen leisten, um einen Beweis ihrer Gunst zu erlangen?«, sagte Engeltrud leise. »Such Magdalenas Mörder für mich! Rette Mendel, indem du den wahren Isengrim findest. Als Minnedienst. Und als Gunstbeweis gewähre ich dir nicht weniger als meine Hand, für den Rest meines Lebens. Klingt doch wie eines deiner Lieder, oder?«

Wenn du auf den richtigen Moment gewartet hast, um

aus der Kiste im letzten Augenblick noch unbeschadet rauszukommen: Das wär er gewesen, würde Niki später denken.

»Das gilt nur für Edeldamen«, sagte er stattdessen gedankenlos.

Engel riss die Augen auf und zuckte zurück, als hätte Niki sie geschlagen.

»Und für mich gilt das nicht?«, sagte sie so leise, dass es kaum verständlich war. »Bin ich für dich also auch nur eine Hure, so wie Magdalena für den Hauptmann?« Tränen der Wut und des Schmerzes ließen ihre grünen Augen glänzen. »Ich glaube, es ist besser, du gehst jetzt.«

Niki war gleichermaßen überrascht wie betroffen. Leidenschaftliche Streitigkeiten war er gewohnt von seiner Verlobten: hitzige Wortgefechte, knallende Türen, regelmäßig gefolgt von ebenso leidenschaftlicher Versöhnung. Engels eisige Worte waren neu für ihn und trafen ihn tief.

»Heißt das, du kommst nicht wie abgemacht mit in unser neues Zuhause?«, fragte Niki tonlos. »Nach all der Arbeit, die wir uns damit gemacht haben?«

»Ich bleibe hier«, gab Engel leise, aber bestimmt zurück.

Niki kannte diesen Tonfall: Engeltrud hatte eine Entscheidung getroffen. Es hatte keinen Sinn, weiter mit ihr darüber zu diskutieren.

»Tu, was du nicht lassen kannst«, zischte er, machte auf dem Absatz kehrt und stapfte grußlos aus der Hütte.

Er sah nicht mehr, wie Engel die Hände vors Gesicht schlug und zu weinen begann.

»Tränen trocknen schnell
Die Sunn brennt haß
Und scheint no ganz genauso hell
Erinnerung is nur a Reifnspur im Sand

Der Wind wahts zua
Oft vü zu frua
Hast as nimma in da Hand …«

»Singst du da von … Magdalena? Oder von … meiner Schwester?«, fragte Bertram der Bulle leise.

Niki hatte von niemandem im Speziellen gesungen; das Lied von Rainhard Fendrich, sein Text, seine Akkorde waren ihm beim Herumklimpern auf seiner Laute vermeintlich ohne Anlass in den Sinn gekommen. Er warf seinem Schwager in spe einen überraschten Seitenblick zu.

Er hat mit Engel nicht nur das rote Haar gemeinsam, dachte er. *Er hat auch ihre grünen Augen. Aber die von Bertram sind sanfter.*

Einmal mehr wunderte er sich darüber, wie feinfühlig der oft so linkisch wirkende Koloss sein konnte.

»Trifft wohl auf beide zu«, gab Niki mit einem bitteren Lächeln zurück, legte die Laute zur Seite und füllte ihre Becher noch einmal mit Wein.

Bertram hatte sich die Bewirtung redlich verdient: Nach Nikis unrühmlichem Abgang hatte er die Kiste mit dessen Habseligkeiten verschlossen, auf den Leiterwagen gehievt und diesen ganz alleine den Burgberg hinaufgeschoben. Und das auch noch durch den dichten Nebel, der mit der Dämmerung zurückgekehrt war und Dürnstein einmal mehr in eine fast undurchdringliche Milchsuppe getaucht hatte.

Der alte Wachturm, in dem die beiden jungen Männer zusammensaßen, war von Ritter Hadmars Vater rund fünfzig Jahre zuvor gleichzeitig mit der Burg Dürnstein errichtet worden: ein stämmiger runder Turm mit zwei Geschoßen und einer mit Zinnen versehenen Brustwehr (die Niki bei sich seine »Dachterrasse« nannte), auf halbem Weg zwischen der Burg und dem Dorf Dürnstein. Da der Wachdienst in dem einsam gelegenen Turm langweilig und unbeliebt war und noch nie ein Angriff auf die Stammburg der Kuenringer mitten in ihrem ausgedehnten Lehen gedroht hatte, war das Gebäude mit den dicken Mauern und den kreuzförmigen Schießschartenfenstern bald zum Abstellraum für altes Gerümpel verkommen.

Nachdem der Burgherr Niki und Engeltrud erlaubt hatte, den Turm als Ehewohnung zu nutzen – unter der Auflage, ihn in gutem Bauzustand zu erhalten und bei Gefahr im Verzug wieder seiner alten Verwendung zuzuführen –, hatte Niki das moosbewachsene, verdreckte Gebäude mit tatkräftiger Unterstützung seiner Freunde ausgeräumt, blitzblank geputzt und mit neuer Einrichtung in einen heimeligen Wohnturm verwandelt: Das Erdgeschoß mit dem offenen Kamin war zu einer großzügigen Wohnküche geworden, mit Tisch, bequemen Scherenstühlen und hölzernen Läden vor den Fenstern; das über eine Leiter erreichbare Obergeschoß zu einem geräumigen Schlafzimmer samt Himmelbett, das mit dicken Vorhängen rundum gegen Kälte, Zugluft und Ungeziefer geschützt werden konnte.

Niki seufzte und ließ den Kopf hängen, als er daran dachte, dass er heute zum ersten Mal darin schlafen würde – alleine, anstatt mit Engeltrud seine Hochzeitsnacht darin zu verbringen.

Gestern um die Uhrzeit hab ich Idiot noch geglaubt, mein größtes Problem wird heute darin bestehen, im Bett mit Engel einen hochzukriegen, während alle unsere Freunde rundherum stehen und dabei zusehen. Und im Fall der Zwillinge: blöde Kommentare schieben, dachte er. *Vierundzwanzig Stunden später, und mein Leben hat sich in einen verdammten Albtraum verwandelt!*

»Ich komme mit, wenn du nach ... Wien reist«, sagte Bertram in die Stille hinein und riss Niki damit jäh aus seinen trüben Gedanken.

»Wie kommst du auf die Idee, dass ich nach Wien reise?«, fragte er überrascht.

»Weil ich dich kenne«, antwortete Bertram schlicht. »Weil du keinen ... Unschuldigen sterben lassen würdest. Weil du zu Engel … gesagt hast, der wahre Täter könnte … weiter töten.«

»Das ist alles?«

»Weil du die Achtung meiner … Schwester zurückgewinnen willst.«

»Und ihre Liebe«, murmelte Niki niedergeschlagen.

»Ihre Liebe wirst du … nie verlieren. Nicht jetzt. Und auch sonst niemals. Egal, was du tust.«

»Woher willst du das wissen?«

»Weil ich auch sie kenne«, lächelte Bertram. »Engel hat ihren Körper oftmals … hingegeben im Badehaus. Ich habe aber immer gewusst, dass sie nur … einmal im Leben ihr Herz verschenken würde. Das dafür aber … für immer. Sie hat dich ausgewählt. Damit musst du jetzt … leben. Für immer.«

Niki biss sich auf die Lippen und wandte sich rasch ab, um sich seine Erleichterung nicht anmerken zu lassen.

»Verdammter Rauch«, murmelte er in Richtung des Kamins, in dessen Glut er ein paar Körner aromatischen Weihrauchharzes geworfen hatte, und wischte sich verstohlen über die Augen.

»Ich komme mit, wenn du nach … Wien reist«, wiederholte Bertram, als hätte es den dazwischenliegenden Dialog nie gegeben.

»Nein. Das kommt gar nicht infrage«, gab Niki entschlossen zurück.

»Mit einem Nein gebe ich mich … nicht zufrieden!«

»Ich kann es dir auch in vielen anderen Sprachen sagen, wenn dir das hilft. No? Non? Nee? Sogar auf Russisch: Njet!«

»Nikolaus, ich meine das … ernst.«

»Tatsächlich? Das ändert natürlich alles!«

»Wirklich?«

»Njet.«

Ein paar Atemzüge lang herrschte Stille im Turm. Holz

knackte im Kamin. Ein leichter Duft nach Weihrauch lag in der Luft.

»Wie kommen wir am besten nach … Wien morgen?«, fragte Bertram. »Mit einem Schiff?«

»Bloody hell!«, explodierte Niki, sprang auf und warf aufgebracht die Arme in die Luft. »Sind in eurer Familie eigentlich alle so stur wie du und deine Schwester?«

Niki wusste aus Erfahrung, dass es völlig sinnlos war, zu versuchen, Bertram von einer einmal getroffenen Entscheidung abzubringen. Bertram dachte langsam, sprach langsam und handelte langsam. Er war aber auch groß und stark und gebaut wie ein Kleiderschrank; Menschenmengen neigten dazu, sich zu teilen wie das Rote Meer vor Moses und den Israeliten, wenn der junge Mann mit dem unbändigen Haarschopf und den abstehenden Ohren unter ihnen auftauchte. Einmal in Bewegung gesetzt war er durch nichts und niemanden von seinem Ziel abzubringen. Nicht umsonst hatte man den riesenhaften jungen Mann in Dürnstein abwertend »den Ochsen« oder »den Golem« genannt, bevor Niki seinen Spitznamen durch konsequente Verwendung mit der Zeit in den schmeichelhafteren »Bullen« geändert hatte.

Wieso eigentlich nicht? Jeder Sherlock Holmes braucht schließlich einen Doktor Watson!, dachte Niki. *Aber ganz so einfach will ich es ihm nicht machen.*

»Mit einem Schiff? Verlockend«, sagte er und lächelte boshaft, als er Bertrams Gesicht aufleuchten sah vor Freude darüber, dass er mitkommen durfte. »Stromabwärts geht es schnell und mühelos, wie letztes Jahr bei unserer Reise nach Konstantinopel. Dann sind wir morgen am späten Vormittag in Wien, frisch und ausgeruht. Nur müssen wir in diesem Fall zu Fuß zurückgehen, und dazu brauchen wir zwei volle Tage. So viel Zeit haben wir nicht. Gott allein weiß, was Hauptmann Roderich in der Zwischenzeit mit dem armen Mendel anstellt.«

Bertrams glückliches Lächeln fiel in sich zusammen, als ihm klar wurde, was das bedeutete.

»Ich fürchte, uns bleibt keine andere Wahl, als zu reiten. Vormittags hin, am Nachmittag zurück. Dann sind wir am späten Abend wieder hier in Dürnstein, nur halt grün und blau vom Reiten. Willst du immer noch mitkommen?«

Bertram, der abgesehen von Hunden unter allen Tieren Pferde am meisten liebte, aber das Reiten aus ganzem Herzen hasste, seufzte vernehmlich.

»Ein Mann muss tun, was … ein Mann tun muss!«, sagte er schließlich mit heroischer Überwindung. »Ich hole dich morgen früh ab. Mit unseren Pferden. Wenn Vater Burghard zur … Morgenmesse läutet.«

»Danke. Und vergiss nicht, dem Anlass entsprechende Kleidung mitzunehmen«, sagte Niki und klopfte seinem zukünftigen Schwager aufmunternd auf die Schulter.

»Kettenhemd, Waffenrock, das volle Programm. Wir wollen schließlich einem Herzog unsere Aufwartung machen!«

Der zweite Tag: Schatten der Zukunft

Donnerstag, 3. November 1194

Bertram der Bulle hatte sich tatsächlich nicht lumpen lassen, was seine Bekleidung betraf, und Niki stand ihm darin um nichts nach. Kein Wunder, dass die Menschen respektvoll für die beiden jungen Männer Platz machten, als sie die Taverne am westlichen Stadtrand von Wien verließen, bei der sie ihre Pferde eingestellt und ein kleines Mittagmahl eingenommen hatten.

Bertram trug die Rüstung eines Soldaten aus dem Haushalt von Hadmar von Kuenring: ein oberschenkellanges Kettenhemd, darüber den traditionellen goldenen Waffenrock mit den schwarzen Querstreifen. Schwert, Schild und ein schwarzer Wollmantel vervollständigten seinen Auftritt. Einzig seinen Spangenhelm mit dem eindrucksvollen Nasenstück hatte Bertram zu Hause gelassen; der Helm hatte nie wirklich gut auf seinen runden Kopf mit den abstehenden Ohren gepasst. Stattdessen trug er nur die wattierte Unterziehhaube, und darüber einen Hut aus dickem Wollfilz, der bei Regen und Nebel warm und trocken hielt.

Niki hatte sich in das gekleidet, was er ironisch seine »Einserpanier« nannte: den kunstvoll bestickten Waffenrock aus rotem Stoff mit den beiden goldenen, auf den Hinterbeinen aufgerichteten Löwen – seit der normannischen Eroberung im Jahr 1066 das Wappen der englischen Krone. Den Rock hatte ihm Richard Löwenherz am Ende seiner Gefangenschaft als Geschenk zurückgelassen, zum Dank für seine Dienste. Wie Bertram der Bulle hatte auch Niki sich mit seinem Schwert gegürtet. Hier in Wien wusste ja niemand, dass er es sonst nur zum Einfetten gegen den Rost aus seiner Scheide holte – und bei den seltenen Gelegenheiten, wenn Hadmar seine Freunde zum Üben verdonnerte und Niki nicht schnell genug mit einer guten Ausrede das Weite suchen konnte. In dem Wintermantel mit der Pelzkapuze, die blonden Locken in der Morgensonne offen auf seine Schultern fallend, sah er in diesem Moment wohl tatsächlich wie ein englischer Edelmann aus, der mit seinem Knappen auf dem Weg zu einer Audienz mit Herzog Leopold war.

»Schau mal, Bert«, sagte Niki. »Die Porta Principalis Sinistra. Eines der drei Tore des Römerlagers Vindobona!«

Wie immer, wenn Niki den Stadtkern der Hauptstadt des Herzogtums Österreich betrat, versuchte er sich zu orientieren und herauszufinden, wo er sich auf dem Stadtplan des modernen Wiens wohl gerade befand. In diesem Fall fiel ihm das leicht: Der Ottakringer Bach, den die beiden jungen Männer in diesem Augenblick auf einer steinernen Brücke überquerten, floss in Nikis Zeit längst unterirdisch auf seinem Weg in Richtung Donau; die Straße an seiner Stelle trug jedoch immer noch den passenden Namen »Tiefer Graben«.

Das heißt: Wir befinden uns grad auf der heutigen … Wipplingerstraße, sinnierte er. *Auf der römischen Via Principalis, die quer durch den ältesten Teil der Stadt führt bis zum gegenüberliegenden Tor bei der Rotenturmstraße.*

Vor ihnen ragte das alte römische Tor auf, an vielen Stellen geflickt und ausgebessert mit Stein und Holz, auf beiden Seiten flankiert von der baufälligen Lagermauer. Tausend Jahre alt, und noch immer das stolze Zeugnis einer untergegangenen Zivilisation. Genau genommen waren es zwei Tore, die nebeneinander in einer mächtigen Turmanlage eingebettet waren. Die massiven Türme zu beiden Seiten der Tore waren so hoch wie ein zweistöckiges Haus, ihre flachen Dächer teilweise noch mit roten Dachziegeln gedeckt. Die Tore selbst, gefertigt aus massiven Holzbohlen und so hoch wie zwei Männer, standen weit offen.

»Wollt Ihr einen Stand mieten am Hohen Markt? Oder wollt Ihr bloß ein Tuch auslegen?«, sprach einer der Torwächter Niki und Bertram an. »Das Erstere kostet zehn Pfennige, das Letztere fünf.«

Niki sah den in die rot-weiß-roten Farben der Babenberger gekleideten Wächter indigniert an und breitete in einer ungeduldigen Geste die Arme aus, um anzuzeigen, dass sie offensichtlich keine Waren bei sich hatten – nicht für einen Stand und nicht für ein Tuch.

»Wir sind keine Händler, guter Mann«, sagte er so herablassend, wie er hochgeborene Herren oft mit dem einfachen Volk sprechen gehört hatte. »Wir sind auf dem Weg zu einer Audienz bei Herzog Leopold. Seid so gut und weist uns den Weg zu seiner Residenz!«

Der Wächter riss die Augen auf, musterte erschrocken den hochmütigen jungen Mann in der teuren Kleidung, seinen scheinbar ebenso breiten wie großen Begleiter, richtete sich auf und salutierte.

»Willkommen in Wien, Herr«, sagte er. »Die Residenz des Herzogs ist nicht zu verfehlen: Ihr biegt gleich nach dem Tor rechts in die erste Gasse ein. An ihrem Ende liegt schon der Platz, wo die Burg steht. Wir nennen ihn ‚Am Hof‘.«

Niki lächelte: Auch diesen Namen kannte er aus seiner Zeit, selbst wenn sich an diesem Platz statt einer herzoglichen Residenz dann eine Parkgarage, das »Park Hyatt Vienna«-Hotel und die Zentrale der Wiener Feuerwehr befinden würden.

Er nickte dem Wächter huldvoll zu und betrat mit einem siegesgewissen Lächeln den ältesten Teil der Stadt.

Der schrille Schrei ging durch Mark und Bein und traf Niki völlig unvorbereitet.

Er sah sich erschrocken nach allen Richtungen um und zuckte zusammen, als er Bertrams Hand auf seiner Schulter spürte.

Bertram deutete auf ein Geschäft an der linken Straßenseite; was er dazu sagte, ging in dem immer noch markerschütternden Quieken des Schweines unter, das dort soeben von einem Fleischer in einer blutigen Schürze geschlachtet wurde. Blut spritzte. Schlingen von blassen Gedärmen fielen auf die Straße. Der Gestank nach Fäkalien war plötzlich überall.

Niki hielt den Atem an und eilte mit ein wenig weichen Knien nach rechts in die Gasse, die zur Residenz von Herzog Leopold führte.

Wenn ich vergessen hätte, warum wir hier sind, dachte er und verdrehte die Augen zum Himmel, *jetzt wüsste ich es wieder.*

Nikis Herz sank, als er die zwei Wächter erblickte, die zu beiden Seiten des Tores der Babenbergerresidenz Wache hielten.

Wenn der Wachmann am Stadttor in etwa das Gegen-

stück eines gemütlichen Dorfpolizisten war, dachte er, *dann gehören die zwei hier zur Spezialeinheit.*

Die beiden Männer – einer ein rotbackiger junger Mann, nicht viel älter als Niki selbst, der andere ein alter Haudegen mit faltigem Gesicht – trugen keine rot-weiß-roten Waffenröcke; sie trugen Kettenhemden. Die Schwerter an ihren Gürteln waren keine Angeberwaffen mit kunstvoll verzierten Griffen oder Edelsteinen im Knauf: Sie waren kurz, schmucklos und wirkten eher wie gut gepflegte Werkzeuge. Die Speere, die die Wächter beim Herannahen von Niki und Bertram vor dem Eingang überkreuzten, sahen aus wie die Saufedern, die Niki von der Wildschweinjagd kannte: Klingen, so scharf wie Rasiermesser, dazu eine kurze Querstange zwischen Klinge und Schaft. Bei den Saufedern diente diese Parierstange dazu, zu verhindern, dass ein durchbohrtes Wildschwein, rasend vor Wut und Schmerz, den Speer in seinem Leib entlang bis zum anderen Ende weiterlief und den Jäger mit seinen Hauern noch tötete, bevor es selbst verendete. Niki wollte nicht wissen, wozu die Parierstange bei den Speeren der Wächter diente.

»Wer seid Ihr, und was ist Euer Begehr?«, fragte der jüngere der beiden Soldaten streng, als Niki und Bertram zu ihnen herangetreten waren.

Niki ließ in einer unschuldigen Bewegung, die jeder koketten Bademagd zur Ehre gereicht hätte, seinen von einer Spange am Hals zusammengehaltenen Mantel aufklaffen und gab damit den Blick auf die goldenen englischen Löwen auf seiner Brust frei.

»Nikolaus von Dürnstein, zu Euren Diensten«, sagte er. »Das ist mein, ähm, Knappe Bertram. Wir kommen, um Herzog Leopold ein Anliegen vorzutragen.«

Der junge Wächter legte die Stirn in Falten.

»Man hat uns nicht über Euren Besuch informiert«, sagte er. »Habt Ihr denn einen Termin für eine Audienz bei unserem Herrn?«

»Unser Anliegen ist von großer Dringlichkeit. Daher haben wir gehofft, auch ohne Termin mit dem Herzog sprechen zu können.«

»Man kann nicht einfach so in die Residenz des Herzogs spazieren«, sagte der Wächter. »Der Herzog nimmt heute keine Petitionen aus dem Volk entgegen. Gerichtstag ist immer dienstags, und heute ist Donnerstag. Morgen reitet er mit seinen engsten Beratern nach Graz, um dort nach dem Rechten zu sehen, er ist ja auch Herzog der Steiermark. Wenn Ihr keinen Termin habt, dann kommt in zwei Wochen wieder!«

»Ihr versteht mich nicht: Unser Anliegen ist wirklich wichtig«, sagte Niki eindringlich. »Ich übertreibe nicht, wenn ich sage, dass es eine Sache von Leben und Tod betrifft!«

»*Ihr* versteht *mich* nicht«, sagte der Wächter, der langsam ein wenig genervt wirkte. »Ich sagte Euch doch: Der Herzog hat heute keine Zeit für Euch. Kommt am Dienstag in zwei Wochen wieder!«

»Der Herzog befindet sich gerade mit dem Hauptmann drinnen im Hof«, warf der ältere Wächter ein. Seine Stimme war tief und rau, sein Tonfall aber freundlicher als der seines Kameraden. »Und in der Bibliothek wartet schon der Münzmeister auf ihn. Die beiden werden bis weit nach der Mittagsstunde die Köpfe zusammenstecken, darauf möcht ich wetten!«

»Bis weit nach der Mittagsstunde?«, wiederholte Niki und griff sich fahrig in die blonden Locken. »So lange können wir nicht warten! Wir müssen doch beim Einbruch der Nacht zurück in Krems sein …«

Er trat einen Schritt nach vorne, bis seine Nase fast die vor dem Tor überkreuzten Speere der Wächter berührte, und sah ein wenig ratlos zwischen den beiden Männern hindurch in den Innenhof hinein. Zwei in lange weiße Kleider gehüllte Frauen mit ebenso weißen Hauben eilten zielstrebig über den Hof; eine trug einen Korb voller Gemüse, die andere einen Stapel Wäsche. Herzog Leopold war nirgends zu sehen.

Nikis Gedanken rasten; fieberhaft überlegte er, wie er die Wächter davon überzeugen konnte, die beiden Besucher zum Herzog vorzulassen.

»Ich bin Bertram von Dürnstein. Das hier ist ... *Sir Nicholas*, Ritter der englischen Krone«, sagte Bertram und deutete mit einer Kopfbewegung auf Nikis noblen Waffenrock. »König Richard Löwenherz hat ihn ... persönlich in den Ritterstand erhoben.«

Niki sah seinen Freund mit großen Augen an.

Hoffentlich sagt er nicht dazu, dass er dabei in Gefangenschaft war, dachte er. *Und stockbetrunken.*

»Unsere Namen sind dem ... Herzog gut bekannt«, fuhr Bertram fort. »Wir durften ihm schon zweimal bei heiklen ... Angelegenheiten zu Diensten sein. Wollt Ihr bitte so gut sein, ihm unsere ... Anwesenheit mitzuteilen? Möge er selbst entscheiden, ob er uns ... empfangen will oder nicht.«

Die beiden Wächter sahen einander fragend an. Man konnte ihren Gesichtern deutlich ansehen, welche Risiken sie gegeneinander abwogen: das, den Herzog wegen einer Lappalie zu stören, gegen das, Besucher mit einer wichtigen Mission abzuweisen und sich nachträglich dafür Ärger einzuhandeln.

»Es würde dem Herzog ... gar nicht gefallen, wenn er erfährt, dass man uns nicht zu ihm ... vorgelassen hat«, sagte Bertram bedächtig. Er stand stoisch mit vor der Brust verschränkten Armen da und vermittelte den Eindruck, als könnte er gut und gerne noch Stunden in dieser Stellung ausharren.

»Das würde ihm sogar bestimmt nicht gefallen«, sagte Niki, der endlich seine Stimme wiedergefunden hatte.

Der ältere der beiden Wächter grinste.

»Ihr zwei seid die seltsamsten Vögel, die mir seit langer Zeit untergekommen sind hier am Tor«, sagte er. »Folgt mir, ich bringe Euch zu unserem Herzog. Und Gnade Euch Gott, wenn Ihr seine Zeit verschwendet!«

»Was sagst du?«, fragte Niki, als er bemerkte, dass Bertram mit ihm sprach. Er tat das, ohne dabei den Blick von dem Bild abzuwenden, das sich den beiden jungen Männern im Hof der Residenz bot.

Zwei Ritter trugen dort einen Zweikampf aus.

Die Residenz von Herzog Leopold wurde zwar »die Burg« genannt, war aber mehr Palast als Burg: ein geschlossener Ring von Gebäuden aus Stein oder Holz mit einem freien Platz in der Mitte, der für Feste, Turniere und Heerschauen verwendet wurde.

Und anscheinend auch zur Regelung von Meinungsverschiedenheiten, dachte Niki, während er fasziniert zusah, wie die beiden Männer einander umkreisten und dabei unter den lautstarken Anfeuerungen einer Gruppe von Zuschauern unablässig mit schweren Langschwertern aufeinander einschlugen.

»Ich sagte, dass ich ... den Herzog in dem Aufzug fast nicht ... erkannt hätte!«

Niki legte die Stirn in Falten, sah genauer hin – und merkte, dass Bertram recht hatte: Einer der beiden Kämpfer war tatsächlich Herzog Leopold selbst. Er erkannte auch, dass es sich bei dem Kampf wohl eher um einen Schau- oder Übungskampf als um ein ernsthaftes Duell handelte: Die beiden Kontrahenten waren lediglich mit knielangen, langärmeligen Kettenhemden gerüstet und trugen keine Helme.

Niki war überrascht von der Dynamik des Kampfes, von der Geschwindigkeit der Bewegungen, von der Kraft der

Hiebe – und davon, dass die beiden Männer dazwischen noch genügend Atem übrighatten, um einander zu necken und spöttische Bemerkungen zuzurufen.

Die beiden Ritter schlugen hart aufeinander ein und schonten einander dabei nicht. Angriff folgte auf Verteidigung, Ausfall auf Parade, Konter auf Finte, und das alles mit einer angesichts des Gewichtes der verwendeten Waffen fast unwirklich anmutenden Geschwindigkeit.

Unwillkürlich erinnerte sich Niki bei dem Anblick an den Abend seiner Ankunft im Dürnstein des Jahres 1193, der inzwischen fast zwei Jahre zurücklag: Ritter Scheck von Wald, der damalige Herr von Burg Aggstein, hatte ihm mit einer lässigen Bewegung mit einer Hand sein Langschwert gereicht; Niki hatte arglos danach gegriffen – und war dann unter dem unerwarteten Gewicht der Waffe vornüber gestolpert und hingefallen. Letzten Endes hatte er beide Hände benötigt, um Ritter Schecks Schwert wieder vom Boden aufzuheben.

Und die beiden schlagen sich solche Schwerter um die Ohren, als ob es sich dabei um bloße Säbel handeln würde, dachte Niki. *Und sehen dabei aus, als könnten sie den ganzen Tag so weitermachen!*

Während Niki und Bertram dem Schauspiel mit großen Augen zusahen, taumelte Herzog Leopold beim Parieren eines besonders harten Schlages seines Gegners zurück, verlor das Gleichgewicht und stürzte zu Boden. Geschickt wie eine Katze sprang er wieder auf die Beine, aber es war zu spät: Diesen Waffengang hatte er verloren.

Die beiden Kontrahenten schüttelten einander die Hände. Unter den Zusehern wechselten da und dort ein paar Münzen den Besitzer. Einige der Verlierer, die ihre Verluste wieder wettmachen wollten, riefen nach einer Wiederholung.

Doch der Herzog hatte offenbar genug. Der ältere Wächter trat an ihn heran, deutete auf Niki und Bertram und sagte dabei etwas, das Niki nicht verstehen konnte. Der

Herzog sah zu den beiden jungen Besuchern herüber, kniff die Augen zusammen – und lächelte.

»Jetzt steht schon auf, Männer«, sagte Herzog Leopold ein wenig unwirsch. »Ihr müsst nicht ausgerechnet im ärgsten Schlamm vor mir auf die Knie fallen!«

Niki, der die kalte Feuchtigkeit in derselben Sekunde an seinem linken Knie gespürt hatte, blickte nach unten und unterdrückte einen Fluch.

Verdammter Mist, dachte er. *Das ist meine beste Hose!*

»Ich fühle mich geehrt«, sagte der Herrscher über die Herzogtümer Österreich und Steiermark lakonisch und zog eine Augenbraue amüsiert in die Höhe.

Gott, hab ich das jetzt am Ende laut gesagt?

»Entschuldigt bitte, Hoheit«, stammelte Niki. »Ich wollte damit nicht sagen ... Natürlich hab ich für Euch meine beste Kleidung angezogen. Ich habe nur gemeint ...«

»Ist ja gut, das kann ich sehen. Ihr tragt ja immer noch die Farben meines Erzfeindes Richard von England. Diese goldene Löwenstickerei war sicher sehr teuer. Jetzt erhebt Euch endlich, bevor der Saum Eures Rocks auch noch dreckig wird!«

Niki und Bertram sprangen auf die Beine und tauschten einen unbehaglichen Blick. Keiner der beiden wagte es, nach unten zu sehen oder gar nach ihren nassen und verschmutzten Knien zu tasten.

Herzog Leopold schien sich königlich über die Verlegenheit der beiden jungen Männer vom Land zu amüsieren.

Die beginnende Glatze ließ Leopold älter wirken als seine siebenunddeißig Jahre. Wie zum Ausgleich dafür hatte er einen mächtigen Kinnbart, der ihm bis auf die Brust hinabfiel, und einen Schnurrbart mit gezwirbelten Enden unter seiner langen Nase. Er trug sein Kettenhemd über einem langärmeligen weißen Leinenhemd, dazu wollene Hosen und hohe Stiefel; um die Stirn hatte er sich ein einfaches Kopftuch gebunden. Bart, Kleidung und Kopftuch waren gleichermaßen mit Schmutz bespritzt.

Sieht nicht aus wie jemand, den man einmal »den Tugendhaften« nennen wird, dachte Niki. *Dafür kann man sich umso besser vorstellen, wie er an der Spitze der deutschen Kreuzfahrer die Mauern von Akkon erstürmt.*

»Nikolaus von Dürnstein, richtig?«, fragte der Herzog, während er seinen Schild und das stumpfe Übungsschwert einem in die rot-weiß-roten Farben seines Hauses gekleideten Pagen in die Hand drückte, der unter dem Gewicht der Waffen sichtlich zusammensackte. »Und Ihr seid ... nicht sagen: Bernhard?«

»Bertram«, sagte Bertram.

Nikis Rolle im Zusammenhang mit der Gefangenschaft von Richard Löwenherz auf Burg Dürnstein hatte ihm die Bekanntschaft und das Wohlwollen des Herzogs so weit eingetragen, dass dieser ihn noch im selben Jahr mit einem Auftrag auf eine Reise nach Konstantinopel geschickt hatte. Bei der Rückkehr von dieser Mission hatte er den Babenberger zuletzt gesehen, gemeinsam mit Hadmar, Engel, den Zwillingen – und mit Bertram. Niki war beeindruckt, dass Leopold sich auch an Engels Bruder erinnerte, obwohl er ihn nur dieses eine Mal getroffen hatte.

»Ich freue mich immer, Euch zu sehen, Nikolaus und Bertram. Glaubt mir, ich würde nur zu gerne bei einem Becher guten Weins von Euch hören, wie es im Land meines lieben Freundes Hadmar von Kuenring so zugeht. Meine tapferen, aber viel zu weichherzigen Torwächter haben Euch ja schon davon unterrichtet, dass ich bereits zu einer wichtigen Besprechung erwartet werde. Und waschen sollte ich mich vorher vielleicht auch noch.«

Niki und Bertram ließen die Köpfe hängen.

»Wisst Ihr was?«, sagte Leopold, offensichtlich milde gestimmt von der kollektiven Verzweiflung in den Gesichtern seiner jungen Besucher. »Kommt einfach mit mir. Ihr könnt mich auf dem Weg hinauf in meine Bibliothek mit Eurem Anliegen vertraut machen.«

Auf dem Weg zu dem Raum, den der Herzog »seine Bibliothek« genannt hatte, tat Niki sein Bestes, um Leopold die Umstände von Magdalenas Ermordung kurz und knapp, aber doch eindringlich darzulegen. Abgelenkt durch sein Bemühen um die richtigen Worte verlor er schon nach kurzer Zeit völlig die Orientierung in dem Labyrinth von Gängen, Treppen und Zimmern, während er hinter dem Herzog hereilte. Fackeln in Wandhalterungen sorgten für Inseln des Lichts in dunklen Passagen, verglaste Fenster für einen gelegentlichen Blick hinaus in den Innenhof der Residenz.

Leopold nickte hier einem Wächter zu, der eine Tür für ihn und seine beiden Besucher öffnete, orderte dort bei einem Pagen warmes Wasser und saubere Tücher, bei einem anderen Wein und Traubensaft, bei einem dritten ein heißes Bad nach seiner Besprechung mit dem Münzmeister. Der Herzog wirkte abgelenkt und war mit seinen Gedanken offensichtlich nicht bei der Sache. Er schien auch nicht wirklich zu bemerken, dass Niki leiser wurde und schließlich ganz zu sprechen aufhörte, als die kleine Gruppe endlich ihr Ziel erreichte.

Niki sah sich um – gleichermaßen enttäuscht von der kurzen Aufmerksamkeitsspanne Leopolds wie von der Schlichtheit des Raumes. Unter der Bibliothek des Herzogs hatte er sich unwillkürlich einen Saal wie das Skriptorium des Klosters Göttweig vorgestellt: einen großen, hohen Raum, Regale voller dicker Folianten an allen Wänden, Stehpulte voller Schriftrollen, Beistelltische mit Federkielen und Tintenfässern, das Kratzen von Federn auf Pergament als Hintergrundgeräusch, während emsige Schreiber wichtige Dokumente verfassten.

Tatsächlich handelte es sich um einen Raum von bescheidener Größe und bescheidener Einrichtung. Regale waren vorhanden, aber sie enthielten hauptsächlich Stapel von Pergamenten und Schriftrollen und ließen den Raum eher wie ein mittelalterliches Büro wirken als wie eine Bibliothek. Statt der von Niki erwarteten Stehpulte gab es einen einfachen Tisch, ebenfalls über und über bedeckt mit Pergamenten. Auf zwei der mit Schafsfellen gepolsterten Scherenstühlen saßen Männer und blickten auf, als der Herzog mit seinen Besuchern im Schlepptau eintrat. Den jüngeren der beiden erkannte Niki wieder: Es war der blasse Geistliche, der als persönlicher Schreiber für den Herzog arbeitete. Der ältere war durch seine schwarze Kleidung, den langen Bart und die Schläfenlocken leicht als Jude zu erkennen; den spitzen, hohen Hut, der vor ihm auf dem Tisch lag, hätte es dazu gar nicht mehr gebraucht.

»Das ist Salomon, unser Münzmeister. Er ist Jude, aber sonst ein guter Kerl«, sagte Leopold mit einem Zwinkern zu Niki und Bertram. »Niemand ist schließlich ohne Fehler, nicht wahr, mein lieber Schlom? Im Augenblick der wichtigste Mann in Wien. Nach mir natürlich. Unseren tüchtigen Bruder Urban kennt Ihr ja schon.«

Während Bertram dem Münzmeister ihre Namen nannte, starrte Niki den Juden mit großen Augen an: Sein Rufname »Schlom« hatte eine Erinnerung in ihm ausgelöst.

»Ihr seid der erste Jude Wiens!«, brachte er schließlich heraus, als er sich seiner unhöflichen Blicke bewusst wurde.

»Der erste Jude? Schwerlich«, erwiderte Salomon mit einem Lächeln. »Meine Familie hat sich schon voriges Jahr in Wien niedergelassen. Zusammen mit anderen Glaubensbrüdern. Der Herzog war so großzügig, uns Unterkunft und

Schutz zu gewähren, gar nicht weit von hier, mitten im Herzen der Stadt. Gegen angemessene Gegenleistungen natürlich.«

»Ich meinte: der erste Jude, der in der Stadtchronik von Wien Erwähnung findet«, beeilte sich Niki zu präzisieren.

»Stadtchronik? Woher kennt Ihr unsere Stadtchronik?«, fragte Bruder Urban misstrauisch. »Das Kapitel, in dem der neue Münzmeister erstmals erwähnt wird, ist noch in Arbeit. Das habe ich noch nicht einmal zu Ende geschrieben!«

Uh-oh. Dünnes Eis, dachte Niki und bemühte sich um einen neutralen Gesichtsausdruck.

»Ich muss davon gehört haben«, sagte er leichthin. »Irgendjemand hat mir sicher von Eurem epochalen Werk erzählt, Bruder Urban!«

Herzog Leopold, der inzwischen sein Kopftuch abgenommen und sich in der bestellten Schüssel mit Wasser Hände und Gesicht gewaschen hatte, trocknete sich ab und warf das Handtuch zur Seite. Dann kniff er die Augenbrauen zusammen und sah Niki prüfend an, sein Vollbart noch voller Wassertröpfchen.

»Mir scheint, Ihr habt ein besonderes Talent – eine Gabe, Dinge zu hören«, sagte Leopold. »Vielleicht habt Ihr ja auch wo gehört, wie ich die Tag und Nacht anwachsenden Schulden Wiens begleichen soll? Ich muss gestehen, dass mir diese Sorge gerade schwer auf der Seele liegt. Ich kann mich auf gar nichts anderes mehr konzentrieren!«

Das ist mir aufgefallen, dachte Niki.

Der Herzog griff wahllos in den Berg an Pergamenten, die den großen Tisch bedeckten, und warf einige von ihnen theatralisch in die Luft, sodass Bruder Urban hastig von seinem Stuhl sprang, um sie wieder einzusammeln.

»Das Lösegeld für Richard Löwenherz ist so gut wie ausgegeben, und meine Hauptstadt ist immer noch eine einzige Baustelle!«, rief Leopold aufgebracht. »Viel ist geschehen im vergangenen Jahr: Am Hohen Markt steht jetzt Schloms

Schatzkästchen, unsere erste eigene Münze – endlich ist das ganze Herzogtum nicht mehr ausschließlich von Euren Kremser Pfennigen abhängig. Die neu gegründete Ansiedlung namens Wiener Neustadt auf halbem Weg in die Steiermark wird uns auch noch viel Freude bereiten. Die neuen Stadtbefestigungen sowieso, wenn sie denn erst einmal fertig sind. Eine Schande, dass wir immer noch auf die antike Lagermauer der Römer angewiesen sind! Ihr hättet die Befestigungen in den Kreuzfahrerstaaten sehen sollen: in Antiochia, in Tripolis, in Beirut, Tyros und Akkon – *das* nenn ich Mauern! Seht her: Genau so sollen sie in meiner Hauptstadt aussehen!«

Leopold deutete mit der Hand auf einen kleineren Tisch vor einem der Fenster, auf dem das Modell einer Stadtmauer aufgebaut war, komplett mit Türmen und Toren, maßstabsgetreu und detailreich aus Holz geschnitzt. »Sechs Stadttore soll die neue Mauer haben statt drei, und neunzehn Türme. Neunzehn!«

Niki warf einen neugierigen Blick auf das Modell der neuen Stadtmauer, die den gesamten heutigen ersten Wiener Gemeindebezirk umschloss und nach mehreren Modernisierungen erst im späten 19. Jahrhundert der Ringstraße und ihren Prachtbauten Platz machen würde. Sogar ein geschnitztes Modell der Stephanskirche stand auf dem Tisch, nunmehr im Herzen der Stadt und nicht mehr draußen vor dem östlichen Stadttor, wie noch an diesem Tag im November 1194.

Der Herzog war aufgesprungen und hatte mit leuchtenden Augen großzügige Formen in die Luft gezeichnet; jetzt ließ er sich wieder schwer in seinen Scherenstuhl fallen.

»Aber das Lösegeld ist bald verbraucht, und die Darlehen, die ich über die Vermittlung von Schlom hier bei einigen seiner Glaubensbrüder aufgenommen habe, scheinen mir nur ein Tropfen auf dem heißen Stein zu sein. Wien braucht dringend eine neue Einnahmequelle. Eine Steuer vielleicht?«

»Am westlichen Stadttor wollte man von uns Geld für die Miete eines Standes oder das Auslegen eines Tuches am Markt haben«, warf Niki ein.

»Das ist auch alles schön und gut«, gab der Münzmeister Salomon zurück. »Die Märkte der Stadt sind beliebt bei Händlern und Bauern von nah und fern. Beim lukrativen Fernhandel zwischen Bayern und Ungarn hingegen können wir den Frachtschiffen nur neidvoll dabei zusehen, wie sie schwer beladen auf der Donau vorbeiziehen.«

Niki war immer noch enttäuscht und verärgert darüber, dass dem Herzog die finanziellen Nöte seiner Hauptstadt so viel wichtiger waren als der Mord an Engeltruds Brautjungfer.

»Vorbeiziehen?«, sagte er daher schnippischer, als er es wohl sonst getan hätte. »Ich bin mir sicher, dass ich irgendwo gehört habe, Wien verdient gerade mit den Einkünften aus dem Stapelrecht Geld ohne Ende!«

»Stapelrecht?«, sagte Herzog Leopold scharf. »Was in drei Teufels Namen ist bitte ein *Stapelrecht*?«

Tiefes Schweigen fiel über die Runde. Niki fühlte die Blicke der vier Männer auf sich ruhen; sogar Bruder Urban hielt mit dem Sortieren der unbezahlten Rechnungen inne und sah ihn überrascht an. Niki spürte trotz der Kälte in der Bibliothek mit einem Mal Schweißperlen auf der Stirn und wusste, dass er gerade rote Ohren bekam.

O-kay, dachte er. *Es besteht eine Möglichkeit, dass ich das bei mir daheim im Geschichtsunterricht »gehört« habe und nicht hier irgendwo. Obwohl: Ich hätte schwören können, dass das längst erfunden wäre!*

»Kommt schon, Mann: Spuckt es aus!«, sagte Herzog Leopold ungeduldig und sah Niki dabei finster an. Für einen

Augenblick konnte man sich gut vorstellen, dass er gegen den Herzog von Böhmen Krieg geführt hatte, mit Kaiser Friedrich Barbarossa auf Italienfeldzug gewesen war und sich auf dem Kreuzzug im Heiligen Land den Ehrennamen »Held von Akkon« erworben hatte. »Wenn Ihr eine Möglichkeit kennt, wie Wien zu Geld kommen kann, dann lasst es uns gefälligst wissen!«

»Ich bin mein halbes Leben lang im Finanzwesen tätig, und doch höre auch ich diesen Begriff zum ersten Mal«, sagte der Münzmeister Salomon im Plauderton und schenkte Niki ein warmes Lächeln. »Wollt Ihr nicht Euer Wissen mit uns teilen? Was ist das Wesen dieses ... *Stapelrechtes?*«

Niki atmete einmal tief durch, bevor er sich der Übermacht beugte.

»Wenn ein Herrscher einer Stadt das Privileg eines Stapelrechtes einräumt, verpflichtet er damit durchreisende Handelsschiffe, ihre Waren für drei Tage am Ufer vor der Stadt abzuladen. Zu stapeln, sozusagen«, sagte Niki zögerlich, auf der Suche nach den richtigen Worten in seiner Erinnerung kramend. Wenn es schon unvermeidlich war, dass er eine Idee aus der Zukunft vorwegnahm, dann wollte er das wenigstens korrekt tun. »Und den Bürgern zu ortsüblichen Preisen zum Kauf anzubieten, wie auf einem Markt.«

»Und wie kommt die Stadt dadurch zu Geld?«, fragte Salomon.

»Die Kaufleute können sich durch Zahlung eines Stapelgeldes von der Stapelpflicht befreien und ihre Fahrt ungestört fortsetzen. Oder sie laden ihre Waren für drei Tage ab und zahlen für ihre Stände Lagergeld. So wie an den Stadttoren.«

Leopold und Salomon machten gleichermaßen große Augen.

»Ihr meint, sie zahlen auf jeden Fall, egal wie sie sich entscheiden? Und das ist legal?«, fragte der Herzog. »In meiner Jugend nannte man sowas noch *Raubrittertum*.«

»Das gilt nur für gewöhnliche Wegelagerer«, gab Niki lakonisch zurück. »Wenn es der Herrscher macht, nennt man das *Besteuerung.*«

»Wir könnten die Stapelplätze auf einer der Inseln in der Donau einrichten«, sagte Salomon, offenbar in Gedanken schon an der konkreten Ausgestaltung der neuen Steuer. »Entweder bei der Schiffsanlegestation an der Unteren Werd. Oder auf der Oberen Werd, wo die Treidelpferde getränkt werden, die die Schiffe flussaufwärts ziehen. Oder gleich hier an unserem Ufer, am Fuß der Marienstiege unter der Kirche Maria am Gestade vielleicht?«

»Helft Ihr uns jetzt dabei, den ... Mord an Magdalena aufzuklären?«, fragte Bertram ansatzlos, als wäre er gerade aus einem Nickerchen erwacht und hätte die ganze Diskussion über die finanziellen Nöte der Stadt Wien einfach verschlafen. »Und den Juden Mendel vor dem ... Galgen zu retten?«

Spätestens jetzt hatte Engels riesenhafter Bruder die Aufmerksamkeit aller Anwesenden.

»Was für ein Mord in Krems?«, fragte Salomon überrascht. »Und was sagt Ihr da über den alten Menachem? Ich kenne ihn gut. Ein kluger Kopf mit einem großen Herzen. Könnte keiner Fliege etwas zuleide tun!«

Well played, dachte Niki und sah Bertram bewundernd an. *Und ich wollte den Bullen zuerst gar nicht mitnehmen nach Wien!*

Bevor noch jemand etwas sagen konnte, ergriff Niki die Gelegenheit beim Schopf und wiederholte seine Schilderung des Verbrechens, der Verhaftung Mendels und seiner eigenen Schlussfolgerungen. Dieses Mal brachte er seine Geschichte auch zu Ende, abgeschlossen mit der Bitte, ihn und Bertram mit einer Vollmacht des Herzogs auszustatten, die es ihnen erlauben würde, den Mörder auf eigene Faust zu suchen und zur Strecke zu bringen.

Als Niki geendet hatte, ruhten die Augen der anderen

vier Männer immer noch auf ihm. Bertrams Blick war ruhig, der von Bruder Urban neugierig; der Münzmeister sah nachdenklich aus und der Herzog hatte immer noch die Stirn in Falten gelegt.

»Darf ich einen Vorschlag machen, Hoheit?«, sagte Salomon schließlich. »Gewährt mir etwas Zeit, um einen Plan zu machen, wie wir die Idee von Nikolaus hier in Wien am besten umsetzen. Wir werden eine Art Zöllner brauchen, ausnahmsweise mitten im Herzogtum, um die neue Steuer einzuheben. Und Maßnahmen, um zu verhindern, dass ein besonders schlauer Kapitän sich abseits des Hauptarms der Donau mit seinem Schiff einen Schleichweg durch die Auen sucht. Zumindest so lange, bis der erste im flachen Wasser der Nebenarme steckenbleibt und zur Strafe am Stadtpranger landet.«

Die Augen des jüdischen Münzmeisters schienen im Licht des Kaminfeuers zu funkeln.

»Während ich meine Gedanken ordne und zu Pergament bringe, könntet Ihr Euch mit dem Anliegen von Nikolaus und Bertram beschäftigen? Und danach treffen wir uns zum Mittagmahl und machen Nägel mit Köpfen!«

»Sehr schlau eingefädelt, mein Lieber«, sagte der Herzog und brach in befreiendes Gelächter aus.

»Ich bekomme zusätzliche Steuereinnahmen, unsere jungen Besucher eine herzogliche Vollmacht, und Euer Freund Mendel behält seinen klugen Kopf auf den Schultern. Für jeden ist etwas dabei. Gibt es einen Namen für ein Spiel, bei dem es nur Gewinner und keine Verlierer gibt?«

Eine Win-Win-Situation, dachte Niki und lächelte zum ersten Mal an diesem Tag.

»Ich teile die Meinung unserer Gäste: Dieses Verbrechen muss aufgeklärt werden«, sagte Hauptmann Ferdinand entschlossen, als Niki seine Geschichte zum dritten Mal an diesem Vormittag zum Besten gegeben hatte. »Es ist nur eine Frage der Zeit, bis sich das alles auch in Wien herumspricht. Die ersten Kremser Kaufleute sitzen wohl schon seit gestern in den Tavernen unserer Stadt und erzählen ihren atemlosen Zuhörern von dem jungfräulichen Christenmädchen, das von einem jüdischen Wucherer in Stücke geschnitten wurde!«

Hauptmann Ferdinand war im Gegensatz zu seinem Herzog sichtlich noch nicht dazu gekommen, die Spuren der gemeinsamen Kampfübungen abzuwaschen und sich umzuziehen. Seine imposante Größe, sein zerfurchtes Gesicht und seine laute, befehlsgewohnte Stimme ließen ihn grimmiger wirken, als er war.

»Jungfräuliches Christenmädchen? Das Opfer war eine *Bademagd*, Ferdi«, warf Herzog Leopold lakonisch ein. »Und über dreißig.«

Niki erlebte ein klassisches Déjà-vu: Er saß bereits zum dritten Mal im Thronsaal von Leopolds Palast, womöglich sogar auf demselben Stuhl. Alles sah noch genau so aus, wie er es von seinen beiden Besuchen zu Beginn und am Ende ihrer Konstantinopel-Mission in Erinnerung hatte: die großen, hohen Fenster, die bestickten Wandteppiche, die Wappenschilder an den Wänden. Die lange Tafel – Esstisch, Schreibtisch und Besprechungstisch zugleich. Dahinter Bruder Urban mit seinen Papieren und Schreibutensilien.

»Es geht hier aber nicht um die Wahrheit!«, sagte Hauptmann Ferdinand. »Ihr wisst doch, wie sehr es die Leute lieben, zu übertreiben und Geschichten auszuschmücken! Bedenkt auch, wie judenfeindlich das Volk seit dem letzten

Kreuzzug geworden ist. Manchmal habe ich den Eindruck, einige Leute warten nur auf einen Anlass, um gegen unsere kleine, frisch angesiedelte jüdische Gemeinde loszuschlagen. Dieses Verbrechen könnte genau dieser Auslöser sein!«

Herzog Leopold kratzte sich am Kinn.

»Ist ja gut«, sagte er schließlich. »Ich hab auch Salomon schon zugesagt, seinem Freund in Krems Hilfe zukommen zu lassen.«

»Dann sind wir uns darüber einig.« Hauptmann Ferdinand wandte sich Niki und Bertram zu und sah die beiden mit einem einschüchternden Blick an. »Bleibt nur noch eine Frage: Was bitte befähigt ausgerechnet euch beide, nach dem Mörder dieser Bademagd zu suchen?«

Niki fühlte sich in der Sekunde zurückversetzt in seinen Wehrdienst beim österreichischen Bundesheer, wie ein frischgefangener Rekrut, wenn ihm zum ersten Mal ein ranghoher Offizier mit jeder Menge Gold auf den Schultern eine unerwartete Frage stellt. Er öffnete den Mund – und schloss ihn wieder.

»Wir sind gute ... Beobachter«, sagte Bertram ruhig, anscheinend völlig unberührt vom bohrenden Blick des Hauptmanns.

»Ausgezeichnet. Bei der Aufklärung eines Verbrechens sind es immer die kleinen Dinge, die am wichtigsten sind.« Der Hauptmann zwirbelte mit einer Hand nachdenklich seinen Schnurrbart. Dann traf er eine Entscheidung.

»Beschreibt mir das Zimmer, in dem ihr zuvor wart«, sagte er.

»Die Bibliothek?«, fragte Niki.

»Die Bibliothek.«

Holy Moly, dachte Niki. *Bei diesem Spiel war ich noch nie gut. Wie viele von den zwanzig Gegenständen, die wir uns bei dieser Rätselrallye damals eine Minute lang im Kofferraum eines Autos ansehen durften, konnte ich danach noch nennen? Drei? Vier?*

»Die Bibliothek ist ein quadratischer Raum«, begann er vorsichtig wie jemand, der weiß, dass er sich auf dünnem Eis bewegt.

»Zehn mal zehn … Schritte«, ergänzte Bertram. »Eher weniger.«

»Drei rechteckige Fenster«, fügte Niki hinzu.

»Vergittert. Hölzerne Läden geöffnet. Gehen auf den … Innenhof hinaus, auf dem Ihr vorhin gekämpft habt.«

»Regale voller Pergamente.«

»Darunter ein paar Bücher. Schwere … Folianten, fünf oder sechs. Pergamente in … Rollen und in Stapeln.«

»Ein großer Tisch in der Mitte des Raumes mit Stühlen rundherum. Ebenfalls voller Pergamente.«

»Dazu ein Ständer mit heruntergebrannten … Kerzen. Hier wird auch nachts gearbeitet. Ein Teller mit den Resten eines … Frühstücks. Den Knochen nach: Hühnchen.«

In Summe machen wir das gar nicht so schlecht, dachte Niki. *Schade bloß, dass ich dazu nur die Stichwörter beitrage.*

»Ein kleiner Tisch unter dem mittleren Fenster, daneben ein Stuhl«, fuhr er fort.

»Hier sitzt der Herzog zum … Lesen, nicht zum Schreiben«, ergänzte Bertram. »Darauf ein geschnitztes Modell der Stadt Wien, wie sie mit der neuen … Stadtmauer aussehen soll. Mit sechs Stadttoren und … neunzehn Türmen.«

»Wie kommst du darauf, dass der Herzog dort zum Lesen sitzt, aber nicht zum Schreiben?«, fragte Hauptmann Ferdinand.

»Beim Schreiben würde sich der Herzog an seinem Platz … Schatten machen mit der rechten Hand. Wenn er dort auch schreiben würde, hätte man den … Stuhl auf die andere Seite des Tisches gestellt.«

Bertram verstummte, als er die Blicke der vier anderen Männer auf sich ruhen spürte, und blickte verunsichert in die Runde.

»Bemerkenswert. Dich nehme ich jederzeit in meine Truppe auf, Bertram von Dürnstein«, sagte der Hauptmann nach einer Pause und hieb dem Bullen begeistert eine seiner Pranken auf die Schulter. Bertram schwankte dabei keinen Millimeter.

»Meine Männer von der Stadtwache sind groß, stark und schweigsam und haben kein Problem damit, zwölf Stunden regungslos an einem Fleck zu stehen und ins Nirgendwo zu starren«, fuhr Hauptmann Leopold fort. »Sie sind auch wunderbar darin, betrunkenen Treidelknechten die Köpfe zusammenzuschlagen. Nicht ganz so gut sind sie beim Aufklären von Verbrechen, bei denen der Täter nicht gerade mit einem blutigen Messer in der Hand über dem Mordopfer angetroffen wird. Du, Bertram, wärest in jedem Fall eine Bereicherung für die Wiener Stadtwache!«

Bertrams Lächeln reichte fast von einem Ohr zum anderen und schien den Thronsaal mit einem Mal zu einem freundlicheren Ort zu machen.

»Und Ihr, Nikolaus«, sagte Hauptmann Ferdinand und wandte sich abrupt zu Niki um. »Welche Eigenschaften habt Ihr, die Euch zur Aufklärung eines Verbrechens befähigen? Beobachtungsgabe gehört offensichtlich nicht dazu.«

Niki spürte, wie ihm das Blut in den Kopf stieg, und ahnte, dass er gerade rote Ohren bekam. Er hätte nie damit gerechnet, sich beim Herzog und beim Hauptmann seiner Stadtwache einer Art Vorstellungsgespräch unterziehen zu müssen.

»Ich war nie ein guter Kämpfer«, begann er zögerlich. »Ich bin ein lausiger Bogenschütze und mit dem Schwert mehr eine Gefahr für mich selbst als für meine Gegner. Ich kämpfe nur, wenn ich muss. Ein paar Mal konnte ich es nicht vermeiden und hab mich dabei weniger durch meine Künste als eher durch meinen, ähm, unkonventionellen Kampfstil hervorgetan: Da ich selber keine Ahnung habe, was ich als Nächstes tun werde, weiß es mein Gegner naturgemäß auch nicht. Das hat mir mehr als einmal den Hals gerettet.«

Niki sah auf und bemerkte, wie Herzog Leopold ein Lächeln unterdrückte.

»Dinge, die *für* Euch sprechen, Nikolaus, nicht *gegen* Euch«, mahnte Hauptmann Ferdinand und lächelte dabei überhaupt nicht. »Fällt Euch dazu noch etwas ein? Wenn nicht, dann verschwendet hier nicht unsere Zeit, seid so gut!«

Niki zuckte zusammen, als hätte der Hauptmann ihm einen Schlag versetzt. Unwillkürlich straffte er die Schultern, hob den Kopf und blickte Ferdinand direkt in die Augen.

»Ihr wollt wissen, was mich zu einem guten Polizisten, ähm, *Wächter* machen würde?«, fragte er.

Abgesehen davon, dass ich alles über Sherlock Holmes gelesen hab, was mir jemals in die Finger gefallen ist, seitdem mein Opa mir vor dem Schlafengehen die ersten Kurzgeschichten vorgelesen hat?

Die Erinnerung an seinen Großvater brachte Niki zum Lächeln, und dieses Lächeln verlieh ihm Selbstbewusstsein und Kampfgeist.

»Als Erstes würde ich nach Spuren suchen. Und dann nach Zeugen«, begann er, nun mit leuchtenden Augen und geröteten Wangen. »Jedes Verbrechen hinterlässt Spuren. Und fast jedes Verbrechen wird von irgendjemandem beobachtet, belauscht oder sonst wie mitverfolgt. Ihr könnt Euch darauf verlassen: Irgendjemand weiß etwas darüber!«

Niki blickte in die Runde und merkte: Jetzt hatte er die Aufmerksamkeit seiner Zuhörer.

»Das Erstere bedingt, dass ich den Tatort und das Opfer untersuche. Das ist im Fall des Mordes an Magdalena schon geschehen, und es war keine angenehme Erfahrung.« Niki lief bei der Erinnerung ein Schauer über den Rücken.

»Das Zweite bedingt, dass ich mit Leuten rede«, fuhr er fort. »Der junge Hadmar von Kuenring lässt keine Gelegenheit aus, mich daran zu erinnern, dass ich kein Kämpfer bin und kein Handwerker, dass ich weder Fische fange noch Korn anbaue. ‚Du bist nur mit Worten gut', sagt er immer. ‚Das ist das Einzige, was du kannst.' Damit hat er wahrscheinlich recht.« Erneut lächelte der junge Spielmann, diesmal aber mit einem bitteren Zug um die Mundwinkel.

»Ich kann aber nicht nur gut mit Worten umgehen, ich kann auch gut zuhören. Menschen lieben es, wenn man ihnen zuhört. Auf diese Weise werde ich herausfinden, wer einen Grund hatte, das Verbrechen zu begehen. Wenn es nicht Isengrim, der verrückte Werwolf war, dann muss der Mörder ein Motiv, einen Grund für seine Untat haben.«

Niki hatte sich sichtlich warmgeredet: Er sprach nun mit der wohlklingenden Stimme des geübten Troubadours und unterstrich seine Worte durch ausholende Gesten mit den Händen.

»Geht es um Geld? Geht es um Rache? Oder hat Magdalena etwas gewusst, das sie zu einer Gefahr für jemanden gemacht hat? Hier würde ich mit meinen Fragen ansetzen. Auch Magdalena konnte zuhören und wird im Badezuber manch gut gehütetes Geheimnis erfahren haben. Männer werden gesprächig, wenn Wein ihre Zunge lockert. Ganz besonders, nachdem sie, ähm, körperliche Genüsse erfahren haben.«

»Und das alles wollt Ihr herausfinden, indem Ihr einfach mit Leuten redet?«, warf Herzog Leopold ein. »Glaubt Ihr im Ernst, der Mörder würde Eure Fragen beantworten? Gewiss würde er Euch doch anlügen, falls er überhaupt mit Euch spricht?«

»Im Großen und Ganzen erzählen die Leute einem die Wahrheit«, beharrte Niki. »Das ist weniger anstrengend, als Lügen zu erfinden. Jeder kann einmal lügen, zweimal, dreimal – aber niemand kann die ganze Zeit lügen. Selbst gar keine Antwort ist eine Antwort! Egal, ob mir jemand helfen will oder nicht: Er wird dabei sein Wesen offenbaren. Seine Art zu denken. Seinen Charakter! Wenn Menschen lange genug miteinander reden, wird früher oder später die Wahrheit zum Vorschein kommen, davon bin ich fest überzeugt!«

Hauptmann Ferdinand wiegte nachdenklich den Kopf. Er strich sich mit einer schwieligen Hand über das unrasierte Kinn und machte dabei ein raspelndes Geräusch wie ein Messer auf einem Schleifstein.

Als Niki sich in der Runde umblickte, sah er sich von ratlosen bis zweifelnden Gesichtern umgeben: Seine Zuhörer schienen nicht wirklich überzeugt von seiner kleinen Präsentation. Und das, obwohl er sich solche Mühe gegeben hatte! Man konnte praktisch dabei zusehen, wie das Adrenalin seinen Körper verließ, seine Schultern absackten und er den Kopf senkte.

»Seid ihr eigentlich verheiratet?«, fragte er unvermittelt in die Stille hinein, den Blick geistesabwesend durch eines der Fenster des Thronsaals auf den Innenhof hinaus gerichtet.

Der Herzog und der Hauptmann tauschten einen überraschten Blick.

»Wisst Ihr, ich sollte eigentlich seit gestern verheiratet sein«, sagte er nach einer Pause leise, mehr zu sich selbst als zu den Anwesenden. »Die Hochzeit ist natürlich geplatzt, nachdem unsere Brautjungfer auf offener Straße in Stücke geschnitten wurde. Die Frau, die ich heiraten will, heißt Engeltrud. Ihr erinnert Euch sicher an Sie, Hoheit: Bertrams Schwester, die kleine Rothaarige mit den Sommersprossen, die als Mann verkleidet mit uns in Konstantinopel war. Sie hat mir gestern Abend die Hölle heiß gemacht, weil ich mich nicht in die Ermittlungen der Kremser Stadtwache einmischen wollte. Am Ende hat sie mir aufgetragen, Magdalenas Mörder für sie zu finden. Als Minnedienst, wie in meinen Liedern und Geschichten. Mit dem Gunstbeweis ihrer Hand bei der Hochzeit als Siegespreis sozusagen.«

Niki lächelte bitter bei der Erinnerung an den heftigen Streit mit Engeltrud.

»Also bin ich heute mit Bertram seit Sonnenaufgang geritten, den langen Weg von Krems hierher, mir tut jetzt schon alles weh, und mir graut auch jetzt schon vor dem Rückweg. Aber noch viel mehr graut es mir davor, mit leeren Händen vor Engel treten zu müssen: Dann hab ich nämlich meinen Minnedienst in den Sand gesetzt, die Hochzeit findet nicht statt und die Liebe meines Lebens kann ich mir aufzeichnen, weil sie *nie wieder ein verdammtes Sterbenswort mit mir sprechen wird!*«

Nikis Worte waren schneller und lauter geworden während seines zunehmend leidenschaftlichen Monologs, und jetzt, am Ende seiner Worte und am Ende seiner Weisheit, saß er mit gesenktem Kopf im Thronsaal der Babenbergerburg wie ein armer Sünder in Erwartung des Urteils.

Jemand legte ihm tröstend von hinten eine Hand auf die Schulter. Erst als Niki sich umwandte, erkannte er, dass es die Hand von Hauptmann Ferdinand war.

»Um Eure Frage zu beantworten: Ich bin verheiratet«, sagte er und lächelte zum ersten Mal. »Wenn meine Frau sich etwas in den Kopf setzt, dann akzeptiert sie auch kein *Nein* als Antwort. Ich weiß genau, wie Ihr Euch fühlt.«

Eine Zeit lang war es still im Thronsaal, während der Hauptmann nachdachte und dabei wieder das raspelnde Geräusch mit der Hand am Kinn machte.

»Hoheit, ich halte beide Bewerber für die von ihnen angestrebte Aufgabe für geeignet«, sagte er schließlich an Herzog Leopold gewandt. »Der eine Bewerber verfügt über eine ungewöhnliche Gabe der Beobachtung und der Erinnerung, der andere über einen, sagen wir mal: besonders stark ausgeprägten Ansporn, auch wenn seine Methoden fürwahr seltsam anmuten. Gemeinsam sollten die beiden in der Lage sein, das Verbrechen an der Bademagd Magdalena aufzuklären und ihren Mörder seiner gerechten Strafe zuzuführen. Ich schlage vor, dass Ihr ihnen eine Vollmacht ausstellt, die sie zu Kremser Stadtwächtern auf Zeit ernennt und ihnen freie Hand bei ihren Untersuchungen und Befragungen gibt.«

Der Herzog nickte zustimmend, wandte sich zu seinem Schreiber um und begann, die Vollmacht für Niki und Bertram zu diktieren.

»Und Ihr seid sicher, dass Ihr Euch auf diese Wette einlassen wollt, Ritter Nikolaus?«, fragte Hauptmann Ferdinand. »Auf diesen Minnedienst? Mit der Hand Eurer Angebeteten als Gunstbeweis? Ist diese Frau das wert?«

Worth dying for, dachte Niki mit einem versonnenen Lächeln. *Ich würde alles für sie tun, und das weiß sie leider ganz genau.*

»Warum bist du nicht fröhlich?«, fragte Bertram, als die beiden jungen Männer hoch zu Ross die Vororte von Wien hinter sich ließen und vorerst noch im Schritt den Weg der Donau entlang in Richtung Krems einschlugen.

»Unsere Mission war doch … ein Erfolg? Die Vollmacht des Herzogs steckt in deiner … Tasche. Jetzt kannst du den Mord aufklären und … Engel heiraten. Eigentlich solltest du ein Lächeln im Gesicht haben!«

»Das ist es nicht, was mir Sorgen bereitet«, sagte Niki, musste aber trotzdem lächeln angesichts des kindlichen Vertrauens in der Stimme Bertrams, der die Erlaubnis zum Untersuchen des Verbrechens schon mit seiner erfolgreichen Aufklärung gleichsetzte. Nachdenklich tätschelte er den Hals des lebhaften brauen Wallachs mit der schwarzen Mähne, den er auf der Rückreise aus Konstantinopel in Genua gekauft und seiner italienischen Herkunft wegen kurzerhand »Ramazzotti« getauft hatte.

Niki kämpfte nicht zum ersten Mal gedanklich mit den Tücken des Zeitparadoxons. Grund dafür war, dass er an diesem Tag zwei gesunden Männern im besten Alter begegnet war, die so prominent waren, dass er ihre Namen schon aus seinen Schulbüchern gekannt hatte. Und deshalb wusste, dass sie nicht mehr lange zu leben hatten. Einer von ihnen würde einem Unfall zum Opfer fallen, der andere einem Mordanschlag.

Herzog Leopold aus dem Hause Babenberg, der Fünfte seines Namens, der Tugendhafte, der Held von Akkon, ist 37 Jahre alt und wird seinen 38. Geburtstag nicht mehr erleben, dachte er trübsinnig. *Weil er bei einem blödsinnigen Ritterturnier vom Pferd fallen wird, sich das Bein brechen und am Wundbrand sterben. Er hat Stand heute keine zwei Monate mehr zu leben.*

Und der Münzmeister Schlom würde seinen Mentor nicht lange überleben, weil er bald darauf mit seiner gesamten Familie einer antisemitischen Gewaltorgie zum Opfer fallen würde. Niki erinnerte sich nur dunkel an das Ende des ersten namentlich bekannten Juden Wiens: Eine unnötige Geschichte über einen wegen Diebstahls in den Kerker geworfenen christlichen Hausangestellten Salomons, dessen Frau eine Gruppe Kreuzfahrer gegen Schlom und seine Familie aufhetzte. Herzog Leopolds Nachfolger, sein Sohn Friedrich, hatte die Mörder kurzerhand enthaupten lassen, aber das hatte den ersten Juden Wiens und seine Familie nicht mehr lebendig gemacht.

Was wäre passiert, wenn ich sie heute gewarnt hätte?, fragte er sich. *Wahrscheinlich hätten sie mir ohnehin nicht geglaubt und wären trotzdem in ihr Verderben gerannt. Vielleicht hätten sie aber auch Vorkehrungen getroffen, einfach nur, um auf der sicheren Seite zu sein: Für dieses Mal beim Ritterturnier das Lanzenstechen auslassen zum Beispiel. Hilft es nichts, schadet es ja wohl auch nichts. Und dann?*

Niki war ein Kind der Wissenschaft; er glaubte nicht daran, dass der Tod den beiden Männern so schicksalhaft vorbestimmt war, dass sie an »ihrem« Tag auf jeden Fall sterben würden – wenn nicht auf die ihm erinnerliche Weise, dann eben auf eine andere. Was aber, wenn sie ihren Schicksalstag überlebten? Wären die Auswirkungen dieser Veränderung so unbedeutend, dass sie das große Ganze, den Ablauf der Geschichte als solches ohnehin nicht beeinflussen könnten?

Sind ja nur zwei Männer, die halt ein paar Jahre länger leben als geplant, dachte er. *Was kann das schon groß an der Zukunft ändern?*

Oder würde Nikis kleine Schwester Sophie achthundert Jahre später doch in einer Zeit aufwachsen, in der nicht nur die Schulbücher an zwei Stellen anders aussahen, als Niki sie in Erinnerung hatte?

Auf der anderen Seite: Niki kannte auch zwei junge Männer, von denen er wusste, dass sie (zumindest in absehbarer Zeit) *nicht* sterben würden: Hadmar von Kuenring und dessen jüngerer Bruder Heinrich würden dereinst unter dem Namen »die Hunde von Kuenring« als Raubritter in die Geschichte eingehen. Als gebürtiger Kremser wusste Niki, dass die beiden dreißig oder vierzig Jahre später einmal sogar die Städte Krems und Stein in Schutt und Asche legen würden.

Hieß das jetzt im Umkehrschluss, dass die beiden bis dahin quasi unsterblich waren, egal, was sie auch taten? Bei Hadmar, der grundsätzlich keiner bewaffneten Auseinandersetzung aus dem Weg ging und dessen Kampfmotto immer »Sieg oder Sarg« zu lauten schien, konnte man das fast annehmen.

»Es ist nichts«, sagte Niki, der Bertrams aufmerksamen Blick immer noch auf sich ruhen fühlte. »Sehen wir zu, dass wir nach Hause kommen! Die Tage werden rasch kürzer im November.«

Niki trieb Ramazzotti zum Galopp an.

Wenn ich mich darauf konzentrieren muss, nicht vom Pferd zu fallen, werde ich zumindest nicht von verwirrenden Gedankenspielen gequält!

Der dritte Tag: Vom Requiem ins Badehaus

Freitag, 4. November 1194

Sieht aus, als ob sie schläft«, sagte Niki leise.

Engel hob den Kopf und schenkte ihm ein bitteres Lächeln, als sie das Zitat erkannte.

Magdalena sah tatsächlich aus, als ob sie schliefe – mehr noch als 48 Stunden zuvor, als die beiden zum ersten Mal gemeinsam auf ihre tote Freundin hinuntergeblickt hatten.

Anders als damals waren die schrecklichen Wunden nicht mehr zu sehen an dem Leichnam, der in der kleinen Friedhofskapelle aufgebahrt war und darauf wartete, dass die Freunde der Toten hereinkamen und von ihr Abschied nahmen.

Niki wusste, dass Engel die Nacht über bei Magdalena gesessen hatte: Tote durften bis zu ihrem Begräbnis nicht alleine gelassen werden – damit sie nicht der Teufel hole, bevor sie sicher der geweihten Erde ihres Grabes übergeben worden waren. Zuvor hatte sie ihre Freundin gewaschen, ihr ihr bestes Kleid angezogen und das Haar gerichtet. Sie hatte ihr die Arme über der Brust verschränkt und sie in ein sauberes Leichentuch gewickelt.

»Wie war die Nacht?«, fragte Niki schüchtern. »Hat sie … Hat sie sich … Du weißt schon …?«

Engel bemerkte seinen verstörten Gesichtsausdruck und lächelte erneut. Sie sah todmüde aus und hatte tiefe Schatten unter den Augen. Dennoch meinte Niki ein kleines amüsiertes Funkeln in ihren Augen wahrzunehmen.

»Danke für deine Sorge, aber Magdalena und ich hatten eine ruhige Nacht«, sagte sie. »Es ist mehr als zwei Tage her, dass sie … gestorben ist. Ihr Körper ist längst kalt. Keine Bewegungen mehr. Keine Geräusche.«

Ein Windstoß fuhr durch das schmiedeeiserne Tor in die Kapelle und brachte die Flammen der Fackeln in ihren Wandhaltern zum Tanzen. Drüben in der Kirche sang eine einsame Stimme einen Choral.

Niki lief ein kalter Schauer über den Rücken.

In paradisum deducant te angeli. Ins Paradies mögen die Engel dich geleiten, dachte er. *Vater Sebastian übt schon für das Begräbnis nachher.*

»Tut mir leid, dass ich nicht mit dir zusammen gewacht habe, Engel«, sagte er ein wenig zerknirscht. »Bertram und ich sind gestern den ganzen Tag über geritten und erst spät nachts nach Dürnstein zurückgekommen. Ich bin jetzt noch völlig steif und wund von dem Ritt. Ich hab mich nur noch ins Bett geschleppt und geschlafen wie ein Stein, bis dein Bruder mich bei Tagesanbruch geweckt hat.«

»Ich bin aufgewacht, als Bertram nachts in die Hütte kam. Er hat mir von eurem Tag in Wien erzählt.«

Die beiden jungen Menschen schwiegen. Niki suchte nach Worten, um die Kluft zu überbrücken, die sich seit ihrem Streit zwischen Engel und ihm aufgetan hatte. Er wollte nichts lieber, als sich zu entschuldigen, aber seine gewohnte Wortgewandtheit schien ihn völlig im Stich zu lassen.

Ich habe mich wie ein Narr verhalten, dachte er. *Wie*

wäre es damit? Oder: Es tut mir so leid, dass ich dich verletzt habe. Oder einfach nur: Ich liebe dich?

»Danke, dass du geritten bist«, sagte Engel in die Stille hinein. »Ich weiß, dass du das nicht aus eigenem Antrieb gemacht hast, sondern nur, weil ich dich darum gebeten habe. Das ... bedeutet mir viel. Ich habe ehrlich gesagt nicht damit gerechnet nach ... vorgestern Abend.«

Niki sah auf seine Freundin hinunter und bemerkte, dass ihre Augen im Schein der Kerzen glänzten. Engel merkte es auch und wollte sich rasch wegdrehen, aber Niki umschloss mit seiner rechten Hand zärtlich ihr Gesicht und drehte es vorsichtig wieder in seine Richtung.

Zwei Jahre lang waren die beiden nun unzertrennlich gewesen, hatten sich beinahe blind verstanden, kannten die Gedanken, die Gefühle und nicht zuletzt den Körper des anderen fast so gut wie den eigenen. Und doch standen sie einander jetzt ein wenig linkisch gegenüber, so wie bei ihrem ersten Aufeinandertreffen am Tag ihres Kennenlernens. Wie damals am ersten Tag verzauberte ihn der Duft von Engels Haar: Heu. Wilder Honig. Kräuter. Einer plötzlichen Eingebung folgend legte Niki seine Hand vorsichtig über ihre linke Brust, an die Stelle, wo er ihr Herz vermutete. So, wie er es am Tag ihrer ersten Begegnung getan hatte.

Engel blinzelte überrascht, wich aber nicht vor seiner Berührung zurück.

Einen Atemzug lang schloss Niki die Augen und konzentrierte sich auf den Herzschlag seiner Freundin.

»Damit hast du nicht gerechnet? Das kann nicht dein Ernst sein«, flüsterte er schließlich. »Weißt du immer noch nicht, wie sehr ich dich liebe? Dass ich dich nie im Leben verlieren möchte? Dass ich alles für dich tun würde, völlig egal, was du von mir verlangst?«

Einen Moment lang sah Engel mit großen Augen zu ihm auf. Einen Moment lang glaubte Niki, direkt in ihre Seele zu blicken und dabei zusehen zu können, wie ihre Zweifel dahinschmolzen und das Vertrauen in seine Liebe zurückkehrte. Dann war der Moment vorbei, und der gewohnte Schalk kehrte in ihren Blick zurück.

»Das klingt jetzt *wirklich* wie eines deiner Lieder«, sagte sie mit einem Zwinkern. »Heißt das, dass du mein Angebot annimmst?«

»Das mit dem Minnedienst?«, lächelte Niki zurück. »Wie war das noch einmal? Ich finde Magdalenas Mörder, den wahren Isengrim. Und als Gunstbeweis gewährst du mir deine Hand, für den Rest unseres Lebens?«

»Genau dieses.«

»Abgemacht«, sagte Niki.

Und bevor Engel noch in ihre Hand spucken und mit ihm darauf einschlagen konnte, verschloss er ihren Mund mit einem Kuss.

»Warum stehen wir eigentlich ... so weit weg vom Altar?«, fragte Bertram leise.

»Damit wir einen besseren Überblick haben«, gab Niki ebenso leise zurück.

Er fröstelte. Es war kalt und roch unangenehm nach feuchter Wolle in der dem Heiligen Vitus gewidmeten Kirche, die nicht die geringste Ähnlichkeit mit dem barocken Bauwerk hatte, das Niki aus seiner Zeit als »Dom der Wachau« bekannt und vertraut war. Im Jahr 1194 glich die Kirche noch eher einer kleinen Burg mit ihren dicken Mauern und winzigen Fenstern, erleuchtet nur vom Schein einer viel zu kleinen Anzahl von Kerzen.

»Überblick? Über was?«

»Ich möchte sehen, wer aller gekommen ist, um Magdalena die letzte Ehre zu erweisen. Und wer nicht gekommen ist.«

»Suchst du nach … jemandem Bestimmtem?«

»Weiß ich noch nicht. Merk dir einfach alle.«

»Alle, die gekommen sind? Oder alle, die … nicht gekommen sind?«

Niki drehte den Kopf und sah Bertram mit großen Augen an. »Hast du gerade einen *Scherz* gemacht, Bulle?«, fragte er mit ehrlicher Überraschung.

Bertram lächelte.

»Ich lerne nur … von den Besten!«, sagte er bescheiden.

Allein schon die Anzahl der Trauergäste ließ Nikis Bitte ohnehin bloß als frommen Wunsch erscheinen: Die Kirche war voll besetzt. Wo an einem gewöhnlichen Freitag nur ein paar alte Frauen der Morgenmesse folgten, gab sich jetzt alles ein Stelldichein, was in Krems Rang und Namen hatte: Niki erkannte in den ersten Reihen der rechten, den Männern gewidmeten Seite der Kirche Bürgermeister Eduard; gleich neben ihm stand Hauptmann Roderich. Auch der Münzmeister, der Fleischhauer, der Bäckermeister, der Apotheker, der Zimmerermeister, der Schmied und der Werkzeugmacher hatten sich eingefunden. Ein paar wohlhabende Kaufleute trugen ihre mit Pelz verbrämten Wintermäntel zur Schau.

»Sieht aus, als hätte Magdalena viele Freunde gehabt«, murmelte Niki.

»Man hört, sie war sehr geschickt beim Rasieren und Haarewaschen«, sagte Gottfried (oder Gerwald – das konnte Niki im Halbdunkel der Kirche nicht erkennen).

»Unter anderem«, gab Gerwald (oder Gottfried) trocken zurück.

»Verbum Domini«, hallte in diesem Augenblick Vater Sebastians geübte Stimme durch die Kirche und unterbrach damit die geflüsterte Unterhaltung.

»Deo gratias«, antwortete seine Gemeinde folgsam.

»Dank sei Gott«, murmelte Niki ketzerisch und fühlte sich dabei wie Martin Luther, der mehr als dreihundert

Jahre später als Erster die Bibel ins Deutsche übersetzen würde.

Niki mochte den mittelalterlichen Brauch nicht besonders, die Messe ausschließlich in Latein zu zelebrieren. Zwar gefielen ihm die Klarheit und Schönheit der lateinischen Sprache und vor allem die gregorianischen Choräle – von der Lesung hatte er aber kein Wort verstanden. Zwei Jahre Latein in der Unterstufe seines Gymnasiums hatten bei ihm wenig Spuren hinterlassen; die erwähnten Namen Isebel, Ahab und Naboth weckten eher Erinnerungen an seinen Religionsunterricht als den in Latein.

»Unsere heutige Lesung handelt von Isebel, deren Name zum Inbegriff der Boshaftigkeit, der Hinterhältigkeit, der *Schlechtigkeit* von Frauen wurde«, begann Vater Sebastian seine Predigt – auf Deutsch, als hätte er Nikis Gedanken gelesen.

»Mit aufreizender Kleidung und mit angemaltem Angesicht hat sie ihren Mann, König Ahab von Israel, verführt und die Verehrung von abartigen phönizischen Götzen in das Heilige Land gebracht. Sie war es, die unter falschem Vorwand die Steinigung des gottesfürchtigen Bauern Naboth erwirkte, damit ihr Mann den Weinberg des Naboth, den dieser ihm nicht verkaufen wollte, am Ende doch noch bekam!«

Vater Sebastian schwitzte. Sogar von seinem Platz ganz hinten konnte Niki erkennen, dass der nur noch von einem schmalen Haarkranz umgebene Kopf des beleibten Stadtpfarrers im Schein der Kerzen glänzte.

»Hat nicht der Prophet Elia vorausgesagt, dass die Hunde das Fleisch Isebels fressen würden? Und haben die Totengräber nicht nur noch ihren Schädel und ihre Füße und ihre Hände gefunden, als man sie begraben wollte? Isebel war ein liederliches Frauenzimmer, boshaft, hinterhältig und schlecht. Dafür musste sie bestraft werden!«

Der Pfarrer hielt inne, schnaufend vor gerechter Empörung, und wischte sich mit einem Taschentuch über das Gesicht.

»Ich spreche hier nicht von Gott, wie wir ihn aus den Evangelien kennen. Dies hier ist der Gott des Alten Testaments: groß, mächtig und unerbittlich. Ohne Gnade bringt er den Tod – für all die Isebels in unserer Welt. Amen!«

What the fuck, dachte Niki und schüttelte den Kopf, während Vater Sebastian, sichtlich mitgenommen von seinem leidenschaftlichen Auftritt, das Schlusslied anstimmte. *Ein bisschen was Tröstlicheres ist ihm nicht eingefallen? Über die Vergebung der Sünden zum Beispiel, die Auferstehung der Toten oder das ewige Leben?*

Vater Sebastians Lied war zu Ende und damit auch Magdalenas Totenmesse. Ein letztes Mal klang die Stimme des dicken Pfarrers durch die Kirche, als er seine Gemeinde verabschiedete.

»Ite, missa est – gehet hin in Frieden!«

»Deo gratias.«

Die Totengräber hatten leichtes Spiel gehabt, so weich war die Erde auf dem Kremser Friedhof nach den Regenfällen der vergangenen Tage. Als die beiden Männer den Leinensack mit Magdalenas Leichnam ohne besonderes Zartgefühl in das frisch ausgeschaufelte Grab fallen ließen, dachte Niki, er hätte das Schlimmste überstanden.

Und dann begann Bertram der Bulle zu singen.

»Non nobis Domine, Domine, non nobis Domine«, tönte seine mächtige Stimme weithin über die Trauergemeinde, trotz des Novembernebels, der alle Geräusche in Watte zu packen schien, allen Schall zu schlucken. »Sed nomini, sed nomini, tuo da gloriam …«

Kurz war Niki versucht, seinen Schwager in spe anzustupsen und ihn darauf hinzuweisen, dass dieser Psalm, den ihnen ein Jahr zuvor bei ihrem Aufenthalt in Konstantinopel ein betrunkener Kreuzritter in einer Taverne beigebracht hatte, trotz seiner getragenen Melodie kein Trauerlied war, sondern das Motto auf der Kriegsflagge des Templerordens: *Nicht uns, Herr, nicht uns, sondern deinem Namen gib die Ehre!*

Dann setzten die Zwillinge Gottfried und Gerwald mit der zweiten und dritten Stimme des Kanons ein, und Niki spürte, wie all seine so mühsam bewahrte Selbstbeherrschung ihm zwischen den Fingern zerrann wie Sand. Er hatte keine Träne für Magdalena vergossen, als er ihren Leichnam gefunden hatte am Abend ihres Todes. Auch nicht, als er tags darauf Zeuge ihrer Untersuchung wurde. Nicht bei den Abschiedsworten des Stadtpfarrers, nicht angesichts des Schmerzes in den Augen der Hinterbliebenen und der neugierigen Blicke der Kinder, der alten Weiber und aller anderen Schaulustigen, die an diesem Samstagvormittag des Jahres 1194 nichts Besseres zu tun hatten, als das Begräbnis der auf so grausame Weise zu Tode gekommenen Bademagd zu besuchen.

Es war die Musik, die so unvermittelt alle Dämme in ihm brechen ließ.

Halb blind vor Tränen stolperte Niki hinter den anderen Trauergästen auf das offene Grab zu.

Ich werde deinen Mörder finden, dachte er, als die Reihe an ihm war, seine Handvoll Erde über dem Leinensack zu verstreuen, in dem der Leichnam der Bademagd in ihrem besten Sonntagskleid zur letzten Ruhe gebettet worden war.

Nicht für Herzog Leopold. Nicht für den alten Juden Mendel. Nicht einmal für Engeltrud allein.

Er würde es für Magdalena tun.

Dafür, dass du jetzt nicht mehr deinen Märchenprinzen treffen wirst, der dich aus dem Badehaus herausholt, heiratet und ehrbar macht. Dafür, dass die Kinder, die du dir so sehr gewünscht hast, jetzt ungeboren bleiben. Und für all die anderen Träume, die dein Mörder dir gestohlen hat, dachte er mit grimmiger Entschlossenheit. *Bei allem, was mir heilig ist, verspreche ich dir: Ich werde nicht rasten und nicht ruhen, bis ich ihn gefunden und seiner gerechten Strafe zugeführt habe!*

Niki öffnete seine Hand und ließ die Erde darin in das offene Grab rieseln.

»Was soll das sein?«

Bürgermeister Eduard drehte das mehrfach gefaltete und mit Fäden verschlossene Pergament, das ihm Niki und Bertram überreicht hatten, misstrauisch hin und her und betrachtet das Siegel, als glaubte er, die beiden Überbringer hätten es selbst angefertigt.

»Ich nehme an, das Siegel des Herzogs ist Euch vertraut?«, fragte Niki.

Eduard warf Niki einen finsteren Blick zu, während er das Siegel zerbrach, das Schreiben ausrollte und seinen Inhalt überflog.

»... entbieten dem Bürgermeister unserer Stadt Krems, Eduard von Zwettl, einen Gruß. Zu viel der Ehre«, murmelte er beim Lesen der Einleitung.

»... räumen den Herren Nikolaus und Bertram von Dürnstein hiermit das Privileg ein, in unserem Namen den Mord an der Bademagd Magdalena zu untersuchen, den Missetäter zur Strecke zu bringen und seiner gerechten Strafe zuzuführen«, las er weiter, wobei sich seine Miene mit jedem Wort weiter verfinsterte.

»... ordnen hiermit an, den genannten Personen jedwede erdenkliche Hilfe zu gewähren und Männer der Kremser

Stadtwache zu ihrer Unterstützung abzustellen. Gezeichnet: Wir Leopold, von Gottes Gnaden Herzog von Österreich und Steiermark. Gegeben zu Wien, im Jahre des Herrn 1194 am 3. November.«

Eduard streckte Hauptmann Roderich, der neben dem Stuhl des Bürgermeisters stand, wortlos das Pergament entgegen. Roderich kniff die kleinen Augen zusammen und betrachtete die von Bruder Urban mit kunstvollen Schwüngen gezeichneten Buchstaben wie jemand, der einer neuen und potenziell gefährlichen technischen Errungenschaft mit angemessenem Misstrauen begegnet.

»Sieht echt aus!«, knurrte er schließlich und reichte dem Bürgermeister das Pergament zurück.

»Ihr wart also in Wien gestern«, sagte Eduard. »Ich hab mich schon gewundert, dass man gar nichts von Euch gehört hat den ganzen Tag. Wie habt Ihr den Herzog dazu gebracht, Euch diese Vollmacht auszustellen? Sehr fähig schaut Ihr ja nicht grad aus, Nikolaus. Ihr und Euer ... Gehilfe?«

»Ich hab Herzog Leopold ein Angebot gemacht, das er nicht ablehnen konnte«, sagte Niki grimmig und verdrehte die Augen bei der Erinnerung an die unabsichtliche Entdeckung einer neuen Steuer für die Hauptstadt des Herzogtums.

»Ich bewundere Euch für Eure Tatkraft«, antwortete der Bürgermeister mit einem fast aufrichtig wirkenden Lächeln, das Niki sofort misstrauisch machte. »Wisst Ihr, wir waren auch nicht untätig in der Zwischenzeit. Hauptmann, seid Ihr bitte so gut und informiert die beiden neuen Mitglieder unserer Stadtwache darüber, was sie gestern verpasst haben?«

Hauptmann Roderich räusperte sich.

»Gestern Vormittag wurde der Jude Menachem, genannt ‚Mendel der Wucherer', im Keller des Herzogshofes der üblichen peinlichen Befragung unterzogen«, begann er.

»Ihr habt ihn gefoltert, um ihm ein Geständnis abzupressen!«, unterbrach ihn Niki entrüstet.

»Die peinliche Befragung ist keine Folter, Nikolaus«, warf Bürgermeister Eduard milde ein. »Sie ist ein Mittel der Wahrheitsfindung.«

»Wenn ein geübter Folterknecht wie Hauptmann Roderich die Befragung durchführt, gesteht auch ein Unschuldiger alles, was Ihr hören wollt, nur um seiner Pein ein Ende zu setzen!«

Aufgebracht trat Niki an den Tisch des Bürgermeisters heran.

»Wenn ein Verdächtiger unschuldig ist, schenkt Gott ihm die Kraft, der Befragung standzuhalten. Der Allmächtige würde es nie zulassen, dass ein Unschuldiger zu Schaden kommt!«, gab Eduard hitzig zurück und sprang von seinem Stuhl hoch, sodass die beiden Männer einander nunmehr direkt gegenüberstanden, getrennt nur durch den Schreibtisch.

»Im Zuge der Befragung hat Mendel gestanden, die Bademagd Magdalena am Abend von Allerseelen auf der Schwelle seines Hauses in der Judengasse ermordet zu haben«, fuhr Hauptmann Roderich ungerührt fort.

»Und ein Motiv hat er auch genannt bei seinem ... *Geständnis?*«, fragte Niki, ohne sich dabei Mühe zu geben, den Sarkasmus in seiner Stimme zu unterdrücken.

»Motiv? Ihr meint: einen Grund? Er ist Jude! Juden brauchen kein Motiv für Mord«, gab Roderich im Brustton der Überzeugung zurück. »Sie haben schon unseren Herrn Jesus Christus ermordet, das weiß doch jedes Kind!«

»Das ist zweitausend Jahre her«, entgegnete Niki. »Dafür kann man wohl kaum den Herrn Menachem verantwortlich machen!«

»Sie treffen sich regelmäßig in ihren Synagogen, verhöhnen Christus und schmieden Pläne, um die Herrschaft über die ganze Welt zu erlangen!«, donnerte Roderich. »Sie stehlen und schänden unsere Hostien! Sie entführen und töten gute Christenkinder und verwenden ihr Blut für unheilige Rituale! Und das ist noch keine zweitausend Jahre her!«

Einen Augenblick lang legte der Hauptmann seine Stirn in Falten.

»Zweitausend Jahre?«, fragte er leise. »Wie komme ich jetzt auf zweitausend Jahre?«

»Und gestern Nachmittag hat das Stadtgericht unter meiner Führung und unter dem Beisitz von angesehenen und erfahrenen Schöffen aus unserer Stadt den Juden Menachem einstimmig wegen Mordes zum Tod durch den Strang verurteilt«, übernahm Bürgermeister Eduard die Erzählung. »Das Urteil wird am Montag bei Morgengrauen auf dem Galgenberg vollstreckt. Die Entscheidung des Gerichts ist unwiderruflich.«

Niki griff nach dem Pergament auf dem Schreibtisch und starrte ungläubig auf Leopolds Worte.

»Nehmt Euch ruhig die Zeit, es nochmals durchzulesen«, lächelte der Bürgermeister, seine Stimme jetzt scharf und schneidend. »Ihr habt die Vollmacht, den Mord an Magdalena zu untersuchen, den Missetäter zur Strecke zu bringen und seiner gerechten Strafe zuzuführen. Von der Aufhebung von Gerichtsurteilen steht hier nichts.«

»Am Montag bei Morgengrauen? Aber … aber … das ist ja schon übermorgen in der Früh!«, stammelte Niki. »Ihr gebt uns drei Tage? Wie sollen wir in drei verdammten Tagen den wahren Mörder ausfindig machen und überführen?«

»Das ist nicht mein Problem«, sagte Eduard. »Meine Aufgabe ist es lediglich, die Anweisungen des Herzogs auf Punkt und Beistrich umzusetzen.«

»Netter Versuch, Herr Bürgermeister«, sagte Niki und schüttelte die Faust mit dem Pergament vor Eduards Nase. »Aber so haben wir nicht gewettet. Wenn es sein muss, dann reite ich morgen nochmals nach Wien und lasse dieses … *Schandurteil* vom Herzog aufheben, oder zumindest einen Aufschub der Hinrichtung erwirken. Der Stadtrichter und seine angesehenen Schöffen – dass ich nicht lache!«

Wütend spuckte er auf den Boden.

»Den Weg können wir uns … sparen!«, sagte Bertram leise. »Hast du vergessen, dass der … Herzog jetzt gerade schon auf dem Weg nach … Graz ist?«

Niki unterdrückte einen Fluch und ließ die Schultern hängen. Das hatte er tatsächlich völlig vergessen. Der schnellste Weg von Krems nach Graz führte über Wien. Selbst wenn sie sofort aufbrachen, müde und wund wie sie waren auf ihren noch vom gestrigen Ritt erschöpften Pferden: Den Herzog unterwegs einzuholen war unmöglich; ihn an seinem Hof in Graz zu treffen und bis zur geplanten Hinrichtung am Montagmorgen wieder in Krems zu sein ebenso.

Wir haben verloren, dachte er. *Wir haben tatsächlich nur drei verdammte Tage, um einen Mörder zu finden.*

Als Niki und Bertram das Zimmer des Bürgermeisters mit hängenden Köpfen verließen, um im benachbarten Herzogshof bei Ulric, dem Quartiermeister vorzusprechen, bemerkte Niki, dass der Weg zum Eingangstor verwaist war: Der Wächter, der normalerweise auf dem Gang vor dem Ratssaal Dienst versah, war weit und breit nicht zu sehen.

Niki warf die Tür zum Zimmer des Bürgermeisters mit großem Schwung und lautem Knall hinter sich ins Schloss – fester, als es nötig gewesen wäre. Unter den erstaunten Blicken von Bertram dem Bullen stampfte er mit schweren Schritten in Richtung Ausgangstor, bevor er auf Zehenspitzen zurück zur Tür schlich und sein Ohr an das dicke Holz presste.

»Roderich, nehmt die beiden … neuen Stadtwächter unter Eure Fittiche, stattet sie aus wie jeden anderen Wächter«, sagte Eduard gerade. »Wir wollen nicht, dass der Herzog uns später vorwirft, wir hätten seine Anordnungen missachtet.«

»Haltet Ihr das für eine gute Idee?«, grummelte der Hauptmann.

»Das tue ich. Besser sie schnüffeln unter unseren Augen herum als auf eigene Faust.«

Einen Moment lang war es still. Niki wollte schon den Rückzug antreten, da ergriff der Bürgermeister noch einmal das Wort.

»Und lasst ihnen das übliche Aufnahmeritual angedeihen«, sagte er.

»Das volle Programm?«

»Das volle Programm.«

»Ihr habt euch freiwillig gemeldet? Ernsthaft?«, fragte Ulric, der Quartiermeister und Waffenwart der Stadtwache, als Niki und Bertram wie befohlen in der Kleiderkammer des Herzoghofes zum Ausfassen ihrer Ausrüstung bei ihm vorstellig wurden.

»Ernsthaft«, bestätigte Niki.

»Ihr wart dabei nicht besinnungslos betrunken? Das ist eigentlich Hauptmann Roderichs traditionelle Strategie beim Anwerben neuer Anwärter.«

»Nein, waren wir nicht.«

»Hat er euch vom großzügigen Sold vorgeschwärmt und der Sicherheit einer Arbeit im Dienste der Stadt? Von den vielversprechenden Aufstiegsmöglichkeiten in der Wache?«

»Nein.«

»Nicht sagt, er hat euch erzählt, dass die hübschesten Mädchen aus ganz Krems und Umgebung hinter uns Wächtern her sind, allein schon wegen der schneidigen Vestitura Uniformis, unserer hübschen Uniform?«

»Auch nicht. Wir haben selbst um Aufnahme in die Wache ersucht.«

Ulric, ein drahtiger älterer Mann mit Halbglatze und schlechten Zähnen, der nicht so aussah, als ob er sich in der Kleiderkammer der Stadtwache vor hübschen Mädchen verstecken musste, wiegte ungläubig den Kopf.

»Da soll mich doch der Teufel holen«, lachte er. »Ihr seid die ersten freiwilligen Anwärter seit einer halben Ewigkeit! Halt, damit ich euch nicht anlüge: Der junge Bruno hat sich auch aus freien Stücken zur Wache gemeldet. Aber das ist wirklich der Einzige, an den ich mich erinnern kann!«

Der Quartiermeister lud Niki und Bertram mit einer huldvollen Handbewegung ein, ihm in den hinteren Teil der Kleiderkammer zu folgen, als ginge es um den Zutritt zum innersten Heiligtum einer Kirche.

»Es ist nicht schwierig, ein Stadtwächter zu sein«, sagte er auf dem Weg zwischen den mit hohen Regalen gesäumten steinernen Wänden. »Als Anfänger müsst ihr hier in der Wache nur zwei goldene Regeln befolgen. Erstens: Alles, was sich bewegt, ist zu grüßen! Und zweitens: Alles, was sich nicht bewegt, ist zu putzen!«

Niki musste unwillkürlich lächeln – zu sehr erinnerten ihn die Worte an seinen Wehrdienst beim österreichischen Bundesheer, den er gerade abgeleistet hatte, als sein Sturz von der Burgmauer in Dürnstein sein Leben buchstäblich auf den Kopf stellte.

Manche Dinge ändern sich anscheinend nie, dachte er.

»Unser geschätzter Bürgermeister hat den Ehrgeiz, uns zur bestausgerüsteten Stadtwache des Herzogtums zu machen«, fuhr Ulric fort. »Bei uns hat jeder Wächter Anspruch auf eine eigene Uniform!«

Der Quartiermeister verstummte, zog die Augenbrauen in die Höhe und sah Niki herausfordernd an, bis dieser hastig ein paar hinreichend anerkennende Bemerkungen murmelte.

»Fangen wir mit den Schuhen an: Wächterstiefel schwer – die Winterausführung. Wenn ihr im Frühjahr noch bei uns seid, bekommt ihr zusätzlich das leichte Modell für die warme Jahreszeit«, sagte Ulric, während er eine Truhe öffnete und den neuen Stadtwächtern einige Paare der angesprochenen Stiefel in unterschiedlichen Größen zum Anprobieren überreichte. Dann trat er zu drei Regalen an der Rückwand der Kleiderkammer, die allerlei sorgfältig gestapelte Kleidungsstücke enthielten.

»Wollhose schwarz. Leibrock braun. Oder grün, oder grau, oder alles zusammen. Lederwams, ärmellos. Mantel aus schwarzer Wolle. Breitkrempiger Hut. Spieß – kann geworfen oder im Nahkampf verwendet werden. Für Eure Schichten als Nachtwächter erhaltet Ihr zusätzlich ein Horn, davon hat aber nicht jeder Wächter sein eigenes. Alle Schuhe und Kleidungsstücke gibts in drei Größen: klein, mittel und groß. Kommt her und sucht euch was Passendes aus!«

Niki trat zum Stapel mit den großen Uniformen. Erst, als er bereits überlegte, welche Farbschattierung zwischen Braun und Grau sein Leibrock haben sollte, bemerkte er, dass Bertram nicht mehr an seiner Seite war. Niki blickte sich suchend um und entdeckte seinen Gefährten vor dem Regal, das die mittelgroßen Kleidungsstücke enthielt.

»Bertram, du eitler Schwachkopf!«, grinste er. »Das hatten wir doch schon mal? Auf unserer Reise nach Konstantinopel, erinnerst du dich? In einer mittelgroßen Uniform siehst du aus wie eine Knackwurst mit Beinen! Dein Wams platzt ja aus allen Nähten, wenn du das erste Mal einatmest. Das ist ganz sicher nicht deine Größe!«

»Ich habe … stark abgenommen seit Konstantinopel«, murmelte Bertram indigniert.

»Um der Liebe Gottes willen: Gebt ihm eine große Uniform«, sagte Niki zu Ulric. Er selbst griff nach einem Leibrock in einem hübschen Farbton, der ihn an Milchkaffee erinnerte. »Dazu nehm ich noch das Lederwams und den Wollmantel. Mehr brauch ich nicht, um als Wächter erkannt zu werden, falls ich das will.«

Schon der Gedanke an die klobigen Stiefel ließ ihn schaudern, von Hut, Spieß und Horn ganz zu schweigen.

»Was muss ich hören? Unsere neuen Anwärter sind zu stolz, die traditionsreiche Uniform der Stadtwache zu tragen? Halten sich wohl für etwas Besseres? Was sagt ihr dazu, Männer?«

Hauptmann Roderich hatte die Kleiderkammer betreten und gerade noch Nikis letzten Satz aufgeschnappt. An der Spitze einer Gruppe von Männern in Uniform – offensichtlich Wächtern, die nicht gerade Dienst an einem der Stadttore hatten oder auf Streife durch die Stadt waren – gesellte er sich zu Niki und Bertram.

»Darf ich euch eure neuen Kameraden vorstellen: den berühmten Sänger Blondie und seinen Kumpan Bertram, den Dorftrottel von Dürnstein«, sagte Roderich mit vor Sarkasmus nur so triefenden Stimme. »Gestern noch hat der eine euren Frauen mit seinen Liedern Flöhe über Liebe und anderen Unsinn ins Ohr gesetzt, während der andere die Scheiße aus den Aborterkern von Burg Dürnstein eingesammelt und auf den Feldern der Bauern verteilt hat. Wenn die beiden mal nicht eine echte Bereicherung für uns sind!«

Die Stadtwächter scharten sich um Niki und Bertram – ein wenig zu eng für Nikis Geschmack. Manche grinsten, aber nicht freundlich. Manche warfen ihnen feindselige Blicke zu, hier und da fiel eine abfällige Bemerkung, gefolgt von spöttischem Gelächter. Einzig der junge Bruno schenkte Niki ein aufmunterndes Lächeln.

»Der Herzog schickt sie zu uns«, fuhr der Hauptmann höhnisch fort. »Aus *Wien.* Wohl um uns zu zeigen, wie man in der *Hauptstadt* Morde aufklärt!«

Niki und Bertram wechselten einen unsicheren Seitenblick. So hatten sie sich die Aufnahme in die Stadtwache nicht vorgestellt.

»Lasst uns unsere neuen Kameraden mit offenen Armen

willkommen heißen, wie wir es bei uns in der Stadtwache halten.«

Roderichs böses Lächeln strafte seine Worte Lügen. In Nikis Kopf schrillten die Alarmglocken.

»Wisst ihr, bei uns ist es üblich, dass neue Anwärter an ihrem ersten Tag in der Wache eine Demonstration ihrer Fähigkeiten ablegen. Ihren Mut, ihre Kraft und ihre Ausdauer unter Beweis stellen. Erst danach sind sie als vollwertige Mitglieder aufgenommen.«

»Lasst ihnen das übliche Aufnahmeritual angedeihen«, hat der Bürgermeister gesagt, dachte Niki. *Das volle Programm? Das volle Programm …*

»Was müssen wir tun?«, fragte er nervös. Seine eigene Stimme kam ihm gepresst und unnatürlich vor.

»Ihr müsst in einem Faustkampf euren Mann stehen«, sagte Roderich mit einem wölfischen Grinsen.

Nikis Herz sank, als er in die Runde der versammelten Wächter blickte. Um Bertram machte er sich wenig Sorgen: Der Bulle konnte wohl jedem der anwesenden Männer einen Kampf auf Augenhöhe liefern. Niki selbst war zwar großgewachsen, aber weder besonders muskulös noch im Faustkampf erfahren. Einer der Wächter war klein, drahtig und hatte ein Gesicht wie ein Wiesel; neben ihm stand ein Kleiderschrank von einem Mann, einen Kopf größer und doppelt so breit wie sein Kamerad. Er fragte sich, wen der Hauptmann wohl als seinen Gegner bestimmen würde.

»Nachdem wir gleich zwei neue Anwärter in unseren Kreis aufnehmen wollen, können wir uns heute etwas ganz Besonderes leisten«, fuhr der Hauptmann fort. »Ihr werdet … gegeneinander antreten!«

Niki warf Bertram einen fassungslosen Blick zu.

»Was, gleich hier und jetzt?«

»Gleich jetzt. Aber nicht hier. Dafür gehen wir nach nebenan. In unser Gym-na-si-on.«

»Der Kampf endet, wenn einer von euch beiden umfällt und nicht mehr aufsteht«, verkündete Hauptmann Roderich.

»Bei aller Ehrerbietung, Herr Hauptmann: Der Kampf endet, wenn einer der beiden Kämpfer aufgibt«, warf Bruno ein und nahm die Habtachtstellung ein, die Niki bereits von ihm kannte.

Roderich sah den jungen Wachmann mit zusammengekniffenen Augen an wie jemand, der unvermutet eine Ratte in seiner Vorratskammer entdeckt.

»Steht in den Vorschriften, Herr Hauptmann!«, fügte Bruno hinzu, ohne dabei eine Miene zu verziehen.

»In den Vorschriften?«

Roderich warf Bruno einen misstrauischen Blick zu. Man konnte ihm fast ansehen, wie hinter seiner in Falten gelegten Stirn langsam die Gedanken kreisten. Endlich kehrte sein böses Lächeln zurück.

»An diese Vorschrift kann ich mich nicht erinnern«, sagte er. »Wollen wir das Regelbuch holen, Hurenspross?«

Bruno sackte sichtlich zusammen und ließ den Kopf hängen. Er sagte nichts mehr.

Der Raum, den Hauptmann Roderich das »Gymnasion« genannt hatte, lag direkt neben der Kleiderkammer, war in etwa gleich groß, enthielt aber keine Regale oder sonstige Einrichtungsgegenstände und wirkte deshalb ungleich größer. Stattdessen hingen an einer Wand runde, aus Stroh gefertigte und mit bemalten Tüchern bespannte Zielscheiben. In einigen von ihnen steckten Pfeile und Armbrustbolzen. An einer anderen Wand waren Strohmänner in ausgemusterten Uniformen der Stadtwache aufgereiht, die mit Holzschwertern und Schildern ausgestattet waren. Vor einer dritten Wand hingen drei schwer aussehende Sandsäcke.

Niki trat missmutig auf einen der Sandsäcke zu, boxte ein- oder zweimal dagegen und versetzte dem Sack schließlich mit aller Kraft einen Tritt.

Der Sack blieb unbeeindruckt und bewegte sich nicht nennenswert.

Nice try, dachte Niki und massierte seine schmerzenden Knöchel. *Genau so wird es mir mit Bertram auch gehen.*

In der Mitte des Raums war mit weißer Farbe ein Kreis auf den Boden gemalt. Die Wächter nahmen rundherum Aufstellung und begannen, untereinander Wetten auf den Ausgang des ungleichen Kampfes abzuschließen. Niki machte sich keine Illusionen, auf wen die meisten von ihnen setzen würden.

»Warum sollen wir … uns schlagen?«, fragte Bertram – seine ersten Worte, seit Hauptmann Roderich und die Wächter die Kleiderkammer betreten hatten. »Nikolaus ist mein … bester Freund. Wir wollen beide … Wächter werden. Warum also?«

Niki seufzte. Er hätte es Bertram gerne erklärt, wusste aber, dass dies nicht der richtige Zeitpunkt dafür war.

»Vergiss es, Bulle«, sagte er daher nur. »Komm, bringen wir es hinter uns.«

Niki hatte noch nie mit seinen Fäusten ernsthaft gegen einen Menschen gekämpft. Einmal hatte er mit seiner kleinen Schwester Sophie einen Selbstverteidigungskurs besucht. Es war bei dem einen Mal geblieben: Niki war an dem Abend der einzige Mann in dem Kurs gewesen und hatte sich unwohl gefühlt, als ihn die Trainerin gebeten hatte, den Angreifer zu spielen und die anwesenden Mädchen und Frauen von vorne oder von hinten anzuspringen und in den Schwitzkasten zu nehmen. Einmal hatte er einer jungen Frau dabei von hinten irrtümlich an die Brüste gefasst und deutlich gespürt, dass sie unter ihrem Shirt keinen BH trug. Die Frau hatte mit keiner Wimper gezuckt, sich übungsgemäß aus Nikis Griff befreit und ihm danach freundlich zugenickt.

Vielleicht hatte sie Niki angesehen, wie peinlich ihm die unabsichtliche Berührung war.

First World Problems eines linkischen Teenagers, dachte er bei dieser Erinnerung bitter. *Wenigstens diese Sorge muss ich mit Bertram nicht haben.*

Immerhin hatte Niki sich die Ausgangsstellung für das Boxen gemerkt. Er atmete tief durch, suchte dann nach einem festen Stand für seine Beine – eines weiter vorne als das andere – und hob die beiden Fäuste hoch: Führungshand auf Augenhöhe, Schlaghand am Kinn.

So, dachte er. *Und wie war das jetzt gleich noch einmal mit Jab, Cross, Haken und Uppercut?*

Hauptmann Roderich, Bruno und die anderen Wächter machten große Augen – genauso wie Bertram, der mit langsamen, unwilligen Schritten in den Kreis trat und sich Niki gegenüber aufbaute.

Aus so kurzer Distanz hatte Niki seinen zukünftigen Schwager noch nie aufmerksam gemustert. Wo das Haar seiner kleinen Schwester lang und dicht und kupferrot war, hatte Bertram einen unbändigen Schopf von der Farbe junger Karotten. Seine Augen hingegen glichen denen von Engel bis in jedes Detail: die Iris grün, mit einem braunen Rand und goldenen Einsprengseln in der Mitte. Niki wusste, dass Bertram trotz seiner Größe, Breite und Stärke im Grunde ein sanftmütiges Geschöpf war; in diesem Moment strahlten seine Augen aber keinerlei Sanftmut aus. Eher Entschlossenheit.

Er hat sich damit abgefunden, dass wir kämpfen müssen, erkannte Niki. *Und er hat nicht die Absicht, mich gewinnen zu lassen.*

Bertram trat einen Schritt auf Niki zu und schwang seine große Faust nach ihm.

Niki sprang behände zurück, sodass Bertrams mächtiger Haken ins Leere ging. Der Schwung riss Bertram selbst halb herum. Niki nutzte die Überraschung seines Gegners aus, machte einen Ausfallschritt nach vorne und versetzte ihm mit aller Kraft eine Gerade in die Rippen auf seiner ungeschützten Seite. Bertram grunzte nur ungehalten und wandte sich wieder Niki zu.

Float like a butterfly, sting like a bee, dachte Niki und massierte unwillkürlich sein schmerzendes Handgelenk. *Wenn ich ihn noch zwanzigmal so treffe, kann ich vielleicht gewinnen. Wenn er mich ein einziges Mal trifft, ist der Kampf vorbei.*

Getreu dem Motto des großen Muhammad Ali, das Niki wie ein Mantra wieder und wieder vor sich hinmurmelte, sprang er leichtfüßig um seinen Gegner herum, umkreiste ihn und versetzte ihm wieder und wieder kraftvolle Geraden, die in Summe aber anscheinend nicht mehr Wirkung entfalteten als Nadelstiche.

Als Niki zum ersten Mal von einem von Bertrams mächtigen Schwingern an der Schulter getroffen wurde, reichte schon dieser halbherzige Treffer, um ihn von den Beinen zu heben. Nach einem endlos scheinenden Moment landete er hart auf dem Rücken und schnappte nach Luft.

Bertram blickte sich nach Hauptmann Roderich um und sah ihn fragend an. Der Hauptmann grinste nur und schüttelte den Kopf. Er sah aus, als würde er sich königlich amüsieren.

Es war Bruno, der sich über Niki beugte und ihm wieder auf die Beine half.

»Irgendwelche Vorschläge?«, keuchte Niki.

»Beweg dich schneller«, flüsterte Bruno. »Und schlag schneller! Er ist stark wie ein Ochse, aber auch so langsam!«

Niki nahm mit sichtlicher Anstrengung wieder seine Ausgangsstellung ein.

Float like a butterfly, sting like a bee!

Am Charakter des Kampfes änderte sich nichts: Bertram ließ seine Fäuste schwingen wie ein Höhlentroll in geduldiger Erwartung des einen Volltreffers, den er brauchte, während Niki ihn umkreiste, mit Nadelstichen eindeckte und dabei merkte, wie seine Kräfte nach und nach erlahmten.

Bei Bertrams nächstem Schwinger sprang er nicht wie gewohnt zurück, sondern tauchte unter dessen Armen durch und schlug ihm mit aller verbliebenen Kraft auf einen Punkt unterhalt seines Nabels. Niki fühlte, wie seine Faust in Bertrams Bauch versank und hörte, wie sein Freund scharf die Luft ausstieß. Für einen Moment verloren Bertrams Augen ihren Fokus; für einen Moment dachte Niki, der Bulle würde fallen und nicht mehr aufstehen.

Dann traf ihn ein Schlag auf die Nase.

Niki hörte etwas brechen, fühlte warmes Blut auf seinem Gesicht, sah ein wahres Feuerwerk von Farben vor seinen Augen explodieren. Der Schmerz fühlte sich an wie ein weißglühendes Messer in seinem Gehirn.

Gott, er hat mir die Nase gebrochen, dachte er, während er instinktiv mit beiden Händen an sein Gesicht griff und dabei seine Deckung aufgab.

Bertrams Haken von der Seite sah er nicht kommen. Der Schlag traf ihn an der Schläfe und riss ihn von den Beinen. Das Letzte, was er spürte, war der kalte Steinboden an seiner Wange. Das Letzte, was er hörte, war das Gelächter von Hauptmann Roderich.

Dann wurde es dunkel um Niki.

»Nikolaus. Niki. Blondie«, hörte er eine Stimme sagen. »Komm schon, ich weiß, dass du mich hören kannst.«

Niki öffnete probehalber ein Auge, dann auch noch das zweite – und schloss beide gleich wieder, als irgendjemand ihm mit einem nassen, kalten Tuch das Blut aus dem Gesicht wischte.

»Wie viele Finger halte ich hoch?«, fragte Bruno.

»Bruno?«, stammelte Niki und bemühte sich, seinen Blick zu fokussieren.

»Das reicht mir«, grinste der junge Wächter. »Vergiss die Finger.«

Bertram und Bruno knieten neben Niki auf dem Fußboden; Bertram sah aus, als würde er jeden Moment in Tränen ausbrechen.

Rund um die kleine Gruppe standen die übrigen Wächter, klopften Bertram auf die Schultern und bezahlten einander ihre Wettschulden. Hauptmann Roderich war offensichtlich gegangen.

»Toller Kampf«, sagte einer der Wächter und drückte dem überraschten Niki einen Becher mit Wein in die Hand.

»Wie David gegen Goliath«, sagte ein anderer. »Nur halt mit anderem Ausgang.«

»Davon wird man sich noch lange erzählen«, sagte Ulric, der Quartiermeister. Er wusch das blutige Tuch in einem Eimer mit kaltem Wasser aus und drückte es Niki wieder auf die angeschwollene Nase. »Keine Sorge, sie ist nicht gebrochen. Aber das Knacken von dem Knorpel hat man im ganzen Raum gehört!«

»Hauptmann Roderich hätte keine ... Ruhe gegeben, solange du noch auf den Beinen warst. Ich hab mir gedacht: Besser ein ... Ende mit Schrecken, als Schrecken ohne Ende!«

»Danke, Bertram. Du bist ein echter Freund«, nuschelte Niki, der keine Luft durch die blutende Nase bekam. »Ich werde mich beizeiten daran erinnern!«

Mühsam rappelte er sich auf die Knie, presste sich die Fingerspitzen auf die Schläfen und wartete einen Moment lang, bis die stechenden Kopfschmerzen nachließen.

»Wie viele Männer hat der Hauptmann jetzt eigentlich für die Untersuchung des Mordes an Magdalena abgestellt?«, fragte er, während er sich von Bertram wieder auf die Füße helfen ließ.

»Du meinst, abgesehen von mir?«, gab Bruno zurück.

»Klar, abgesehen von dir!«

»Keinen«, grinste Bruno. »Aber ich verspreche, mir alle Mühe zu geben!«

Warum wundert mich das jetzt nicht?, dachte Niki.

»Na dann musst du halt für viele arbeiten«, sagte er. »Als Erstes möchte ich wissen, ob es irgendeine Möglichkeit gibt, dass jemand zu Allerheiligen nach dem Abendläuten noch nach Krems herein- und wieder hinausgekommen ist.«

»Verstehe. Ich schau auf dem Dienstplan nach, wer am Abend von Allerheiligen Dienst an den vier Stadttoren getan hat. Ich frage nach, ob die Tore wie üblich geschlossen wurden, ob es irgendwo eine Verzögerung gegeben hat oder ob irgendjemandem etwas Ungewöhnliches aufgefallen ist.«

»Über die Mauer kann niemand kommen, oder? Gibt es irgendwo an der Mauer Bäume mit ausladenden Ästen? Oder gar versteckte Löcher im Zaun, durch die abenteuerlustige Kinder rein- und rausschlüpfen?«

»Ich glaube nicht, aber das finde ich für dich heraus«, sagte Bruno. »Ich gehe zur Sicherheit einmal rund um die Stadt, direkt an der Mauer entlang. Warum willst du das wissen?«

»Mag sein, dass wir hier eine Nadel im Heuhaufen suchen«, sagte Niki grimmig. »Aber wenn dieser Heuhaufen zu Allerseelen abgeriegelt wurde, als Magdalena noch gesund und munter war, dann wissen wir wenigstens mit Sicherheit, dass es hier irgendwo eine Nadel zu finden gibt!«

Bruno nickte. »Und was macht ihr beide inzwischen?«, fragte er.

»Wir gehen ins Badehaus«, sagte Niki.

»Wollt ihr dort schon als Wächter auftreten?«

»Nein. Als Kunden«, sagte Niki mit einem Zwinkern. »Ich glaube, Mike Tyson hier braucht dringend einen neuen Haarschnitt!«

»Wollt Ihr stark oder gelinde schwitzen?«, fragte der Badeknecht Ludwig die beiden Neuankömmlinge.

Niki sah sich um und bemerkte, dass im Augenblick keine anderen Badegäste in der Schwitzstube des Badehauses zugegen waren: Die terrassenförmig übereinander angeordneten Holzbänke an den beiden Längsseiten des Raumes waren leer.

»Wenn sonst niemand da ist: Gib uns alles, was du hast, Lutz«, sagte Niki, reichte einer Bademagd das lange Hemd, das er eben erst im Umkleideraum im Austausch gegen seine Straßenkleidung erhalten hatte, und suchte sich gemeinsam mit Bertram einen Platz auf einer der Bänke.

Niki sah Ludwig dabei zu, wie er an das Viereck des gemauerten Ofens in der Mitte des Raumes herantrat und mit einer Schöpfkelle nach Kräutern duftendes Wasser auf die zischenden Steine goss, bis der ganze Raum in heißen Dampf gehüllt war.

Sieht aus, als könnte er jederzeit einem Bildhauer für die Statue eines griechischen Halbgottes Modell stehen, dachte er bewundernd. *Halt mit einem Feigenblatt statt dem Lendenschurz, den er da anhat.*

Niki war ein häufiger Gast im Badehaus: Einmal wöchentlich kam er, um sich waschen und rasieren zu lassen, mit wirklich heißem Wasser und gründlicher als zu Hause in der Hütte, die er gemeinsam mit Engeltrud und Bertram bewohnte. Hin und wieder besuchte er das Badehaus mit seiner Laute, um nebenan im Warmbad, wo die Zuber standen, die Gäste mit Liedern und Geschichten zu unterhalten – willkommene Kurzweil für die Gäste und willkommenes Einkommen für den Sänger Blondie.

Die Anblicke und die Abläufe in der Schwitzstube waren ihm vertraut: die Bademägde in ihren Hemdchen aus dünnem, durchscheinendem Stoff, der durch die Feuchtigkeit wie eine zweite Haut an ihren Körpern klebte und sie fast nackt erscheinen ließ; das Reinigen der Gäste mit warmem Wasser; das Schlagen von Armen, Beinen, Brust und Rücken mit Badewedeln, Bündeln aus Heu und Kräutern; das Einseifen durch die Bademägde. Niki sah amüsiert dabei zu, wie Bertram – kein regelmäßiger Gast im Badehaus – sich nach Kräften bemühte, beim Einseifen durch eine hübsche Magd angemessenen Gleichmut zu bewahren. Die Sorgen seines Schwagers in spe waren unbegründet: Die Mädchen erfüllten ihre Aufgabe gewissenhaft und auch an heiklen Körperzonen voller Selbstverständlichkeit und ohne Anzeichen von Scham, ehe sie ihre Gäste zuletzt mit klarem Wasser wieder abspülten.

»Glatt wie immer, Nikolaus?«, fragte der Wolfram der Bader, während er Nikis Gesicht und Hals bereits mit einer Schicht Rasierschaums bedeckte, nachdem Ludwig und die beiden Mägde die Schwitzstube nach nebenan verlassen hatten.

Niki hatte nach einer guten Gelegenheit gesucht, mit Wolfram formlos und in entspannter Atmosphäre über Magdalena zu reden. Als er zum ersten Mal die kalte Klinge des Rasiermessers an seinem Hals spürte, fragte er sich, warum ihm das mit der Rasur vorhin noch wie eine gute Idee vorgekommen war.

»Scheußliche Sache, das mit Magdalena«, sagte er schließlich vorsichtig.

»Kann man wohl sagen«, seufzte Wolfram. »Ich konnte das Badehaus gestern gar nicht öffnen: Die Mägde waren völlig durch den Wind. Selbst Tom und Lutz waren nicht einmal für die einfachsten Arbeiten zu gebrauchen.«

Niki hob überrascht eine Augenbraue. Die beiden wie Kleiderschränke gebauten Badeknechte, die den ganzen Tag Wassereimer schleppten, bei Bedarf Gäste massierten und wenn nötig als Rausschmeißer tätig wurden, waren nicht eben für ihre emotionale Seite bekannt. Niki leistete den beiden jungen Männern geistig Abbitte dafür, dass er ihnen offensichtlich unrecht getan hatte.

»Und heute, nach dem Begräbnis meiner unseligen Bademagd, kommt auch kaum Kundschaft. Ihr seid meine erste Rasur heute, Nikolaus!«, klagte Wolfram. »Nicht mehr als eine Handvoll Leute drinnen bei den Zubern.«

Niki betrachtete nachdenklich den dicht behaarten rechten Unterarm vor seiner Nase. Der Bader war ein kleiner Mann mittleren Alters mit Glatze. Sein restlicher Körper war jedoch mit dichtem Haarwuchs gesegnet, angefangen bei seinem beeindruckenden Rauschebart.

»Ihr klingt nicht sehr betroffen von ihrem Tod«, merkte Niki an.

»Nicht sehr betroffen? Ich bin sogar äußerst betroffen von ihrem Tod! Magdalena war meine beliebteste Bademagd. Nicht wenige Gäste kamen nur ihretwegen in mein Haus und weigerten sich, von einer der anderen Mägde bedient zu werden, wenn sie gerade mit jemand anderem … beschäftigt war.«

Wolfram legte das Messer zur Seite und schäumte Niki für den zweiten Durchgang der Rasur ein.

»Es mag Euch vielleicht herzlos erscheinen, Nikolaus, aber ich habe immer noch vier Bademägde, zwei Knechte und unsere Aufheberin Maria, die Herrin über den Umkleideraum. Sie alle verdienen ihren Lebensunterhalt hier im Haus. Und ich selbst betreibe mein Geschäft auch nicht für Gottes Lohn. Magdalena hätte sicherlich gewollt, dass wir nach ihrem Begräbnis rasch wieder aufsperren!«

Der Bader hatte mit seiner Vermutung recht: Niki erschien das tatsächlich herzlos. Dennoch bemühte er sich redlich um einen neutralen Gesichtsausdruck – nicht zuletzt, weil Wolframs Rasiermesser seinen Weg über seine Wangen und seinen Hals wieder aufgenommen hatte.

»Ihr habt Magdalena besser gekannt als die meisten Menschen«, sagte er nachdenklich. »Sagt mir, Wolfram: Was war sie für ein Mensch?«

Der Bader überlegte eine Weile.

»Sie war klug. Für eine Bademagd«, sagte er schließlich. »Immer auf ihren Vorteil bedacht. Sie bekam von ihren Kunden mehr Trinkgelder und kleine Geschenke als alle anderen Mägde zusammen. Gott weiß, warum. Darauf hat sie es immer angelegt. Sie wollte nicht eines Tages enden wie ihre Vorgängerin, die alte Mariann: Die ist heute ein zahnloses Weiblein, haust in einer verlassenen Köhlerhütte vor der Stadt und macht am Friedhof hinter irgendeinem Grabstein für eine warme Mahlzeit die Beine breit.«

Wolfram schnitt eine angeekelte Grimasse. Niki auch, allerdings aus anderen Gründen: Das Gespräch mit dem Bader zehrte jetzt schon an seinen Nerven.

»Ihr wisst sicher schon, dass ich im Auftrag des Herzogs den Mord an Magdalena untersuche«, sagte er mit verschwörerischem Unterton. »Ich weiß ja, wie gut Ihr immer informiert seid. Immerhin geht in Eurem Haus alles ein und aus, was in Krems Rang und Namen hat.«

Wolfram sagte nichts; Niki hatte jedoch den Eindruck, dass der Bader ihm jetzt genau zuhörte.

»Ich brauche Eure Hilfe. Besser gesagt: die Eures legendären Gedächtnisses. Könnt Ihr mir vielleicht Auskunft geben: Wer war am Allerheiligentag zu Gast im Badehaus? Wer hat mit Magdalena zu tun gehabt? Erschien Euch irgendetwas ungewöhnlich an diesem Tag?«

»Allerheiligen war ein guter Tag«, sagte Wolfram nachdenklich, während er fachmännisch Rasierschaum von dem kniffligen Bereich unter Nikis Nase schabte. »Eine Menge von Rasuren. An den Herrn Bürgermeister kann ich mich noch gut erinnern: Er ist sehr fixiert auf seinen Bart, da muss jedes Haar perfekt sitzen. Die Haare lässt er sich aber lieber von Lutz waschen – jeder, wie er will.«

Der Bader legte eine Nachdenkpause ein, während er Nikis Ohr von Schaum befreite.

»Oh, und Vater Sebastian war da. Er besucht unser Haus regelmäßig, um im Rahmen der Seelsorge den Mägden Umkehr und Reue zu predigen. Einmal jede Woche mindestens. Seelsorge ist ihm überaus wichtig!«

Niki riskierte einen Blick nach oben in Wolframs Gesicht, aber der Bader verzog keine Miene.

»Und was geschah am Abend, bevor Magdalena das Badehaus verlassen hat und sich auf den Weg gemacht hat, um ihren Mörder zu treffen?«

Nur für die Dauer eines Wimpernschlages verharrte das Rasiermesser des Baders bewegungslos an Nikis Kehle. Dann zog es weiter unbeirrt seine Bahn über den Hals des jungen Sängers, als hätte es diesen Moment nie gegeben.

»Nichts Ungewöhnliches. Wir haben wie immer pünktlich zum Abendläuten geschlossen. Die Mägde und Knechte haben noch aufgeräumt und dann das Badehaus verlassen, Magdalena als Einzige durch die Vordertüre. Das war das letzte Mal, dass ich sie lebend gesehen habe. Die anderen haben sich wohl in ihre Zimmer im Hof draußen zurückgezogen. Ob jemand durch den Hinterausgang raus ist, kann ich nicht sagen. War aber kein Abend zum Spazierengehen, dieses Allerheiligen: kalt, regnerisch und nebelig.«

Wolfram legte sein Messer beiseite und drückte Niki zum Abschluss ein auf dem Ofen heiß gemachtes feuchtes Handtuch aufs Gesicht.

»Na dann bedanke ich mich für Eure Hilfe. Ich wusste, Ihr würdet mir weiterhelfen!«, sagte Niki, erhob sich und schüttelte dem Bader kräftig die Hand.

»Ach ja, eine Frage hab ich noch an Euch, nur der Vollständigkeit halber: Wo wart Ihr eigentlich in der Stunde nach dem Abendläuten?«

Wolfram starrte den frisch rasierten Sänger sprachlos

an. Seine zusammengekniffenen Augen und sein schmaler Mund verrieten, wie zornig er über diese Frage war.

Gott sei Dank hat er sein Messer nicht mehr in der Hand, dachte Niki.

»Ich bin ohne Umwege zu mir nach Hause gegangen«, sagte Wolfram schließlich eisig. »Über die Stiegen hinauf, in meine Räumlichkeiten direkt über dem Badehaus. Wie schon gesagt: Da war es bereits stockdunkel draußen, und so nebelig, dass man die Hand nicht vor Augen gesehen hat. Kein Abend, an dem man gerne noch eine Runde spazieren geht. Und das ausgerechnet in der Nacht auf Allerseelen!«

»Dann möchte ich Euch nicht weiter mit meinen Fragen belästigen«, sagte Niki mit einem sonnigen Lächeln.

Als er sich zum Gehen wandte, begegnete sein Blick dem der jungen Bademagd Albina, die der Unterhaltung unauffällig gefolgt war; Niki hatte mehr als nur einmal den Eindruck gehabt, das Mädchen mit den vom Weinen geröteten Augen hätte sich gerne daran beteiligt, es aber nicht gewagt, in Gegenwart von Wolfram das Wort zu ergreifen. Er hatte eine Idee und wandte sich noch einmal um.

»Ach ja, Bertram hier möchte auch noch rasiert werden!«, sagte er und warf seinem zukünftigen Schwager einen – wie er hoffte – bedeutungsschweren Blick zu. »Ich möchte … was?«, fragte Bertram entgeistert.

Niki intensivierte den bedeutungsschweren Blick.

»Oh. Ja. Natürlich. Ich möchte bitte … auch noch rasiert werden!«, sagte Bertram. »Hätt ich jetzt … fast vergessen.«

Wolfram zuckte mit den Achseln und machte sich daran, Bertram den Bullen für die erste Rasur seines Lebens einzuschäumen.

Niki wandte sich zufrieden ab.

»Teilst du mit mir einen Zuber, Bienchen?«, flüsterte Niki, als er an Albina vorbeiging und nach ihrer Hand griff. »Ich hab da noch ein paar Fragen.«

Niki hatte sich für sein Gespräch mit der jungen Bademagd wohlweislich einen Zuber an der Rückwand der großen Badehalle ausgesucht – abseits vom großen Bottich im Zentrum des Raums mit seinen runden Säulen, dem Tonnengewölbe und seinen hohen Fenstern, der üblicherweise mit einem Dutzend nackter Badegäste beiderlei Geschlechts besetzt und von Musikern umlagert war. Auch die kleineren Wannen entlang der Wände, umgeben von Tischen, Sitzbänken und Kerzenleuchtern, hatte er links liegen gelassen. Nur die Zuber an der Rückwand waren mit einem zeltartigen Aufbau versehen und durch dünne Vorhänge notdürftig voneinander abgegrenzt: Hierher zogen sich verliebte Pärchen zurück, oder Gäste, die die eine oder andere Bademagd gerne näher kennenlernen und das nicht unbedingt vor aller Augen tun wollten.

Niki wusste, dass Albina siebzehn Jahre alt war, genauso alt wie Engel. Sie hatte dunkles Haar, schwarze Augen und eine rosa Nasenspitze und sah in Nikis Augen mehr wie eine traurige Maus aus als wie die Biene, die ihres Namens wegen zu ihrem Spitznamen geworden war. Unwillkürlich wandte er den Kopf ab, als das kleingewachsene Mädchen mit den winzigen Brüsten und dem fast unsichtbaren Flaum von Schamhaar sein Hemd abstreifte und zu ihm in den Zuber stieg – zu sehr erinnerte ihn das Bienchen an seine kleine Schwester Sophie. Ganz bewusst rief Niki sich ins Gedächtnis, dass in seiner neuen Heimat der Großteil der Gesellschaft aus Kindern, Teenagern und Leuten in ihren Zwanzigern bestand. Und dass Mädchen hier oft mit zwölf Jahren verheiratet wurden und mit fünfzehn schon zwei oder drei Kinder geboren hatten – oder beim Versuch ihr Leben gelassen.

»Du mochtest Magdalena gern, nicht wahr?«, sagte Niki

leise, nachdem er seine langen Beine im Zuber über die von Albina sortiert hatte, ganz so, als würden die beiden einander in einer modernen Badewanne gegenübersitzen. Das warme Wasser reichte ihm nunmehr bis unter die Brust und der kleinen Bademagd fast bis zum Hals; Niki war dankbar dafür, dass er durch die Nacktheit des Mädchens nicht mehr abgelenkt war.

Albinas Augen, die vorher schon rot und geschwollen gewesen waren, füllten sich wieder mit Tränen. Ein paar Atemzüge lang rang sie um Fassung.

»Sie war wie eine Mutter für mich«, sagte sie leise, als sie sich wieder unter Kontrolle hatte. »Also so, wie ich mir eine Mutter halt vorstelle. Ich habe meine Mutter ja nie kennengelernt. Sie hat mich gleich nach meiner Geburt ausgesetzt. Ich nehme an, sie war ungewollt schwanger. Oder sie hatte schon Kinder und konnte sich kein zusätzliches hungriges Maul mehr leisten. Vielleicht war ich ihr auch einfach zu hässlich. Die Schwestern im Kloster der Benediktinerinnen in Kleinwien haben immer gesagt, ich war schon als kleines Kind hässlich.«

Niki widersprach wortreich und vehement, aber Albina ließ sich nicht unterbrechen.

»Als ich letzten Winter aus dem Kloster weggelaufen bin und nach Krems kam, suchte Wolfram gerade nach einer neuen Bademagd anstelle von Engeltrud. Magdalena hat sich sofort meiner angenommen. Ich weiß nicht, wo und vor allem was ich jetzt ohne sie wäre. Sie war wie ein Schutzengel, nur halt schon hier auf Erden. Und jetzt ist sie tot. Tot. Tot ... Ist dir schon einmal aufgefallen, dass ein Wort, wenn man es nur oft genug wiederholt, mit der Zeit völlig seine Bedeutung verliert? Tot. Tot. Tot. Irgendwann wird es zu einer leeren Silbe, die nichts mehr aussagt. Versuch es einmal, Niki, komm: Tot. Tot. Tot ...«

Niki lief trotz des warmen Wassers ein eiskalter Schauer über den Rücken. Einem plötzlichen Impuls folgend beugte er sich vor und umarmte Albina, den Platzverhältnissen im Badezuber geschuldet auf etwas linkische Art und Weise. Einen Augenblick lang erstarrte die junge Bademagd. Dann entspannte sie sich und umarmte Niki zurück.

»Ich liebe es, gehalten zu werden«, flüsterte Albina, ihr Mund ganz nah an Nikis Ohr. »Meine Mutter hat das wahrscheinlich nie getan, die Benediktinerinnen auch nicht. Deshalb bin ich weggelaufen. Körperliche Berührungen waren im Kloster nicht nur nicht erwünscht, sondern strengstens verboten. Ich hab es einfach nicht mehr ausgehalten. Hier im Badehaus bin ich zum ersten Mal in meinem Leben umarmt worden.«

Ein paar Herzschläge lang saßen die beiden bewegungslos so in ihrem Zuber, während Niki heftig an dem Kloß in seinem Hals schluckte.

»Schau an, schau an«, sagte eine Stimme und unterbrach diesen unerwarteten Augenblick der Intimität zwischen den beiden jungen Menschen. »Unser aller Lieblings-Troubadour. Der berühmte Herr Sänger, von dem sich die kleine Engeltrud hat schwängern lassen, um der erfüllenden Arbeit hier im Badehaus zu entgehen!«

Die Stimme gehörte der Bademagd Petrissa, die Niki noch kurz zuvor im hinteren Teil des Badehauses an einem der Ruhebetten gesehen hatte, wo sie einem Kunden offensichtlich eine Massage angedeihen hatte lassen.

Petrissa war wohl an die zwanzig Jahre alt, blond und mollig – ihr dünnes Badehemd ließ bezüglich ihrer weiblichen Formen keine Zweifel offen. Ihr puppenhaftes Gesicht mit den großen Augen wäre wohl hübsch gewesen, hätte sie es nicht gerade zu einer höhnischen Grimasse verzogen. Der süße Tonfall ihrer Stimme ließ die wenigen Anwesenden im Badehaus annehmen, sie würde gerade mit großer Herzlichkeit einen alten Freund begrüßen.

»Nicht, dass ich ihr daraus einen Vorwurf machen würde«, fuhr sie mit einer Stimme fort, die so ölig war wie ihre Hände. »Wie, glaubt Ihr, fühlt es sich an, den lieben langen Tag immer nur den Wünschen der Gäste zu folgen? Edler Herr dies, edler Herr das. Darf ich Euren Schwanz halten, während Ihr mich anpinkelt und wie den letzten Dreck behandelt?«

Niki bemerkte, dass ihre Hände nicht nur ölig waren, sondern auch noch Überbleibsel der Massage aufwiesen, die sich offenbar nicht nur auf den Rücken des Kunden bezogen hatte. Petrissa folgte seinem Blick und versuchte mit sichtlichem Ekel, ein paar klebrige Spermatropfen an ihrem Hemd abzuwischen. Als das nicht zu ihrer Zufriedenheit funktionierte, fuchtelte sie erzürnt mit den Händen herum und verteilte milchig weiße Spritzer in alle Richtungen, sodass Niki und Albina unwillkürlich ihre Köpfe einzogen.

»Und noch dazu in inniger Umarmung mit unserem Bienchen. Weiß das die zukünftige Frau Gemahlin? Ich hoffe, mit ihrer Schwangerschaft ist alles in Ordnung?«

Niki und Albina fuhren auseinander, als hätte man sie bei etwas Unanständigem ertappt. Bevor Niki seine Überraschung und seinen aufsteigenden Zorn in Worte fassen konnte, wandte sich Petrissa bereits ab.

»Wenn du ein wenig Ablenkung brauchst in der Zeit, in der Engeltrud dich nicht angemessen ... *versorgt*, dann komm doch mit mir in einen Zuber statt mit diesem weinerlichen Kind, Blondie«, sagte sie mit einem Blick zurück und einem theatralischen Winken ihrer immer noch klebrigen Hand. »Wie du siehst, verstehe ich mein Handwerk!«

Albina verzog den Mund zu einer verächtlichen Schnute, während sie ihrer Kollegin nachsah, die sich mit bewusst schwingenden Hüften entfernte.

»Sie kann einfach nicht aus ihrer Haut, unsere Pezi«, sagte sie missmutig. »Steckt ihre neugierige Nase in alles und jedes und benutzt ihr Wissen, um anderen das Leben zu vermiesen. Manchmal denke ich mir, sie kann es einfach nicht ertragen, andere Menschen glücklich zu sehen. Auch wenn es nur für einen Moment ist.«

Sie warf Niki einen schüchternen Blick zu.

»So wie jetzt zum Beispiel.«

Niki schenkte der kleinen Bademagd ein Lächeln. Dann legte er die Stirn in Falten.

»Die Petrissa ist also eine neugierige Nase?«, fragte er. »Bringt gerne anderer Leute Geheimnisse in Erfahrung? Auch die von Badegästen?«

»Nicht, dass sie sich dafür besonders anstrengen müsste«, grinste Albina. »Du hast keine Vorstellung davon, was Männer dir alles anvertrauen, wenn sie mit dir in einem Zuber sitzen. Oder gar hinten auf einem der Ruhebetten das Lager teilen. Petrissa macht sich dieses Wissen halt hin und wieder gerne zunutze.«

»Und Magdalena? Der hat man doch sicher auch viel erzählt. Hat sie sich das auch manchmal … zunutze gemacht?«

»Nicht so wie Petrissa«, sagte Albina entrüstet. »Magdalena hätte nie von sich aus um Trinkgeld oder Geschenke gebeten, so wie die Pezi das tut. Deshalb hat sie wahrscheinlich umso mehr davon bekommen. Bei Magdalena waren auch die dunkelsten Geheimnisse ihrer Kunden sicher!«

»Apropos Kunden.« Niki verwendete das Stichwort, um nach Albinas emotionalem Ausbruch und Petrissas unerwartetem Auftritt endlich auf die Fragen zu sprechen zu kommen, die er der Bademagd stellen wollte.

»Ich muss wissen, wer am Allerheiligentag im Badehaus zu Gast war – ganz besonders, wer sich von Magdalena hat bedienen lassen. War irgendetwas anders als üblich? Hat es vielleicht Streit gegeben oder so?«

»Im Badehaus nicht«, antworte Albina ein wenig zögerlich. »Zu Allerheiligen war das Badehaus gut besucht. Von Männern wie Frauen gleichermaßen. Viele Haare zu waschen, viele Bärte zu rasieren. Zu hohen Feiertagen wollen sich die Leute immer schön machen.«

»Wolfram hat mir vorhin erzählt, der Bürgermeister und der Pfarrer waren hier?«

»Stimmt. Der Bürgermeister war da für eine Rasur. Hat danach allein in einem Zuber gesessen und Wein getrunken. Zu ihm setzt sich niemand unaufgefordert. Lutz hat ihm die Schultern massiert. Das würden wir Mädchen auch gerne machen, denn er sieht großartig aus.«

Niki fragte sich, ob es das warme Wasser oder der Gedanke an den Bürgermeister war, der Albinas Wangen kurzfristig ein zartes Rot verlieh.

»Er sagt aber immer, dafür wären unsere Hände nicht stark genug. Mit Magdalena hat er meines Wissens nicht gesprochen.«

»Vater Sebastian schon, nehme ich an?«

»Der Pfarrer war da und hat uns wie bei jedem seiner Besuche tief ins Gewissen geredet: *Gebt auf euer sündiges Leben und kehrt in den Schoß der Heiligen Mutter Kirche zurück* – bevor er sich wie immer von Magdalena einen runterholen hat lassen. Dauert nie lange bei ihm: Hier im Badehaus nennen wir ihn immer nur *Vater auf die Plätze – fertig – … fertig!*«

Niki musste grinsen. Er hatte Vater Sebastian schon immer für seine Fähigkeit bewundert, bei seinen wöchentlichen Besuchen im Badehaus das Angenehme mit dem Nützlichen zu verbinden.

»Der Münzmeister war auch da«, sagte Albina nach einer kurzen Nachdenkpause. »Er hat aber an diesem Tag nicht gebadet. Er hat nur gefragt, wer von uns am Sonntag zu ihm nach Hause kommt.«

»Zu ihm nach Hause?«

»Ja. Münzmeister Reinhardt und seine feinen Freunde kommen nicht zum gemeinen Fußvolk hierher ins Badehaus, wenn sie sich weibliche Gesellschaft wünschen. Die laden uns stattdessen gelegentlich zu einem Fest in eines ihrer Häuser ein. Am Sonntag ist der Münzmeister der Gastgeber.«

»Und ihr geht da alle hin?«, fragte Niki mit großen Augen.

»Klar«, lächelte Albina. »Mit Vergnügen sogar! Gutes Essen, guter Wein, gute Entlohnung. Die müssen wir zwar mit Wolfram teilen, aber Trinkgelder und Geschenke dürfen wir behalten. Wir haben alle fünf zugesagt.«

Die beiden verstummten, als Thomas, der zweite von Wolframs Badeknechten, einen Eimer voll dampfenden Wassers in ihren Zuber goss und wort- wie grußlos davonstapfte.

»Was ist denn mit Tom los?«, fragte Niki leise. »Seit wann begrüßt mich der nicht mehr? Hat er mich überhaupt erkannt? Der sieht ja aus, als hätte er seit Magdalenas Tod keine Stunde mehr geschlafen!«

»Hat er wahrscheinlich auch nicht«, gab Albina leise zurück. »Das ist der Grund, warum ich schon draußen mit dir sprechen wollte: Die beiden hatten einen lautstarken Streit am Abend von Magdalenas Tod. Nicht hier im Badehaus. Hinten im Hof, wo unsere Zimmer sind. Tom war sehr aufgeregt und hat viel gesprochen – dafür, dass er sonst praktisch nie was sagt.«

Niki riss überrascht die Augen auf. Magdalena war für ihre spitze Zunge bekannt, aber den schüchternen Thomas, den manche wegen seines Schielens »Scheel« nannten, konnte er sich nur schwer als Teil einer verbalen Auseinandersetzung vorstellen.

»Magdalena und Tom?«, fragte er ungläubig. »Echt jetzt?«

»Ich glaube, der Thomas war schon länger in Magdalena verliebt. Vielleicht sogar jahrelang. Man merkt es ihm halt nicht an, weil er so ein ruhiger, in sich gekehrter Geselle ist«, sagte Albina nachdenklich. »Mir ist aber aufgefallen, wie er sie oft angesehen hat – besonders, wenn sie mit Männern einen Zuber oder gar eines der Ruhebetten hinten teilte. Das waren keine freundlichen Blicke, das kannst du mir glauben. Mehr als einmal hab ich mir dabei gedacht: Gut, dass Blicke nicht töten können …«

»Und Magdalena?«, fragte Niki. »Hat sie seine Gefühle erwidert?«

»Sie mochte ihn gut leiden, da bin ich mir sicher. Ich glaube, sie hat auch gelegentlich ihr Lager mit ihm geteilt, abends, wenn sie sich einsam gefühlt hat, nachdem ihre Kunden wieder zu ihren Frauen und Kindern zurückgekehrt sind. Manchmal hat sie ihn geneckt und gesagt, er soll sich nicht so anstellen. Und dass sie noch ein wenig Spaß haben möchte, bevor sie ihn eines Tages heiratet und sich mit ihm zur Ruhe setzt.«

»Glaubst du, dass sie das ernst gemeint hat?«

»Du kanntest Magdalena, Niki: Sie hat immer nach Höherem gestrebt. Es war immer ihr Traum, dass ein hoher Herr kommt, sie von hier wegholt, heiratet und ehrbar macht. Mit ihr eine Familie gründet. So wie du mit Engel. Magdalena hat Engel sehr um dich beneidet. Eigentlich tun wir das alle.«

Niki spürte die Hitze in seinen Kopf steigen und ahnte, dass er gerade rot wurde.

»Ich bin alles andere als ein hoher Herr«, murmelte er.

»Aber auch kein schielender Badeknecht«, stellte Albina fest.

»Hast du verstanden, worum es bei dem Streit ging?«, fragte Niki rasch, um seine Verlegenheit zu überspielen.

»Nein«, antwortete Albina. »Obwohl ich den Kopf aus meinem eigenen Zimmer in den Hof hinausgesteckt hab, um besser zu hören. Sie waren bei Magdalena. Im Zimmer direkt neben meinem. Mir ist nur an der Lautstärke und am Tonfall aufgefallen, wie fuchsteufelswild Tom am Ende war. So kenn ich ihn gar nicht. Als er schließlich in den Hof hinaustrat, hat er sich noch einmal umgedreht und geschrien: *Sag nachher nicht, dass ich dich nicht gewarnt hätte!* Magdalena hat nur geantwortet: *Keine Sorge – ich werde das nicht vergessen!* Und dann hat sie die Tür zugeschmissen, direkt in Toms wütendes Gesicht hinein.«

Albinas Miene verdüsterte sich bei der Erinnerung.

»Tom ist dann noch ein paar Momente vor Magdalenas Tür stehengeblieben, ganz weiß im Gesicht und fast zitternd vor Zorn. Ich hab mir gedacht, jetzt tritt er ihr gleich die Tür ein. Er ist aber nur still dagestanden und hat schließlich leise gesagt: *Eines Tages!*«

»Eines Tages?«, fragte Niki.

»Eines Tages ... bringe ich dich um.«

Niki stand das Wasser mit einem Mal buchstäblich bis zum Hals. Auf allen Seiten schwappte warmes Wasser aus seinem Zuber auf den Steinboden des Badehauses.

Unwillkürlich kam ihm die Szene aus »Asterix und der Avernerschild« in den Sinn, in der Obelix in ein volles Thermalbecken springt und sich dann darüber wundert, wo all das Wasser plötzlich hin ist.

»Ist mein Anblick wirklich ... so viel schlimmer als der von ... Albina?«, fragte Bertram, dem das Augenrollen seines Freundes natürlich aufgefallen war.

»Willst du darauf eine ehrliche Antwort – oder eine diplomatische?«, grinste Niki.

Albina hatte Niki spielerisch auf den Mund geküsst, war tropfend, aber anmutig aus dem Zuber gesprungen und hatte ihr Badehemd übergestreift, ohne sich vorher abzutrocknen. Der reizvolle Anblick der entschwindenden jungen Bademagd war viel zu rasch abgelöst worden durch den ungleich weniger reizvollen Anblick des nackten Bertram, der mit erstaunlicher Energie zu Niki in den Zuber gesprungen war und damit das Wasser zum Überlaufen gebracht hatte.

»Ohne Bart siehst du gleich viel jünger aus, Bert«, sagte Niki boshaft. Seine Nase tat ihm immer noch weh, und er hatte Bertram noch nicht verziehen, dass er ihn vorhin bei der Initiation ausgeknockt hatte. »Wo warst du denn die ganze Zeit? Die Rasur kann doch unmöglich so lange gedauert haben?«

»Bei der Arbeit, im ... Gegensatz zu dir«, gab Bertram ein wenig pikiert zurück. »Anna und Klara, die beiden älteren ... Bademägde, sagen, Magdalena war an ihrem letzten ... Tag wie immer. Viel zu tun, kein Streit. Niemand hat einen ... Zuber oder ein Bett mit ihr geteilt.«

»Bist du dir da sicher?«, fragte Niki, mit einem Mal wieder voll bei der Sache. »Mit irgendwem *muss* sie an diesem Tag, ähm, ihr Lager geteilt haben!«

Wenn Engel sagt, Magdalena hätte ein paar Stunden nach ihrem Tod noch Sperma in sich gehabt, dann ist das so, dachte er.

»Anna und Klara sind sich sicher. Anscheinend beobachten die ... Bademägde einander gerade dabei sehr genau. Wer wie viele ... Kunden hat an einem Tag, und welche.«

Niki runzelte die Stirn.

»Maria, die Hüterin des ... Umkleideraums sagt: Zu Allerheiligen waren ausschließlich ... Stammkunden im Badehaus«, fuhr Bertram fort. »Niemand, den sie nicht zuvor schon einmal ... gesehen hat. Mit einer Ausnahme.«

»Mit einer Ausnahme?«

»Die Frauenwirtin vom neuen ... Hurenhaus war hier und hat sich lange mit Wolfram unterhalten. Nicht im ... Badehaus, sondern draußen am Empfang. Maria glaubt, dass es kein ... freundliches Gespräch war. Sie hatte einen ... Leibwächter bei sich.«

Niki sah Bertram nachdenklich an.

»Was denkst du, Nikolaus?«, fragte Bertram.

»Dass du ein ausgezeichneter Ermittler bist, Bert«, sagte Niki anerkennend. »Und dass an dem Tag, an dem Magdalena ermordet wurde, in diesem Badehaus offensichtlich einiges los war.«

In kurzen Worten berichtete er von seinem Gespräch mit

Albina, insbesondere von ihrer Schilderung des Streits zwischen Magdalena und Thomas.

»Thomas also«, sagte Bertram. »Hast du schon mit ihm darüber ... gesprochen?«

»Nein«, sagte Niki. »Aber das holen wir nach. Gleich, nachdem wir uns das Zimmer von Magdalena angesehen haben!«

»Es ist mir völlig gleichgültig, ob Ihr eine Vollmacht von Herzog Leopold habt«, zeterte Wolfram, fuchtelte mit den Armen und sprang dabei vor Entrüstung auf und ab, sodass der kleine Mann mit der starken Behaarung in Nikis Augen mehr denn je wie ein aufgeregter Affe wirkte. Ein Orang-Utan, entschied Niki. Für einen Gorilla wirkte der Bader nicht bedrohlich genug. »Das hier ist ein anständiges Haus! Noch nie hatten wir Probleme mit der Stadtwache! Wie komme ich dazu, dass Ihr eines meiner Zimmer durchsuchen wollt? Ihr wisst doch, dass die Zimmer mir gehören!«

Wolfram ging gemeinsam mit Niki und Bertram über den Innenhof des Badehauses, der auf einer Seite von dem Heizhaus begrenzt wurde, in dem sich der große Ofen und die noch viel größeren Vorräte an Brennholz und Holzkohle befanden, und auf der anderen Seite von den Zimmern, in denen die Bademägde und Knechte wohnten. In seiner Hand hielt er einen großen Schlüssel aus schwarz angelaufenem Eisen.

»Das wissen wir«, sagte Niki gereizt. »Eure Leute dürfen nur schlafen in diesen Kämmerchen, und ihr behaltet dafür den Großteil ihres Verdienstes ein!«

»Nur einen unbedeutenden Anteil«, beeilte sich Wolfram zu versichern und hüstelte. »Meine Mägde kommen immerhin völlig mittellos zu mir. Hier im Badehaus erhalten sie alles, was sie zum Leben benötigen: Kost, Logis, Bekleidung, Schuhe. Große und starke Knechte, die für ihre Sicherheit sorgen. All das hat natürlich seinen Preis. Wer nach uneigennütziger Wohltätigkeit sucht, wendet sich besser an Vater Sebastian als an mich.«

»Wir müssen das Zimmer sehen, weil darin ein Mordopfer gewohnt hat«, erklärte Niki. »Weil wir uns davon wertvolle Erkenntnisse für die Suche nach dem Mörder erhoffen.«

»In ihrem Zimmer? Es steht wohl außer Zweifel, dass Magdalena draußen auf der Straße ermordet wurde und nicht in ihrem Zimmer!«

»Jetzt hört mir mal zu, Wolfram«, sagte Niki, dessen Geduldsfaden zusehends dünner wurde. »Ihr habt die Wahl: Entweder Ihr sperrt uns jetzt Magdalenas Zimmer auf, oder Bertram hier tritt die verdammte Tür ... Was ist los?«

Wolfram hatte Niki offensichtlich nicht mehr zugehört, sondern starrte nur mit großen Augen, den unförmigen Schlüssel in der Hand, auf das Türschloss von Magdalenas Kammer, vor der die drei Männer inzwischen angelangt waren.

Niki blickte dem kleinen Mann über die Schulter.

Wolfram streckte langsam die linke Hand aus und drückte sachte gegen die Tür, die ohne Widerstand nach innen aufschwang.

»Das Schloss ...«, stammelte er ungläubig. »Jemand hat das Türschloss aufgebrochen!«

Der Bader hob den rostigen Schlüssel hoch.

»Ich schwöre Euch: Damit hab ich nichts zu tun!«

Niki warf einen Blick in den kleinen Raum, der ein Bild der Verwüstung bot. Nichts war von der Zerstörungswut des Einbrechers verschont geblieben: der Tisch, der Schemel umgeworfen, das wackelige Holzbett verschoben, die Matratze und der Kopfpolster aufgeschlitzt, sodass die Füllung aus Pferdehaaren herausquoll. Am Boden lagen ein entzweigebrochener Nachttopf, die Scherben einer Waschschüssel, verstreute Kleidungsstücke.

»Geht mir aus den Augen, Wolfram«, sagte Niki leise, aber mit einem so bedrohlichen Unterton in der Stimme, dass der Bader den bereits zur empörten Widerrede geöffneten Mund wieder schloss.

Niki schubste Bertram unsanft in Magdalenas Zimmer, warf die Tür krachend hinter sich zu, lehnte die Stirn an das raue Holz und schloss für einen Moment lang die Augen.

»Kein guter … Tag heute?«, fragte Bertram mitfühlend.

»Das einzig Gute bis jetzt ist, dass ich mich mit Engel versöhnt habe«, sagte Niki leise, die Stirn immer noch an die Tür gelehnt. »Erst das Begräbnis. Dann die Abfuhr beim Bürgermeister. Die Prügelei mit dir. Und jetzt auch noch das hier. Ich hab mir das alles viel einfacher vorgestellt. Dabei ist das erst der Anfang unserer Ermittlungen. Und der Tag ist noch nicht einmal zu Ende!«

Bertram runzelte die Stirn auf der Suche nach Worten des Trostes für seinen Freund. Dann überlegte er es sich offensichtlich anders und begann schweigend, Ordnung in Magdalenas Zimmer zu machen. Als Erstes schob er ihr Bett zurück an die Wand unter das kleine Fenster, richtete die Matratze und den Kopfpolster, faltete die dünne Wolldecke säuberlich zusammen und legte sie auf das Fußende des Bettes.

Als Niki sich umdrehte und Bertram emsig bei der Arbeit sah, musste er lächeln, obwohl ihm gar nicht danach zumute war. Er trat auf das Bett zu, setzte sich auf die aufgeschlitzte und zerrissene Matratze und beobachtete ebenfalls schweigend, wie sein zukünftiger Schwager mit dem ihm eigenen Ordnungssinn Magdalenas verstreute Habseligkeiten zur Hand nahm, untersuchte und an ihren angestammten Platz zurücklegte.

Sorgfältig stellte Bertram ein zu Boden gefallenes Teller aus Steingut und einen schwarz angelaufenen Becher auf den Tisch und legte einen inzwischen hart gewordenen Brotkanten, ein Stück Käse und einen verschrumpelten Apfel daneben. Er stellte einen aus Eisen geschmiedeten Kerzenständer zurück auf den Schemel, den Magdalena anscheinend als Nachttisch verwendet hatte, und legte eine abgebrochene und zwei neue Kerzen daneben. Die Scherben von Nachttopf und Waschschüssel schob er vorsichtig in eine Ecke des von groben Schiffsplanken gebildeten Fußbodens. Als Letztes richtete er die schwere Truhe wieder auf, die Magdalenas Habseligkeiten enthalten hatte, und begann methodisch, ihre auf dem Boden verstreuten Kleidungsstücke zusammenzulegen und wieder an ihren Platz in der Truhe zurückzulegen. Es waren nicht viele.

Die Kleidung, die Schuhe und der Mantel aus der Nacht ihres Todes liegen wohl noch immer blutverschmiert in einer Ecke im Herzogshof, dachte Niki. *Und in einer weiteren Garnitur ihrer Kleidung hat man sie heute Vormittag begraben.*

Als Bertram sich endlich neben seinen Freund auf das Bett der Bademagd setzte, ließ er ein buntes Sammelsurium an kleinen Gegenständen auf die Matratze fallen: einen Kamm aus Holz, bunte Bänder für Magdalenas langes Haar, einen Würfelbecher samt Würfeln, ein paar einfache Schmuckstücke.

»Nicht viel für ein … ganzes Leben«, sagte Bertram.

»Zu wenig für ein ganzes Leben«, gab Niki nachdenklich zurück. »Sogar Wolfram hat zugegeben, dass Magdalena die beliebteste Magd im Badehaus war und dass sie viele Stammgäste hatte, und das über viele Jahre lang. Albina sagt, dass sie oft Trinkgeld oder gar Geschenke von ihnen bekommen hat.«

Er griff nach einer der Kerzen auf dem Schemel am Kopfende des Bettes und ließ seine Fingerspitzen über den gleichmäßig gerundeten Schaft streicheln.

»Kerzen aus Bienenwachs sind teuer. So gut gearbeitete wie diese hier würden sich ausgezeichnet in Herzog Leopolds

Thronsaal machen, im Skriptorium vom Kloster Göttweig, oder auf dem Schreibtisch unseres Bürgermeisters. Diesen Bettvorleger mit den eingestickten Ritterfiguren hätte wohl auch Ritter Hadmar gern vor dem Kamin in seiner großen Halle liegen, und dieser Becher hier ist, wenn mich nicht alles täuscht …«

Niki stand auf, griff nach dem schwarzen Pokal auf Magdalenas Tisch und begann, einen kleinen Fleck daran mit seinem Fingernagel und mit dem rauen Stoff seines wollenen Hemdsärmels zu bearbeiten, bis darunter die ursprüngliche Farbe zum Vorschein kam.

»… aus Silber«, vervollständigte er seinen Satz.

»Albina hat anscheinend … recht«, sagte Bertram.

»Nachdem sie mit den Geschenken recht hat, stimmt vermutlich auch das mit dem Trinkgeld. Ich nehme mal an: Das war es, wonach unser Einbrecher gesucht hat. Ich frage mich, ob er es gefunden hat …«

Die beiden jungen Männer ließen ihre Blicke über den nunmehr aufgeräumten schmucklosen kleinen Raum schweifen.

Für Hercule Poirot lässt der Verbrecher immer eine Spur zurück, die den Detektiven weiterhilft bei ihrer Suche, dachte Niki. *Passiert sowas nur in Büchern und im Film, oder bin ich einfach nur mit Blindheit geschlagen?*

Bertram wählte ausgerechnet diesen Augenblick, um die Stirn in Falten zu legen, sich auf die Knie niederzulassen und den Teppich aus nächster Nähe zu betrachten.

»Fällt dir an dem … Teppich etwas auf?«, fragte er nach einer Weile.

Niki ließ sich ebenfalls auf die Knie nieder und versuchte herauszufinden, worauf sein Freund anspielte.

»Knüpfteppich aus Wolle«, sagte er. »Verblasst, ein bisschen fadenscheinig. Hat bessere Zeiten gesehen, vielleicht an der Wand einer Burg. Die eingestickten Ritterfiguren lassen ihn eher wie einen Wandteppich wirken. Sonst noch was?«

»Wofür hältst du ... das hier?«

Niki bückte sich, bis seine Nase den Teppich fast berührte.

»Du meinst die Wachsflecken?«

»Ich meine ... die Wachsflecken!«

»Was ist so besonders an den Wachsflecken? Immerhin liegt der Teppich neben dem Bett, mehr oder weniger direkt unter ...«

Niki deutete über die Schulter zurück, dorthin, wo der Schemel mit dem Kerzenleuchter stand.

In diesem Moment erkannte er, was Bertram meinte.

»Der Teppich liegt verkehrt herum«, sagte er langsam. »Die Wachsflecken sind auf der falschen Seite. Am Fußende des Bettes statt am Kopfende, wo der Leuchter steht. Den hat jemand weggenommen und dann falsch herum wieder hingelegt!«

Wie auf Kommando rutschten die beiden Freunde auf ihren Knien gleichzeitig zurück, um den Bettvorleger zur Seite schieben zu können.

Sie mussten nicht lange suchen, um das lose Bodenbrett zu entdecken, das sich mit vereinten Kräften und Fingernägeln leicht herausheben ließ. Der darunterliegende Hohlraum war etwa so groß wie eine moderne Schuhschachtel.

Wie eine leere moderne Schuhschachtel.

»Ich fühle mich geehrt von eurem Besuch, aber ich glaube nicht, dass ich euch viel über Magdalena erzählen kann«, sagte Thomas der Badeknecht, nachdem er Niki und Bertram Einlass in sein Zimmer gewährt hatte. »Wir haben zusammen gearbeitet seit vielen Jahren. Und Tür an Tür gewohnt hier.«

Thomas saß auf seinem Bett so wie Niki vorher auf dem

von Magdalena. Niki hatte auf dem einzigen Stuhl des Zimmers Platz genommen, und Bertram lehnte mangels weiterer Sitzgelegenheiten an der Tür. Das Zimmer des Badeknechts sah bis auf die zaghaften Anzeichen von Wohlstand wie den Teppich und den Kerzenständer exakt so aus wie das der Bademagd.

Wahrscheinlich sehen alle Zimmer hier im Hinterhof des Badehauses gleich trostlos aus, dachte Niki. *Ein bisschen wie die Zimmer in einer schäbigen Autobahnraststätte aus den Achtzigerjahren. Nur halt ohne die Neonschilder vorm Fenster.*

»Wart ihr, ähm, enger befreundet, du und Magdalena?«, fragte Niki vorsichtig.

Thomas zögerte kurz mit seiner Antwort.

Niki warf ihm einen prüfenden Blick zu. Wie üblich konzentrierte er sich dabei auf das rechte Auge des Badeknechts, das funktionierte, wie Mutter Natur das vorgesehen hatte, während das linke in einem aberwitzigen Winkel nach außen schielte. Das machte längeren Blickkontakt mit Thomas auch für wohlmeinende Gesprächspartner zu einer anstrengenden Übung.

»Wir sind ehrlich gesagt nicht sehr gut miteinander ausgekommen«, sagte er schließlich.

»Das trifft sich gut, das macht deine Einschätzung von ihr doppelt so wertvoll«, gab Niki zurück. »Magdalenas Freunde loben sie naturgemäß alle über den grünen Klee. Sobald jemand gestorben ist, hat er anscheinend keine einzige schlechte Eigenschaft mehr: Magdalena war klug, freundlich und immer gut gelaunt. Magdalena war einfühlsam, hilfsbereit und eine treue Seele. Magdalena war …«

»… ein berechnendes kleines Miststück«, ergänzte Thomas trocken.

Niki und Bertram zuckten zusammen und starrten den Badeknecht überrascht an.

»Sie wollte immer schon hoch hinaus«, fuhr Thomas fort.

»Magdalena hatte nicht die Absicht, als Bademagd alt zu werden. Sie hat sich über die Jahre hinweg mit großer Sorgfalt eine handverlesene Schar ergebener Stammkunden aufgebaut, die alle etwas gemeinsam haben: Geld, Macht und Einfluss. Ein paar hatte sie auch nur zum Vergnügen, einfach weil sie gut aussahen. Mit einem einfachen Badeknecht wie mir hatte sie nichts am Hut. Ich konnte ihr nichts von all dem bieten. Nicht einmal gutes Aussehen.«

Thomas sprach sachlich und emotionslos, der gepresste Klang seiner Stimme strafte seine Worte aber Lügen.

»Wolfram meint, Magdalena habe mehr Trinkgelder bekommen als die anderen Bademägde zusammen«, sagte Niki. »Hat sie das Geld ausgegeben, oder glaubst du, dass sie Ersparnisse hatte?«

»Ersparnisse? Mit Sicherheit. Magdalena hat immer aufs Geld geschaut und lebte äußerst sparsam. Über die Jahre muss ein schönes Sümmchen zusammengekommen sein. Ich wüsste nicht, was sie mit ihrem Geld sonst gemacht haben könnte.«

Niki und Bertram wechselten einen vielsagenden Blick.

»Du warst vielleicht der Letzte, der sie lebend gesehen hat am Abend ihres Todes«, sagte Niki.

»Wie kommst du darauf?«

»Albina meint, sie hat einen Streit zwischen euch beiden mitbekommen, unmittelbar nachdem das Badehaus beim Abendläuten geschlossen hatte. Kannst du uns erzählen, worum es bei dem Streit gegangen ist?«

»Nein, kann ich nicht. Das geht nur Magdalena und mich etwas an.«

»Albina meint, deine letzten Worte waren: *Eines Tages … bringe ich dich um!*«, sagte Niki vorsichtig.

»Ich hab dir ja gesagt, wir sind nicht besonders gut miteinander ausgekommen«, gab Thomas sarkastisch zurück.

»Dann ist also nichts dran an den Gerüchten über Magdalena und dich?«

»Was für Gerüchten?«

»Dass du heimlich in Magdalena verliebt warst?«

»Wer behauptet denn sowas?«, brauste Thomas auf. »Sicher die Bademägde, die zerreißen sich den ganzen Tag lang ihre Mäuler. Nichts lieben sie mehr, als dummes Geschwätz auszutauschen!«

»Und entspricht das Geschwätz der Wahrheit?«, fragte Niki.

»Du würdest mir die Wahrheit nicht glauben, selbst wenn ich sie dir sagen würde«, gab der Badeknecht hitzig zurück.

»Dann hast du sie also nicht geliebt?«

»Geliebt? Geliebt?!?«, rief Thomas, sprang vom Bett hoch und schüttelte eine geballte Faust vor Nikis Nase. »Du willst die Wahrheit? Dann sollst du die Wahrheit erfahren! Ich habe Magdalena *gehasst*! Ich bin froh, dass sie tot ist. Wenn mir nicht jemand zuvorgekommen wäre, hätte ich sie wohl wirklich eines Tages umgebracht!«

Einen Augenblick lang stand Thomas wie eine Statue über Niki, die Faust immer noch drohend erhoben, sein gutes Auge weit aufgerissen. Dann ließ er die Faust langsam sinken, öffnete wie in Zeitlupe seine Finger und starrte seine Hand dabei unverwandt an, als gehörte sie zu jemand anderem.

»Da hast du deine Wahrheit«, sagte er leise, als er sich wieder gefasst hatte.

»Bist du jetzt zufrieden?«

»Ich hab gerade erst erfahren, dass du und Bertram mit der Suche nach Magdalenas Mörder beauftragt wurdet«, sagte Petrissa ein wenig außer Atem. »Wisst ihr schon, wer es war?«

Die kleine Bademagd hatte alle Mühe, mit Niki und Bertram Schritt zu halten, seit sie direkt vor Thomas' Zimmer auf die beiden jungen Männer getroffen war und sich an ihre Fersen geheftet hatte. Niki war sicher, dass sie an der Tür gelauscht hatte. Nicht dass das nötig gewesen wäre: Der ungewohnt leidenschaftliche Ausbruch des Badeknechts war vermutlich im gesamten Hinterhof zu hören gewesen.

»Nein«, knurrte Niki. »Wir haben gerade erst angefangen.«

»Aber du hast doch sicher schon die eine oder andere Idee?«

»Ich hab immer die eine oder andere Idee«, sagte Niki grimmig. »Und, du wirst es nicht glauben: Hinter jeder Tür, die wir öffnen, tun sich ein paar neue auf.«

Mit Petrissa im Schlepptau hatten die beiden Freunde den Hauptraum des Badehauses durchquert. Im Empfangsbereich hielt Niki an, drehte sich zu Petrissa um und sah ihr direkt in die Augen.

»Was hast *du* eigentlich gemacht am Abend von Allerheiligen, sagen wir mal: ab dem Abendläuten?«, fragte er.

In diesem Moment wurde die Eingangstür energisch aufgestoßen und Bruno trat ein. Er brachte kalte Abendluft und einen Hauch von Herbstnebel mit ins Badehaus. Petrissa erschrak und wickelte sich fröstelnd in ihr dünnes Badekleidchen. Niki konnte sehen, wie die Gänsehaut die Härchen auf den Armen der molligen Bademagd zu Berge stehen ließ.

»Ich bin unmittelbar nach dem Schließen nach hinten in mein Zimmer gegangen«, sagte Petrissa. »Und habe es an diesem Abend auch nicht mehr verlassen. Es war nebelig, und niemand geht in der Allerseelennacht freiwillig aus dem Haus.«

»Und da hast du gar nichts von einer lautstarken Auseinandersetzung zwischen Magdalena und Thomas mitbekommen? Das muss genau um diese Zeit gewesen sein!«

»Ich habe nichts gesehen und gehört«, sagte Petrissa schnell. »Mein Zimmer liegt aber auch auf der anderen Seite des Hinterhofs. Neben dem von Thomas.«

»Du hast also gar nichts gesehen und gehört, was uns dabei helfen könnte, den Mörder von Magdalena zu finden?«

»Wie stellst du dir das vor, Blondie? Ich war allein in meinem Zimmer.«

»Es geht nicht darum, wie ich mir das vorstelle«, sagte Niki ein wenig unwirsch. »Die Frage war, ob du etwas gesehen und gehört hast, das uns weiterhelfen könnte bei unserer Suche.«

»Na ja, wenn ich mein Zimmer zum Beispiel noch einmal verlassen hätte, um ein wenig Luft zu schnappen vor dem Badehaus«, sagte Petrissa langsam. »Wenn ich Magdalena nachgeschaut hätte, wie sie die Landstraße hinaufging und dann in den Täglichen Markt eingebogen ist. Dann hätte ich vielleicht sehen können, dass ihr jemand gefolgt ist.«

Niki sah Petrissa ein wenig verwirrt an.

»Aber du hast doch eben gesagt, du bist sofort in dein Zimmer gegangen und hast es auch nicht mehr verlassen?«

»Das stimmt. Genau so war es«, sagte Petrissa. »Es tut mir leid, dass ich euch nicht helfen kann.«

Kopfschüttelnd verabschiedete sich Niki von der Bademagd und trat mit Bertram und Bruno ins Freie.

»Sie lügt«, sagte Bertram langsam. »Du hast mit ... keinem Wort erwähnt, dass der Streit zwischen ... Magdalena und Thomas im Zimmer von ... Magdalena stattfand. Auf der anderen ... Seite vom Hof.«

»Stimmt«, sagte Niki. »Und was sollte das von wegen: *Wenn ich Magdalena nachgeschaut hätte, dann ...?* Wenn es so war, warum sagt sie es dann nicht einfach? Und wenn es nicht so war, warum erwähnt sie es dann überhaupt?«

»Reine Wichtigtuerei, wenn ihr mich fragt«, sagte Bruno. »Als Magdalena das Badehaus verließ, muss es schon ziemlich dunkel gewesen sein. Und nebelig. Wenn sie ihr wirklich von hier, wo wir jetzt stehen, nachgeschaut hätte, wie sie in den Täglichen Markt eingebogen ist, hätte sie überhaupt nichts erkennen können.«

Niki musste Bruno recht geben: Selbst jetzt bei schwächer werdendem Tageslicht und leichtem Nebel konnte er die Gesichter der Menschen in dieser Entfernung nicht mehr voneinander unterscheiden.

»Eigentlich bin ich gekommen, um euch von meiner Runde um die Stadtmauer zu berichten«, fuhr Bruno fort. »Ich dachte mir, dass ich euch hier noch antreffen würde.«

»Komm doch mit in den *Knochenmann*«, sagte Niki und legte Bruno einen Arm um die Schultern. »Da wollen wir uns zusammensetzen, unsere Beobachtungen und Ideen austauschen und Pläne für morgen schmieden! Der Leichenschmaus für Magdalena ist sicher schon vorbei, aber vielleicht ist ja noch ein wenig Brot, Fleisch und Bier für uns übriggeblieben. Irgendwie ist das Mittagessen heute ausgefallen.«

»Heut ich der Früh dachte ich noch, Magdalena war die beliebteste Bademagd in Krems. Eine Frau, die keine Feinde hat auf der Welt«, sagte Niki kopfschüttelnd, als er endlich seinen leeren Teller von sich schob. »Nach allem, was wir heute erlebt haben, bin ich mir dessen nicht mehr so sicher.«

»Auf jeden Fall war sie eine Frau, die viele Freunde hatte«, sagte Gottfried.

»Ich kann mich nicht erinnern, jemals in so kurzer Zeit so viel gegessen zu haben«, sagte Gerwald.

»Viele der Besucher von Magdalenas Totenmesse sind vorbeigekommen und haben Köstlichkeiten dagelassen«, sagte Liesbeth. »Der Bäckermeister hat einen riesigen Laib Brot vorbeigebracht. Einer der Kaufleute ein Brett voll mit geräuchertem Fisch, der Besitzer der Fleischbank am Hohen Markt ein gebratenes Schwein und ein paar gegrillte Hühner, der Zuckerbäcker süße Kuchen. Weiß noch jemand, von wem der Laib Käse stammt? Der Münzmeister ist nicht selbst gekommen, hat aber einen ganzen Schinken geschickt. Vater Sebastian hat ein Fässchen mit Bier gespendet, das die Mönche in Göttweig gebraut haben. Bruder Franziskus hier hat auch ein neues Fass aufgemacht, und zwar vom Guten.«

»Engel hat eine bewegende Rede gehalten«, sagte einer der Zwillinge.

»Und dann haben alle auf Magdalena angestoßen«, sagte der andere. »Manche mehr als nur ein Mal.«

»Ich seh schon, wir haben hier ein ordentliches Fest verpasst«, sagte Niki und deutete mit dem Kopf lächelnd auf Mariann, die neben dem langsam ausgehenden Kaminfeuer in einer Ecke lehnte und mit seligem Gesichtsausdruck leise schnarchend vor sich hin schlummerte. Außer der alten Bademagd waren nur noch die Zwillinge Gottfried und Gerwald und ihre ältere Schwester Liesbeth anwesend; nur die drei Geschwister hatten nach dem Ende vom Leichenschmaus voller Neugier ausgeharrt, um zu erfahren, wie es ihren Freunden am ersten Tag ihrer Ermittlungen ergangen war.

Nachdem sich Niki und Bertram – unterstützt von Bruno – ausgiebig an den Resten des Mahls gütlich getan und ihren Hunger und Durst gestillt hatten, stillten sie nun auch die Neugier ihrer Freunde, indem sie ihnen ausführlich Bericht über die Ereignisse des Tages erstatteten, beginnend mit ihrer Audienz beim Bürgermeister und der Initiation in die Stadtwache.

»Ich wollte schon fragen, warum deine Nase so angeschwollen ist«, grinste Gottfried.

»Und wo du das Veilchen herhast«, ergänzte Gerwald.

Niki warf Bertram einen finsteren Seitenblick zu, ehe er sich in den zweiten Teil seiner Schilderung ihrer Erlebnisse im Badehaus stürzte, endend mit Magdalenas aufgebrochener Zimmertür, ihren gestohlenen Ersparnissen und ihrer Auseinandersetzung mit Thomas.

»Viel hat sich ereignet heute, und wir haben viel gelernt«, sagte er zuletzt. »Die wichtigste Neuigkeit war jedoch gleich die allererste, nämlich dass wir nur drei Tage haben, um Magdalenas Mörder zu finden; der erste davon ist schon vorbei, und er hat mehr Fragen aufgeworfen, als Antworten geliefert. Ich freue mich daher besonders, euch drei hier zu treffen: Wir brauchen jede Hilfe, die wir bekommen können.«

»Du willst, dass wir als Spürhunde für dich arbeiten?«, fragte Gottfried.

Niki lächelte; der Vergleich aus dem Tierreich gefiel ihm.

»Genau! Ihr sollt wie Hunde für mich nach Spuren schnüffeln. Ihr sollt wie Katzen für mich Mauselöcher beobachten. Ihr sollt wie Eichhörnchen für mich Nüsse zusammentragen.«

»Nüsse?«, fragte Gerwald.

»Hinweise. Beobachtungen. Fakten. Ohne Fakten kann man kein Verbrechen aufklären.«

»Wir tun gerne, was wir können«, sagte Liesbeth. »Leider sind ja nur noch wir drei hier: Hadmar und Joachim sind zurück nach Dürnstein und Aggstein geritten. Und Engel ist zu Großmutters Hütte hinaufgestiegen.«

Niki schnitt eine Grimasse. Er hätte Hadmars Tatkraft, Joachims Erfahrung und Engels Einfallsreichtum bei seinen Ermittlungen gut gebrauchen können, hatte aber Verständnis dafür, dass alle drei andere Verpflichtungen hatten: Hadmar und Joachim hatten auf ihren Burgen zu tun, und Engel hatte sich der Pflege der alleine lebenden weisen alten Frau von Dürnstein verschrieben, seit diese sich ihrer unverwüstlichen Willenskraft zum Trotz nicht mehr alleine versorgen konnte.

Als er die erwartungsvollen Gesichter seiner Freunde sah, lächelte er. »Besser zu fünft als zu zweit«, sagte er.

»Zu sechst«, warf Bruno ein und wurde dabei ein bisschen rot. »Wenn ihr nichts dagegen habt, dass ich auch an eurem Rat teilhabe.«

Willkommen bei den Irregulars – in Sherlock Holmes' »Bande aus der Baker Street«!, dachte Niki.

»Zum Einstieg lasst mich Bericht erstatten über meinen ersten Auftrag«, fuhr Bruno fort. »Am Abend von Allerheiligen wurden alle vier Stadttore wie üblich beim Abendläuten geschlossen. Und über die Mauer oder unten drunter oder sonst wie hindurch kommt niemand – kein Kind und schon gar kein Erwachsener. Ich bin eine ganze Runde um die Stadt gegangen heute. Der müsste schon senkrechte Wände hochgehen können. Oder Hilfe haben von jemandem, der ihm ein Seil oder eine Leiter hinunterlässt.«

»Kann ich mir ehrlich gesagt nicht vorstellen«, sagte Niki nachdenklich. »Das heißt: Unser Mörder ist ein Kremser. Er ist voller Blut. Er muss von der Straße runter. Er muss seine Kleidung loswerden. Oder sie reinigen. Wohin ist er verschwunden nach seiner Tat? Irgendjemand muss etwas gehört oder gesehen haben!«

»Aber wie können wir das rausfinden?«, fragte Gottfried.

Niki grinste.

»Da, wo ich herkomme, nennen die Wächter das die ‚Ochsentour'«, sagte er.

»Ochsentour? Was bedeutet das?«, fragte Gerwald.

»An Türen klopfen. Mit Leuten reden. Und genau das werdet ihr zwei morgen tun. Ausgehend von den Häusern am Täglichen Markt und in der Judengasse, dann in immer größer werdenden Kreisen. Ja, es war eine nebelige Nacht. Ja, es war die Allerseelennacht, wo niemand vor die Türe geht, der nicht unbedingt muss. Und trotzdem: Irgendjemand muss etwas gehört oder gesehen haben!«

»Verstanden«, sagten die Zwillinge im Chor und schüttelten einander voller Begeisterung die Hände.

»Bruno, für dich hätt ich auch eine Aufgabe: Wir brauchen eine Liste mit allen Ärzten, Tierärzten, Schlachtern, Fleischhauern, Barbieren – alle, die innerhalb der Stadtmauern von Krems wohnen und in irgendeiner Form mit einem

Messer ihr Geld verdienen. Dazu alle Gewalttäter zwischen Steinertor und Wienertor, die dir einfallen! Wir müssen wissen, wo sie zu Allerheiligen beim Abendläuten waren und ob sie ein Alibi haben.«

»Ein was?«

»Ein Alibi. Das heißt, dass jemand bezeugen kann, dass sie zur Zeit des Verbrechens an einem anderen Ort gewesen sind und daher als Täter ausscheiden.«

»Verstanden«, sagte Bruno, etwas zögerlicher als die Zwillinge. »Das wird aber eine lange Liste ...«

»Vielleicht hilft dir ja der eine oder andere ... Wächter dabei«, sagte Bertram langsam, wie immer zur sichtlichen Überraschung aller Anwesenden. »Ulric war sehr ... freundlich zu uns. Und nach unserem ... Kampf haben uns auch viele der ... anderen gratuliert!«

»Und was soll ich tun?«, fragte Liesbeth. »Bin ich etwa die Einzige, die keine Aufgabe bekommt? Ich will auch mithelfen!«

»Keine Sorge«, antwortete Niki und schenkte der schwarzhaarigen Schönheit ein anzügliches Lächeln. »Für dich hab ich eine besondere Aufgabe: Du begleitest mich morgen bei meinem Besuch in der Münze. Ich werde dich dort als meine Gemahlin ausgeben. Der Münzmeister kennt mich nur vom Hörensagen und dich überhaupt nicht; ich denke, diese fromme Lüge wird unentdeckt bleiben. In deiner Begleitung kann mir Reinhardt der Reiche eine Führung durch sein Haus nicht abschlagen.«

Wenn Liesbeths berüchtigter Augenaufschlag dem Münzmeister nicht die Zunge löst, dann bringt ihn nichts und niemand zum Reden, dachte er.

»Reinhardt der Reiche«, sagte da plötzlich eine schlaftrunkene Stimme.

Die »Bande aus der Baker Street« sah sich geschlossen suchend um.

»Es ist ... Mariann!«, sagte Bertram.

Die alte Frau, die auf ihrem Stammplatz neben dem Kamin vor sich hin gedöst hatte, öffnete die Augen. Niki hatte keine Ahnung, wie alt die ehemalige Bademagd tatsächlich sein konnte. Wohl nicht älter als fünfzig, schätzte er. Ihr gelbliches Haar und ihr faltiges Gesicht, das an einen verschrumpelten Apfel erinnerte, ließen sie eher wie siebzig wirken. Mariann schien im *Knochenmann* zu leben; zumindest war sie immer dagewesen, wenn Niki die Taverne besucht hatte. Sie verbrachte die Abende an ihrem Stammplatz neben dem Kamin und betrank sich langsam, aber gewissenhaft mithilfe von mitfühlenden Gästen, die ihr Getränke ausgaben. Hin und wieder wurde sie von einem männlichen Gast angesprochen; dann wurden leise Worte gewechselt, die beiden verschwanden unauffällig ins Freie und kehrten ein paar Minuten später wieder in den *Knochenmann* zurück – in der Regel beide mit einem zufriedenen Lächeln auf dem Gesicht.

Aber zumindest macht sie nicht am Friedhof hinter irgendeinem Grabstein für eine warme Mahlzeit die Beine breit, wie Wolfram über sie herumerzählt, dachte Niki. *Zähne hat sie auch noch, ein paar wenigstens. Und zumindest einen letzten Rest Würde.*

»Reinhardt der Reiche war nicht immer reich«, murmelte Mariann. Niki wusste nicht, ob sie nur im Halbschlaf alten Erinnerungen nachhing, angeregt von der Erwähnung des Münzmeisters, oder ob sie bewusst versuchte, etwas zum Gespräch der sechs Freunde beizutragen.

»Zweiter Sohn von einem Ritter«, fuhr die ehemalige Bademagd fort. »Der, der einmal *nicht* die Burg und den Titel erbt. Ritterliche Ausbildung: alles, was dazu gehört. Reich geheiratet. Mit dem Geld seiner Frau das Amt des Münzmeisters gekauft. Und jetzt ist er für alle nur noch Reinhardt der Reiche. Wer hätte das gedacht!«

Die alte Frau stieß ein vergnügtes Kichern aus, das sie mit einem Mal viel jünger wirken ließ. Dann fiel ihr Kopf wieder auf die Brust. Mariann war wieder eingeschlafen.

»Zeit, zu gehen«, sagte Bruder Franziskus, während er Becher und Teller einsammelte, um sie zurück in die Küche der Taverne zu tragen. »Ihr seid mir lieb und wert wie alle meine Stammgäste, aber irgendwann muss ich selbst euch vor die Tür setzen.«

»Und was ist ... mit ihr?«, fragte Bertram, als die jungen Leute sich erhoben, und deutete mit einer Kopfbewegung auf die schlafende Frau. »Sie kannst du doch unmöglich vor die ... Tür setzen – jetzt im November?«

»Das ist auch nicht notwendig«, sagte Bruder Franziskus. »Mariann übernachtet in der kalten Jahreszeit hier in der Taverne. In ihrer Ecke neben dem Kamin stört sie niemanden in der Nacht.«

»Das ist sehr ... großzügig von dir«, sagte Bertram.

»Ehre, wem Ehre gebührt«, gab der Mönch mit dem weißen, kahlen Schädel und den dunklen Augenhöhlen zurück. »In diesem Fall ist das Vater Sebastian. Er zahlt für Marianns Beherbergung.«

Der vierte Tag: Zwischen Kerker, Hurenhaus und Münze

Samstag, 5. November 1194

Erwartet euch nicht zu viel«, sagte Bruno, als er den Schlüssel im Schloss der Kerkerzelle umdrehte und die Tür mit einem standesgemäßen langgezogenen Quietschen aufzog. »Die Befragung durch Hauptmann Roderich hat, ähm, Spuren hinterlassen beim Verdächtigen.«

Niki fühlte sich unwillkürlich an den Beginn seines persönlichen Albtraumes erinnert – an den Morgen nach Magdalenas Ermordung: derselbe frühmorgendliche Ritt von Dürnstein nach Krems, derselbe Empfang durch Bruno im frischgeschrubbten Lederwams, derselbe Marsch durch die leere Thronhalle vom Herzogshof über die steinerne Wendeltreppe in den Keller hinunter. Nur dass Bruno diesmal an der kleinen Kammer, in der er seine Obduktion durchgeführt hatte, vorbeigegangen war bis fast ans Ende des Kellers, wo die fensterlosen Kerkerzellen lagen. Und vor der einen angehalten hatte, die derzeit besetzt war.

Niki hatte Mendel den Wucherer (den er in Gedanken hartnäckig »Mendel den Schachspieler« nannte) nie persönlich kennengelernt. Er hätte ihn aber wohl auch nicht erkannt, wenn er ihm schon vor diesem Tag einmal von Angesicht zu Angesicht gegenüber gestanden wäre: Mendel war nur noch ein Schatten seiner selbst.

Das Gesicht des alten Mannes war grün und blau geschlagen und mit braunen Flecken von getrocknetem Blut bedeckt. Niemand hatte es der Mühe wert gefunden, es abzuwaschen. Seine rechte Hand war rot, angeschwollen und sah auf den ersten Blick aus wie ein Klumpen rohes Fleisch. Zusammen mit dem Gestank in der Kerkerzelle sorgte der bloße Anblick des Juden dafür, dass Niki ganz flau im Magen wurde.

Mendel selbst schien seinen bemitleidenswerten Zustand gar nicht zu bemerken: Er saß zusammengekauert auf einer wackeligen Holzpritsche, vornübergebeugt, die Arme über der Brust überkreuzt, die Hände auf den Oberarmen. Sein Oberkörper schwankte langsam vor und zurück im Rhythmus einer Melodie, die nur er selbst wahrzunehmen schien. Dazu summte er leise vor sich hin: einen konstanten, dumpfen Ton, der aus den Tiefen seiner Kehle zu kommen schien. Von seinen Besuchern nahm er keinerlei Notiz.

»Was ... habt ihr ... mit ihm ... gemacht?«, fragte Bertram – offensichtlich ebenfalls geschockt – noch langsamer als gewohnt.

»Hauptmann Roderich hat ihn geschlagen. Er behauptet, Mendel habe sich der Verhaftung widersetzt«, sagte Bruno und hatte den Anstand, dabei rot zu werden. *Manche Ausreden ändern sich anscheinend über Jahrhunderte hinweg nicht*, dachte Niki grimmig.

»Sollte nicht passieren. Bei einer Befragung darf genau genommen gar kein Blut fließen«, fuhr der junge Wächter fort. »Ihr werdet es nicht glauben, aber das steht wirklich in den Vorschriften. Aber ihr kennt ja den Hauptmann. Wenn der einmal in Schwung kommt …«

»Was habt ihr mit ihm … gemacht?«, wiederholte Bertram, als hätte er Brunos Worte gar nicht vernommen.

»Nicht mehr und nicht weniger als bei jeder anderen peinlichen Befragung«, gab Bruno leicht pikiert zurück.

»Soll heißen, ihr habt ihn gefoltert, bis er bereitwillig alles gestanden hat, was ihr von ihm hören wolltet?«, fragte Niki.

»Ich muss doch sehr bitten, Nikolaus! Die peinliche Befragung ist keine Folter, sondern ein Instrument zur Wahrheitsfindung!«

»Und woraus hat dieses Instrument in Mendels Fall bestanden?«

»Auch das steht in den Vorschriften. Am ersten Tag zeigt und erklärt der Vollstrecker dem Verdächtigen alle vorhandenen Geräte: die Daumenschrauben, den spanischen Stiefel, den Flaschenzug, an dem man seine hinter dem Rücken zusammengebundenen Hände hinaufzieht, bis seine Schultern aus ihren Gelenken springen. Hauptmann Roderich zeigt auch gerne die alte Streckbank her, die hier im Keller in einer halbvergessenen Abstellkammer herumsteht und seit Menschengedenken nicht benutzt wurde. In vielen Fällen reicht schon das bloße Herzeigen, um die Verdächtigen zum Reden zu bringen.«

»Ich nehme an, bei Mendel hat das bloße Herzeigen nicht ausgereicht?«

Niki war bewusst, dass seine Stimme vor Sarkasmus triefte; er schaffte es aber beim besten Willen nicht, angesichts des katatonisch schwankenden und summenden Folteropfers ruhig und sachlich zu bleiben.

»Am zweiten Tag werden die Geräte dann angewendet. Nur locker. Nur, um ein erstes Gefühl zu vermitteln. Am dritten Tag dann hart. So hart, dass der Verdächtige gerade keine bleibenden Schäden davonträgt. Immerhin muss er nach einer Verurteilung noch imstande sein, auf den eigenen Beinen zur Richtstätte zu gehen, und die liegt bei uns am Galgenhügel draußen vor dem Steinertor.«

»Seine Hand«, sagte Bertram. »Schau dir seine ... Hand an.«

Niki zwang sich trotz seiner Übelkeit, die geschwollenen und blutverschmierten Finger des alten Mannes genauer anzusehen.

»Er hat keine Fingernägel mehr«, stammelte er schließlich, als er erkannte, was Bertram meinte. »Roderich hat ihm ... die Fingernägel gezogen!«

»Mit einer glühenden Zange«, sagte Bruno leise. »Danach hat Mendel den Mord an Magdalena gestanden.«

»Es ist hoffnungslos«, sagte Niki und warf frustriert die Arme in die Luft. »Er reagiert auf nichts. Auf gar nichts!«

Nachdem die drei jungen Männer Mendel mit einem Eimer Wasser und dem saubersten Lappen, den Bruno im Herzogshof auftreiben konnte, so gut wie möglich gesäubert hatten, hatte Niki versucht, den alten Juden anzusprechen. Er hatte sich ihm vorgestellt. Er hatte gesagt, dass er hier wäre, um Mendel zu helfen. Er hatte gefragt, ob er sich zu ihm setzen dürfte – und hatte es getan, auf einen dreibeinigen Schemel, dem einzigen beweglichen Einrichtungsgegenstand der Kerkerzelle.

Mendel, der schon die Prozedur des Waschens seines Gesichtes und seiner verletzten Hand völlig ungerührt über sich ergehen hatte lassen, ohne sein enervierendes Schwanken und Summen zu unterbrechen, hatte auf Nikis Ansprache nicht reagiert, so sehr sich dieser auch bemühte.

»Hört mal, Mendel«, begann er noch einmal. »Ich glaube Euch Euer Geständnis nicht. Ich glaube nicht, dass Ihr

Magdalena ermordet habt. Ich würde gerne Eure Unschuld beweisen. Dafür wäre es aber wirklich, *wirklich* hilfreich, wenn Ihr mir ein paar Fragen beantworten könntet!«

Der alte Mann schwankte und summte. Er sah Niki dabei nicht einmal an, obwohl dieser eindringlich und langsam auf ihn einsprach, wie auf ein begriffsstutziges Kind.

Niki folgte Mendels Blick, drehte sich um und entdeckte in einer Ecke der Kerkerzelle ein Schachbrett und einen Haufen herumliegender Spielfiguren.

»Das Schachbrett hat der Hauptmann als Beweismittel bei der Verhaftung mitgenommen«, sagte Bruno, der Mendels Blick ebenfalls gefolgt war. »Die bei Magdalena gefundene Figur hat gefehlt. Sie stammte eindeutig von Mendels Spiel, wir haben sie mit den anderen Bauern verglichen: gleiches Material, gleiches Aussehen. Kein Zweifel.«

»Dann ist der Satz an Spielfiguren jetzt wieder vollständig?«, fragte Niki.

»Ich denke schon. Wir haben den blutverschmierten Bauern nicht wieder mitgenommen«, sagte Bruno. »Schau, dort liegt er. Ich kann ihn von hier aus erkennen!«

Niki musterte den alten Juden nachdenklich.

Mendel der Schachspieler, dachte er.

Dann stand er auf, hob das Schachbrett vom Boden auf und sammelte sorgfältig die sechzehn weißen und die sechzehn schwarzen Figuren ein. Er legte das Brett auf den Schemel, auf dem er zuvor gesessen war, kniete sich dahinter auf den Boden und platzierte die Figuren Stück für Stück auf ihren angestammten Feldern auf dem Spielbrett.

Mendel hörte weder auf zu schwanken, noch hörte er auf zu summen. Sein Blick ruhte aber jetzt erstmals auf Niki, wenn auch nur auf dessen Händen: Er verfolgte jede seiner Bewegungen beim Aufstellen der Figuren.

Niki legte die Stirn in Falten, während er sich an die Regeln zu erinnern versuchte, nach denen im Jahr 1194 Schach gespielt wurde. Während der Gefangenschaft von Richard

Löwenherz auf Burg Dürnstein von Jänner bis März 1193 hatte er mit dem englischen König zum Zeitvertreib viele Partien gespielt (und samt und sonders verloren).

Wie war das noch einmal? Die Dame nur ein Feld weit, und das noch dazu nur diagonal. Halb so stark wie der König – die hat eine ordentliche Emanzipation vor sich in den nächsten achthundert Jahren. Der Läufer, der aussieht wie ein Elefant: ebenfalls diagonal, allerdings nur maximal zwei Felder weit. Immerhin: doppelt so stark wie die Dame. Und die Bauern dürfen bei ihrem ersten Zug keinen Doppelschritt machen. Sonst alles, wie ich es von daheim gewohnt bin.

Niki hatte bewusst die weißen Figuren auf seiner Seite des Schachbrettes aufgestellt und die schwarzen auf der Seite von Mendel: Er wollte nicht dem Juden die Entscheidung über den Beginn des Spiels überlassen.

Nachdem er die letzte Schachfigur auf ihren Platz gestellt hatte, hob er den Kopf.

Zum ersten Mal sah ihm sein Gegenüber in die Augen.

Mendel der Schachspieler, dachte er erneut, fast beschwörend.

Dann machte Niki entschlossen seinen ersten Zug.

»Was hat das jetzt gebracht?«, fragte Bruno, als die drei jungen Männer eine halbe Stunde später auf dem Gang vor der Zelle standen und die schwere Holztür hinter ihnen wieder fest verschlossen war. »Das Schachspiel meine ich. Du hast kein einziges Wort mehr an Mendel gerichtet! Wozu dann das alles?«

»Das Spiel hat ihm gutgetan«, gab Niki zurück. »Er hat

sich beruhigt. Erst hat er mit der Wackelei aufgehört, dann auch mit dem Summen. Roderich hat ihn nicht gebrochen. Er wird wieder gesund werden.«

Immer unter der Voraussetzung, dass er nicht am Montag hingerichtet wird, fügte er in Gedanken hinzu.

»Außerdem weiß ich inzwischen auch so, was ich mir von diesem Besuch erwartet habe: Mendel ist nicht unser Mann. Das hab ich mir schon vorher gedacht, aber nach dem Schachspiel bin ich mir jetzt sicher.«

»Nach dem Schachspiel? Bei dem ihr kein Wort miteinander gesprochen habt?«

»Schachspieler gelten von vorneherein nicht gerade als jähzornige Heißsporne. Die meisten von ihnen sind eher bedächtige Denker, die sich jeden ihrer Züge dreimal überlegen, bevor sie ihn machen. Das passt schon einmal gar nicht zu dem, wie der Mörder Magdalena zugerichtet hat. Außerdem verrät ein Spieler beim Schach viel über sich. Dadurch, wie er spielt. Welche Züge er wann macht. Wie lange er dazwischen nachdenkt.«

Mendel ist kein durchgeknalltes Genie wie Bobby Fischer, dachte Niki. *Auch kein ungestümer, kompromissloser Angreifer wie Garri Kasparow. Er hat ruhig und sorgfältig gespielt. Ein Stratege wie Magnus Carlsen.*

»Dieser Mord passt nicht zu Mendels Persönlichkeit«, sagte er laut. »Wenn er einen Mord begehen würde, dann würde er ihn sorgfältig planen und gewissenhaft ausführen. Glaubt es mir einfach: Er ist nicht unser Mann.«

Während Bruno ihn mit gerunzelter Stirn verständnislos ansah, nickte Bertram nachdenklich, als würde er Nikis Worten vollinhaltlich zustimmen.

»Ich teile deine … Meinung, Nikolaus«, sagte er schließlich. »Das hätte ich dir aber schon nach … Mendels erstem Zug sagen können.«

Niki war ein wenig perplex und mehr als nur ein wenig pikiert über Bertrams Geringschätzung seiner tiefgehenden psychologischen Analyse, auf die er seiner Ansicht nach zu Recht stolz war.

»Das freut mich, Bulle«, sagte er. »Und wie kommst *du* zu dieser Schlussfolgerung?«

»Du hast seine ... Hand gesehen? Die geschwollene mit den herausgerissenen ... Fingernägeln? Mendel muss starke Schmerzen leiden.«

»Das ist mir aufgefallen«, sagte Niki ungeduldig. Manchmal ging ihm die bedächtige Art seines zukünftigen Schwagers gehörig auf die Nerven. »Und weiter?«

»Es ist seine rechte Hand, die ... verletzt wurde. Und dennoch hat er seine ... Züge mit dieser Hand ausgeführt. Mendel ist ganz sicher kein ... Linkshänder. Und damit kann er auch nicht ... Isengrim sein.«

»Jetzt stell dich nicht an wie eine unschuldige Jungfer, Bulle«, sagte Niki. »Du hast eine Freundin. Noch dazu eine gesprächige. Ich weiß daher aus erster Hand, dass du schon nackte Frauen gesehen und die, ähm, Freuden körperlicher Liebe kennengelernt hast!«

»Ja, aber nur mit Kathrin«, gab Bertram zurück und bekam einen roten Kopf vor Verlegenheit. »In einem Hurenhaus war ich noch nie!«

Die beiden Freunde standen vor einem Haus auf dem Pfarrplatz, direkt gegenüber dem Eingang der dem Heiligen Vitus gewidmeten Kirche, in dem die Totenmesse für Magdalena abgehalten worden war und auf deren Friedhof sie begraben lag. Das Haus war bis vor Kurzem noch eine Taverne gewesen, in der die Kirchgänger vor, nach und in manchen Fällen auch während des Gottesdienstes leibliche Stärkungen in Form von Bier und Wein zu sich nahmen. Im Sommer hatte das Haus seinen Besitzer gewechselt und war umgebaut worden. Eine lebensgroße, mit großzügigen weiblichen Rundungen ausgestattete steinerne Frauenfigur vor dem Eingang wies nun unmissverständlich darauf hin, welche Art von Dienstleistungen Besucher für ihr Geld hinter dem schweren Eingangstor erwarten konnten. Viele Männer berührten im Vorbeigehen gerne die nackten Brüste oder den Hintern der Statue in der Hoffnung, dass ihnen das Glück bringen würde; Niki bemerkte, dass diese neuralgischen Stellen davon bereits ganz blankgewetzt waren.

»Das stimmt nicht«, antwortete er. »Hast du schon die *Goldene Gans* vergessen? In Belgrad? Auf unserer Reise nach Konstantinopel letztes Jahr?«

»Das stimmt sehr wohl«, beharrte Bertram. »Nur Hadmar, Joachim und du hattet … Zimmer in der Taverne. Ich hab gemeinsam mit den anderen im … Pferdestall geschlafen. Von den Freuden körperlicher Liebe war … keine Rede an diesem Abend.«

Das kommt darauf an, dachte Niki und lächelte unwillkürlich bei der Erinnerung an die Nacht, die Engeltrud, mit kurz geschnittenem Haar und als Mann verkleidet, mit ihm auf seinem Zimmer verbracht hatte.

»Wir gehen da auch nicht rein, um Spaß mit den Mädchen zu haben«, sagte er. »Wir gehen da rein, um herauszufinden, was die Frauenwirtin zu Allerheiligen im Badehaus wollte. Engel hat mir erzählt, dass sie vorhatte, Magdalena aus dem Badehaus abzuwerben, und du selbst hast mir erzählt, dass es Streit mit Wolfram gegeben hat. Komm schon, Bertram – ich brauch dich da drinnen. Schließlich bist du das Genie mit dem Blick für Details und dem fotografischen Gedächtnis. Das hast du gerade erst bei Mendel wieder unter Beweis gestellt!«

Niki merkte selbst, dass seine Stimme dabei einen bitteren Unterton annahm.

Hadmar hat vielleicht recht, wenn er sich immer über

mich lustig macht, dachte er. *Ich kann wirklich nichts außer gescheit reden.*

Kurz entschlossen nahm er seinen zögerlichen Freund an der Hand und zog ihn mit sanfter Gewalt zum Eingangstor. Bevor er seine Hand nach dem massiven eisernen Ring in der Tür ausstreckte, berührte er damit im Vorbeigehen den Hintern der Statue.

Sorry, dachte er. *Aber ich kann wirklich jedes Quäntchen Glück brauchen, das ich kriegen kann.*

Der ehemalige Schankraum hatte sich stark verändert, seit die Taverne noch den Namen *Zum Kirchenwirt* getragen hatte. Niki war beeindruckt: In einer Hälfte standen nach wie vor Tische, an denen Getränke konsumiert werden konnten, aber rund um sie herum waren statt karger Holzbänke nunmehr gepolsterte Stühle angeordnet, die gleichermaßen bequem wie teuer aussahen. Die andere Hälfte wurde von orientalisch anmutenden Diwans voller bestickter Kissen eingenommen, die Niki an ihren Aufenthalt in Konstantinopel erinnerten. Der sauber ausgekehrte Fußboden war mit Teppichen bedeckt. Das schummrige Licht fiel zum Teil durch die halb zugezogenen Vorhänge, zum Teil stammte es von Kerzen, von denen sich auf jedem Tisch und neben jedem Diwan eine befand. In Summe ergab das alles ein einladendes Bild: Mit dem Zufallen der schweren Eingangstür schienen tatsächlich die Mühen des Alltags hinter dem Eintretenden abzufallen. Selbst Niki, der das Hurenhaus mit einem klaren Ziel vor Augen betreten hatte, fühlte plötzlich das Bedürfnis, sich auf einem der weichen Diwans auszustrecken, und sei es nur für die Dauer eines Bechers Wein.

Der dunkel gekleidete Mann, der den beiden Freunden

die Tür geöffnet hatte, sah von seiner mächtigen Statur und seinem muskulösen Körperbau her aus, als könnte er Bertrams Bruder sein. Voraus hatte er ihm nur seinen Haar- und Bartwuchs: Das Haar des Mannes war dicht, dunkel und kurz geschnitten, genau wie sein Vollbart. Seine zu einer mächtigen Monobraue zusammengewachsenen Augenbrauen verliehen seinem Gesichtsausdruck etwas Bedrohliches, selbst wenn er lächelte wie bei der Begrüßung der neuen Gäste.

Ein Lächeln lag auch auf dem Gesicht der Frau, die gleich darauf aus einem Hinterzimmer – offenbar der ehemaligen Küche – erschien und sich als Madame Wilhelmine vorstellte.

»Mein Name ist Nikolaus von Dürnstein«, sagte Niki. »Das hier ist mein Freund Bertram.«

»Ich weiß, wer Ihr seid, Nikolaus«, gab Wilhelmine zurück. »Man nennt Euch den Sänger Blondie. Ihr seid mit Hadmar von Kuenring bekannt, mit Herzog Leopold, und sogar mit Richard Löwenherz. Ich habe viel von Euch gehört.«

»Verzeihung, aber sind wir uns schon einmal begegnet?«

»Nein. Aber ich habe es mir zur Gewohnheit gemacht, in einer neuen Stadt als Erstes herauszufinden, wer die Männer sind, auf die es ankommt. Die Einfluss haben auf das, was in der Stadt passiert. Oder auf das, was die Leute denken. Das hilft ungemein, wenn man Geld verdienen will. Ich freue mich, Euch endlich persönlich kennenzulernen. Ihr seht genauso gut aus, wie Ihr mir beschrieben wurdet.«

Niki spürte mit ein wenig Unbehagen, wie der Blick der Frauenwirtin über ihn glitt, ihn taxierte, vielleicht ein wenig zu lange an seinem Gesicht, seinem Haar, seinem Körper hängenblieb.

Wilhelmine war keine junge Frau mehr. Niki schätzte sie auf fünfzig, ähnlich der alten Bademagd Mariann. Aber wo Mariann durch ihren verwahrlosten Zustand wie siebzig wirkte, sah Wilhelmine durch ihre Gepflegtheit und ihre geschmackvolle Kleidung aus wie vierzig. Sie war von ungewöhnlich großer, hagerer Statur. Ihr graumeliertes Haar trug sie streng aus der Stirn gekämmt und zu einem Zopf geflochten, der von einem seidenen Band zusammengehalten wurde. Wilhelmines ebenmäßiges Gesicht ließ erahnen, dass sie in jungen Jahren eine Schönheit gewesen sein musste.

Sie trägt keine Haube, also ist sie wohl nicht verheiratet, dachte Niki. *Warum wohl? Sie sieht gut aus, und Geld hat sie offenbar auch. Man sollte meinen, die Männer würden Schlange stehen, trotz ihres unehrenhaften Berufes …*

»Ich freue mich auch«, gab Niki zurück. »Bertram und ich haben gerade bewundert, was Ihr aus der alten Taverne gemacht habt. Sehr beeindruckend. Gehen Eure Geschäfte gut?«

»Ich bin zufrieden«, antwortete Wilhelmine. »Ein neues Hurenhaus braucht Zeit, um bekannt und beliebt zu werden, und wir haben gerade erst angefangen. Bis jetzt arbeite ich noch mit den zwei Mädchen, die mit mir aus Wien hierhergekommen sind. Es wird besser werden, sobald auch Frauen aus Krems und der näheren Umgebung für mich tätig sind. Bald schon werden die ersten anfangen.«

»Bis jetzt gehen die meisten Männer wohl zu Wolfram ins Badehaus, wenn ihnen der Sinn nach weiblicher Gesellschaft steht«, sagte Niki.

»Ein respektables Haus«, sagte Wilhelmine. »Dort werden Haare gewaschen und geschnitten, Bärte rasiert, Bäder genommen. Und hin und wieder wird halt einem Gast Erleichterung verschafft, wenn er danach fragt. Das ist keine Konkurrenz für mich.«

»Ich habe gehört, Ihr habt Wolfram einen Besuch abgestattet letzthin«, sagte Niki vorsichtig. »Am Abend von Allerheiligen, wenn ich mich recht erinnere?«

»Ein reiner Höflichkeitsbesuch«, antwortete die Hurenmutter rasch. »Ohne besonderen Anlass. Aber Ihr seid sicher nicht gekommen, um mit mir über das Geschäft zu reden? Lasst mich Euch doch meine beiden Mädchen vorstellen. Zierden ihrer Profession, Meisterinnen der Liebeskunst: Bernadette und Jacqueline.«

Niki und Bertram machten große Augen.

»Natürlich heißen sie nicht wirklich so«, sagte Madame Wilhelmine. »Mir geht es darum, ein wenig vom Charme der großen, weiten Welt nach Krems zu bringen, daher hab ich ihnen die neuen Namen verpasst. Aus diesem Grund hab ich auch mein Haus *Les Belles Dames* genannt: *Die schönen Frauen*. Und was machen die Leute hier? Sie nennen es *Zur nackten Frau*. Wenn ich das gewusst hätte, hätte ich die verdammte Statue nicht vor die Tür gestellt!«

Niki unterdrückte ein Lächeln. Dabei half ihm, dass in diesem Moment zwei junge Frauen die Treppe vom oberen Stockwerk herunterkamen. Von dort, wo die ehemaligen Gästezimmer lagen, die nun offenbar für andere Zwecke verwendet wurden.

»Bernadette« und »Jacqueline« sahen so unterschiedlich aus, wie zwei hübsche junge Frauen nur aussehen können: Bernadette war ein kleingewachsenes, quirliges Mädchen mit ausgeprägten weiblichen Formen und einem strahlenden Lächeln, während Jacqueline groß und schlank war und auf eine fast vornehme Art Ruhe und Würde ausstrahlte.

»Wem würdet Ihr denn den Vorzug geben, Nikolaus?«, fragte Wilhelmine. »Oder wollt Ihr Eurem Freund die Auswahl überlassen?«

Niki warf Bertram einen Seitenblick zu und sah, dass dieser ihn hilfesuchend und buchstäblich händeringend ansah.

»Können wir auch alle gemeinsam zu viert auf ein Zimmer gehen, Wilhelmine?«, fragte er.

»Viele Hände – schnelles Ende?« Madame Wilhelmine zwinkerte Niki zu und schenkte ihm ein anzügliches Lächeln. »Kein Problem. Wenn Ihr jedes Mädchen für eine Stunde bezahlt, könnt Ihr mit ihnen anstellen, was immer

Euch beliebt. Nur wenn Ihr Euch bei ihnen abwechseln wollt, muss jeder von euch für beide bezahlen!«

Niki konnte sogar aus den Augenwinkeln sehen, wie Bertrams Ohren rot wurden.

»Nein, danke. Eine für jeden wird reichen, denke ich!«

Das Zimmer im ersten Stock, in das der Mann mit der Augenbraue Niki, Bertram und die beiden Mädchen begleitete, war sauber und spärlich, aber funktionell eingerichtet. Das Bettgestell wirkte massiv und sah aus, als könnte es zur Not tatsächlich dem Gewicht von vier Menschen standhalten. Die Möblierung wurde von einem Tischchen und zwei Schemeln vervollständigt. Wie im Empfangsraum unten waren die Vorhänge vor den Fenstern zugezogen und ließen nur wenig Tageslicht in das Zimmer; die einzelne Kerze auf dem Tischchen tat wenig, um den in schummriges Zwielicht getauchten Raum aufzuhellen.

Augenbraue stellte einen Krug mit Wein, einen mit Wasser und vier Becher auf den kleinen Tisch, fachte die Glut in der kleinen Feuerstelle an und ließ seine Gäste alleine.

Bernadette und Jacqueline ließen sich auf dem Bett nieder und begannen ohne Umschweife, ihre Kleider aufzuknöpfen. Niki hob abwehrend die Hand.

»Ich glaube, es ist besser, ihr lasst eure Kleider an«, sagte er lächelnd.

»Oh! Ihr meint, wir sollen dafür nur unsere Röcke heben?«, fragte Bernadette und demonstrierte anschaulich, wie sie sich das vorstellte, indem sie den ihren lupfte und den beiden jungen Männern einen kurzen Blick auf den dichten, dunklen Pelz zwischen ihren Schenkeln gewährte. »Ich hatte schon einmal einen Kunden, der das immer von mir verlangte. Sagte, er würde sich dann vorstellen, ich wäre eine Milchmagd auf dem Weg zum Wochenmarkt. Und er wäre ein gutgebauter Soldat, Priester oder Straßenräuber, der mich überfällt und mir die Unschuld raubt. Dabei war er im echten Leben schüchtern. Und kleingewachsen. In jeder Hinsicht.«

»Nein. Ich meine damit, ihr sollt überhaupt angekleidet bleiben«, sagte Niki. »Wir sind nur hier, um mit euch zu reden.«

Die beiden Mädchen sahen einander überrascht an.

»Madame Wilhelmine hat gesagt: Wenn wir jede von euch für eine Stunde bezahlen, dürfen wir mit euch anstellen, was immer uns beliebt. Und jetzt beliebt es uns, mit euch zu reden. Ist das ein Problem?«

Die zwei jungen Frauen lachten.

»Gar nicht«, sagte Bernadette, sprang vom Bett auf, trat zum Tisch und begann, Wein in die Becher einzuschenken. »Das kommt hin und wieder vor. Ich hätte nur nicht angenommen, dass Ihr zu … *dieser* Sorte von Kunden gehört. Die sind normalerweise älter.«

»Als Nächstes fragen sie uns für gewöhnlich, warum wir hier arbeiten«, sagte Jacqueline und griff nach ihrem Becher.

»Warum … arbeitet ihr hier?«, fragte Bertram.

Die beiden Mädchen lachten, bis sie bemerkten, dass Bertrams Frage ernst gemeint war.

»Ich werde gut bezahlt«, stellte Bernadette fest. »Die Hälfte dessen, was Ihr für mich unten auf den Tisch legt. Wir bekommen hier gutes Essen, schlafen in weichen Betten und werden nicht geschlagen. Könnt Ihr mir eine Ehefrau nennen, die das von sich behaupten kann?«

Niki öffnete den Mund, überlegte kurz und schloss ihn wieder.

»Wenn ich genug Geld auf die Seite gelegt habe, mach ich eine Wäscherei auf. Dann eine Taverne. Dann vielleicht ein eigenes Hurenhaus, wer weiß? Ich hätte schon jede Menge Ideen für Verbesserungen. Ich werde einmal zu viel Geld kommen, so wie Madame Wilhelmine!«

Niki musste unwillkürlich lächeln. Er traute Bernadette die angestrebte Karriere absolut zu, so voller Begeisterung war das kleine Energiebündel mit dem dunklen Haar und den schwarzen Augen.

»Ich bin hier, weil ich Madame Wilhelmine mein Leben verdanke«, sagte Jacqueline. »Meine Eltern sind früh gestorben. Ich bin bei meinem Onkel in Wien aufgewachsen. Er ist nachts regelmäßig in meine Kammer gekommen, hat mich auch tagsüber nach Belieben genommen, wenn seine Frau auf dem Markt war. Ich habe mich gewehrt, daher musste er mich jedes Mal vorher halb bewusstlos schlagen. Eines Nachts hab ich mich in sein Zimmer geschlichen und ihm ein Küchenmesser ins Auge gestochen. Mit seinem anderen Auge hat er mich noch erkannt, bevor er gestorben ist. Das war der schönste Moment in meinem Leben.«

Jacqueline hatte sachlich und emotionslos gesprochen, die schönen großen Augen weit geöffnet, als blicke sie damit direkt in ihre Vergangenheit. Sie hob den Kopf, bemerkte die betretenen Gesichter rund um sich und lächelte.

»So schlimm ist es nicht«, sagte sie. »Ich schlafe eigentlich gerne mit Männern. Ich werde nur nicht gerne geschlagen. Und das ist mir nie wieder passiert. Dafür sorgt schon Pierre.«

»Pierre?«, fragte Niki. »Du meinst Augenbraue?«

»Eigentlich heißt er Peter. Aber Ihr wisst ja: der Charme der großen, weiten Welt«, sagte Jacqueline und zwinkerte Niki zu. »Wilhelmine hat mich damals bei sich aufgenommen und mich vor den Stadtwächtern versteckt. Sie hat mein Leben gerettet, und dafür werde ich ihr ewig dankbar sein. Ich würde alles für sie tun, genau wie sie für uns Mädchen. Sie ist wie eine Mutter zu uns.«

»Manchmal wie eine fürsorgliche. Manchmal wie eine strenge«, warf Bernadette ein. »Kommt ganz darauf an, welches ihrer Gesichter sie gerade zeigt.«

»Welches ihrer Gesichter?«

»Heute ist Madame Wilhelmine das, was wir *Mini* nennen«, sagte Jacqueline. »Heute ist sie fürsorglich.«

»Du meinst, sie kann auch anders?«

»Sie kann nicht nur anders«, sagte Bernadette. »Manchmal *ist* sie anders. Wenn sie *Heli* ist.«

»Mini und Heli? Echt jetzt?«, sagte Niki lachend. »Ihr nennt sie bei unterschiedlichen Namen – je nachdem, ob sie gut oder schlecht drauf ist?«

»Nein«, sagte Jacqueline, ohne auch nur im Geringsten dabei zu lächeln. »Sie ist nicht einfach nur einmal gut gelaunt und einmal nicht. Sie ist ein anderer Mensch.«

»Und wisst Ihr, was das Gruseligste daran ist?«, fragte Bernadette. »Als Mini hat sie keine Erinnerung daran, was sie als Heli gesagt und getan hat. Und umgekehrt. Es ist, als gäbe es einen guten und einen bösen Zwilling von ihr. In einem einzigen Körper.«

»Als Heli ist mit ihr echt nicht gut Kirschen essen«, sagte Jacqueline. »Sie war schon in Wien Hausmutter von einem Dirnenhaus. Hat klein angefangen und sich hochgearbeitet. Mit Konkurrenten ging sie nicht zimperlich um, mit unguten Kunden noch weniger: Einmal hat sie einem im Streit ein Ohr abgebissen!«

»Mini war das Ganze natürlich schrecklich peinlich, als man es ihr erzählt hat«, grinste Bernadette. »Sie hat sich tausendmal entschuldigt. Und dem Kunden danach auch das Ohr zurückgegeben.«

Die beiden Mädchen kicherten bei der Erinnerung, stießen mit ihren Bechern an und konnten sich kaum mehr einkriegen vor Heiterkeit.

Niki legte die Stirn in Falten. Konnte es sein, dass die jungen Damen die Auswirkungen des edlen Tropfens spürten, den Niki bestellt hatte und dem die beiden mit großem Eifer zusprachen? Gar so witzig war die Geschichte mit dem Ohr ja auch wieder nicht? Er erhob sich von seinem Schemel und schenkte, ganz der Gentleman, ihre Becher ein weiteres Mal voll.

Hilft es nix, schadet es nix, dachte er mit einem feinen Lächeln.

»Die Geschichte hat natürlich trotzdem die Runde gemacht in Wien«, sagte Jacqueline. »Deswegen haben wir auch unsere Zelte abgebrochen und sind hierhergekommen. Das Pflaster ist uns einfach zu heiß geworden unter den Füßen: Irgendwann wären Hauptmann Ferdinand und seine Stadtwächter bei uns angerückt und hätten Wilhelmine mitgenommen. Und mich vielleicht auch gleich bei der Gelegenheit, wenn sie mich wiedererkannt hätten.«

»Krems hat sich angeboten. Die zweitgrößte Stadt des Herzogtums, viele Einwohner, viele Besucher, viele Kunden. Und natürlich guter Wein«, lachte Bernadette und nahm noch einen Schluck. »Und als einzige Konkurrenz das verschlafene Badehaus.«

Das war Nikis Stichwort.

»Du hast vorhin gesagt, Wilhelmine geht mit Konkurrenten nicht zimperlich um, Jacqueline«, sagte er. »Dann kann sich der alte Wolfram ja ganz schön auf etwas gefasst machen, oder?«

»Davon kannst du ausgehen«, sagte Jacqueline, unwillkürlich in die vertrautere Anrede mit dem Du-Wort wechselnd. »Wenn sie es so macht wie in Wien, wird sie ihm vorschlagen, dass sich das Badehaus in Zukunft auf das Baden seiner Kunden beschränkt und den Rest uns überlässt. Im Gegenzug wird sie ihm ein … *Angebot* machen.«

»Ein Angebot? Wie darf man sich das vorstellen?«

»Kommt drauf an, wer es ihm unterbreitet«, grinste Bernadette. »Wenn es Mini ist, wird sie dem wackeren Bademeister als Ablöse Geld anbieten. Wenn es Heli ist, wird sie ihm androhen, sein Haus abzufackeln, wenn er sich widersetzt.«

»Und die Bademägde? Was soll dann aus denen werden?«

»Die, die sich besonders gut aufs Haarewaschen verstehen, dürfen natürlich bleiben«, sagte Jacqueline mit einem

Zwinkern. »Die, die sich besonders gut auf … andere Dinge verstehen, werden wohl ebenfalls ein solches Angebot bekommen.«

»So viel ich gehört habe, gab es wohl schon, ähm, Verhandlungen mit Wolfram«, sagte Niki vorsichtig. »Vielleicht auch mit einer Bademagd. Zuletzt am Dienstag, am Abend von Allerheiligen, wenn ich mich nicht irre?«

»An den Abend kann ich mich erinnern«, sagte Bernadette. »Madame Wilhelmine war ziemlich wütend, als sie mit Pierre zurückkam. Wir sind ihr zur Sicherheit aus dem Weg gegangen an diesem Abend.«

»Wisst ihr zufällig, wann die beiden zurückgekommen sind vom Badehaus? Vor oder nach dem Abendläuten?«

»Das weiß ich nicht«, gab Bernadette zurück. »Das Abendläuten hat für uns keine besondere Bedeutung. Wir schließen ja nicht, wenn die Stadttore zumachen. Kann sein, es war vor dem Abendläuten. Kann sein, es war nachher.«

Niki machte ein so enttäuschtes Gesicht, dass Bernadette ihm tröstend eine Hand auf das Knie legte.

»Eines weiß ich aber noch mit Sicherheit«, sagte sie. »Dieses Haus verlassen haben Pierre und Mini. Zurückgekommen sind Pierre und Heli.«

»Warte, Blondie!«, rief Madame Wilhelmine. »Ich muss mit dir reden!«

»Haben wir etwas auf dem Zimmer vergessen?«, fragte Niki überrascht, drehte sich um und klopfte instinktiv mit den Händen seinen Mantel ab an den Stellen, an denen bei neuzeitlicher Kleidung die Taschen aufgenäht sind.

Ein paar Minuten zuvor waren Bertram und er im Empfangsraum von *Les Belles Dames* überschwänglich von zwei bestens gelaunten Mädchen verabschiedet worden. Versehen mit Umarmungen, Küssen und den besten Wünschen bis zu einem hoffentlich baldigen Wiedersehen waren sie wieder in die raue Wirklichkeit entlassen worden, die aus einem kühlen, feuchten Novembermittag bestand. Nach der warmen Schummrigkeit des Hurenhauses kam ihnen das Tageslicht am Pfarrplatz doppelt hell und kalt vor.

Wilhelmine und Pierre die Augenbraue traten auf Niki und Bertram zu und blieben vor ihnen stehen.

Auch die Stimme der Hurenmutter kam Niki hell und kalt vor, als sie sagte:

»Pierre, du machst den Dicken fertig. Ich kümmere mich um den Blonden!«

Ehe Niki auch nur verstanden hatte, was vorging, hatte Madame Wilhelmine den letzten Schritt an Distanz überbrückt, der sie von ihm trennte. Eine Hand legte sie um den Hals, mit der anderen drückte sie einen harten Gegenstand gegen seinen Rücken. Niki erstarrte. Alles war so schnell gegangen, dass er nicht erkennen konnte, worum es sich bei der Waffe handelte. Sehr wohl aber konnte er ihre Spitze fühlen, irgendwo in seiner Nierengegend.

Ein Messer wahrscheinlich, dachte er. *Bloody Hell. Ich hätte das Lederwams der Stadtwächter doch nicht ausschlagen sollen.*

Wilhelmine stand eng an ihn gepresst – so nahe, dass er die Wärme ihres Körpers spüren konnte, ihre Brüste, den Duft ihres Haars.

»Wenn du noch *einmal* meine Mädchen betrunken machst und aushorchst. Wenn du mir noch *einmal* in die Quere kommst bei meinen Geschäften. Wenn du mir noch *ein einziges Mal* ungefragt vor die Augen trittst«, flüsterte Wilhelmine, ihre Lippen und ihr warmer Atem ganz dicht an Nikis Ohr. »Dann zerstöre ich alles, was dir lieb und wert ist. Und lasse dich dabei zusehen, bevor ich dich eigenhändig in Stücke schneide. Nicke zum Zeichen, dass du mich verstanden hast.«

Niki schluckte und nickte – sehr, sehr vorsichtig. Das Messer in seinem Rücken fühlte sich an, als hätte es seine Haut bereits durchbohrt auf dem Weg zu seiner Niere. Er hätte sich gerne nach Bertram umgesehen, wagte aber nicht, seinen Kopf zu bewegen. Immerhin ließen die Kampfgeräusche, das Schlagen von Fäusten auf Körper, das Stöhnen und Schnaufen der Kontrahenten darauf schließen, dass Bertram seine Haut teuer zu Markte trug.

Ohne den Druck mit ihrem Messer zu lockern, nahm Wilhelmine ihre Lippen von Nikis Ohr und lockerte ihre Umarmung, bis sie Nase an Nase mit ihm stand und ihm aus kürzester Distanz in die Augen sah.

Blassblaue Augen, kalt wie Eis, dachte Niki. *Die Augen eines Killers. Ich glaub ihr jedes verdammte Wort.*

»Du hast keine Ahnung, was für ein Glück du hast, dass du so hübsch bist«, sagte sie, legte Niki eine Hand in den Nacken und küsste ihn forsch auf den Mund.

Für einen Augenblick nur spürte er ihren Atem, ihre Lippen. Dann ging ein Ruck durch Wilhelmine, als hätte sie ein Stromschlag getroffen. Der Druck in Nikis Rücken verschwand, ein Messer fiel unbeachtet zu Boden. Wilhelmine riss die Augen weit auf, atmete erschrocken ein und trat einen Schritt von Niki zurück.

»Anscheinend stimmt es, was man sich von euch Troubadouren erzählt«, lächelte sie und wurde dabei sogar ein bisschen rot. »Wirklich, Nikolaus: Was habt Ihr Euch dabei gedacht? Ich könnte Eure Mutter sein!«

Niki starrte Wilhelmine fassungslos an. Er wusste nicht, was er sagen sollte, und das passierte ihm selten.

Auch dem bulligen Leibwächter der Hurenmutter war ihre plötzliche Verwandlung nicht verborgen geblieben: Kurz erstarrte er und sah zu ihr herüber, die Faust ausgeholt zu einem mächtigen Schwinger. Dieser Moment der Ablenkung reichte Bertram, um eine krachende Gerade gegen die Kinnlade seines Kontrahenten zu führen, die diesen unvorbereitet traf. Pierre die Augenbraue wankte zurück, ruderte wild mit den Armen in der Luft auf der Suche nach seinem Gleichgewicht und fiel schließlich um wie ein Baumstamm.

Wilhelmine sah eher belustigt als beunruhigt zu, wie der bullige Mann sich benommen auf alle viere aufrappelte und schließlich schwankend wieder auf die Beine kam.

»Pierre, mein Lieber! Was hast du wieder angestellt?«, sagte sie mit vorwurfsvollem Unterton. »Ich weiß nicht, wie oft ich es dir schon gesagt habe: Irgendwann wirst du einmal den Kürzeren ziehen bei einer deiner Prügeleien!«

Pierre die Augenbraue fokussierte mit sichtlicher Mühe seinen Blick auf Bertram. Einen Atemzug lang sahen sie einander in die Augen. Dann spuckten die Kämpfer wie auf ein Kommando gleichzeitig einen Mund voll Blut zu Boden, mussten beide unwillkürlich lächeln und nickten einander respektvoll zu.

Wilhelmine sah mit verwirrtem Gesichtsausdruck auf ihr Messer hinunter, zuckte dann mit den Schultern und hob es vom Boden auf. Dann packte sie ihren immer noch ein wenig desorientiert wirkenden Leibwächter am Arm und verschwand mit ihm in der sich rasch auflösenden Menge an Schaulustigen.

»Ich freue mich immer für dich, wenn du wieder einmal einen neuen Freund gefunden hast, Bertram«, sagte Niki, während er der hageren Frau und dem stiernackigen Mann nachschaute. »Du hättest mir trotzdem ruhig helfen können vorhin!«

»Von meiner Warte sah es so aus, als hättest du … jede Menge Spaß!«, gab Bertram zurück und betastete vorsichtig seinen Unterkiefer.

»Spaß? *Spaß?* Ich hab mir fast in die Hosen gemacht vor Angst! Ich dachte wirklich, die bringt mich jetzt um! Dabei war sie vorhin noch so freundlich zu uns!« Niki wischte sich den kalten Schweiß von der Stirn. »Hast du gesehen, was gerade passiert ist? Sie hat ihre Persönlichkeit gewechselt. Durch einen Kuss!«

Wenn das jedes Mal passiert, wundert es mich nicht, dass sie nie geheiratet hat, dachte er.

»Das war jetzt eindeutig Heli, der böse Zwilling, von dem Bernadette und Jacqueline gesprochen haben«, sagte er. »Sie hat gesagt, sie schneidet mich in Stücke. Und weißt du was: Das hat sie genau so gemeint.«

»Traust du ihr zu, dass sie es war, die ... Magdalena in Stücke geschnitten hat?«, fragte Bertram nachdenklich.

»Jederzeit«, sagte Niki. »Du nicht?«

»Dann ist es dir nicht aufgefallen?«

»Aufgefallen?«

»Sie hat ihr Messer in der rechten Hand gehalten.«

»Diesen Raum hier nennen wir unsere Schatzkammer«, sagte Reinhardt der Reiche und öffnete mit einstudierter Grandezza die Tür zu einem unauffälligen Raum im Keller der Münze.

Er enthielt nichts bis auf einige Truhen, Kisten und Schatullen in unterschiedlichen Größen, deren Inhalt im Licht der Fackel des Münzmeisters nur trübe glänzte.

»Die hätt ich mir irgendwie ... größer vorgestellt«, sagte Liesbeth.

»Dieser Raum ist voll mit reinem Silber«, gab der Münzmeister mit einem Zwinkern zurück. »Nicht bei allem im Leben kommt es auf die Größe an.«

Die bis kurz zuvor noch einzige Münzstätte des Herzogtums Österreich war eines der wenigen zur Gänze aus Stein gebauten Häuser in Krems und lag an der Landstraße, gleich um die Ecke vom Hohen Markt, wo der Herzogshof und das Rathaus standen. Von außen sah die Münze aus wie eine kleine Burg, samt Brustwehr auf dem Dach, doppelflügeligem Tor mit Fallgitter und bewaffneter Wächter davor. Ihre Fenster lagen hoch oben an der Fassade und waren vergittert.

Im Inneren bestand sie aus einer einzigen großen Halle, die Niki an eine laute, geschäftige Autowerkstatt erinnerte, in der an vielen Fahrzeugen gleichzeitig gearbeitet wurde. Das Auge jedes Eintretenden wurde als Erstes von den Gießereien angezogen, wo Männer mit dicken Lederschürzen und langen Handschuhen arbeiteten, ihre schweißnassen Gesichter orange glänzend im Schein der Glut aus den Öfen. Das Ohr bemerkte als Erstes den Rhythmus der Hämmer, die sich an mehreren Prägestellen unablässig hoben und mit einem metallischen Geräusch wieder herabfielen. Es war heiß und roch nach Metallstaub.

Der Münzmeister, der seine vorangemeldeten Gäste am Eingangstor empfangen hatte, begann seine Führung aber nicht in der großen Halle: Er führte Niki und Liesbeth in den Keller.

»Wir sehen hier Silber in vier verschiedenen Stadien der Verarbeitung«, fuhr Reinhardt fort. »In den großen Kisten hier drüben befindet sich das Rohsilber. In diesen Truhen werden die aus dem geschmolzenen Rohsilber gegossenen Stangen aufbewahrt. In den kleineren Kistchen befinden sich die von den Stangen abgeschnittenen Schrötlinge: die Rohlinge, aus denen die Münzen geschlagen werden. Schaut mal, die sehen schon ein wenig wie Münzen aus, nur ein bisschen dicker und ohne Prägung. Und in diese Schatullen hier verpacken wir die fertigen Kremser Pfennige für den Abtransport nach Wien.«

Liesbeth griff nach einem der knubbeligen Schrötlinge und untersuchte den kleinen Batzen Silber neugierig.

»Der sagenumwobene König Krösus aus Lydien hat als Erster Münzen aus Gold und Silber geprägt«, sagte Reinhardt. »Davor hat man Ware gegen Ware getauscht, oder man hat alles Mögliche als Währung genutzt – Vieh zum Beispiel: Kühe, Schafe und Ziegen. Edle Metalle, schöne Steine, in fernen Ländern im Süden angeblich sogar Muscheln. Aber erst die Münzen von König Krösus haben Handel ermöglicht, wie wir ihn heute kennen. Kein Wunder, dass er solchen Reichtum anhäufen konnte.«

Reinhardts Augen leuchteten im Schein seiner Fackel; die Begeisterung für sein Thema war ihm deutlich anzusehen. Er war kein großer Mann, aber sein forsches Auftreten, seine dynamischen Bewegungen und seine gewandte Sprache verliehen ihm eine Autorität, die von seinem römisch anmutenden Profil samt Hakennase noch verstärkt wurde.

»Was ist so besonders an Münzen?«, fragte Liesbeth und strich sich eine Strähne ihrer langen schwarzen Locken aus dem Gesicht, die nur mit Mühe von dem von ihrer Mutter ausgeliehenen Gebände – der für verheiratete Frauen vorgeschriebenen Kopfbedeckung – im Zaum gehalten wurden. »Warum hat man stattdessen nicht einfach Äpfel genommen?«

Niki verdrehte die Augen.

Liesbeth wusste genau, warum sie beim Einkaufen auf dem Markt mit Pfennigen und nicht mit Äpfeln zahlte; wie vorhin beim Mittagessen im *Knochenmann* vereinbart, sollte sie dem Münzmeister schöne Augen machen und ihn zum Reden, zum Erzählen verleiten – je mehr, desto besser. Diese Aufgabe nahm sie mit großem Geschick und großer Hingabe wahr.

Hoffentlich übertreibt sie es nicht, dachte Niki.

Seine Sorge war unbegründet: Reinhardt blühte regelrecht auf unter der Aufmerksamkeit des Mädchens.

»Mit einem Pfennig kann man alles Mögliche kaufen«, sagte er. »Eine Ziege, ein Messer, ein Paar Stiefel. Ein Wagenrad, eine Stunde mit einer schönen Frau im Badehaus. Wenn man Lust auf Äpfel hat: einen ganzen Sack voll. Einen Pfennig kann man hundertmal ausgeben, und am Ende ist er immer noch ein Pfennig. Ein Apfel wird runzelig und verfault irgendwann. Ein Pfennig verliert seinen Wert hingegen nie.«

»Einen Apfel kann man immerhin essen am Ende«, warf Liesbeth ein.

»Aber nur einmal. Ein Pfennig dagegen ist immerwährend!«

Niki war Reinhardts Lektion über das Münzwesen für Anfänger nur mit einem Ohr gefolgt; er war inzwischen zu den Kisten mit dem Rohsilber getreten und untersuchte mit einiger Überraschung den Inhalt: Statt der erwarteten Silbernuggets fanden sich hier Kerzenleuchter, Pokale, Teller, Becher, Essbesteck. Aus einer Kiste lugte ein ganzer Kronleuchter, gemeinsam mit eindeutig liturgischen Gerätschaften wie Kelchen, Weihrauchfässchen und Hostiengefäßen.

»Lösegeld für Richard Löwenherz?«, fragte er und legte mit unnötiger Ehrfurcht ein zum Einschmelzen bestimmtes Kruzifix zurück in eine Kiste.

»Lösegeld für Richard Löwenherz«, bestätigte Reinhardt. »Das Herzogtum Österreich verfügt über keine eigenen Silbervorkommen. Das Rohsilber für unsere Pfennige musste seit jeher teuer aus dem Ausland zugekauft werden. Das hat sich vor genau einem Jahr geändert: Im November 1193 ist unser Anteil in Wien eingetroffen. 50.000 Mark reines Silber – die Hälfte des Lösegeldes.«

Der Münzmeister war offensichtlich immer noch in gesprächiger Laune. Niki beschloss, sein Glück auf die Probe zu stellen.

»Wie viele Pfennige kann man erzeugen aus einem Talent reinem Silber?«

»An die 240«, gab Reinhardt zurück. »Manchmal ein paar mehr, manchmal ein paar weniger.«

Das hat er gesagt, ohne zu zögern, dachte Niki. *Ich schätze, das entspricht der Wahrheit.*

»Lasst mich mal rechnen«, sagte er. »50.000 Mark mal

240, das macht … Moment … Moment: *12 Millionen* Pfennige!?«

Niki hatte extra zweimal gerechnet, weil er beim ersten Mal noch dachte, er hätte sich in der Kommastelle geirrt. 12 Millionen Pfennige? Er konnte es immer noch nicht glauben. Schon 1,2 Millionen kam ihm wie eine utopische Zahl vor.

Wenn er jeden Pfennig nur ein Tausendstel leichter machen würde als bisher, könnte er mit dem eingesparten Silber 12.000 zusätzliche anfertigen und abzweigen, ohne dass das irgendjemandem auffällt – das kann ihm hier und jetzt keine Waage auf der Welt nachweisen, dachte Niki. *Ich wüsste zu gerne, ob Reinhardt der Reiche diese Rechnung auch schon einmal angestellt hat …*

Niki sah auf und bemerkte, dass der Münzmeister ihn mit gerunzelter Stirn ansah, gerade so, als könnte er seine Gedanken lesen oder zumindest erahnen.

»Für einen Spielmann könnt Ihr gut mit Zahlen umgehen, Nikolaus«, sagte er nachdenklich. »Einen Mann wie Euch könnte ich gut gebrauchen hier in der Münze.«

»Gut gebrauchen?«

»Es würde mir schon helfen, wenn außer mir noch jemand hier wäre, der mit Zahlen umgehen kann. Ich hätte dann mehr Zeit, um die … schönen Dinge des Lebens zu genießen. Gegen ein angemessenes Honorar, versteht sich.«

»Euer Angebot ehrt mich. Aber ich bin mit Leib und Seele Spielmann. Ihr wisst schon: herumziehen von Burg zu Burg, von Taverne zu Taverne, von Badehaus zu Badehaus.«

»Und in jedem Dorf ein Liebchen, was?«, flüsterte der Münzmeister mit einem Zwinkern, nachdem er sich mit einem raschen Blick vergewissert hatte, dass Liesbeth gerade mit dem Rohsilber beschäftigt war.

»Ihr seid ein harter Verhandlungspartner«, fügte er hinzu, wieder mit lauter Stimme. »Was haltet Ihr davon, wenn ich Euch statt eines Honorars am Gewinn beteilige?«

»Ich werde darüber nachdenken«, sagte Niki.

Zurück in der Halle führte der Münzmeister seine Gäste mit dem Stolz und der Routine eines guten Gastgebers durch alle Stationen des Prozesses der Münzprägung, befeuert vom Interesse Liesbeths, die zu Nikis heimlicher Belustigung mit großen Augen und leicht geöffneten Lippen fasziniert seinem Vortrag folgte.

Als Erstes besuchten sie eine der beiden Gießereien, deren Flammenschein ihnen schon beim erstmaligen Eintreten aufgefallen war. Aus sicherer Entfernung sahen sie dabei zu, wie die Arbeiter mithilfe von riesigen Blasbalgen Rohsilber so lange erhitzten, bis es zu einer flüssigen, orange leuchtenden Masse geschmolzen war, die die Männer schließlich mit großer Vorsicht in lange Gussformen füllten. Neben der Gießerei lagen auf Holzbrettern mit rinnenartigen Vertiefungen einige bereits abgekühlte Stangen des nunmehr gegossenen Rohsilbers, wie sie Niki und Liesbeth auch schon in der Schatzkammer gesehen hatten.

Ein älterer, im Vergleich zu den bulligen Gießern distinguiert aussehender Mann zeigte ihnen an seinem Arbeitstisch in einer ruhigeren Ecke der Halle, wie die Stempel für die Vorder- und Rückseite der Münzen in ein rundgeschmiedetes Stück Eisen eingraviert werden.

»Wenn ich mit der Gravur fertig bin, werden sowohl der Unterstempel als auch der Oberstempel abgehärtet«, erläuterte er. »Die Schmiede hinten bringen ein paar Mal hintereinander das Metall zum Glühen und lassen es wieder abkühlen. Danach sind sie viel härter als das vergleichsweise weiche Silber. Trotzdem nutzen sich die Stempel beim Prägen ab und müssen immer wieder ersetzt werden. Ich hab schon Stempel für Herzog Heinrich graviert, den sie Jasomirgott nennen – den seligen Vater von unserem Herzog Leopold – und mir war noch keinen einzigen Tag langweilig.«

»Was genau ist das, was du da gerade gravierst?«, fragte Niki, der sich das immer schon gefragt hatte, seit er fast zwei Jahre zuvor die ersten der mittelalterlichen Münzen in der Hand gehalten hatte.

»Auf der einen Seite ist eine ummauerte Stadt mit zwei Türmen abgebildet, die unser Krems darstellt. Auf der anderen Seite ist Herzog Leopold drauf, als Reiter mit vorgehaltener Fahnenlanze. Die Motive werden vom Herzog vorgegeben und ändern sich alle paar Jahre. Und selbst in der Zwischenzeit schaut kein Stempel aus wie der andere – je nachdem, wer von uns ihn gemacht hat: Nicht alle bekommen das Pferd genauso gut hin wie ich.«

Der alte Graveur gönnte sich ein stolzes Lächeln.

»Abgesehen davon hat jeder von uns sein eigenes Zeichen – einer Unterschrift gleich –, das er in das Motiv miteingraviert. Seht Euch mal die Pfennige in Eurem Geldbeutel näher an: Von allen, die ein kleines Kleeblatt aufweisen, habe ich den Stempel gemacht. Die anderen Graveure verwenden Punkte, Sternchen, Kreuze und anderen Zierrat, jeder etwas anderes.«

Reinhardt der Reiche legte einen Arm um Liesbeths Schultern und führte sie und Niki in jenen Teil der Halle, in der Männer mit auffallend kräftigen Unterarmen dem ersten Anschein nach mit großen Hämmern auf mächtige Baumstümpfe einschlugen und dabei einen Höllenlärm veranstalteten.

Aus der Nähe betrachtet erkannte Niki, dass in die Baumstümpfe jeweils einer der Unterstempel fest eingelassen war. Einer der beiden Männer nahm einen der knubbeligen Schrötlinge aus einem Sack und legte ihn mittig auf den Unterstempel. Dann griff er nach einer langen Zange, packte damit den Oberstempel und setzte ihn so präzise wie möglich auf den Unterstempel.

Gute Idee, die Zange, dachte Niki, als der zweite Mann mit einem großen Vorschlaghammer auf den Baumstumpf zutrat. *In der Hand halten möcht ich den Stempel wirklich nicht, wenn der andere mit dem Hammer draufhaut.*

Der Münzmeister hob die Hand und unterbrach damit den offensichtlich tausendfach eingelernten und perfektionierten Ablauf zwischen den beiden Prägern.

»Möchtet Ihr vielleicht Euer Glück versuchen, Nikolaus? Oder Ihr, Liesbeth«?, fragte er mit einem Lächeln.

Niki winkte ab. Er hatte Ähnliches einmal mit Nägeln auf einem Zeltfest ausprobiert und war damals froh gewesen, den Baumstumpf zu treffen – von den Nägeln ganz zu schweigen.

Liesbeth griff tapfer nach dem schweren Werkzeug. Unter der Anleitung von Reinhardt stellte sie sich breitbeinig auf, hob den Hammer mit einiger Anstrengung über ihren Kopf, kniff zum Zielen die Augen zusammen – und ließ ihn exakt auf den Oberstempel fallen. Die Männer lachten und klatschten. Liesbeth strahlte.

»Hab ich jetzt einen echten Pfennig geprägt?«, fragte sie.

»Nicht wirklich«, grinste der Münzmeister. »Ihr habt den Hammer nur auf den Stempel fallen lassen, ohne Muskelkraft dahinter. Die Stempel werden kaum ein Bild auf Eurem Schrötling hinterlassen haben, wenn überhaupt. Darf ich?«

Reinhardt nahm Liesbeth den Vorschlaghammer aus der Hand und griff ihn mit der rechten Hand – nicht mit beiden Händen zugleich, wie es seine Arbeiter getan hatten. Er zwinkerte dem Mädchen zu, holte aus und ließ ihn auf den Oberstempel niederkrachen, ohne dabei auch nur richtig hinzusehen. Dann wechselte er den schweren Hammer in die linke Hand, schlug erneut zu und traf wiederum genau. Ein drittes Mal, ein viertes Mal wiederholte er die Übung – das Ausholen, Zuschlagen, Ausholen, Zuschlagen. Nur sein zu einer Grimasse verzerrtes Gesicht verriet seine Anstrengung.

Auch der Münzmeister wurde von seinen Arbeitern ausgiebig beklatscht, als er endete und den Hammer zurückreichte. Er nahm die Ovationen mit einem zufriedenen Lächeln zur Kenntnis.

Reinhardt entfernte den Oberstempel, griff nach dem nunmehr flachgepressten und geprägten Schrötling und drückte ihn Liesbeth in die Hand.

»Zur Erinnerung«, sagte er. »Geht auf's Haus.«

»Damit kann ich jetzt draußen auf dem Markt einkaufen gehen?«, fragte Liesbeth aufgeregt.

»Nur wenn die Augen des Händlers mehr auf Euch als auf Eurer Münze ruhen, Liesbeth«, antwortete Reinhardt galant. »Das ist Ausschuss. Ein Kremser Pfennig wird mit einem kräftigen Hammerschlag hergestellt, der genau die Mitte des Oberstempels treffen muss. Trifft er etwas seitlich oder wird der Oberstempel vom Gehilfen ein wenig schräg gehalten, wird auch der Pfennig ungleichmäßig geprägt. Euer schwacher Schlag hat kaum eine Prägung verursacht, meine mehrfachen Schläge dafür Doppel- und Dreifachbilder. Unter normalen Umständen würde solch ein Pfennig wieder eingeschmolzen.«

Reinhardt deutete auf eine Kiste, die bereits zur Hälfte mit fertig geprägten Pfennigen gefüllt war.

»Jede hier hergestellte Münze geht durch meine Hände, bevor sie nach Wien verschickt wird. Alles, was einen Prägefehler aufweist, landet umgehend wieder beim Rohsilber. Schlampige Arbeit wird in Wien nicht toleriert, und hier auch nicht.«

Die Führung war damit beendet: Die Besucher hatten alle Ecken und Enden der großen Halle erforscht und dabei alle Arbeitsschritte bei der Herstellung der Kremser Pfennige kennengelernt.

»Gibt es hier eigentlich keine Wachmänner?«, fragte Niki, der die ganze Zeit nach einem Pendant zu den Stadtwächtern draußen vor der Tür Ausschau gehalten hatte.

»Natürlich gibt es die«, antwortete Reinhardt. »Die Statuten unseres Hauses haben schon bei der Gründung vor sechzig Jahren festgelegt, dass es in der Münze einen Wachmann geben muss. Johannes, komm mal her. Johannes!«

Johannes war vermutlich fünfzehn Jahre alt und sah aus wie zwölf. Verlegen trat er zu dem Münzmeister und salutierte ungeschickt.

»Zeig unseren Gästen den traditionellen Schlagstock, sei so gut«, forderte Reinhardt den jungen Mann auf, der pflichtgemäß einen kurzen hölzernen Knüppel hochhielt von der Art, wie ihn viele hundert Jahre später die Bobbys, die britischen Polizisten, tragen würden.

»Johannes ist diese Woche unser Wachmann«, erläuterte Reinhardt. »Niemand ist gerne Wachmann, da es nichts zu tun gibt, aber was soll man machen: Statuten sind Statuten. Eigentlich sollte der Münzwächter neben dem traditionellen Schlagstock auch den traditionellen Helm tragen, aber dafür ist es hier in der Halle einfach zu heiß. Wir erkennen Johannes ja auch so.«

»Nichts zu tun?«, wiederholte Niki ungläubig. »In einem Haus, wo in Summe gefühlt mehr Silber herumliegt, als in ganz England noch übrig ist?«

»In Wahrheit bräuchten wir hier herinnen überhaupt keinen Wachmann«, antwortete Reinhardt. »Das Gebäude hat nur einen einzigen Eingang. Wenn das Tor geschlossen ist und das Fallgitter unten, kommt hier niemand rein, zumindest nicht ohne schwere Belagerungsmaschinen. Tagsüber stehen zwei Wächter davor, und der Herzogshof als Sitz der Stadtwache liegt in Rufweite, gleich um die Ecke. Nachts ist die Münze der einzige Ort in Krems, der von *allen* diensthabenden Nachtwächtern bei ihren Rundgängen kontrolliert wird. Glaubt mir, Nikolaus: Das Silber des Herzogtums ist hier vor Eindringlingen sicher wie in Abrahams Schoß.«

»Ich glaub Euch schon, dass hier niemand unbefugt reinkommt«, sagte Niki. »Aber wie stellt Ihr sicher, dass das Silber nicht auf die eine oder andere Weise unbefugt *rauskommt*?«

»Der einzige Eingang ist auch der einzige Ausgang«, antwortete Reinhardt. »Jeder Arbeiter und jeder Besucher, der die Münze verlässt, wird beim Hinausgehen gründlich durchsucht. Wer dabei erwischt wird, wie er beim Verlassen der Münze auch nur einen kümmerlichen Schrötling in der Tasche hat, landet ohne Aufschub draußen vor der Stadt am Galgenberg. Auf Diebstahl von der herzoglichen Münzstätte steht die Todesstrafe.«

»Dann sollte ich Euch dies wohl besser zurückgeben«, sagte Liesbeth und hielt dem Münzmeister den von ihr geschlagenen Pfennig entgegen.

»Aber nicht doch«, sagte Reinhardt, griff nach Liesbeths Hand und schloss ihre Finger um die kleine Silbermünze mit dem etwas verschwommenen Motiv. »Ich begleite Euch später persönlich zurück ins Freie. Ich werde natürlich nicht untersucht, und meine persönlichen Freunde auch nicht.« Er lächelte und rieb sich die Hände. »Aber vorher gehen wir noch nach oben. Der Münzmeister bewohnt traditionell die Räume im ersten Stock über der Halle. Ich darf Euch doch noch auf einen Becher Wein einladen? Ich müsst unbedingt meine Frau kennenlernen, sie muss jeden Moment vom Markt zurückkommen.«

Niki unterdrückte ein Lächeln, während er amüsiert beobachtete, wie Liesbeth selbst beim Stiegensteigen ihre weibliche Reize in Szene setzte: Ihre Hüften bewegten sich mehr als sonst beim Gehen, sogar jetzt, als der Münzmeister ihnen die breite steinerne Treppe in den Oberstock vorausging und sie daher gar nicht sehen konnte.

»Bist du sicher, dass du nicht ein bisschen übertreibst, *Liebste?*«, flüsterte er in ihr Ohr.

»Ich habe keine Ahnung, wovon du sprichst«, flüsterte Liesbeth zurück und schenkte ihm ihr unschuldigstes Lächeln und einen Aufschlag ihrer großen kornblumenblauen Augen. Dann wurde sie wieder ernst. »Du misstraust ihm, nicht wahr?«

»Wenn er hier nicht Silber in welcher Form auch immer für den Eigenbedarf auf die Seite schafft, dann weiß ich nicht«, sagte Niki leise. »Der Münzmeister selbst wird ja offenbar nicht kontrolliert. Vielleicht hat Magdalena davon Wind bekommen, und er hat sie zum Schweigen gebracht, bevor sie es ausplaudern konnte? Hast du gesehen, wie er mit dem Hammer umgegangen ist vorhin?«

»Diese Feier mit den Mädchen aus dem Badehaus morgen«, sagte Liesbeth nachdenklich. »Tanzen in Togas und so? Was würdest du dafür geben, dabei Mäuschen zu spielen, wenn der Münzmeister mit den Reichen und Schönen von Krems zu Tische liegt?«

»Viel. Aber ich bezweifle ernsthaft, dass Reinhardt ausgerechnet mich dazu einladen wird«, gab Niki zurück und verzog den Mund zu einem schiefen Grinsen.

»Kein Problem. Lass mich einfach machen«, flüsterte Liesbeth und lächelte verschwörerisch.

»*Liebster*«, fügte sie laut hinzu, als sie merkte, dass Reinhardt am oberen Ende der Treppe auf seine Gäste wartete und sie beobachtete. Sie legte den Kopf in den Nacken, erhob sich auf die Zehenspitzen und küsste Niki zärtlich auf den Mund.

Einen kurzen Moment nur spürte er ihre Zungenspitze zwischen seinen Lippen, sah das Zwinkern in ihren Augen, und dann war der Moment auch schon wieder vorbei.

Liesbeth trat auf den Münzmeister zu und hakte sich bei ihm unter.

Niki blieb einen Schritt zurück, mit heißen Ohren und jeder Menge böser Vorahnungen.

»Nichts für ungut, Nikolaus«, sagte Reinhardt und schenkte Liesbeth ein bewunderndes Lächeln. »Ihr seid ein hübscher Bursche, aber: Wie kommt Ihr zu solch einer Ehefrau?«

Nikis Gedanken überschlugen sich noch beim Versuch, sich rasch eine glaubwürdige Hintergrundgeschichte zu seiner vermeintlichen Ehe auszudenken, als Liesbeth die Frage des Münzmeisters bereits beantwortete.

»Kennengelernt haben wir uns am Epiphaniastag vor fast zwei Jahren«, begann sie. »Und liebengelernt noch in derselben Nacht.«

Sie warf ihm einen verliebten Blick zu und schaffte es dabei sogar, ein wenig zu erröten.

Auch Niki spürte, wie ihm die Hitze ins Gesicht stieg.

Großer Gott, sie erzählt jetzt aber nicht die wahre Geschichte unserer ersten und einzigen Liebesnacht?, dachte er.

Wie sich herausgestellt hatte, konnte es die Münze nicht nur hinsichtlich der stabilen Bauweise mit dem Herzogshof und dem Rathaus aufnehmen, sondern auch mit dem Luxus, den ihre privaten Räumlichkeiten im Oberstock den jeweiligen Bewohnern boten. Die Zimmer waren groß und spärlich, aber teuer eingerichtet: dunkles Holz, gegerbtes Leder und handgeknüpfte Teppiche, wohin man auch sah. Hohe, verglaste Fenster sorgten für viel Licht und einen schönen Blick über die kleineren Häuser und Hütten der Stadt in Richtung Süden bis zur Donau.

Niki, Liesbeth und der Münzmeister saßen auf bequem gepolsterten Sesseln an einem riesigen Tisch, der aussah, als wäre seine Platte aus einem einzigen Baumstamm herausgefräst worden. Eine Dienerin legte Holz im Kamin nach und servierte Wein und runde Küchlein, die nach Honig schmeckten. Wie nicht anders zu erwarten, in silbernen Pokalen und auf silbernen Tellern.

»Nikolaus spielte an diesem Abend für Ritter Hadmar

und seinen Haushalt auf Burg Dürnstein, wo ich Küchendienst hatte und Speisen und Getränke auftrug«, fuhr Liesbeth fort. »Er hat ein Lied über einen Friedhof gesungen, auf dem es ungewöhnlich fröhlich zuging: tanzende Skelette, Pfarrer, Huren, Juden und Araber.«

Niki suchte Liesbeths Blick, sah ihr tief in die Augen und schüttelte dabei unmerklich den Kopf.

»Ich muss mich wohl schon in diesem Moment unsterblich in ihn verliebt haben«, erzählte sie ungerührt weiter. »Ihr habt keine Vorstellung, wie süß und schüchtern und unschuldig er an diesem Abend ausgesehen hat!«

Die Augen des Mädchens blitzten nur so vor Schalk; Niki konnte sehen, welchen Spaß seine Freundin an ihrer Geschichte hatte.

»Später am Abend hab ich ihm noch Bier auf sein Zimmer im Gasthof hinaufgebracht, bin aus meinem Kleid gestiegen und hab ihn ohne einen Faden am Leib gefragt, ob er mich nicht wärmen wolle.«

Niki vergrub den Kopf in seinen Händen.

Reinhardt schluckte trocken. »Seid Ihr ... seid Ihr immer so forsch, Liesbeth?«, fragte er. Niki hätte schwören können, dass seine Stimme dabei heiser klang.

»Nur wenn ich etwas unbedingt haben will«, antwortete sie und schenkte dem Münzmeister ein Lächeln, für das ihr Vater, der brave Schmied Vinzenz, ihr wohl eine Woche Stubenarrest aufgebrummt hätte. Eher einen Monat.

»Er war auch im Bett süß und schüchtern«, sagte sie dann leise und träumerisch. »Und unschuldig. Zumindest am Anfang der Nacht noch.«

»Stimmt das, was Eure Frau da erzählt?«, fragte Reinhardt an Niki gewandt.

»Im Großen und Ganzen«, gab Niki zähneknirschend zu. »Ihre Brüder haben an der Tür gelauscht, und am nächsten Morgen wusste schon halb Dürnstein davon. Gott, wie naiv war ich damals eigentlich?«

Liesbeth und der Münzmeister brachen in Gelächter aus, und nach einem kurzen Moment des Zögerns stimmte Niki gutmütig mit ein.

»Darf ich Euch ganz direkt etwas fragen?«, sagte Liesbeth und legte Reinhardt eine Hand auf den Unterarm.

»Unbedingt. Ich liebe Direktheit an Frauen!«

»Mein Gemahl hier ist ein Troubadour, ein weitgereister Spielmann und hat schon viel gesehen von der Welt. Ich dagegen bin nur ein einfaches Mädchen vom Land, die Tochter eines Schmieds. Ich habe nicht die Absicht, die Blüte meiner Jahre in Dürnstein ausschließlich damit zu verbringen, auf seine Rückkehr zu warten, während er singend durch die Lande zieht. Da hätt ich ja gleich einen Kreuzritter ehelichen können, der auf Jahre hinaus im Heiligen Land verschwindet!«

Reinhardt schenkte Liesbeth ein verständnisvolles Nicken.

»Die Stadt würde mir viel mehr Möglichkeiten der Zerstreuung bieten«, fuhr das Mädchen fort. »Wenn es mir nur gelänge, die richtigen Leuten kennenzulernen, wenn Ihr versteht, was ich damit meine. Ihr seid ein Mann von Welt, Ihr seid sicher mit allem auf Du und Du, was in Krems Rang und Namen hat. Könntet Ihr mich nicht dem einen oder anderen wichtigen Mann vorstellen?«

»Wenn Ihr wollt, könnt Ihr alle auf einmal kennenlernen, Liesbeth«, sagte Reinhardt lächelnd. »Zufällig richte ich schon morgen hier eine kleine Feier für meine engsten Freunde aus – alles honorige Geschäftsleute und angesehene Bürger der Stadt. Ich bin ein großer Bewunderer der römischen Kultur und gebe ein Fest nach dem Vorbild römischer Orgien: gute Gespräche, gutes Essen und gutes Trinken. Begleitet von Musik und Tanz, dargebracht von ein paar der schönsten Frauen von ganz Krems. Es wäre mir ein Privileg, wenn der berühmte Sänger Blondie und seine Gemahlin an meiner Feier teilnehmen würden. Vielleicht gibt uns der Troubadour ja die Ehre einer kleinen Gesangsdarbietung?«

Musikbegleitung für eine Orgie?, dachte Niki. *Weit habe ich es gebracht. Wenn das meine Kumpels aus der Schulband wüssten!*

Er wurde aus seinen trüben Gedanken gerissen durch das Öffnen einer Türe und den Eintritt einer gut gekleideten Frau mittleren Alters, die beim Anblick der unerwarteten Gäste kurz überrascht stehenblieb, dann aber lächelte und an den Tisch herankam. Reinhardt stand auf, trat der Frau entgegen und küsste sie zur Begrüßung auf die Stirn.

»Liebste, darf ich dir vorstellen: Nikolaus von Dürnstein, besser bekannt als Sänger Blondie. Du hast sicher schon von ihm gehört. Und seine Gemahlin Liesbeth.« Dann, an seine Gäste gewandt: »Meine Frau Beatrix.«

»Seid gegrüßt«, sagte die Frau des Münzmeisters. »Ich freue mich, Eure Bekanntschaft zu machen.«

Niki und Liesbeth erwiderten den Gruß und nickten Beatrix respektvoll zu.

»Ich habe die beiden gerade zu unserer kleinen Feier morgen eingeladen«, fuhr Reinhardt fort. »Das ist dir doch recht?«

Beatrix lächelte erneut.

»Was immer du vorschlägst, Liebling.«

»Und dann sind wir gegangen«, sagte Niki und vergrub seinen Kopf in den Händen, nicht zum ersten Mal an diesem Tag. »Mit der Einladung zu einer römischen Orgie in der Tasche.«

»Ich verstehe nicht, was du hast, *Liebster*«, sagte Liesbeth. »Du schwärmst doch selber immer so von der römischen Kultur. Die Straßen. Die Aquädukte. Die Thermen!«

»Es geht hier nicht um die römische Kultur, Liesbeth«, gab Niki gereizt zurück. »Es geht darum, dass sich morgen

Abend ein paar fette, reiche Männer mit Bademägden und Huren treffen, um miteinander zu fressen, zu saufen und zu vögeln! Und wir beide sind mittendrin statt nur dabei!«

»Und deswegen stellst du dich so an? Wie oft hast du schon im Badehaus aufgespielt, während im Zuber und auf den Ruhebetten nach allen Regeln der Kunst gesündigt wurde«, sagte Liesbeth. »Mehr als das: Gut unterrichtete Kreise haben mir erzählt, du hättest an deinem Lieblingsplatz am Ufer der Donau sogar schon einmal auf deiner Laute geklimpert, *während* Engel dir dabei …«

»Ist ja gut, ist ja gut«, unterbrach Niki hastig Liesbeths Redefluss und warf den »gut unterrichteten Kreisen« in Form von Gottfried und Gerwald, die der Diskussion mit einem breiten Grinsen auf ihren runden Gesichtern folgten, einen finsteren Blick zu.

»Du hast selbst gesagt, du würdest gerne zusehen und zuhören, was da so vor sich geht bei den berüchtigten Feiern des Münzmeisters«, verteidigte sich Liesbeth etwas indigniert. »Du könntest ruhig ein wenig dankbarer sein für meinen Einsatz. Immerhin hat Magdalena regelmäßig an diesen Feiern in Reinhardts Haus teilgenommen.«

»Du hast ja recht«, gab Niki kleinlaut zu. »Verzeih mir, Liesbeth. Das hast du echt gut hingekriegt. Dieser Münzmeister ist ein ganz zwielichtiger Typ, wenn du mich fragst. Je mehr wir über den herausfinden, desto besser. Zum Beispiel, wo er am Abend von Allerheiligen nach dem Abendläuten war.«

Niki fuhr sich fahrig mit beiden Händen durch seine blonden Locken und rieb sich die müden Augen.

»Ich glaub, ich bin einfach frustriert darüber, dass schon zwei von den drei Tagen vorbei sind, die uns der Bürgermeister zugestanden hat, um den Mörder von Magdalena zu finden. Mit jedem Besuch, den ich mache, mit jedem Gespräch, das ich führe, werden die Verdächtigen mehr statt weniger, und die Zeit rinnt uns durch die Finger wie Sand.«

Bertram legte Niki tröstend eine Hand auf den Arm. Die »Bande aus der Baker Street« hatte sich wie schon am Tag zuvor zur Lagebesprechung bei Bruder Sebastian im *Knochenmann* versammelt. Wie am Tag zuvor war außer den Zwillingen auch Bruno anwesend, und wie am Tag zuvor schlummerte die alte Mariann auf ihrer Bank beim Kamin.

»So viel zu meinem Tag: Kerker, Hurenhaus und Münze«, sagte er und rang sich mit sichtlicher Anstrengung ein Lächeln ab. »Wie ist es euch ergangen? Gute Nachrichten, irgendjemand? Ich könnte echt welche gebrauchen!«

»Von mir leider nicht«, sagte Bruno. »Ulric hat mir geholfen mit der Liste, die du haben wolltest – alle, die innerhalb der Stadtmauern von Krems wohnen und mit einem Messer ihr Geld verdienen, du erinnerst dich?«

Er drückte Niki ein Pergament in die Hand, auf dem der Quartiermeister sorgfältig die Namen und Berufe einer Anzahl von Personen aufgelistet hatte. Niki überflog die Namen, ohne dass ihm einer bekannt vorkam.

»Ich war mit der Liste im Badehaus und habe sie Wolfram vorgelesen, Albina und Maria der Aufheberin. Einige der Männer waren Kunden im Badehaus, andere nicht. Einige kannten Magdalena, andere nicht. Keiner der Männer will am Abend von Allerheiligen in der Nähe des Badehauses gewesen sein. Einige haben dafür Zeugen, andere nicht. Anscheinend hatte keiner auch nur den Hauch eines Motives, Magdalena umzubringen. Alles in allem bis jetzt ein Schlag ins Wasser.«

»*Gute* Nachrichten hab ich gesagt, Bruno«, sagte Niki und verdrehte theatralisch die Augen.

»Dafür hab ich dir was mitgebracht«, sagte der junge Stadtwächter und überreichte Niki ein quadratisches Holzbrett und einen prall gefüllten Beutel aus Stoff.

Erst beim zweiten Hinsehen erkannte Niki Mendels Schachbrett.

»Hauptmann Roderich hat es Mendel weggenommen

und zu den übrigen Beweisstücken ins Lager gelegt. Ich hab mir gedacht, bei dir ist es besser aufgehoben.«

Gerührt legte Niki das Schachbrett vor sich auf den Tisch, leerte den Beutel vorsichtig darauf aus und begann, die Spielfiguren aufzustellen.

»Danke«, sagte er. »Vielleicht hilft es mir ja beim Denken. Oder bringt uns zumindest Glück. Davon können wir alles brauchen, was wir kriegen können.«

»Roderich ...«, murmelte in diesem Augenblick Marianne im Halbschlaf. Offensichtlich hatte die Nennung des Namens des Hauptmannes eine Erinnerung in ihr geweckt. »Roderich ... schon als junger Mann ein Schläger, Spieler, Säufer«, murmelte sie. »Gerade er ist zum Hauptmann der Stadtwache aufgestiegen. Dumm wie Bohnenstroh.«

Die alte Frau murmelte noch ein paar weitere wenig schmeichelhafte Bemerkungen über Roderich, wurde dabei immer leiser und fiel schließlich wieder in sanften Schlummer.

»Noch nie hat jemand so kurz und treffend den Hauptmann beschrieben«, sagte Bruno, was allgemeine Heiterkeit auslöste.

»Und wie ist es euch ergangen auf der Ochsentour?«, wandte sich Niki an die Zwillinge. »Was sagen die Leute?«

»Die eine Hälfte glaubt, dass es Mendel der Jude war«, sagte Gottfried.

»Die andere Hälfte glaubt, dass es Isengrim der Werwolf war«, sagte Gerwald.

»Großer Gott«, sagte Niki.

Bevor er wieder seinen Kopf in den Händen vergraben konnte, bemerkte er das Grinsen auf den Gesichtern seiner jungen Freunde.

»Wir haben dir auch etwas mitgebracht«, sagte Gerwald.

Gottfried zog mit großer Geste ein Bündel Stoff hinter dem Rücken hervor, in dem etwas eingewickelt war, und legte es vor Niki auf den Tisch. Dem Geräusch nach, das es dabei machte, enthielt es etwas Schweres.

Niki entfernte vorsichtig Schicht um Schicht des Stoffs, bis er schließlich …

… einen Dolch in der Hand hielt.

»Ist das … ist das die Mordwaffe?«, brachte er im zweiten Anlauf heraus.

»Einer der Marktfahrer hat den Dolch gefunden, als er am Täglichen Markt seinen Stand aufgebaut hat, früh am Morgen nach dem Mord«, sagte Gottfried. »Er sagt, er wusste zu diesem Zeitpunkt noch nichts von dem Verbrechen. Der Dolch hat ihm gefallen, und er hat ihn aufgehoben und mitgenommen. Angeblich mit dem Vorsatz, ihn zurückzugeben, falls der Besitzer danach fragt.«

»Zur Wache hat er ihn aber nicht gebracht, auch als er später von dem Mord gehört hat«, fügte Gerwald hinzu und verzog den Mund verächtlich. »Ich kann es ihm aber nicht verdenken: Das hier ist ein schönes Stück, aufwendig verarbeitet und nicht billig. Und das sage ich dir als Sohn eines Schmiedes.«

Auch Bertram, Bruno und Liesbeth beugten sich neugierig über die Waffe und bewunderten wie Niki das polierte, dunkle Holz des Griffes und die schimmernde, auf beiden Seiten scharf zugeschliffene Klinge, die sie von einem gewöhnlichen Messer unterschied, wie es jeder der Freunde an seinem Gürtel hängen hatte. Obwohl der Dolch keinerlei Verzierungen aufwies, sah er edel und teuer aus.

»Was sagst du, Bruno«, sagte Niki. »Kann diese Waffe die Verletzungen verursacht haben, die du an Magdalenas Körper untersucht hast?«

Bruno nahm den Dolch in die Hand, begutachtete die Klinge aus nächster Nähe, probierte mit dem Daumen vorsichtig die Schärfe der Schneiden.

»Ja«, sagte er dann schlicht. »Genau an so etwas habe ich gedacht, als ich die Wunden zum ersten Mal gesehen habe«.

»Der Marktfahrer schwört Stein und Bein, dass keine Blutspuren auf der Klinge waren, als er sie gefunden hat«, sagte Gottfried. »Was aber nichts zu bedeuten hat, weil es in der Nacht geregnet hat.«

»Er sagt auch, dass auf dem Boden rund um seinen Stand am Morgen kein Blut war. Zumindest nicht so viel, dass es ihm aufgefallen wäre«, fügte Gerwald hinzu. »Entweder hat das auch der Regen über Nacht weggewaschen, oder der Mord hat woanders stattgefunden und der Mörder hat den Dolch danach auf der Flucht weggeworfen.«

»Warum sollte der Mörder die … Waffe wegwerfen?«, fragte Bertram.

Gute Frage, dachte Niki. *Warum hat er sie nicht einfach abgewischt und wieder eingesteckt? Wie wir es alle zehnmal am Tag mit unseren Messern tun, nachdem wir sie als Essbesteck, Werkzeug oder von mir aus auch als Waffe verwendet haben?*

»Sogar der Fund der verdammten Mordwaffe wirft mehr Fragen auf, als er beantwortet!«, rief er frustriert. »Aber trotzdem: Gute Arbeit, Burschen! Das hier ist unser erster echter Hinweis auf Magdalenas Mörder!«

Die Zwillinge strahlten miteinander um die Wette aus Freude über das Lob.

»Wir können wohl davon ausgehen, dass dieser Dolch tatsächlich dem Mörder gehört, auch wenn wir noch nicht wissen, warum er ihn verloren oder weggeschmissen hat«, fuhr Niki fort. »Irgendwo muss er ihn gekauft haben.«

»Und zwar vor noch nicht allzu langer Zeit«, sagte einer der Zwillinge. »Der Griff ist kaum abgenutzt, die Klinge noch scharf.«

»Glaubt ihr, würde der Schmied, der ihn hergestellt hat, sein Werk wiedererkennen?«

»Nicht jeden Nagel und nicht jedes Hufeisen«, antwortete der andere. »Vielleicht auch nicht jedes Messer, wenn er immer die üblichen Griffe verwendet. Dolche und Schwerter auf alle Fälle – davon macht man nicht so viele. Außerdem ist dieser Griff aus poliertem schwarzem Holz recht auffällig.«

»Dann ist das unsere Aufgabe für morgen: Wir müssen den Schmied finden, der diesen Dolch hergestellt hat. Noch besser wäre: herausfinden, wem er ihn verkauft hat!«

»Das ist entweder sehr einfach oder sehr schwierig«, warf Bruno ein. »Wenn der Dolch von einem der Kremser Schmiede stammt, dann wissen wir das noch vor dem Frühstück. Wenn er von einem fahrenden Handwerker gekauft wurde, der nur an bestimmten Wochentagen oder nur zu bestimmten Märkten in die Stadt kommt, kann das länger dauern. Und unsere Zeit läuft morgen Abend ab.«

»Hilft nichts«, sagte Niki entschlossen. »Der Dolch ist nicht nur unsere beste Spur zum Mörder, er ist unsere einzige Spur zum Mörder. Wir werden mit den Schmieden reden, wir werden mit den Marktfahrern reden. Vielleicht haben wir ja zur Abwechslung auch einmal Glück. Hoch an der Zeit wäre es.«

»Machen wir«, sagte Gottfried. »Du nicht, Blondie. Du hast morgen Vormittag etwas anderes vor.«

»Joachim war hier und hat nach dir gefragt, während du mit Liesbeth in der Münze warst«, fuhr Gerwald fort. »Er meinte, du sollst ihn morgen auf Burg Aggstein besuchen.«

»Jetzt?«, fragte Niki überrascht. »Er weiß aber schon, dass wir nur noch den einen Tag haben, um Isengrim zur Strecke zu bringen, bevor sie den alten Mendel dafür aufknüpfen?«

»Joachim meinte, es wäre dringend.«

»Und es hätte mit dem Mord an Magdalena zu tun.«

Die Zwillinge warfen Bertram einen raschen Seitenblick zu.

»Er meinte auch, du mögest bitte alleine kommen.«

Der fünfte Tag: Das Geheimnis von Burg Aggstein

Sonntag, 6. November 1194

Es muss wohl zwanzig Jahre her sein, als die ersten Mädchen ermordet wurden«, sagte Joachim von Senftenberg und nahm einen Schluck aus seinem Weinbecher. »Und fünfzehn, als das letzte starb. Genauso alt ist das Geheimnis, das ich hier hüte.«

Die Halle von Burg Aggstein, die Niki bei sich immer »Joachims Wohnzimmer« nannte, verbreitete mit den dicken Wandteppichen vor den Fenstern und den bequemen, mit weichen Schaffellen gepolsterten Scherenstühlen vor dem prasselnden Feuer im großen Kamin eine heimelige Atmosphäre. Trotz der Helligkeit von einem Dutzend Kerzen und der Hitze, die vom Feuer und von dem Becher mit Gewürzwein in seinen Händen ausging, spürte Niki, wie ihm ein kalter Schauer über den Rücken lief. Er war spät in seinen Turm zurückgekehrt, früh aufgestanden und hatte dazwischen wenig und schlecht geschlafen. Er vermisste Engel.

Und er hatte nur noch einen letzten Tag, um einen Unschuldigen vor dem Galgen zu retten.

Morgen um die Uhrzeit ist alles schon vorbei, dachte er. *Wie auch immer es ausgeht.*

»Als Hadmar von Kuenring mich zum Burgherrn von Aggstein ernannte, ging damit eine ... *Verpflichtung* einher, die schon meinem Vorgänger auferlegt war«, sagte Joachim. »Ich habe diese Verpflichtung seither getreu erfüllt: Als der junge Hadmar am Tag nach dem Mord an Magdalena angeritten kam und mich fragte, ob bei mir ‚alles ist, wie es sein soll', da konnte ich ihm versichern: Alles ist, wie es sein soll hier auf Aggstein.«

»Ja, aber was?«, fragte Niki ungeduldig. »Was ist, wie es sein soll hier auf Aggstein?«

»Ich war vielleicht zehn oder elf Jahre alt, als alles begann«, fuhr Nikis bester Freund fort, als hätte er dessen Frage gar nicht gehört. »Das Grauen kam aus dem Norden. Aus den Wäldern, die sich bis nach Böhmen hinauf erstrecken. Eine einsame Gegend, voll mit Wackelsteinen, so groß wie die Hütten der Bauern. Es ist ein hartes Land, das harte, schweigsame Menschen hervorbringt. Sie bauen ein wenig Gerste und Roggen an, halten ein paar Hühner, Ziegen und Schweine. In den Wäldern legen sie Fallen, jagen und stellen Holzkohle her. Eine karge Idylle. Bis man das erste tote Mädchen gefunden hat.«

Niki spürte, wie das Blut in seinen Ohren zu rauschen begann.

Ich glaub nicht, dass ich das hören will, dachte er. *Aber wenn Joachim mich extra dafür herbestellt, muss es wirklich wichtig sein.*

»Adelina hieß sie. Sie war elf Jahre alt, noch ein halbes Kind. Mit Seilen an einen Baum gefesselt. Er hat sie gefoltert, missbraucht und getötet.«

»Er?«

»Isengrim. Das war der Name, den die Leute dem Mörder gaben, nach dem Wolf aus der Fabel. Weil sich niemand vorstellen konnte, dass ein menschliches Wesen solche Grausamkeiten begehen konnte. Der Jäger, der Adelina gefunden hat, war ein gestandener Kämpfer aus dem zweiten Kreuzzug, ein Veteran vieler Schlachten. Man sagt, er sei in Tränen ausgebrochen und wäre nach diesem Vorfall nie wieder der Alte gewesen.«

Niki atmete tief durch und senkte den Blick zu Boden; er wollte vermeiden, dass sein Freund ihm seine Betroffenheit ansah und ihn, den Spielmann, den Sänger, den Spaßmacher, deshalb als weich oder unmännlich einschätzte.

»Manche seiner späteren Opfer waren älter. Manche waren noch jünger als Adelina. Nicht von allen hab ich mir den Namen gemerkt. Aber alle hatten eines gemeinsam: Sie waren in den Wald gelockt oder verschleppt worden, gestohlen aus den Dörfern und von den Feldern. Bei der Arbeit oder beim Spielen. Geknebelt, gefesselt, an einen Baum gebunden. Mit Stichen und Schnitten am ganzen Körper gequält. Geschändet und getötet. Oder umgekehrt.«

Joachim verstummte und schüttelte den Kopf, als könnte er die so lange zurückliegenden Ereignisse immer noch nicht glauben.

»Wie viele?«, fragte Niki nach einer Weile. Seine Stimme klang sogar in seinen eigenen Ohren hohl und fremd.

»Ein Dutzend hat man gefunden«, sagte Joachim. »Noch einmal so viele wurden von ihren Eltern als vermisst gemeldet, ihre Leichen aber nie entdeckt. Ein paar Skelette oder einzelne menschliche Knochen hat man im Lauf der Jahre gefunden, konnte sie aber keinem der vermissten Mädchen mehr zuordnen. In diesen Fällen hatten der Wolf, der Luchs, der Marder, der Fuchs und andere Raubtiere des Waldes schon ganze Arbeit geleistet.«

Die Scheite im Kamin knackten und knisterten, während die beiden Männer in unausgesprochenem Einvernehmen in die Flammen starrten, anstatt einander weiter in die Augen zu sehen. Es beruhigte Niki, dass auch sein hartgesottener Freund sichtlich mit seinen Emotionen zu kämpfen hatte.

»Die Opfer kamen aus dem gesamten Herrschaftsbereich der Kuenringer. Auf diese Weise wurde der Frauenmörder Isengrim auch bei uns an der Donau zu einer gefürchteten Legende«, fuhr Joachim schließlich fort. »Fünf Jahre nach seiner ersten Untat fand man heraus, dass er auch einen anderen Namen hat. Er hieß Albero. Albero von Kuenring.«

»Was?«, fuhr Niki auf. »Ein Verwandter von Ritter Hadmar? Davon hab ich ja noch nie etwas gehört?«

»Das wissen auch nur fünf Leute. Erstens: Ritter Hadmar von Kuenring. Zweitens: seine Frau Eufemia. Drittens: sein älterer Sohn, unser lieber Freund Hadmar. Viertens: Abt Rudmar von Göttweig. Der Fünfte war ursprünglich Ritter Scheck von Wald, der frühere Burgherr von Aggstein. Als ich nach seinem Tod zum neuen Burgherrn ernannt wurde, hat Ritter Hadmar mich eingeweiht. Du bist jetzt für eine Stunde der Sechste. Sobald die Tore von Aggstein hinter dir ins Schloss fallen, wenn du dich auf den Rückweg nach Krems machst, vergisst du alles wieder, was ich dir jetzt erzähle. Bei deiner Ehre?«

Joachim sah Niki eindringlich in die Augen.

»Bei meiner Ehre«, gab dieser entschlossen zurück und nickte zur Bekräftigung.

»Albero hatte eigene Ländereien und eine Burg an der Grenze zu Böhmen«, nahm Joachim seine Erzählung wieder auf. »Hadmar hat seinen Vetter Albero damals aber regelmäßig im ganzen Land herumgeschickt mit Aufträgen. Dadurch ist das alles so lange nicht aufgefallen. Gerüchte darüber, dass in zeitlicher Nähe zu den Morden jeweils ein ‚hoher Herr' in den Dörfern der Opfer vorbeigekommen war, gab es schon länger. Natürlich hat niemand daraus die richtigen Schlüsse gezogen. Der Vetter des Landesherrn als mörderische Bestie? Niemals!«

»Wie hat man ihn dann erwischt?«

»Seinem letzten Opfer ist es gelungen, während der Folter den Knebel auszuspucken. Das Mädchen hat so laut geschrien, dass rundum das Wild aufgeschreckt wurde. Ein Jäger hat es gehört und Albero bei seiner Untat überrascht. Reiner Zufall, dass der dort in der Nähe war. Eher findet man eine Stecknadel in einem Heuhaufen – der Wald ist in alle Richtungen endlos da oben.«

»Was ist aus diesem Albero geworden? Hat man ihn aufgeknüpft?«

»Nein«, sagte Joachim grimmig. »Das hat Ritter Hadmar nicht zugelassen. Familie ist schließlich Familie. Albero wurde nie vor ein Gericht gestellt. Stattdessen haben Hadmar und Abt Rudmar von Göttweig beratschlagt und ihn schließlich einem anderen Schicksal überantwortet.«

»Und der Herzog in Wien weiß nichts von alledem?«

»Nikolaus, wir reden hier von Bauernkindern aus dem großen, alten Wald. Die interessieren weder unseren Bischof in Passau noch unseren Herzog in Wien! Die kennen nicht einmal die Namen der Dörfer, aus denen die Mädchen verschleppt wurden!«

Niki schüttelte fassungslos den Kopf. *Soll das heißen, die haben einen psychopathischen Frauenmörder davonkommen lassen, nur weil er zur Familie gehört?*

»Du hast gesagt, die Morde haben vor fünfzehn Jahren aufgehört«, sagte er. »Was ist aus ihm geworden?«

Joachim lächelte freudlos.

»Hast du ausgetrunken?«, fragte er. »Dann komm mit. Ich möchte dir etwas zeigen. Es ist ohnehin grad Zeit für die Raubtierfütterung.«

Burg Aggstein, dreihundert Meter hoch über der Donau auf einer nach drei Seiten steil abfallenden Felszunge gelegen, war unter anderem bekannt für ihr extravagantes Gefängnis.

Rosengarten ist's geheißen, doch vieldeutig klingt das Wort, nur die dornig wilden weißen Todesrosen blühen dort, sagt ein altes Gedicht darüber. Das »Rosengärtlein« war eine Steinplatte an der Außenwand der Burg, hoch über dem Donautal, unter der die Felsen senkrecht in den Wald hinein abstürzten. Als Strafe für kleinere Untaten in seinem Herrschaftsbereich sperrte selbst Joachim Soldaten, Knechte oder Bauern gelegentlich über Nacht auf diese kleine Terrasse hinaus. Weniger zivilisierte Burgherren hatten ihre Gefangenen auch schon mal im Rosengärtlein »vergessen« und ihnen die Wahl gelassen, entweder zu verhungern oder ihrem Leben durch einen Sprung in die Tiefe ein Ende zu setzen.

»Was zum Teufel ist *das?*«, fragte Niki entgeistert, als Joachim, ausgerüstet mit einer Rolle Seil, einem Laib Brot und einem Krug Wasser, unweit des Tores eine unauffällige Tür in der Burgmauer öffnete.

Der Raum dahinter war winzig, nicht mehr als ein Quadrat von vielleicht drei Schritten Seitenlänge. Durch die kreuzförmige Öffnung einer schmalen Schießscharte gegenüber der Tür fiel helles Tageslicht herein; der Ausblick auf die Wälder unterhalb von Aggstein bestätigte Niki, dass sie sich tatsächlich gleichsam im Inneren der Burgmauer befanden, direkt unter dem zinnenbewehrten Wehrgang.

Das kleine Zimmer hatte keinerlei Einrichtung. Auffällig an ihm war lediglich ein gleichfalls quadratisches Gitter am Boden, das Niki entfernt an einen Kanaldeckel aus seiner Heimat im 21. Jahrhundert erinnerte.

Was ist das wirklich?, dachte er. *Sieht aus wie die Abde-*

ckung eines Brunnens? Aber der ist doch draußen im Burghof?

»Das, mein Lieber«, sagte Joachim mit einem bitteren Lächeln, »nennen wir unser ‚Angstloch'. Es ist der einzige Zugang zum Kerker von Burg Aggstein.«

»Kerker?«, fragte Niki verblüfft. »Ich dachte immer, die Burg steht auf nacktem Fels und hat gar keinen Keller? Und Gefangene landen hier immer im Rosengärtlein?«

»Gezwungenermaßen«, antwortete Joachim. »Unser Kerker ist nämlich bewohnt. Langfristig.«

Er drückte Niki Seil, Brot und Krug in die Hand, ließ sich auf ein Knie nieder und hob mit sichtlicher Mühe das schwere Gitter aus seiner Verankerung.

»Albero. Essenszeit!«, rief er knapp in die Tiefe.

»Oh, heute serviert mir der Burgherr persönlich mein Mittagmahl«, sagte eine Stimme aus der Dunkelheit. »Was verschafft mir diese unerwartete Ehre? Wenn ich das gewusst hätte, hätte ich mir etwas angezogen! Aber nein, ich habe ja gar nichts anzuziehen!«

Die Stimme klang so kräftig wie ihr Tonfall süffisant.

Niki beugte sich neugierig über die entstandene Öffnung im Boden und zuckte unwillkürlich zurück: Der Gestank, der aus der Tiefe heraufstieg, war im wahrsten Sinn des Wortes atemberaubend. Während Joachim mit grimmigem Gesichtsausdruck den Wasserkrug an ein Ende seines Seils befestigte, wagte Niki einen zweiten Anlauf. Der Kerker, dessen Boden sich mehrere Meter unter dem »Angstloch« befand, hatte ebenso wie sein Pendant ein Stockwerk höher eine kreuzförmige Schießscharte, durch die ein schmaler Streifen Tageslicht fiel. Dennoch dauerte es einen Moment, bis Nikis Augen sich an das Halbdunkel gewöhnt hatten – und er feststellte, dass die Gestalt zu seinen Füßen tatsächlich nichts anhatte.

Albero von Kuenring entgegnete Nikis Blick so würdevoll, wie es einer abgemagerten Gestalt nur möglich war, die in erster Linie aus struppigem Haar und struppigem Bart zu bestehen schien.

»Und du hast Besuch mitgebracht«, sagte er heiter. »Wie schön! Ich komme ja sonst gar nicht mehr unter die Leute! Wie ist Euer Name, junger Freund?«

»Niki«, sagte Niki und biss sich sofort auf die Lippen aus Ärger darüber, dass er in seiner Überraschung über die höfliche Begrüßung wahrheitsgemäß geantwortet hatte. »Man nennt mich Nikolaus von Dürnstein«, fügte er rasch hinzu.

»Soso, von Dürnstein«, sagte Albero. »Da hat ja mein geschätzter Vetter Hadmar seine Burg. Bestellt ihm bitte beste Grüße von mir, seid so gut. Wir haben uns seit Ewigkeiten nicht mehr gesehen! Wie geht es seiner schönen Gemahlin? Die Söhne sind sicher schon so groß wie junge Bäume!«

Erneut sah sich Niki instinktiv versucht, Albero hinsichtlich der Söhne rechtzugeben und zu versprechen, seine Grüße auszurichten – so charismatisch war die Ausstrahlung des nackten, stinkenden und vor Schmutz starrenden Mannes.

Joachim schenkte seinem sprachlosen Freund ein freudloses Lächeln.

»Das macht er gut, nicht wahr?«, sagte er. »Ich glaube nicht, dass er viele seiner Opfer mit Gewalt verschleppen musste. Die meisten sind wohl seiner Stimme und seinen süßen Worten zum Opfer gefallen und ihrem Schlächter freiwillig gefolgt. Jetzt stell ihn dir noch fünfzehn Jahre jünger vor, in teurer Kleidung und auf einem edlen Pferd ...«

»Hört nicht auf die Verleumdungen dieses Kerkermeisters, Nikolaus«, fiel ihm Albero ins Wort. »Das ist alles Teil einer großen Verschwörung! Man hält mich hier völlig zu

Unrecht fest! Das alles hat mein Vetter Hadmar veranlasst, um mich aus dem Weg zu räumen. In Wahrheit sollte *ich* über das ganze Land hier regieren. Herzog Leopold wollte *mich* mit dem Land der Kuenringer belehnen. Ich wäre der rechtmäßige Herrscher über all diese Ländereien geworden. Und dann hab ich mich von einem Tag auf den anderen in diesem Loch wiedergefunden, ohne je vor einem Gericht meine Unschuld beweisen zu können!«

Joachim hatte in der Zwischenzeit das andere Ende des Seils an einen kräftigen Eisenhaken in der Wand geknüpft, trat an den Rand der Öffnung und ließ den Wasserkrug nun vorsichtig zu seinem Gefangenen hinab.

»Wieso bindest du das Seil an den Haken da?«, fragte Niki. »So schwer ist der Wasserkrug doch gar nicht?«

»Wegen Odo«, entgegnete Joachim grimmig.

»Wegen Odo?«

»Odo war ein junger Soldat, der kurz unaufmerksam war«, sagte Joachim. »Er hat das Seil nicht angebunden.«

Niki zuckte mit den Schultern. »Und?«

»Albero hat überraschend am Seil gerissen. Odo hat das Gleichgewicht verloren und ist kopfüber in den Kerker hinuntergestürzt.«

»Oh Gott«, sagte Niki. »Ist ihm etwas passiert?«

»Albero hat ihm die Kehle durchgebissen.«

»Aber erst, als er schon tot war«, rief Albero gut gelaunt von unten herauf. »Der Junge hat sich beim Fall das Genick gebrochen. Ich hatte so gut wie gar keinen Spaß mehr mit ihm!« Seine Stimme nahm einen vorwurfsvollen Ton an. »Das war übrigens alles, was man sich in fünfzehn Jahren einfallen hat lassen als Unterhaltung für mich. Darauf braucht Ihr wirklich nicht stolz zu sein, Joachim!«

Niki fühlte sich zunehmend wie in einem Traum. Ein gewisses Gefühl von Surrealität war sein ständiger Begleiter, seit er zwei Jahre zuvor am Fuß des Burgbergs von Dürnstein aufgewacht war und sich im Hochmittelalter wiedergefunden hatte, aber das Gespräch mit Albero verlieh dieser Unwirklichkeit eine völlig neue Dimension.

»Hattet Ihr denn ... *Spaß* mit all den Mädchen, die Ihr getötet habt?«, fragte er leise.

»Durchaus, durchaus«, gab Albero im Plauderton zurück, während er den vollen Wasserkrug von Joachims Seil löste und einen leeren daran befestigte. »Mit der einen mehr, mit der anderen weniger. Ihr wisst ja, wie das ist. Manche von ihnen haben sehr rasch den Geist aufgegeben. Langweilig. Andere wiederum haben erstaunlich lange ausgehalten. Oft waren es die kleinsten und jüngsten, die sich am zähesten an ihrem Leben festgeklammert haben. Am Ende haben sie dann aber doch alle irgendwann nur noch gequiekt wie Ferkelchen. Und gleich darauf war es dann schon wieder vorbei mit dem Spaß.«

Niki merkte, dass ihm schlecht wurde. Ob von Alberos Worten oder von seinem Gestank, vermochte er nicht zu sagen. Vermutlich von beidem.

»Hattet Ihr nie ... Mitleid mit ihnen?«, brachte er mühsam heraus. »Die meisten waren doch noch halbe Kinder!«

»Ihr flennt wie ein Weib, Nikolaus«, sagte Albero und schickte den leeren Wasserkrug auf seine Reise nach oben. »Das waren alles Bälger von irgendwelchen Bauern, die acht, zehn oder zwölf Kinder bekommen, von denen jeden Winter eines stirbt, bevor sie erwachsen werden. Ganz ohne mein Zutun. Solche gibt's wie Wasser in der Donau, die vermisst doch kein Mensch!«

Niki hatte das Gefühl, keine Luft mehr zu bekommen. Er spürte kalten Schweiß auf seiner Stirn. Er musste raus aus diesem Raum, weg von Albero.

Eine Frage noch, dachte er. *Eines muss ich noch wissen.*

»Habt Ihr mit den Mädchen, ähm ... gespielt, als sie noch am Leben waren? Oder erst ... danach?«

Albero starrte zu Niki hinauf, als hätte er die Frage nicht richtig verstanden.

»Natürlich als sie noch am Leben waren«, antwortete er. »Was für einen Sinn macht es, mit toten Körpern zu spielen? Das macht doch gar keinen Spaß!«

Um Niki begann sich langsam die Welt zu drehen. Schnell trat er an die Schießscharte und sog begierig die kalte Herbstluft in seine Lungen. Nur mit einem Ohr hörte er, wie Joachim Albero aufforderte, den Brotlaib aufzufangen.

»Entweder du fängst ihn, oder er landet auf dem Boden in deiner Scheiße«, sagte er. »Mir ist beides recht. Nein, halt, ich hab's mir anders überlegt: Mir ist lieber, er landet in deiner Scheiße!«

Unter wüsten Flüchen von Albero warf Joachim den Brotlaib auf den Kerkerboden, hievte das schwere Eisengitter wieder an seinen Platz, legte Niki einen Arm um die Schulter und zog und schob seinen Freund gleichermaßen aus dem Raum.

»Fahr zur Hölle, Joachim!«, war das Letzte, was sie von Albero hörten, bevor die Tür hinter ihnen ins Schloss fiel.

Draußen setzte sich Niki – immer noch blass im Gesicht – auf den Boden und lehnte sich mit dem Rücken gegen die Tür, hinter der man Albero immer noch wüten hörte. Er legte die Stirn auf seine Knie und bemühte sich um lange und gleichmäßige Atemzüge.

»Alles in Ordnung, Blondie?«, sagte Joachim und stieß Niki freundschaftlich mit dem Ellbogen in die Seite. »Was hältst du vom Gefangenen von Aggstein?«

»Wieso lebt dieses Monster noch?«, murmelte Niki. »Nach fünfzehn Jahren bei Wasser und Brot und ohne Kleidung? Wieso hat den nicht längst ein Fieber dahingerafft im Winter?«

»Ich weiß es nicht. Anscheinend brennt das Feuer der Hölle in ihm und schützt ihn vor der Kälte. Jetzt kennst du auf jeden Fall den Grund, warum ich dich hierher gebeten habe.«

»Daran hast du gut getan, ich bin dir einen Gefallen

schuldig«, sagte Niki. »Ich weiß jetzt zumindest mit Sicherheit, dass es nicht stimmt, was viele sagen: dass der legendäre Isengrim fünfzehn Jahre nach seinem letzten Mord zurückgekehrt ist und sein grausiges Werk wieder aufgenommen hat.«

»Was machst du als Nächstes?«

»Bertram, Bruno und die Zwillinge suchen. Vielleicht haben die ja inzwischen schon den Schmied oder den Händler ausfindig gemacht, der die Mordwaffe verkauft hat. Wenn der sich dann auch noch erinnern kann, wer es war, der sie gekauft hat, dann können wir dem Bürgermeister mit Fug und Recht einen Namen nennen.«

»Und wenn nicht?«

»Dann hol ich mir geistlichen Beistand.«

»Und wozu hast du deine Laute mitgenommen?«

»Glaub mir: Das willst du nicht wissen.«

»Ah, das *Sigillum confessionis*«, sagte Vater Sebastian nachdenklich. »Ihr seid gekommen, um etwas über das Beichtgeheimnis zu erfahren! Lasst mich raten: Ihr wollt wissen, ob der Mörder Magdalenas mir sein Verbrechen bei der Beichte gestanden hat?«

Niki streckte so unauffällig wie möglich seine Beine und Hände in Richtung des heimeligen Kaminfeuers aus, um die Kälte zu vertreiben, die der Ritt von Burg Aggstein nach Krems und die Konfrontation mit Albero von Kuenring in seinen Knochen und in seinem Gemüt hinterlassen hatten. Er saß gemeinsam mit Bertram und dem Stadtpfarrer im Wohnzimmer des kleinen Pfarrhauses und sah durch die beiden Fenster auf den Friedhof und die Kirche hinaus.

Ruhige Nachbarn hat er hier, der Herr Pfarrer, dachte er.

Sicher sehr romantisch, wenn am Abend der Nebel wieder von der Donau hereinkommt.

Der Raum war spärlich eingerichtet: ein Tisch, an dem Vater Sebastian offenbar sowohl seine Mahlzeiten einnahm als auch arbeitete. Darauf eine Bibel, ein paar Schriftrollen, unbeschriebenes Pergament, Tinte und Federkiel. Rundherum ein paar Stühle, ein Schrank, ein Regal und eine Kommode. An einer Wand hing ein großes, geschnitztes Kruzifix von der mittelalterlichen Art, in der die Hände und Füße des Heilands noch mit vier Nägeln ans Kreuz geschlagen waren statt der drei, die Niki aus seiner Zeit kannte. Der gekreuzigte Jesus sah nicht leidend aus; er blickte nur aus großen, dunklen Augen ernst auf den Pfarrer und seine beiden Gäste hinunter.

»Hat er?«, fragte Niki. »Und würdet Ihr der Stadtwache das mitteilen, wenn es so wäre?«

Vater Sebastian stützte sein Dreifachkinn auf die zusammengelegten Hände und spitzte beim Nachdenken die Lippen. Der Pfarrer war ein kleiner, dicker Mann, der Niki mit seiner rosigen Gesichtsfarbe, den aufgeblasenen Backen und gespitzten Lippen an einen Putto aus einem barocken Gemälde erinnerte.

»Ihr wisst, dass die Verletzung des Beichtgeheimnisses mit Exkommunikation bestraft wird?«, fragte er schließlich. »Völlig unabhängig, ob ich dem Betreffenden für seine Beichte die Absolution erteile oder nicht? Und dass mich als Beichtvater niemand von meiner Schweigepflicht entbinden kann? Nicht einmal der Papst? Nicht einmal der Beichtende selbst?«

Niki seufzte. Diese Antwort hatte er befürchtet. Dunkel erinnerte er sich an einen alten Film von Alfred Hitchcock, in dem ein Beichtvater die Identität eines Mörders vor Gericht nicht einmal dann enthüllte, als er selbst für das Verbrechen angeklagt wurde. Und daran, dass im heimatlichen Österreich achthundert Jahre später Zeugen vor Gericht noch nicht zu Geschehnissen vernommen werden durften, die ihnen im Zuge einer Beichte zur Kenntnis gelangt waren.

»Angenommen, der Mörder kommt zu Euch, beichtet seine Untat und kündigt gleichzeitig an, weitere begehen zu wollen«, sagte er aufgebracht.

»Dann würde ich ihn darauf hinweisen, dass ohne den guten Vorsatz, in Zukunft schwere Sünden zu vermeiden, keine Vergebung möglich ist«, unterbrach ihn der Pfarrer.

»Ihr würdet lieber Euer Gewissen mit der Verantwortung für weitere Morde belasten, nur um das verdammte Beichtgeheimnis zu wahren?«

»Ich muss doch sehr bitten, Nikolaus! Die Beichte ist ein heiliges Sakrament! Und ich bin ein kirchlicher Amtsträger und kein Stadtwächter! Es ist Eure Aufgabe, Verbrechen aufzuklären, nicht meine!«

Die beiden Männer, der alte und der junge, starrten einander zornig an.

»Außerdem lehrt uns der Apostel Paulus, dass die Wege Gottes unbegreiflich und unerforschlich sind«, fuhr Vater Sebastian in ruhigerem Ton fort. »Die Vollendung der göttlichen Absichten kann nicht erkannt werden, solange ihr Vollzug noch im Gange ist.«

Niki stöhnte und vergrub frustriert den Kopf in den Händen.

»Der Mörder von Magdalena hat sich mir nicht anvertraut. So viel kann ich Euch bestätigen, ohne das Beichtgeheimnis zu verletzen«, sagte der Pfarrer leise. »Wo keine Beichte, da kein Geheimnis.«

Vater Sebastian hob den Kopf und suchte den Blick des gekreuzigten Christus. Dann sah er wieder Niki an.

»Magdalena nahm ihre Christenpflichten sehr ernst«, sagte er langsam und überlegt. »Sie kam jeden Sonntag nach der Messe zur Beichte. Das ist kein Geheimnis, das weiß jeder, der in Krems die Sonntagsmesse besucht.«

»Moment. Jeden Sonntag, sagt Ihr? Allerheiligen war ein

Dienstag«, sagte Niki. »Das heißt, sie war zwei Tage vor ihrem Tod noch bei Euch zur Beichte?«

Vater Sebastian nickte.

»Wisst Ihr, was sie am Allerseelentag vorhatte? Alle sagen, sie hatte eine große Änderung in ihrem Leben vor, aber niemand kann mir sagen, was es war!«

Vater Sebastian lächelte und schwieg.

»Warum erzählt Ihr uns das überhaupt?«, fragte Niki und warf frustriert die Hände in die Luft. »Wenn Ihr dazu ohnehin keine näheren Angaben machen könnt oder wollt?«

»Um uns mitzuteilen, dass ... die Gerüchte stimmen«, sagte Bertram zur allgemeinen Überraschung. Niki und der Pfarrer fuhren herum und sahen ihn an; ihre Blicke verrieten, dass beide seine Anwesenheit über ihrem hitzigen Dialog völlig vergessen hatten. Bertram lächelte nachsichtig: Das passierte ihm ständig. »Dass irgendjemand einen handfesten ... Grund hatte für den Mord. Dass Magdalena nicht aus ... reinem Zufall getötet wurde. Von einem ... Werwolf, wie die Leute sagen.«

»Von einem *Werwolf*?«, fragte Vater Sebastian mit offensichtlicher Überraschung.

»Von einem Menschen, der sich für einen Wolf hält«, sagte Niki. »Von jemandem, der tagsüber unerkannt unter uns lebt und sich nachts in ein blutrünstiges Monster verwandelt.«

Bei mir daheim würd man sagen: von einem psychopathischen Serienmörder, der rein zum Spaß mehr oder weniger wahllos Menschen umbringt, dachte er. *Einem Typen wie Albero zum Beispiel. Nur dass der halt sicher in Joachims Kerker sitzt.*

»Gibt es … Werwölfe, Herr Pfarrer?«, fragte Bertram mit großen Augen.

Niki musste lächeln, weil er sich für einen Augenblick vorstellen konnte, wie sein zukünftiger Schwager als kleiner Junge ausgesehen haben mochte.

»Nicht in meiner Pfarrgemeinde, hoffe ich«, sagte Vater Sebastian mit einem Lächeln, bevor er wieder ernst wurde. »Der Teufel wirkt in jedem von uns, Bertram. Im einen mehr, im anderen weniger. Ständig führt er uns in Versuchung, versucht uns zur Wollust zu verleiten, zum Hochmut, zu Geiz, Völlerei, Trägheit, Zorn und Neid – den sieben Todsünden. Uns alle, und da nehme ich mich gar nicht aus.«

Einen Moment lang verdüsterte sich die Miene des Pfarrers.

»Aber Gestalten wie Grabunholde, Wiedergänger, Werwölfe – die gehören ins Reich des Aberglaubens«, sagte er schließlich.

»Schade, dass man nicht … hineinsehen kann in die Menschen. Um zu sehen, in wem … mehr steckt und in wem weniger«, sagte Bertram niedergeschlagen.

Vater Sebastian schien zu bemerken, dass der junge Mann mit dem roten Haarschopf, so erwachsen und groß und stark er auch wirkte, immer noch aufgewühlt und verunsichert war von der Diskussion über Werwölfe, Teufel und Todsünden.

»Aber das kann man doch«, sagte er mit einem aufmunternden Lächeln. »Mit einem ganz einfachen Test. Ich nenne ihn ‚das Gottesurteil'. Soll ich es dir vorführen?«

Vater Sebastian öffnete eine Schublade der Kommode und entnahm ihr drei Gegenstände: einen Dolch in einem Futteral, ein geschnitztes Kruzifix ähnlicher Größe und ein Stück schwarz gefärbten Wollstoff. Bertram riss überrascht die Augen auf.

»Dieses Kruzifix symbolisiert die Kräfte des Guten in dir«, sagte er. »Sieh nur, wie kunstvoll es gearbeitet ist!«

Bertram griff ehrfürchtig nach dem schönen Stück und bewunderte es gebührend, ehe er es dem Pfarrer zurückreichte. Vater Sebastian platzierte das Kruzifix sorgfältig auf dem Tisch, direkt vor Bertrams rechter Hand.

»Rechts ist die Seite des Guten, des Männlichen, des Erfolgversprechenden. Steht nicht geschrieben, dass sich beim Jüngsten Gericht zur Rechten Gottes die Schafe mit dem weißen Fell versammeln, die für die gerechten Menschen stehen?«

Bertram nickte beeindruckt.

Der Geistliche zog den Dolch aus seiner Scheide und legte ihn, den hölzernen Griff voraus, mit ebenso großer Sorgfalt vor Bertrams linker Hand ab.

»Dieser Dolch hingegen steht für die Kräfte des Schlechten in dir. Ich lege ihn nach links, auf die Seite des Bösen, des Weiblichen, des Unheilverheißenden. Die linke Seite Gottes, auf die die Ziegen mit dem schwarzen Fell gestellt werden, die für die schlechten Menschen stehen.«

Bertrams Miene verfinsterte sich zusehends.

»Mit diesem Stück Stoff werde ich dir jetzt die Augen verbinden«, sagte Vater Sebastian, trat hinter Bertram und legte ihm das schwarze Stoffband um.

»Danach werde ich die Plätze von Kruzifix und Dolch vertauschen. Einmal? Zweimal? Öfter? Du wirst es nicht wissen«, sagte er, während er die Enden hinter Bertrams Kopf verknotete. »Am Ende wirst du blind nach einem der beiden greifen, und der Herr unser Gott wird dabei deine Hand führen. Dann wird sich weisen, ob du zu den Schafen oder zu den Ziegen gehörst.«

»Das ist … Zufall«, sagte Bertram, inzwischen seines Sehsinnes beraubt.

»Das ist Glaube!«, gab der Pfarrer lächelnd zurück.

Niki schob seinen Stuhl zurück, um seinem Freund zu Hilfe zu kommen. Er würde es nicht zulassen, dass der Pfarrer mit seinem Taschenspielertrick den gutgläubigen Bertram verschreckte.

Nicht auszudenken, wenn er blind nach dem Dolch greift: Da würd er lange nicht darüber hinwegkommen, dachte er.

Vater Sebastian warf Niki einen Blick zu und gab ihm mit der Hand ein Zeichen, sitzenzubleiben. Dabei zwinkerte er ihm mit seinen kleinen Schweinsäuglein verschwörerisch zu. Niki legte misstrauisch die Stirn in Falten, blieb aber sitzen. Dann wandte der Pfarrer sich wieder Bertram zu, der von dem nonverbalen Austausch der beiden Männer nichts mitbekommen hatte. Er griff gleichzeitig nach Dolch und Kruzifix und begann, die Position der beiden Gegenstände vor Bertrams Händen zu vertauschen. Einmal, zweimal. Ein drittes Mal. Nach einer kurzen Pause ein viertes Mal. Am Ende lag das Kruzifix wie zu Beginn vor Bertrams rechter Hand, der Dolch vor seiner linken.

»Jetzt bist du an der Reihe, Bertram«, sagte er. »Triff deine Wahl!«

»Genauso gut könnte ich ... eine Münze werfen«, sagte Bertram ein wenig verzagt. Er sah ganz und gar nicht glücklich aus.

»Der Vater im Himmel wird deine Hand führen, vertrau mir«, sagte Vater Sebastian. »Triff deine Wahl!«

Zögerlich hob Bertram seine linke Hand an und bewegte sie nach vorne, bis sie über dem Dolch schwebte. Dann zog er sie zurück und legte sie wieder ab. Nach einer kurzen Pause hob er die rechte Hand und griff damit schräg über den Tisch, bis sie wieder über dem Dolch schwebte. Niki hielt den Atem an.

Aber auch diese Hand wurde zurückgezogen und wieder auf dem Tisch abgelegt.

Nach einer letzten Nachdenkpause hob Bertram die rechte Hand und griff damit entschlossen nach dem Kruzifix. Niki ließ den angehaltenen Atem mit einem hörbaren Seufzen entweichen.

Bertrams Gesicht leuchtete buchstäblich auf, als er das Kruzifix in seiner Hand sah, nachdem der Pfarrer ihm das Stoffband abgenommen hatte. Niki hatte seinen Schwager in spe selten so glücklich gesehen: Seine Augen strahlten mit den Kerzen um die Wette, und sein breites Grinsen schien von einem Ohr bis zum anderen zu reichen.

»Ich wusste immer, dass du zu den guten Menschen gehörst, Bertram!«, sagte Vater Sebastian, während er seine Utensilien wieder einsammelte und an ihren Platz in der Kommode zurücklegte.

Niki konnte sich ein bewunderndes Lächeln nicht verkneifen.

Schau an, schau an: Unser Pfarrer ist ein kleiner Schelm! Dieses sogenannte Gottesurteil ist manipuliert, dachte er. *Neun von zehn Menschen sind von Geburt an rechtshändig. Und dem zehnten gewöhnt man es hier schon als kleines Kind ab. All das weiß der Herr Pfarrer. Um ganz sicherzugehen, drückt er seinen Opfern vorher noch das Kruzifix in die Hand zum Bewundern. Dazu noch das Gerede vom Jüngsten Gericht, rechts die Guten, links die Bösen – Priming wie aus einem Lehrbuch der Verhaltenspsychologie! Jede Wette: Er legt das Kruzifix immer nach rechts. Und alle, alle greifen sie danach!*

»Und was macht Ihr mit den Menschen, die zum Dolch greifen?«, fragte er den Pfarrer.

»Es hat noch nie jemand zum Dolch gegriffen«, lächelte Vater Sebastian. »Und wenn doch, dann würde ich ihm wohl Seelsorge angedeihen lassen, um ihn auf den rechten Weg zurückzuführen.«

»Oder *sie*«, sagte Niki. »Wo wir gerade von Seelsorge

sprechen: Bademägde gehören offenbar zu den bevorzugten Zielen Eurer Bemühungen?«

»Seelsorge bedeutet, Menschen beim Kampf gegen die Sünden zu helfen, die ihr Seelenheil und letztlich ihr ewiges Leben gefährden. Man muss Seelsorge unter den Sündern betreiben, nicht unter den Gerechten, Nikolaus«, sagte der Pfarrer mit einem feinen Lächeln. »Hat nicht unser Herr Jesus Christus gesagt: ‚Die Starken bedürfen keines Arztes, sondern die Kranken. Ich bin gekommen, die Sünder zu rufen und nicht die Gerechten‘?«

»Und Ihr ruft die Sünder und vor allem die Sünderinnen, indem Ihr sie im Badehaus besucht?«

»Jesus verbrachte viel Zeit mit Sündern. Nicht, um sich ihren sündigen Wegen anzuschließen, sondern um ihnen die gute Nachricht zu überbringen, dass Vergebung möglich ist. Viele Sünder wurden durch seine Worte gewandelt – denkt nur an den reichen Zöllner Zachäus!«

»Jesus hat sich den sündigen Wegen vielleicht nicht angeschlossen, aber Ihr?«, fragte Niki. »Bei allem Respekt, Vater: Ich habe Euch im Badehaus mit Magdalena gesehen. Bringt Euer Amt nicht die Verpflichtung zur, ähm, körperlichen Enthaltsamkeit mit sich?«

»Der Geist ist willig, aber das Fleisch ist schwach«, antwortete Vater Sebastian heiter. »Auch das hat unser Herr gesagt. Zu seinen Jüngern, als sie nach dem letzten Abendmahl auf dem Ölberg einschliefen, anstatt mit ihm zu beten.«

Ein Schatten legte sich über die sonst so sonnige Miene des Pfarrers. Für einen kurzen Moment schien sein Blick sich nach innen zu richten.

»Frauen haben in manchen Situationen … Kontrolle über mich«, murmelte er, anscheinend mehr zu sich selbst als zu seinen Gästen. »Ich mag es gar nicht, wenn jemand mich kontrolliert.« Dann schüttelte er den Kopf, wie um einen unwillkommenen Gedanken zu vertreiben, und begann wieder zu lächeln. »Gott weiß, dass mein Geist willig ist. Er weiß aber auch, dass mein Fleisch manchmal schwach ist.«

»Wenn es nichts gibt, wovon Ihr annehmt, dass es uns bei der Suche nach dem Mörder von Magdalena helfen könnte, dann bedanke ich mich für Eure Zeit«, sagte Niki und erhob sich von seinem Stuhl.

»Der Friede sei mit Euch«, antwortete der Pfarrer.

In der Tür des Wohnzimmers drehte sich Niki noch einmal zu Vater Sebastian um.

»Ach ja, eine Frage hätte ich da noch«, sagte er, als wäre ihm der Gedanke gerade erst gekommen. »Wie habt Ihr eigentlich den Abend von Allerheiligen verbracht, nachdem Ihr das Badehaus verlassen habt?«

»Als ich Magdalena verließ, erfreute sie sich noch bester Gesundheit, wenn Ihr das meint«, gab Vater Sebastian scharf zurück. »Dafür kann ich Euch zahlreiche Zeugen benennen! Danach kehrte ich ohne Umweg hierher zurück und läutete in der Kirche drüben zum Abend. Das hat man in der ganzen Stadt gehört.«

»Und dann?«

»Dann bin ich hier gesessen, in diesem Zimmer, auf dem gleichen Stuhl wie jetzt die ganze Zeit. Und habe meine Predigt für die Allerseelenmesse am nächsten Tag vorbereitet.«

»Gibt es dafür einen Zeugen?«

Vater Sebastian warf dem Kruzifix an der Wand einen Blick zu.

»Der Herr ist mein Zeuge«, lächelte er.

Als Niki und Bertram aus dem Pfarrhaus ins Freie traten, zogen die ersten Nebelschwaden über den Friedhof. Aus der Entfernung hörten sie das monotone Geräusch eines Spatens, der wieder und wieder in feuchte Erde fuhr.

Niki fluchte so laut, dass eine Schar von Krähen unter protestierendem Krächzen von einigen nahegelegenen Grabsteinen in den langsam dunkler werdenden Herbsthimmel aufflog.

»Jeden Tag das Gleiche«, sagte er missmutig. »Kaum wird es Abend, kommt der verdammte Nebel von der Donau herauf. Ich kann mich gar nicht mehr erinnern, wann ich das letzte Mal die Sonne gesehen hab!«

»In … Wien«, antwortete Bertram.

»Ja, in Wien«, sagte Niki resignierend. Er wusste, dass es in Wien sonnig gewesen war. War das wirklich erst drei Tage her?

Nach ein paar Schritten quer durch den Friedhof in Richtung Ausgang kamen sie an den beiden Totengräbern vorbei, die ein neues Grab aushoben. Das Geräusch des Spatens war verstummt.

»He, Blondie!«, rief einer der beiden Männer aus der frisch ausgehobenen Grube herauf, während er sich auf sein Werkzeug stützte und sich den Schweiß von der Stirn wischte. »Wer baut stärker als ein Baumeister, ein Maurer und ein Zimmermann?«

»Keine Ahnung«, sagte Niki und blieb stehen. »Wer?«

»Der Totengräber. Die Häuser, die er baut, währen bis zum jüngsten Tage«, gab sein Kollege zurück, der am Rand des Grabes neben einer hölzernen Schubkarre stand. Wie auf Kommando brachen beide Männer in schallendes Gelächter aus.

»Na, ihr habt es vielleicht lustig bei der Arbeit«, sagte Niki, als sich der Heiterkeitsausbruch der Totengräber langsam legte. »Die langen Arbeitstage vergehen sicher wie im Fluge bei euch. Für wen ist denn dieses Grab?«

»Für die alte Witwe Hilde«, gab der Mann in der Grube zurück. »Seit ich sie kenne, erzählt sie jedes Jahr im Herbst, dass sie den kommenden Winter nicht mehr überlebt. Endlich hat sie einmal recht gehabt.«

Erneut wollten sich die beiden Männer schier ausschütten vor Lachen.

Die beiden Totengräber waren dick gegen die Feuchtigkeit und die Kälte eingepackt, machten aber insgesamt einen vernachlässigten und zerlumpten Eindruck: Der Mann in der Grube hatte nur ein Ohr, der andere eine schlampig geschorene Stoppelglatze, auf der ein paar vergessene Haarbüschel sich mit aufgekratzten roten Stellen abwechselten. Der Einohrige bückte sich, hob etwas vom Boden auf und reichte es seinem Kollegen hinauf.

Es war ein menschlicher Schädel.

Der mit der Stoppelglatze nahm den Totenkopf entgegen und warf ihn achtlos auf die Schubkarre, wo er mit einem trockenen Klappern zuoberst auf einem Haufen anderer, wild durcheinandergewürfelter Knochen landete. Niki erkannte einen schmalen Beckenknochen, ein paar Rippen und die beiden langen Oberschenkelknochen.

»Das kommt ins Beinhaus«, sagte Stoppelglatze, der Nikis Blick gefolgt war. »Wir müssen Platz schaffen für die Witwe. War ja nicht gerade eine Schlanke!«

Niki verdrehte die Augen über das Gelächter der Männer. Er griff vorsichtig, fast zärtlich nach dem Schädel und blickte ihm nachdenklich in die dunklen Augenhöhlen.

»Ach, armer Yorick! Ich kannte ihn, Horatio«, murmelte er und kam sich dabei vor wie Shakespeares Hamlet in seiner berühmten Friedhofsszene.

»Dieser Schädel hatte einmal eine Zunge und konnte singen«, sagte er leise, völlig in Gedanken versunken. »Augen, Ohren, Nase, Mund. Lippen zum Küssen ...«

»Darauf möcht ich wetten«, sagte Stoppelglatze. »Der Größe der Knochen nach gehörte er einer Frau. Einer jungen Frau oder einer Maid gar, würd ich sagen. Hat noch alle ihre Zähne!«

»Ist aber schon eine Zeit her, dass diese Lippen geküsst haben«, sagte Einohr unten in der Grube. »Ich begrabe seit fünfzehn Jahren hier die Toten, und die hier ist keine von meinen.«

Ich würde gerne wissen, wer du warst, dachte Niki. *Und was du warst. Und was deinem Leben ein so frühes Ende bereitet hat. Eine Krankheit? Ein Unfall?*

Ein Schauer lief ihm über den Rücken.

»Eine junge Frau oder ein Mädchen? Gestorben vor mehr als fünfzehn Jahren?«, wiederholte er, als die letzten, nur mit halbem Ohr gehörten Sätze der beiden Totengräber endlich in sein Bewusstsein durchgedrungen waren.

»Aber um ein Opfer von Alb…, ähm, von *Isengrim* handelt es sich wohl nicht bei ihr?«

Niki merkte selbst, dass seine Stimme zitterte. Die beiden Männer am Grab merkten es auch und wurden schlagartig ernst.

»Glaub ich nicht«, sagte Einohr. »Kein Mädchen aus Krems ist Isengrim zum Opfer gefallen. Zumindest damals noch nicht.«

»Was soll das heißen?«, fuhr Niki auf.

»Bei Magdalena wär ich mir nicht so sicher«, sagte Stoppelglatze.

»Warum?«

»Weil wir zwei es haben kommen sehen«, sagte Einohr.

»Weil ihr zwei es habt kommen sehen?«

»Weil es in letzter Zeit ein paar Mal vorgekommen ist, dass frisch begrabene Leichen am nächsten Morgen unerwartet wieder das Licht des neuen Tages zu Gesicht bekamen«, sagte Stoppelglatze.

»Hat das Haus, das der Totengräber gebaut hat, doch nicht bis zum jüngsten Tag gehalten?«, fragte Niki sarkastisch.

»Du hast gut lachen«, gab Stoppelglatze düster zurück. »Ich hab beim ersten Mal, als das passiert ist, mein Frühstück wieder von mir gegeben, als ich die Bescherung entdeckt habe. Und ich bin einiges gewöhnt.«

»Von der Geschichte hab ich am Abend von Allerheiligen zum ersten Mal gehört«, sagte Niki. »Hadmar von Kuenring meinte, ihr hättet die Gräber nicht tief genug ausgehoben, und in der Nacht hätten streunende Hunde die Verstorbenen wieder ausgegraben und sich an den sterblichen Überresten gütlich getan.«

»Hadmar von Kuenring ist ein aufgeblasener Narr«, knurrte Einohr. »Er hat gerade genug Verstand, wie nötig ist, um kaltes Wasser zu trinken und es heiß wieder herauszupinkeln!«

»Wir reden hier nicht einfach von aufgerissenen Leichensäcken und angeknabberten Toten«, sagte Stoppelglatze. »Die Säcke waren mit einem Messer aufgeschnitten, und die Leichen waren es auch. Von innen nach außen gekehrt, wie man es auch von Magdalena erzählt. Es ist, als hätte jemand … nach etwas gesucht in ihrem Inneren.«

»Was um alles in … der Welt sollte jemand im … Inneren von Toten suchen?«, fragte Bertram, blankes Entsetzen ins Gesicht geschrieben.

Was für ein Unsinn, dachte Niki. *Was um alles in der Welt sollte jemand im Inneren von Magdalena suchen?*

Einer Eingebung folgend wandte sich Niki dem frischesten Grab am Friedhof zu, als Bertram und er den Totengräbern den Rücken kehrten und die beiden Männer wieder ihrer Arbeit überließen: dem von Magdalena. Beim Begräbnis war ihm eine steinerne Bank neben dem Grab aufgefallen. Dort wollte er sich einen Moment ausruhen und seine Gedanken sortieren; das Gespräch mit den Totengräbern hatte ihm viel Stoff zum Nachdenken gegeben.

Zu seiner Überraschung fand er die Bank besetzt. Mit

einer Person, die er als Allerletzte hier zu finden erwartet hatte.

Es war Petrissa, die wie ein Häufchen Elend zusammengesunken auf der Bank saß, bewegungslos, den Blick unverwandt auf Magdalenas Grab gerichtet.

Kurz entschlossen gab Niki Bertram leise zu verstehen, dass er alleine mit der Bademagd reden wollte. Er ließ sich behutsam neben der jungen Frau auf der Bank nieder. Petrissa hob den Kopf und sah ihn kurz an, bevor sie sich ohne ein Zeichen des Erkennens wieder abwandte.

Niki kannte die mollige Bademagd nur als Energiebündel, im Guten wie im Schlechten: Immer war sie laut und voller Temperament. Schweigsam und in sich gekehrt wie in diesem Moment hatte er sie noch nie erlebt.

»Wusstest du, dass ein Priester andersrum als alle anderen Verstorbenen begraben wird?«, fragte er nach einer Weile im Plauderton. »Mit dem Blick auf seine Gemeinde sozusagen?«

Petrissa schwieg.

»Das wird so gemacht, damit er die Toten begrüßen kann, wenn sie am Tag des Jüngsten Gerichts auferstehen, und sie durch die Himmelstür ins Paradies geleiten kann.«

Petrissa schwieg weiterhin.

»Das betrifft mich nicht«, sagte sie nach einer langen Pause. »Mich wird niemand durch die Himmelstür ins Paradies geleiten.«

»Es ist nie zu spät, umzukehren«, sagte Niki. »Kann ich dir irgendwie dabei helfen, Petrissa?«

»Bist du jetzt unter die Pfaffen gegangen, Blondie?«, antwortete die Bademagd, und für einen Moment war ihr Lächeln zurück, ihre Bosheit und das Blitzen in ihren Augen.

»Mir kann niemand mehr helfen«, sagte sie dann, und ihr Lächeln war nur noch eine Erinnerung. »Und zum Umkehren ist es inzwischen zu spät.«

Was kann sie nur getan haben, dass sie sich gar so schlecht fühlt?, fragte sich Niki. *Was weiß ich von Petris-*

sa? Sie hasst ihre Arbeit. Sie würde alles tun, um zu Geld zu kommen und aus ihrem Alltag im Badehaus auszubrechen.

Der Gedanke brachte ihn auf eine Idee.

»Hat es etwas mit Magdalenas Geld zu tun?«, fragte er.

Petrissa sah ihn mit großen Augen an.

»Wenn du es warst, die ihre Ersparnisse genommen hat: Das lässt sich reparieren. Auch ohne dass jemand davon erfährt. Mir geht es ganz und gar nicht um Magdalenas Geld«, sagte er langsam. »Es geht mir einzig und allein darum, ihren Mörder zu finden. Verstehst du, was ich damit sagen will?«

Petrissas verständnisloser Blick verriet ihm, dass sie entweder eine gute Schauspielerin war oder, weitaus wahrscheinlicher: dass er sich geirrt hatte.

»Magdalenas Geld?«, fragte sie. »Was ist mit Magdalenas Geld?«

Gute Arbeit, Sherlock, dachte er. *Vielleicht überlässt du die Eingebungen in Hinkunft besser Bertram.*

»Dann hat es also etwas mit dem Mord zu tun?«, fragte er. »Du hast etwas gehört oder gesehen, nicht wahr?«

Niki sah, wie ein Hauch von roter Farbe in ihre Wangen stieg und sie wieder verließ, als Petrissa den Kopf abwandte und wieder ausdruckslos Magdalenas Grab anstarrte.

»Du solltest mir sagen, was du weißt«, sagte Niki. »Glaubst du nicht, dass du das deiner toten Freundin schuldig bist?«

»Nichts und niemand kann Magdalena zurückbringen«, gab Petrissa leise zurück. »Außerdem waren wir keine Freundinnen. Ich schulde ihr nichts.«

»Dir ist aber schon bewusst, dass du in großer Gefahr schwebst, solange du dieses Wissen mit niemandem teilst?«, sagte Niki nach einer weiteren Pause leise, aber eindringlich. »Ein Mörder, der einmal getötet hat, wird ohne Skrupel ein zweites, ein drittes Mal töten. Mord kann zu einer verdammt schlechten Angewohnheit werden!«

Petrissa erhob sich und baute sich vor Niki auf, ihr Gesicht finster, ihre Augen dunkel.

»Du irrst dich, Blondie«, sagte sie mit gepresster Stimme. »Ich weiß nichts über den Mord. Ich weiß nicht mehr, als ich dir schon gesagt habe.«

Einen Moment lang stand sie noch da und sah auf Niki herab. Dann drehte sich die junge Bademagd um und ging weg, ohne einen Blick zurückzuwerfen.

»Da geht eine sehr unglückliche junge Frau«, sagte Niki zu Bertram, als dieser wieder zu ihm herangetreten war und Petrissas Platz auf der steinernen Bank eingenommen hatte.

»Sie weiß etwas«, sagte Bertram.

»Sie weiß etwas«, bestätigte Niki.

»Aber sie sagt ... es uns nicht.«

»Aber sie sagt es uns nicht.«

»Bist du jetzt neidisch auf Hauptmann ... Roderichs dritten Grad?«

Niki musste lächeln, wurde aber bei der Erinnerung an Mendels gezogene Fingernägel rasch wieder ernst.

»Nein«, sagte er mit Überzeugung. »Ich hab alles getan, was ich konnte: Ich hab an ihr Gewissen appelliert. Ich hab ihr Angst eingejagt. Auf jeden Fall hab ich ihr etwas zum Nachdenken gegeben. Und morgen ist auch noch ein Tag.«

»Aber nicht mehr für Mendel«, gab Bertram zu bedenken.

»Keine Sorge, auf den hab ich nicht vergessen«, bestätigte Niki. »Deshalb hab ich mich noch für eine Audienz beim Bürgermeister angemeldet heute Abend. Wir haben jetzt die Mordwaffe. Es ist nur eine Frage der Zeit, bis sie jemand erkennt und sich mit etwas Glück auch daran erinnert, wer sie gekauft hat. Er *muss* die Hinrichtung aufschieben, bis wir einen Beweis für Mendels Unschuld haben. Er muss einfach!«

»Dein Wort in ... Gottes Ohr«, sagte Bertram. »Und was machst du jetzt?«

»Jetzt treff ich meine ‚Gemahlin' Liesbeth im *Knochen-*

mann, hole meine Laute und geh mit ihr zu der römischen Orgie des Münzmeisters«, antwortete Niki und rollte mit den Augen. »Irgendwann wird irgendwer Engel von dieser Geschichte erzählen, ich tippe mal auf die Zwillinge – und ich bete zu Gott, dass ich in diesem Moment gerade nicht anwesend bin. Wenn Hadmar davon erfährt übrigens auch nicht.«

Er legte Bertram freundschaftlich eine Hand auf die Schulter und erhob sich.

»Aber vorher geh ich noch in die Kirche«, sagte er zum Abschied.

»Willst du um göttlichen … Beistand bitten?«

»Nein. Ich will rausfinden, wie lange es dauert, um vom Glockenturm quer durch die Stadt zum Badehaus zu gelangen, wenn man es eilig hat.«

»Media vita in morte sumus«, sagte Reinhardt der Reiche. »Mitten im Leben sind wir vom Tod umfangen. Morgen kann es schon vorbei sein mit uns, daher lasst uns heute noch feiern! Oder, um unseren weniger förmlichen Wahlspruch zu zitieren: Reden, was wahr ist. Trinken, was klar ist. Vögeln, was da ist!«

Etwa ein halbes Dutzend der Freunde des Münzmeisters lachten, applaudierten und hoben ihre silbernen Pokale auf das Wohl ihres Gastgebers. Als Niki den seinen erhob, bemerkte er erst, dass darauf in durchaus instruktiver Detailverliebtheit ein unanständiges Motiv eingraviert war, das sich auch auf einer griechischen Amphore oder auf einem asiatischen Tempel gut gemacht hätte.

Bei dem vorangegangenen opulenten Mahl, das im Niki und Liesbeth bereits vertrauten Esszimmer stattgefunden hatte, waren noch etwa zwanzig Gäste anwesend gewesen – die meisten davon Ehepaare, viele schon mittleren oder höheren Alters. Hauptdarsteller waren eher die Köche von Reinhardt und Beatrix als die jungen Frauen in Togas, die das Essen und die Getränke servierten – unter ihnen Albina und Petrissa aus dem Badehaus. Auch Bernadette und Jacqueline aus Madame Wilhelmines Dirnenhaus waren dabei.

Gut recherchiert, dachte Niki. *Das ist tatsächlich eine Orgie nach römischem Vorbild und nicht nach griechischem: Eher Dinnerparty als Gruppensex.*

Dem historischen Vorbild getreu ließ der Münzmeister das exquisite Essen mit Kultur begleiten, bestehend aus einer jungen Frau und einem jungen Mann, ebenfalls in Togas gehüllt. Die Frau spielte auf einer Flöte mal fröhliche, mal getragene Melodien, und das nicht einmal schlecht, wie Niki neidlos anerkennen musste. Der Mann deklamierte zeitgenössische Lyrik, von der Niki nur wenig verstand. In seinen inzwischen fast zwei Jahren im Mittelalter hatte er gelernt, die Alltagssprache zu verstehen und sich darin einigermaßen verständlich auszudrücken, aber bei Dichtung geriet er rasch an seine sprachlichen Grenzen.

Niki selbst hatte zur Laute gegriffen und spontan drei Lieder aus seiner Zeit zum Besten gegeben, nachdem Reinhardt ihn seinen Gästen vorgestellt und um ein Beispiel seiner Kunst gebeten hatte. Als Erstes hatte er Ulli Bäers »Schönes Madl« gespielt – vermutlich inspiriert vom Namen von Madame Wilhelmines Hurenhaus. Danach »Da kummt die Sunn« von STS – im Unterbewusstsein wohl immer noch belastet von dem Nebel, der Krems seit Magdalenas Ermordung täglich heimsuchte. Abgeschlossen hatte er mit dem Lied, das ihm an seinem ersten Abend im Mittelalter vielleicht das Leben gerettet hatte: »Es lebe der Zentralfriedhof« von Wolfgang Ambros. Die Gäste verstanden von den Texten wohl ähnlich viel wie Niki zuvor von der höfischen Dichtung des Hochmittelalters, fanden aber sichtlich Gefallen an den fremdländisch anmutenden Texten und den eingängigen Melodien und spendeten am Ende seines kurzen Vortrages freundlichen Beifall.

Am Ende des Festmahles hatte sich der größere Teil der Gäste verabschiedet, darunter alle Frauen bis auf Beatrix und Liesbeth. Reinhardt hatte seine verbliebenen Freunde vom Esszimmer in einen angrenzenden Raum geführt, der wesentlich wohnlicher eingerichtet war und Nikis Vorstellungen vom Schauplatz einer Orgie bedeutend näher kam. Statt des mächtigen Esstisches stand im Zentrum ein niedrigerer Tisch, ähnlich einem Couchtisch, sternförmig umgeben von mit jeder Menge Polstern versehenen Sofas, auf denen die Gäste sich nun verteilten. Im Gegensatz zum Esszimmer hatte dieser Raum keine Fenster; die schummrige Beleuchtung stammte von einem Kaminfeuer und zahlreichen Kerzenständern.

An Speisen wurden nur mehr süße Weintrauben, gesalzene Nüsse und Honigkuchen gereicht, dafür floss der Wein nunmehr ohne Hemmungen. Befreit durch die Dunkelheit und den Alkohol wurde die Stimmung rasch ausgelassen. Die junge Flötenspielerin demonstrierte zum Gaudium ihrer Zuseher, dass sie drei Flöten auf einmal in den Mund nehmen und gleichzeitig auf ihnen spielen konnte. Die Toga tragenden Dienerinnen verteilten sich unter den männlichen Gästen, waren bald in zwanglose Unterhaltungen vertieft, fütterten sie mit Weintrauben, lachten, flirteten und tauschten erste Küsse.

Der Münzmeister flüsterte seiner Gattin etwas ins Ohr. Frau Beatrix erhob sich und trat an das Sofa heran, auf dem Niki und Liesbeth Platz genommen hatten. Liesbeth verstand schneller als Niki, zwinkerte ihrem »Gemahl« ein letztes Mal verschwörerisch zu und stand auf. Niki hielt sie am Stoff ihres Kleides zurück.

»Du sollst ihn nur aushorchen. Aber sonst tust du bitte nichts, was du nicht tun möchtest, ja?«, flüsterte er eindringlich. »Wir suchen hier nach einem Mörder. Wir wollen ihm kein neues Opfer liefern!«

Liesbeth hob eine Augenbraue und schenkte ihm ein anzügliches Lächeln, das selbst dem bravsten Mönch die Schamesröte ins Gesicht getrieben hätte. Dann drehte sie sich um und setzte sich unbefangen neben Reinhardt.

Während Beatrix neben Niki Platz nahm, warf dieser seinem Gastgeber einen verärgerten Blick zu; einen Moment lang fühlte er sich wie ein linkischer Teenager, der bei der Damenwahl im Tanzkurs als Letzter übrigbleibt und dann mit der tantenhaften Tanzlehrerin vorliebnehmen muss.

»Tantenhaft« war tatsächlich das Wort, das Niki beim Anblick von Beatrix als Erstes in den Sinn kam. Ihr Gesicht war schmal, ihr Körper hager und knochig. Niki schätzte seine Gastgeberin selbst im schmeichelhaften Kerzenlicht auf Mitte vierzig, im besten Fall – und damit wohl zumindest zehn Jahre älter als ihren Ehemann. Das Haar unter ihrem aufwendig bestickten Gebände war mit grauen Strähnen durchzogen; Falten auf der Stirn, zwischen den Augenbrauen und rund um Mund und Nase verliehen ihr ein etwas verhärmtes Aussehen, besonders, wenn sie so finster dreinschaute wie in diesem Moment.

»Esst Ihr eigentlich jeden Tag so früh zu Abend?«, fragte er Beatrix, um seine Verlegenheit zu überspielen. »Das Essen ist schon beendet, und draußen dämmert es gerade erst.«

»Reinhardt arbeitet für gewöhnlich bis zur neunten Stunde, also bis zur Mitte des Nachmittages, unten in der Münze«, antwortete Beatrix. »Danach erledigt er seine Wege in der Stadt, und zur Vesper, eine Stunde vor Sonnenuntergang, sitzen wir zusammen zu Tisch.«

»Dann muss ich mich wohl irren«, sagte Niki. »Ich glaubte mich zu erinnern, dass ich ihn am Abend von Allerheiligen im Badehaus gesehen habe, kurz vor dem Abendläuten.«

»Da irrt Ihr Euch tatsächlich«, sagte Beatrix. »An diesem Tag war er zwar im Badehaus, aber das muss am Nachmittag gewesen sein. Das weiß ich deshalb so genau, weil wir beide danach noch auf den Friedhof gegangen sind und geflochtene Allerheiligenstriezel auf die Gräber unserer Verstorbenen gelegt haben. Damit sich die Toten stärken können, wenn sie in der Nacht auf Allerseelen zurückkehren.«

»Ich hätte schwören können, dass ich ihn gesehen habe. Seid Ihr sicher, dass er nicht noch einmal weggegangen ist später?«

»Wir sind gemeinsam nach Hause zurückgekehrt und haben uns wie gewöhnlich zur Vesper zum Abendessen gesetzt. Er hat das Haus nicht mehr verlassen an diesem Abend.«

Und da geht er hin, mein Hauptverdächtiger, dachte Niki betrübt. Wenn das stimmt, was Beatrix da erzählt, dann hat Reinhardt für den Mord an Magdalena ein wasserdichtes Alibi.

Eine Bewegung am Rand seines Blickfeldes erregte seine Aufmerksamkeit. Als er den Kopf drehte, sah er, wie Reinhardt und Liesbeth sich von ihrem Sofa erhoben und Arm in Arm in einem benachbarten Zimmer verschwanden. Liesbeth kicherte über etwas, was der Münzmeister ihr ins Ohr geflüstert hatte, und schien sich überhaupt königlich zu amüsieren.

Dieses Mädchen ist echt kein Kind von Traurigkeit, dachte Niki, halb empört und halb bewundernd. *Meine Warnung hätte ich mir sparen können: Liesbeth weiß genau, was sie tut.*

»Stört es Euch eigentlich gar nicht, wenn Euer Ehemann sich hier vor aller Augen mit anderen Frauen vergnügt?«, fragte er Frau Beatrix.

»Nein«, gab diese lachend zur Antwort. »Frauen haben Reinhardt schon immer angezogen, genau wie er die Frauen. Es ist mir lieber, das spielt sich alles hier ab, als er geht heimlich ins Badehaus oder gar in dieses neue Hurenhaus am Pfarrplatz. Von mir aus kann er mit den Mädchen machen, was er will. Nur Liebe ist nicht Teil der Vereinbarung.«

Beatrix' Züge wurden weich, ihre Stimme sanft.

»Worte können nicht beschreiben, was ich gefühlt habe, als ich Reinhardt zum ersten Mal begegnet bin«, sagte sie träumerisch. »Als ich ihn sah, schien alles andere rund um uns kleiner zu werden, die übrigen Menschen regelrecht zu verblassen. Ich wusste vom ersten Moment an, dass ich ihn wollte – und nur ihn. Ich war für ihn bestimmt so wie er für mich. Wir hatten uns gefunden und wussten beide, dass wir für immer zusammen sein würden.«

Beatrix sprach weiter, aber Nikis Gedanken schweiften ab, zurück zu dem Tag, an dem er Engeltrud zum ersten Mal begegnet war: Sie und ihr Bruder Bertram hatten ihn vor dem Stadttor von Dürnstein aufgelesen, am Epiphaniastag, dem 6. Jänner 1193, einen seltsam gekleideten, verletzten und verwirrt nach seinem »Auto« suchenden jungen Mann. Niki lächelte unwillkürlich bei der Erinnerung.

Besser als Beatrix kann man es eigentlich nicht ausdrücken, dachte er. *Auch ich hab vom ersten Moment an gewusst, dass es Engel ist, die ich von da an und für alle Zeit lieben werde. Was auch immer passiert. Egal, ob sie meine Gefühle erwidert oder nicht.*

Nikis Gedanken kehrten in die Gegenwart zurück, als Beatrix ihm den Anhänger vor die Augen hielt, den sie an einer dünnen silbernen Kette um den Hals trug. Es war die Hälfte eines unregelmäßig in zwei Teile zerschnittenen Silberpfennigs.

»Diese halbe Münze hat nur ein passendes Gegenstück auf der ganzen Welt«, sagte sie. »Mein Gemahl trägt es um den Hals. So, wie nur diese beiden Hälften der Münzen zusammenpassen, passen nur Reinhardt und ich zusammen.«

Niki warf Beatrix einen Seitenblick zu. Vielleicht war es nur eine Täuschung durch die flackernden Kerzen, aber für einen Moment glaubte er keine Frau in mittleren Jahren neben sich, sondern ein verliebtes junges Mädchen, die Wangen gerötet vom Gedanken an seinen Liebsten. Das romantische Bild berührte sein Herz. Er legte Beatrix einen Arm um die Schultern und schenkte ihr ein gerührtes Lächeln.

Beatrix missverstand Umarmung und Lächeln offensichtlich als Aufforderung und legte ihm sanft und wie selbstverständlich ihre Hand zwischen die Beine.

»Gott, alle anderen haben schon Spaß aneinander und ich langweile Euch mit meinen sentimentalen Geschichten. Wollen wir?«

Niki bemerkte zu seiner eigenen Überraschung, dass erregende Hitze in ihm aufstieg. Er war sich nicht sicher, ob das dem sanften Streicheln von Beatrix' langen, schlanken Fingern geschuldet war oder eher dem Anblick der anderen Paare, die sich inzwischen in unterschiedlichen Stadien dem Liebesspiel hingaben. Manche waren für Niki nur schemenhaft erkennbar: Schatten, die sich in dunklen Ecken wie ein einziger Körper bewegten. Andere ließen ihrer Lust ungeniert im Kerzenschein ihren Lauf.

Bernadette zwinkerte Niki von einem benachbarten Sofa komplizenhaft zu, als sie seinen Blick bemerkte. Sie saß rittlings auf dem Schoß eines älteren Kaufmannes, der durch den Salzhandel reich geworden war; ihre ausladenden Hüften rollten sanft vor und zurück, ihre schweren Brüste wogten im Takt dazu hin und her. Jacqueline, schlank, aufrecht und schön wie eine Lilie, kniete zwischen den weit geöffneten Beinen des breitschultrigen Schmieds und beschäftigte sich offensichtlich gewissenhaft mit dessen bestem Stück. Niki konnte von hinten nur das konzentrierte Auf und Ab ihres Kopfes erkennen; ihr kleiner runder Po bewegte sich im selben Rhythmus sanft auf und nieder. Die Gespräche waren zum Erliegen gekommen, nur Seufzen und leises Stöhnen lagen noch in der Luft.

Auch Beatrix bemerkte Nikis wachsende Erregung und schenkte ihm ein anerkennendes Lächeln. Mit flinken Fingern begann sie, seine Gürtelschnalle zu öffnen. Jetzt stieg die Hitze auch in sein Gesicht.

»Ich … ich glaube nicht, dass ich …«, stotterte er. »Gott, ist es schon so spät? Ich hab ganz auf meinen Termin beim Bürgermeister vergessen. Ich sollte schon lange … Ich fürchte, ich muss jetzt wirklich …«

In diesem Moment zerschnitt ein scharfes Klatschen die Stille, ein Geräusch wie von einer Peitsche auf nackter Haut. Zwei Stimmen wurden laut – eine männliche, eine weibliche. Eine voller Schmerz, eine voller Wut. Und dazwischen immer wieder dieses Klatschen.

»Verdammt, das ist Liesbeth«, rief Niki. Er stieß Beatrix unsanft von sich und sprang auf.

»Was zum Teufel macht dieses Monster mit ihr?«

Das Erste, was Niki sah, als er wutentbrannt in das von ein paar Kerzen nur notdürftig erhellte Schlafzimmer des Münzmeisters stürmte, waren zwei schemenhafte Figuren auf einem Himmelbett von enormen Dimensionen: eine mit ausgebreiteten Armen hilflos lang hingestreckt, die andere auf ihr knieend und wieder und wieder auf sie einschlagend.

Spiegel aus geschliffenen Metallplatten vervielfältigten das schreckliche Bild und verwirrten Nikis Sinne, genau wie das Halbdunkel seine Augen. Sein Schritt stockte, und er blieb schließlich stehen.

Ein paar lange Momente vergingen, in denen Niki nur die zwei großen, überraschten Augenpaare auffielen, die ihm entgegenblickten.

Dann erst erkannte er, dass es Reinhardt war, der auf dem Bauch quer über sein Bett ausgestreckt lag.

Und Liesbeth, die ohne einen Faden am Leib über ihm kniete, eine Reitgerte schon zum nächsten Schlag erhoben.

»Was ist denn los?«, fragte Liesbeth. »Gehen wir schon? Wir haben doch noch gar nicht richtig angefangen!«

»Nennt mir einen Namen!«, rief Niki so laut, dass Bruder Franziskus seinen totenkopfartigen weißen Schädel überrascht aus der Küche der Taverne *Zum Knochenmann* steckte.

»*Nennt mir einen Namen!*, hat er verlangt, der Bürgermeister!«, wiederholte er wütend, ohne dabei sein gehetztes Auf- und Abschreiten durch den Gastraum zu unterbrechen, der weit nach der Sperrstunde leer und verlassen war – mit Ausnahme der greisen Bademagd Mariann, die auf ihrem Platz auf der Ofenbank vor sich hin döste. Niki hatte sie alle heimgeschickt, seine Freunde und Helfer, nachdem er ihnen wie immer so detailliert und wortgetreu wie möglich von seinem Tag erzählt hatte, endend mit dem etwas überstürzten Aufbruch von der Feier des Münzmeisters und seiner anschließenden Audienz beim Bürgermeister. Seine Freunde konnten ihm nicht mehr helfen. Niemand konnte ihm mehr helfen. Die »Bande aus der Baker Street« war geschlagen.

Niki raufte sich noch ein letztes Mal seine blonden Locken, bevor er sich an dem Tisch ganz hinten in der Gaststube niederließ, der seit dem Mord am Magdalena quasi zum Hauptquartier der Ermittler geworden war.

»Er hat gesagt, dass ich ihm einen Namen nennen muss, damit er die betreffende Person verhaften, in den Kerker werfen und der peinlichen Befragung unterziehen kann«, sagte er dann in ruhigerem Ton zu Bruder Franziskus, der immer noch in der Tür zur Küche stand und ihn fragend ansah. »Einen einzigen Namen!«

»Und? Was habt Ihr ihm geantwortet?«, fragte er.

»Dass ich mindestens ein halbes Dutzend Verdächtige

habe, von denen jeder Einzelne mehr Grund hat, Magdalena umzubringen, als der unselige Mendel, der im Kerker grad die letzte Nacht seines Lebens verbringt«, gab Niki bitter zurück. »Dass Bertram und ich und unsere Freunde mehr Zeit brauchen, um Fragen zu stellen, Informationen zu sammeln, Zeugen zu finden. Um herauszufinden, wem die Mordwaffe gehört.«

»Lasst mich raten: Er hat abgelehnt.«

»Natürlich hat er abgelehnt. Aber was hätte ich tun können? Ihm auf gut Glück ein anderes Opfer ausliefern, das Mendels Platz am Galgen einnimmt? Nach dem dritten Grad der Befragung gesteht bekanntlich jeder, nicht wahr?«

»Wenn Ihr glaubt, dass es Reinhardt der Reiche war, dann nennt dem Bürgermeister doch seinen Namen«, schlug Franziskus vor. »Soll Hauptmann Roderich sein Glück doch beim Münzmeister versuchen!«

»Glauben heißt nichts wissen«, gab Niki zurück. »Dass ich ihn nicht ausstehen kann, macht ihn noch nicht zu einem Mörder. Außerdem sagt seine Frau, dass er zu Allerheiligen beim Abendläuten mit ihr daheim zu Tisch gesessen ist. Wir haben nichts in der Hand gegen Reinhardt. Gar nichts!«

Mit gerunzelter Stirn betrachtete er einen Moment lang Mendels Schachbrett, das immer noch auf dem Tisch lag, zusammen mit einem Häufchen aus durcheinandergefallenen weißen und schwarzen Spielfiguren. Dann griff er vorsichtig nach der weißen Königin und legte sie langsam, fast zärtlich in die Mitte des Schachbretts.

»Das ist Magdalena«, sagte Niki. *Groß, schlank, blond und schön wie ein Wintertag. Isengrims Opfer.*

»Das sind Bertram, ich und unsere Freunde«, sagte er und stellte einen weißen Turm, einen weißen Ritter und vier weiße Bauern in einem Halbkreis um die Königin. »Und jetzt noch die Verdächtigen!«

Er griff nach einem schwarzen Turm und stellte ihn auf das Schachbrett hinter die weiße Dame.

»Am liebsten hätte ich dem Bürgermeister Hauptmann Roderich genannt. Mit dem hab ich ohnehin noch eine Rechnung offen«, sagte er nachdenklich. »Mit der raschen Verhaftung des alten Juden hat er seiner Karriere einen guten Dienst erwiesen. Und das, obwohl er wissen muss, dass er den falschen Mann hängen lassen will. Wieso gerade Mendel, das würde ich wirklich gerne wissen …«

Nikis Hand verharrte kurz über dem kleinen Berg an Schachfiguren, bevor er schließlich einen schwarzen Bauern wählte.

»Wolfram der Bader wäre auch ein Kandidat«, sagte Niki nachdenklich, während er die kleine Spielfigur sorgfältig auf dem Schachbrett platzierte. »Wenn Magdalena tatsächlich vorhatte, das Badehaus zu verlassen, wäre das ein schwerer Schlag für ihn gewesen. Und das, nachdem ihm Engel schon abgesprungen ist, um mit uns nach Konstantinopel zu reisen. Wo käme er hin, wenn seine Mägde nach Lust und Laune kommen und gehen, wie es ihnen beliebt? Das kann er niemals zulassen. Unter keinen Umständen.«

Niki wählte eine weitere schwarze Spielfigur; erneut war es ein Bauer.

»Thomas der Badeknecht, der verschmähte Liebhaber«, fuhr er fort, inzwischen mehr zu sich selbst als zu Bruder Franziskus, während er den Bauern dem Halbkreis von schwarzen Figuren um die gefallene weiße Königin hinzufügte. »Oder doch Madame Wilhelmine, die Hurenmutter mit der gespaltenen Persönlichkeit?« Niki griff nach der schwarzen Königin und stellte sie zu den anderen schwarzen Figuren. »Hat sie Magdalena ein Angebot gemacht, das sie nicht ablehnen konnte, und Magdalena hat es doch getan? Als Mini kann sie keiner Fliege etwas zuleide tun, aber als Heli trau ich ihr alles zu!«

Die nächste Figur in Nikis Hand war ein schwarzer Läufer.

»Vater Sebastian, der auf seinem heiligen Kreuzzug zur Rettung des Seelenheils der Bademägde auf Massagen mit

Happy End steht?« Niki bewunderte die geschnitzte Bischofsmütze, während er die Figur dem größer werdenden Halbkreis der Verdächtigen hinzugesellte.

»Oder vielleicht doch Reinhardt der Reiche? Der ausgebildete Ritter mit der Schwäche für schöne Frauen, der sich seinen sprichwörtlichen Reichtum selber prägt?«, sagte Niki, während er einen schwarzen Ritter auswählte, um den Münzmeister auf dem Schachbrett zu repräsentieren.

Er wollte sich schon zufrieden zurücklehnen, als ihm noch eine Idee kam. Niki griff nach dem schwarzen König und vervollständigte mit ihm den inzwischen bedrohlich großen Halbkreis der Verdächtigen.

»Zuletzt noch unser Herr Bürgermeister«, sagte er. »Der Mord könnte ihn am Weihnachtstag seine Wiederwahl kosten. Andererseits: Wenn Eduard derjenige ist, der Krems ein für alle Mal vom legendären Frauenmörder Isengrim befreit, wird er selber zur Legende und kann vermutlich als Bürgermeister in Pension gehen.«

Er hat im Badehaus noch nie ein Wort mit Magdalena gewechselt, dachte er mit einem bitteren Lächeln. *Nach der Logik aller Kriminalromane, die ich jemals gelesen habe, müsste er eigentlich der Verdächtige Nummer eins sein.*

Niki lehnte sich zurück und betrachtete sein Werk.

Sieben schwarze Figuren, dachte er. *Wer von ihnen hat die weiße Königin auf dem Gewissen?*

Einer Eingebung folgend griff Niki ein letztes Mal in das kleiner gewordene Häufchen der unbenutzten Schachfiguren, nahm einen weißen Läufer zur Hand und stellte ihn direkt neben die Königin.

»Und wer ist das?«, fragte Bruder Franziskus.

»Das ist Mendel der Schachspieler«, sagte Niki tonlos.

Franziskus legte ihm tröstend eine Hand auf die Schulter. Einen Moment lang sah er Niki von der Seite an. Da dieser jedoch keine Anstalten machte, die längst geschlossene Taverne zu verlassen, zuckte er nur mit den Schultern und ließ

Niki mit Mariann alleine im dunkel werdenden Gastraum zurück.

Niki bemerkte nichts von alledem. Er war mit seinen Gedanken bei Mendel in seiner Kerkerzelle, Tränen des Zorns und der Ohnmacht in den Augen.

Er griff nach seiner Laute, ließ die Finger über die Saiten gleiten, holte sich Trost in der Musik. Fast ohne sein Zutun schlug er ein paar vertraute Akkorde an, fand in seiner Erinnerung eine Melodie. Und einen Text.

»Es is vorbei, ollas vorbei«, sang er leise. »Er is allan, gaunz allan. Er söba is jetzt sei größter Gegner, und söba tuat si neam'd gern weh. Oba jetzt muass er, weil er waaß net: Wie heat des auf, wie wird des weidageh'n …«

Das Feuer im Kamin war längst heruntergebrannt. Im sterbenden Licht der letzten verbliebenen Kerze legte Niki seine Laute beiseite, griff noch einmal nach dem Schachbrett.

Und legte mit Tränen in den Augen den weißen Läufer um.

Der sechste Tag: Mord ist eine schlechte Angewohnheit

Montag, 7. November 1194

Niki hatte nicht damit gerechnet, dass es so lange dauern würde.

Er hatte irgendwo einmal gelesen, dass bei den meisten Opfern von Hinrichtungen durch Erhängen der Tod rasch und gnädig durch Genickbruch eintritt.

Mendel der Schachspieler starb definitiv nicht rasch und gnädig.

Das Schlimmste war, dass der alte Jude ihn die ganze Zeit vorwurfsvoll anzusehen schien, während sich das an seinem Hals verknotete Hanfseil langsam straffte. Im Gleichklang damit, wie die beiden Henkersknechte das Pferd, auf dem er saß, von der alten Eiche wegführten, an der auf der Richtstätte oben auf dem Galgenberg die Verurteilten aufgeknüpft wurden.

Niki zwang sich dazu, den Blick nicht abzuwenden: Zumindest diese letzte Ehre war er dem alten Mann schuldig, wenn er schon daran gescheitert war, seine Unschuld zu beweisen.

Während Mendel am Strick zuckte und mit hinter dem Rücken zusammengebundenen Händen um seine letzten Atemzüge kämpfte, schienen ihm die Haare auszufallen, die Augen in ihre Höhlen zu versinken, sein Schädel blasser und blasser zu werden, bis es aussah, als würde ein kalkweißer Totenkopf auf Niki herunterstarren.

»Nikolaus! Nikolaus! Wacht endlich auf, in drei Teufels Namen!«

Niki riss die Augen auf und sah den bleichen, haarlosen Schädel von Bruder Franziskus auf ihn herunterschauen, dessen Umrisse nur von einer einzelnen Kerze erhellt waren, die der Benediktiner in der Hand hielt. Mit der anderen schüttelte er ausdauernd Nikis Schulter.

»Was … was ist los?«, murmelte Niki, für einen Moment noch orientierungslos im Niemandsland zwischen Wachen und Träumen. »Ist er tot? Ist er endlich tot?«

»Es ist noch Nacht draußen. Die Dämmerung bricht gerade erst an.«

»Warum weckt Ihr mich dann, Franziskus?«, brummte Niki schlaftrunken. »Ich hab Euch doch gesagt, dass ich nicht zu der Hinrichtung gehe!«

»Wenn ich mich nicht sehr irre, wird heute keine Hinrichtung stattfinden.«

»Was sagt Ihr da?«

Jetzt war Niki endgültig wach.

»Es hat einen weiteren Mord gegeben. Wieder eine Bademagd. Man hat sie eben erst gefunden, unten am Höllentor. Und dieses Mal kann der Jude schwerlich der Mörder sein, nicht wahr?«

»Alle weg von hier!«, schrie Niki schon von Weitem die versammelten Nachtwächter an, die im ersten Licht des Morgens in einer kleinen Gruppe rund um die Pferdetränke am Höllentor zusammenstanden, die Blicke betreten zu Boden gerichtet.

»Ja, alle!«, fuhr er sie an, als sie überrascht zu ihm aufsahen. »Ihr auch! Ohne Ausnahmen! Und schafft die verdammten Leute weg! Lasst alles so liegen und stehen, wie es ist! Niemand berührt hier irgendwas!«

Niki stürmte auf die Pferdetränke zu wie ein biblischer Racheengel, mit Feuer in den Augen statt mit einem Flammenschwert und einem Speer bewaffnet. Er rempelte sich zwischen zwei der hastig zurückweichenden Wächter durch und sah auf die hölzerne Wanne hinunter, in der tagsüber die in den Stallungen am Höllentor eingestellten Pferde getränkt wurden.

Petrissas weit aufgerissene Augen starrten blicklos in den heller werdenden Morgenhimmel. Sie lag im Wasser wie in einer etwas zu kleinen Badewanne: Ihre Arme baumelten links und rechts über den Rand; ihre nackten Beine hingen auf der anderen Seite aus der Tränke, ohne den Boden zu berühren. Ihr Hals war von einem Ohr zum anderen durchschnitten.

Als Niki sah, was zwischen Kopf und Beinen alles im schwarzen Wasser der Pferdetränke trieb, wandte er sich ab, machte ein paar Schritte zu Seite und übergab sich geräuschvoll in ein Gebüsch.

Ohne ein weiteres Wort drehte er sich weg, weg von dem Albtraum, weg von all dem blutigen Wasser und seinem schrecklichen Inhalt. Die ersten paar Schritte in Richtung Höllentor wankte er noch wie ein Betrunkener, unsicher auf den Beinen. Nachdem er das soeben für den Tag geöffnete

Stadttor passiert hatte, wurden seine Schritte sicherer und schneller: Er hatte nun ein Ziel.

Am Ufer der Donau angekommen sank er auf die Knie in den kalten Kies, bemerkte nicht, wie das schlammige Wasser in seine Stiefel rann und seine Hose durchnässte.

Dann schrie er. So laut er nur konnte.

Es waren keine Worte. Niki brüllte einfach nur all seine Wut, all seine Frustration, all seine Emotionen auf den großen Fluss hinaus, bis ihm die Luft ausging. Dann kniete er eine Weile da im eisigkalten Wasser und starrte ausdruckslos auf die Wellen hinaus.

Irgendwann beugte er sich vor, schöpfte eine Handvoll Wasser aus dem Fluss und spülte sich damit den bitteren Geschmack des Erbrochenen aus dem Mund. Eine zweite Handvoll Wasser landete in seinem Gesicht.

Dann war er bereit für den Rückweg.

»Sinnlos! Es ist so verdammt *sinnlos*«, sagte Niki kopfschüttelnd zu Bruno. »Das hätte *echt* nicht sein müssen. Ich hab ihr noch *gesagt*, dass sie gefährlich lebt, wenn sie etwas über den Mord an Magdalena weiß. Jemand, der einmal gemordet hat, wird vor einem zweiten Mord nicht mehr zurückschrecken. Gott, was für eine Verschwendung!«

Nach Nikis unzeremoniellem Abgang hatte Bruno das Kommando übernommen und die Pferdetränke so gut wie möglich abgeriegelt. Angehörige der Stadtwache bildeten einen großen Kreis und hinderten die inzwischen zahlreichen Schaulustigen daran, in ihrer Neugier näherzutreten und den Tatort zu zertrampeln.

»Wer hat sie gefunden?«, fragte Niki, während er ohne Rücksicht auf seine ohnehin schon durchnässte Hose auf allen vieren den schlammigen Boden rund um die Tränke untersuchte.

»Einer der Nachtwächter, als ihn seine Runde hierher zum Höllentor führte«, antwortete Bruno. »Er war es auch, der mit seinem Horn Alarm geschlagen hat.«

»Runde? Heißt das, er ist im Laufe der Nacht schon öfter an dieser Stelle vorbeigekommen?«

»Klar. Jeder Wächter patrouilliert auf einer eigenen Strecke, die er während der Nacht mehrmals abschreitet. Jede Runde überschneidet sich mit den Strecken der anderen Wächter, sodass sich die Männer zu festgelegten Zeiten an festgelegten Punkten treffen. Um sich über Vorkommnisse auszutauschen. Um ein paar freundliche Worte zu wechseln. Und natürlich um sicherzustellen, dass keiner von ihnen stattdessen in einer Schenke einkehrt oder zum Schlafen nach Hause geht.«

»Wann war er zum letzten Mal da, bevor er Petrissa entdeckt hat?«

»Jede Runde dauert in etwa eine Stunde.«

»Dann hatte der Mörder also eine Stunde Zeit, um sich hier mit Petrissa zu treffen und sie zu töten. Das hilft uns auch nicht weiter«, sagte Niki nachdenklich. »Wie kann es sein, dass der diensthabende Mann im Wachhaus vom Höllentor gleich nebenan nichts gehört oder gesehen hat?«

»Wenn nicht gerade jemand ans Tor hämmert, weil er aus der Stadt hinaus oder in die Stadt hinein will, verbringen die Wächter die Nacht in ihrem kleinen Wachzimmer. Bei geschlossener Türe – es ist auch so schon kalt genug. Unter uns gesagt: Nach Mitternacht, wenn niemand mehr kommt, fallen den meisten im Sitzen ein wenig die Augen zu.«

»Und was ist mit den Kameraden, die heute Nachtdienst hatten?«, fragte Niki.

»Sind alle hier zusammengelaufen, als das Horn erklang«, antwortete Bruno und deutete mit einer ausholenden Handbewegung auf den Kreis der Wächter. »Niemandem ist irgendetwas Besonderes aufgefallen. Spätestens ab Mitternacht lag ganz Krems in tiefem Schlaf.«

Ganz Krems bis auf Petrissa, dachte Niki. *Und natürlich ihren Mörder.*

»Wonach suchst du eigentlich da unten auf dem Boden?«, fragte Bruno neugierig.

»Nach Spuren«, knurrte Niki. »Rund um die Pferdetränke ist der Boden immer feucht und weich, auch wenn es nicht geregnet hat. Eigentlich müsste man hier Fußspuren finden können. Zumindest die vom Mörder, falls er Petrissa getragen hat.«

»Und?«

»Was weiß ich?«, brauste Niki auf. »Bin ich ein Fährtenleser? Hier gibt es jede Menge Fußspuren: größere, kleinere, wild durcheinander. Der einzige wirklich brauchbare Abdruck ist dieser hier.«

Niki kam wieder auf die Beine, streckte seinen schmerzenden Rücken und zeigte auf einen deutlich erkennbaren Abdruck im Schlamm.

»Kannst du mir Pergament und Kohle besorgen, damit ich das Profil abzeichnen kann? Vielleicht ist das ja ein Hinweis auf unseren Mörder!«

»Das kannst du dir sparen, Blondie«, sagte Bruno, zog eine Grimasse und hob einen seiner Stiefel, so dass Niki die Sohle sehen konnte. »Wächterstiefel schwer – die Winterausführung. Wir tragen alle den gleichen. Das ist einer von unseren.«

Niki erinnerte sich daran, wie Bertram und er bei der Angelobung als Stadtwächter das klobige und schwere Schuhwerk ausgeschlagen hatten, und fluchte.

Sherlock Holmes passiert so etwas nie, dachte er niedergeschlagen.

»Ich geh zurück in den *Knochenmann* und esse noch einen Happen, bevor Bertram, Liesbeth und die Zwillinge auftauchen. Wir können hier nichts mehr ausrichten«, sagte er. »Sieh zu, dass du sie von hier wegbringst. In einer halben Stunde steht sonst halb Krems rund um diese verdammte Pferdetränke. Ich nehme an, du untersuchst sie auf die gleiche Weise wie Magdalena letztens?«

»Außer mir wird's niemand machen«, sagte Bruno mit einem bitteren Lächeln. »Kommst du mit und leistest mir Gesellschaft?«

Ein kalter Schauer lief über Nikis Rücken allein bei der Erinnerung an die Obduktion von Magdalenas Leichnam.

»Danke für das Angebot«, sagte er schwach. »Das überlasse ich dir. Du hast mein vollstes Vertrauen!«

Niki warf noch einen letzten Blick auf Petrissa und schauderte beim Gedanken an Brunos undankbare Aufgabe. Er hatte sich bereits zur Hälfte abgewendet, als eine Kleinigkeit – wahrgenommen nur aus den Augenwinkeln – seine Aufmerksamkeit erregte. Niki dreht sich zurück und sah genauer hin.

Nein, er hatte sich nicht getäuscht: Petrissas rechte Hand, bereits blau angelaufen im Vergleich zu der Blässe ihres Arms, hing wie auf der anderen Seite ihre linke leblos über den Rand der Pferdetränke. Im Gegensatz zur linken war die rechte aber zu einer Faust geballt.

Hat sie da was in der Hand?, dachte Niki. *Vielleicht hat sie ihrem Mörder ja etwas entrissen, das uns einen Hinweis auf seine Person gibt?*

Kurz überlegte er, Bruno darum zu bitten, nachzusehen. Dann gab er sich aber einen Ruck, trat auf den Leichnam zu und öffnete vorsichtig die Finger der unglückseligen Bademagd.

Den Weg vom *Knochenmann* zum Höllentor hatte Niki am frühen Morgen im Laufschritt zurückgelegt; den Weg zurück schaffte er in der halben Zeit.

Die Taverne war um diese Uhrzeit noch nicht geöffnet, Bruder Franziskus hatte das Tor jedoch hinter ihm nicht mehr versperrt. Niki stieß es so heftig auf, dass es mit einem mächtigen Knall gegen die Wand an der Innenseite krachte. Die alte Mariann fuhr aus ihrem Schlaf auf und schaute sich erschrocken und verwirrt um.

Ohne sie eines Blickes zu würdigen, stürmte Niki quer durch den Gastraum, hin zu »seinem« Tisch ganz am Ende. Ungläubig wühlte er in dem Häufchen der übriggebliebenen Schachfiguren, die er in der Nacht zuvor nicht auf dem Spielbrett aufgebaut hatte. Hektisch zählte er die Figuren. Einmal, zweimal, ein drittes Mal. Dann suchte er den Boden ab – erst unter dem Tisch, dann in der näheren Umgebung.

Irgendwann gab er auf, ließ sich schwer auf seine Bank fallen und starrte lange und ungläubig auf das Schachbrett.

Bloody hell, dachte er. *Da fehlen drei weiße Bauern.*

Langsam, fast wie in Zeitlupe, öffnete er seine Hand, sah auf die Spielfigur darin hinunter und stellte sie dann vorsichtig zu den anderen.

Und diesen hier hat bis vor fünf Minuten noch Petrissa in der Hand gehabt.

»Bruno hat das Schachspiel vorgestern am Abend hierher in die Taverne gebracht. Da waren noch alle Figuren vollständig. Der Mörder muss sie irgendwann im Laufe des gestrigen Tages gestohlen haben«, sagte Niki aufgebracht. »Könnt

Ihr Euch noch erinnern, wer gestern aller hier war, Bruder Franziskus?«

»Das ist eine Taverne, Nikolaus«, gab Franziskus nicht minder aufgebracht zurück. »Wie stellt Ihr Euch das vor? Hier gehen den lieben langen Tag alle möglichen Leute aus und ein. Und am Abend noch viel mehr.«

Die »Bande aus der Baker Street« war wieder vollzählig versammelt: Bertram, Liesbeth und ihre Brüder waren eingetroffen, hatten mit großen Augen Brunos Schilderung vom Auffinden von Petrissas Leiche gelauscht und zuletzt Nikis fast unglaublicher Geschichte über die verschwundenen Schachfiguren.

»Ja, aber zumindest die Verdächtigen«, beharrte Niki. »War der Bürgermeister da, der Münzmeister, der Bader, der Pfarrer? Madame Wilhelmine? Hauptmann Roderich? Thomas der Badeknecht?«

»Bürgermeister Eduard und Reinhardt der Reiche sind Stammgäste«, antwortete Franziskus geduldig. »Hauptmann Roderich ist Stammgast in jeder Taverne von Krems. Vater Sebastian schaut gelegentlich auf einen Becher Wein vorbei. Wolfram und Thomas genauso, das Badehaus liegt ja gleich um die Ecke. Ich kann von keinem beschwören, dass er gestern *nicht* da war.«

»Ihr habt Madame ... Wilhelmine vergessen«, sagte Bertram.

»Die war mit Sicherheit nicht da, die hätte ich mir gemerkt«, sagte Franziskus mit Bestimmtheit.

Niki atmete auf und wollte gerade wenigstens die Frauenwirtin vom Hurenhaus von seiner gedanklichen Liste streichen, als der Benediktiner weitersprach.

»Aber ihr Leibwächter war, glaub ich, gestern einen Sprung hier«, fügte er hinzu.

»Der mit der Augenbraue?«, fragte Niki.

»Der mit der Augenbraue.«

Verdammter Mist, dachte Niki.

»Wer zum Teufel hat sie genommen?«, fragte er laut. »Und warum? Was hat er sich dabei gedacht? Warum ausgerechnet drei? War das Zufall oder Absicht? Was will er mit den restlichen zwei Bauern? Vorschläge, irgendjemand?«

»Wohl kaum, um Mendel den Wuch…, ähm, den Schachspieler zu belasten«, sagte Gottfried nachdenklich. »Der sitzt seit einer Woche hinter Schloss und Riegel im Kerker.«

»Nicht mehr«, sagte Bruno mit einem kleinen Lächeln. »Der Bürgermeister hat ihn bereits nach Hause geschickt. Gleich als Erstes heute Morgen.«

»Vielleicht will er ja bewusst ein Zeichen hinterlassen«, sagte Gerwald. »Jedem Mord sozusagen sein persönliches Siegel aufdrücken.«

»Das ist sehr zuvorkommend. Wär aber echt nicht nötig gewesen«, brummte Niki. »Auf die Idee, dass Petrissa vom selben Täter ermordet worden ist wie Magdalena, wären wir auch so gekommen. Ich nehme an, die Wunden bestätigen das?«

»Auf den ersten Blick schon«, gab Bruno zurück. »Kann ich dir in ein paar Stunden genau sagen. Ich mach mich dann gleich an die Arbeit.«

»Vielleicht will er uns damit herausfordern?«, sagte Liesbeth. »Uns beweisen, dass er alleine klüger ist als wir alle zusammen? Das würde auf einen Mann hindeuten. Männer sind viel eitler als Frauen!«

Liesbeths Behauptung blieb nicht unwidersprochen; ihre Brüder stürzten sich in eine eifrige Diskussion mit ihr darüber, wer von den drei Geschwistern der Sünde der Eitelkeit am stärksten anhängen würde.

»Vielleicht hat er noch zwei … weitere Morde geplant«, sagte Bertram mitten in das Stimmengewirr hinein.

Schlagartig wurde es still. Niki lief ein kalter Schauer über den Rücken.

»Geh bitte, Bulle«, sagte er und rollte mit den Augen. »Mal den Teufel nicht an die Wand!«

»Abgesehen von den Schachfiguren: Welche Fragen sind sonst noch unbeantwortet?«, fragte Bruno.

»Ich würde zum Beispiel immer noch gerne wissen, wo Magdalena den weißen Silberpfennig herhatte, den man bei ihr gefunden hat«, antwortete Niki. »Der Pfennig ist aus glänzendem Silber, sieht aus wie gerade erst geschlagen. Silber verfärbt sich rasch an der Luft, deshalb sind unsere Pfennige hier alle schwarz und unansehnlich. Wenn ihr mich fragt: Den kann sie nur vom Münzmeister bekommen haben. Die Frage ist, nur, wofür.«

»Als Trinkgeld für geleistete Dienste?«, grinste Gottfried.

»Einen ganzen Silberpfennig als Trinkgeld?«, sagte Liesbeth und riss theatralisch die Augen auf. »Das erscheint mir mehr als großzügig. Wir hätten nicht so überstürzt aufbrechen sollen gestern Abend, *Liebster!*«

»Sie hatte die Münze in ihrer Geldkatze am Gürtel und nicht bei ihren Ersparnissen«, sagte Niki, ohne Liesbeths anzügliches Lächeln zu erwidern. »Sie hat den Pfennig wohl erst am Tag ihrer Ermordung erhalten – sonst hätte sie ihn nicht mit sich herumgetragen.«

»Vielleicht hat sie den Münzmeister ja erpresst?«, schlug Gerwald vor. »Er hat sie für ihr Schweigen bezahlt, und dann hat er sie umgebracht?«

»Da wird kein Schuh daraus, Gerwald«, sagte Bruno nachdenklich. »Entweder hat er sie bezahlt, oder er hat sie umgebracht. Aber schwerlich beides.«

»Weil wir gerade von … Geld reden«, sagte Bertram. »Magdalenas Ersparnisse. Wo sind die … abgeblieben?«

»Ich dachte, Petrissa hätte sie genommen«, sagte Niki. »Als ich sie am Friedhof darauf angesprochen habe, hat sie aber völlig überrascht gewirkt. Entweder sie ist … sie *war* eine wirklich gute Schauspielerin, oder wir müssen anderswo danach Ausschau halten.«

»Glaubst du, dass sie wegen ihres … Geldes ermordet wurde?«

Niki zuckte mit den Schultern.

»Es sind schon Leute wegen ein paar läppischer Münzen in ihrer Geldbörse umgebracht worden«, sagte er. »Ich wüsste zu gerne, wo das Geld abgeblieben ist. Und ich würde zu gerne dem Dieb ein paar unangenehme Fragen stellen.«

»Ich glaube ja, dass Thomas uns entscheidend weiterhelfen könnte, wenn er nur wollte«, sagte Liesbeth. »Eurer Erzählung nach muss sein Streit mit Magdalena heftig gewesen sein. Die Schöne und das Biest, die gefeierte Bademagd und der schielende Knecht. Thomas ist ein ganz ein Ruhiger – die Sorte Mann, die alles in sich hineinfrisst und dann irgendwann, wenn der Druck zu groß wird, von einem Moment zum anderen völlig die Fassung verliert. Ich kann mir schon vorstellen, dass es da *wirklich* laut geworden ist im Hinterhof vom Badehaus.«

»Zugegeben: Besonders gut hat Magdalena ihn nicht behandelt, den Thomas«, sinnierte Niki. »Für sie war er wohl das, was man bei mir daheim ‚Freundschaft plus' nennt: ein enger Vertrauter, ein guter Freund, mit dem man hin und wieder das Bett teilt. Er sagt, er hat sie gehasst, was natürlich der beste Beweis dafür ist, dass er sie geliebt hat. Und unerwiderte Liebe war immer schon ein mächtiges Mordmotiv.«

»Er hat aber gesagt: *Eines Tages bringe ich dich um*«, sagte Bruno. »Und nicht: *Jetzt bring ich dich um.* Aber ich schätze mal, wir können davon ausgehen, dass der Mannessaft von Thomas stammt, den Engeltrud bei der Untersuchung von Magdalenas Leichnam wahrgenommen hat?«

»Albina sagt, Magdalena hat am Tag ihres Todes mit niemandem einen Zuber oder ein Ruhebett geteilt«, sagte Niki nachdenklich. »Ihr einziger Kunde war Vater Sebastian, und der hat seinen, ähm, Mannessaft nach Magdalenas entspannender Massage wie immer auf seinem fetten Bauch verteilt und nicht in ihrer … wie sagt man?«

»Ein Medicus würde ‚Vagina' sagen«, antwortete Bruno.

»Wenn er Latein reden und sich wichtigmachen will. Oder ‚Scheide', wenn er darauf Wert legt, dass die Leute ihn auch verstehen.«

»... in ihrer *Scheide*«, vollendete Niki seinen zuvor unterbrochenen Satz. »Das heißt: Sie muss am Ende des Tages in ihrem Zimmer noch mit jemandem, ähm, das Lager geteilt haben. Entweder mit Thomas, bevor sie sich gestritten haben. Oder mit einem Kunden aus dem Badehaus?«

»Das ist sehr, sehr unwahrscheinlich«, sagte Bruno. »Wenn Wolfram erfährt, dass eine seiner Bademägde ihn hintergeht und in ihrem Zimmer auf eigene Rechnung Kunden empfängt, ich glaub, der würd sie glatt ...«

»... umbringen?«, fragte Niki.

In diesem Moment flog das Eingangstor der Taverne zum zweiten Mal innerhalb von zwei Stunden so heftig auf, dass es auf der Innenseite gegen die Wand knallte.

Eine große, massige Männergestalt, im Gegenlicht zunächst nur als Silhouette erkennbar, betrat schweigend den Gastraum und warf einen Blick in die Runde. Dann trat sie respektvoll zur Seite und machte damit den Weg frei für eine ebenso große, aber ungleich schmälere Gestalt.

»Hallo, Blondie!«, sagte Madame Wilhelmine. »Ich muss mit dir reden!«

»Ihr spielt nicht fair, Wilhelmine«, sagte Niki, der hastig von seiner Bank hochgesprungen war, bloß um zu bemerken, dass sich hinter ihm nur noch die Rückwand der Taverne befand. »Ihr wolltet mich umbringen, wenn ich Euch noch einmal ungefragt vor die Augen trete. Ich bin Euch nicht mehr unter die Augen getreten. Ihr seid jetzt sozusagen mir unter die Augen getreten. Wenn Ihr versteht, was ich damit meine.

Nicht, dass mich das stören würde, natürlich. Dies hier ist eine öffentliche Taverne, jeder kann hier ...«

Wilhelmine trat auf ihn zu und Nikis Gestammel verstummte.

»Es ist eine gottverdammte Schande«, fuhr sie ihn an. »Das muss aufhören. Sofort! Jede Stunde zählt! Ich will Ergebnisse sehen, hörst du? *Ergebnisse!* Unternimm gefälligst etwas, oder muss ich zuerst die Scheiße aus dir rausprügeln, bevor du deinen Arsch in Bewegung setzt?«

Nikis verständnisloser Blick schien sie noch mehr in Rage zu bringen.

»Zwei Bademägde sind tot!«, schrie sie ihn an. »Was, wenn es eines meiner Mädchen ist, das man als Nächstes tot und in Stücke geschnitten auffindet?«

»Ich ... ich glaube nicht, dass das zu erwarten ist«, stotterte Niki.

»Nicht zu erwarten? Nicht zu erwarten?«, fauchte die Hurenwirtin, packte Niki am Hals und schüttelte den viel schwereren jungen Mann durch wie einen Sack welkes Laub. »Ich gehe einmal stark davon aus, dass es auch *nicht zu erwarten* war, dass diese Petrissa heute Nacht umgebracht wird? Ansonsten hätte man ja wohl geeignete Vorkehrungen zu ihrem Schutz ergriffen?«

Niki war jetzt weiß wie die Wand hinter ihm. Dieser Gedanke war ihm noch gar nicht gekommen.

»Ich hab ... ich hab das nicht kommen sehen«, stammelte er. »Und selbst wenn – was hätte ich tun sollen? Vor Petrissas Tür Wache halten? Wisst Ihr, wie viele Stunden ich geschlafen habe seit Magdalenas Ermordung? Das gilt für uns alle hier. Und mehr sind wir nicht.«

Ein letztes Mal noch stieß Wilhelmine Niki gegen die Wand, dann ließ sie ihn los, fuhr herum und musterte mit ihren eisblauen Augen die versammelte Runde, die den Auftritt der Hurenmutter sprachlos und starr vor Schreck verfolgt hatte.

Wilhelmine hatte schon Luft geholt; als sie bemerkte, wie

jung und wie verstört Nikis Freunde waren, wurde ihr Blick weich. Was immer sie der »Bande aus der Baker Street« entgegenschleudern wollte: Es blieb ungesagt.

»Das ist alles?«, sagte sie stattdessen ruhig. »Das ist alles, was unser Bürgermeister aufbietet, um eine frauenmordende Bestie zu fangen und zu töten?«

»Vielen Dank für die Anerkennung, die aus Eurer Stimme spricht«, sagte Niki trocken und rieb sich den schmerzenden Hals. Nach einem kurzen Moment des Nachdenkens fügte er mit einem boshaften Unterton hinzu: »Wie Ihr richtig sagt: Dafür ist der Bürgermeister zuständig. Ich weiß nicht, ob Eduard Eure Bekanntschaft schon gemacht hat. Falls nicht, wäre das wohl ein würdiger Anlass, ihm die Heli einmal persönlich vorzustellen.«

Wilhelmines Augen leuchteten auf, als hätte man ein Feuer in ihrem Innersten angezündet.

»Da geh ich gleich als Nächstes hin – und wenn ich ihm die Tür vom Rathaus eintreten müsste. Darauf kannst du Gift nehmen, Blondie!«, sagte sie entschlossen. »Gott weiß, dass ich streng bin mit meinen Mädchen. Ich dulde keine Nachlässigkeit, keine Unpünktlichkeit, keine Schlampereien. Aber ebenso wenig dulde ich, dass sie bedroht, verletzt, gar getötet werden. Ich werde alles tun, um das zu verhindern. Wenn ich dir dabei irgendwie helfen kann: Sprich jetzt oder schweig für immer!«

Sie ist wirklich wie eine Mutter für ihre Mädchen, dachte Niki über Wilhelmine, die mehr denn je aussah wie eine angriffslustige Tigerin, die kompromisslos ihren Nachwuchs verteidigt. *In manchen Situationen ist der vermeintlich böse Zwilling anscheinend doch die bessere Wahl.*

»Madame Wilhelmine, Ihr könnt uns vielleicht tatsächlich helfen«, sagte Niki vorsichtig. »Ihr seid eine Frau von Welt, Euch ist sozusagen nichts Menschliches fremd.«

Wilhelmine quittierte Nikis Schmeichelei mit dem Hauch eines frostigen Lächelns.

»Vor Eurer Ankunft sprachen wir gerade über ungelöste Fragen, deren Beantwortung uns auf die Spur des Mörders führen könnte. Über eine letzte, über die allerwichtigste, haben wir noch nicht gesprochen.«

»Was willst du wissen? Nur heraus damit!«

Niki tat sich ungewohnt schwer damit, die richtigen Worte zu finden für das, was er von Wilhelmine wissen wollte.

»Ihr habt gehört, wie die Körper der Opfer zugerichtet sind?«, begann er schließlich.

Wilhelmine nickte.

»Ich würde gerne verstehen: Warum tut der Mörder das?«, sagte Niki. »Um sie zu töten, würde es völlig ausreichen, ihnen die Kehlen durchzuschneiden. Stattdessen sticht er zusätzlich sein Messer in sie. Nicht einmal, nicht zweimal – unzählige Male. Und schneidet ihnen den Bauch auf. Das ist ein schmutziges Geschäft, ein blutiges, und es kostet ihn Zeit. Zeit, in der er Gefahr läuft, erwischt zu werden. Ich frage Euch: Warum tut er sich das trotzdem an? Was hat er davon?«

»Es gibt Männer, die körperlich erregt werden dadurch, dass sie Frauen Schmerz zufügen«, sagte Wilhelmine langsam. »Ich erinnere mich an einen Gast, der mit einem meiner Mädchen zusammen war und nicht und nicht erregt wurde, obwohl sie ihm geduldig alle Regeln unserer Kunst angedeihen ließ. Er schob die Schuld natürlich auf sie und wurde so unzufrieden und zornig, dass er schließlich begann, sie zu beschimpfen, am Ende gar zu schlagen. Das Interessante ist: *Dabei* wurde sein Schwanz dann wie von Zauberhand plötzlich härter. Seine volle Größe erreichte er erst, als sie schließlich anfing zu weinen.«

»Sweet Jesus«, murmelte Niki. »Was habt Ihr mit ihm gemacht?«

»Ich habe ihm ein Ohr abgebissen. Und dann ist Gott sei Dank Pierre dazwischengegangen.«

Madame Wilhelmine nickte in Richtung des Eingangstores, wo ihr Leibwächter sich inzwischen offensichtlich in bestem Einvernehmen mit Bertram unterhielt.

»Die Geschichte mit dem Ohr hab ich schon einmal gehört. Da habt Ihr ja noch einmal Glück gehabt«, sagte Niki, während er nachdenklich die massige Gestalt von Pierre der Augenbraue betrachtete.

»Wieso ich? Der Mann hat Glück gehabt«, gab Wilhelmine hitzig zurück. »Als Nächstes hätte ich ihm etwas anderes abgebissen! Und im Hinterhof in den Hundenapf gespuckt, damit unser Wachhund nicht immer nur Knochen zu fressen bekommt!«

Einen Moment lang war es still in der Taverne. Sogar Bertram und Pierre die Augenbraue waren für einen Moment verstummt.

»Hab ich was Falsches gesagt?«, fuhr Wilhelmine nach einer Pause fort, als sie Nikis entsetzten Blick auf ihren sinnlichen Mund und ihre ebenmäßigen Zähne bemerkte. »Ich dachte, ich hätte bereits klar gemacht: Niemand macht etwas mit meinen Mädchen, mit dem sie nicht voll und ganz einverstanden sind!«

Wenn du das durchgezogen hättest, dann hätte dein guter Zwilling nachher ein echtes Problem mit der Rückgabe gehabt, dachte Niki mit einem Schaudern.

»Ich glaube nicht, dass es der Schmerz von Frauen an sich ist, der diese abartigen Männer erregt«, sagte Wilhelmine nachdenklich. »Ich denke, sie berauschen sich in Wahrheit an der Macht, die sie in diesem Moment ausüben. Vielleicht ist der Mörder ja jemand, der im wahren Leben unscheinbar ist, unansehnlich? Unverhältnismäßig dick vielleicht, oder körperlich verunstaltet? Eine Witzfigur von einem Mann, der sich auf diese Weise größer macht, als er ist?«

»Das mag auf die Morde des ursprünglichen Isengrim zutreffen«, antwortete Niki. »Ich weiß aus sicherer Quelle, dass Isengrim seine Opfer geschändet und gequält hat, *bevor* er sie am Ende getötet hat. Isengrim ist ... *war* tatsächlich ein abartiger Mann, wie Ihr ihn beschreibt. Magdalenas und Petrissas Leichen wurden aber erst *nach* ihrem Tod verunstaltet.«

»Vielleicht beschäftigt sich der Mörder ja mit schwarzer Magie, will einen Dämon beschwören oder mit dem Teufel Kontakt aufnehmen«, mutmaßte Liesbeth. »Ich kann mir den dicken Vater Sebastian gut vorstellen in dieser Rolle: tagsüber ein respektierter Stadtpfarrer, nachts ein blutrünstiges Ungeheuer!«

»Dann hätte er seinen Opfern aber eher die Herzen entnommen«, sagte Gottfried.

»Und nicht bloß ihre Gedärme in der Gegend verstreut«, ergänzte Gerwald.

Niki bedachte die drei Geschwister mit einem finsteren Blick ob ihrer Respektlosigkeit.

»Vielleicht hasst der Mörder ja Frauen so sehr, dass es ihm nicht genügt, sie ‚nur' zu töten?«, sagte Wilhelmine. »Dass er nicht nur ihr Leben, sondern ihre gesamte Weiblichkeit völlig auslöschen möchte?«

»Daran hab ich auch als Erstes gedacht, als Engel mich gefragt hat, warum der Mörder Magdalenas Leichnam so zugerichtet hat«, sagte Niki. »Aber würde er dann nicht ganz besonders ihre Gesichter und ihre Fortpflanzungsorgane zerstören – den Inbegriff ihrer Weiblichkeit? Der berüchtigtste Frauenmörder, den es jemals gab – ein Engländer namens *Jack the Ripper* – hat seinen Opfern Nasen, Ohren, Lippen abgetrennt, ihre Gesichter verwüstet und ihre Gebärmütter herausgeschnitten. Unser Täter macht nichts von alledem!«

»Aber irgendeinen Grund muss es doch geben, das hast du vorhin selbst gesagt, Blondie«, sagte Wilhelmine. »Nicht einmal der abartigste Mann macht etwas völlig ohne Grund.«

Niki seufzte und rieb sich mit den Handballen die müden Augen.

»Ich kann mein Gefühl schwer beschreiben«, sagte er. »Auf mich macht das Ganze irgendwie einen unwirklichen, gestellten Eindruck. Wie aus einem Theaterstück. Vor allem diese völlig wahllosen Stiche am Oberkörper, als sie schon tot waren. Für mich fühlt sich das alles einfach nicht echt an. So als ob der Mörder es nicht wirklich … ernst meinen würde. Als ob er nicht recht bei der Sache wäre.«

»Nicht recht bei der Sache?«, sagte Bruno. »Er hat den beiden Frauen von oben bis unten den Bauch aufgeschnitten! Wenn er dabei nicht bei der Sache war, dann möchte ich ihn nicht erleben, wenn er sich erst Mühe gibt!«

»Ich hab ja gesagt: Ich kann es schwer beschreiben«, knurrte Niki. »Wenn ihr mich fragt: Der Mörder hatte ein persönliches Motiv, Magdalena zu töten – Geld, Rache, Liebe, Hass, was auch immer. Petrissa musste sterben, weil sie etwas wusste und versucht hat, ihn zu erpressen. Und alles andere ist nur Schall und Rauch. Diese Stecherei und Schneiderei hat er nur inszeniert, um von diesem persönlichen Motiv abzulenken und den Verdacht auf den berüchtigten Isengrim zu lenken. Und doch … Und doch …«

Und doch konnte sich Niki nicht des Eindrucks erwehren, dass das nicht die ganze Wahrheit war.

»Bruno, mein Junge!«, sagte Mariann, als Niki und seine Freunde beim Verlassen der Taverne an ihrem Stammplatz am Kamin vorbeikamen. »Nennen sie dich immer noch ‚Hurenspross' in der Wache?«

»Du kennst den Grund dafür besser als jeder andere, Mariann«, erwiderte Bruno lächelnd. »Du warst bei meiner Geburt dabei. Du kanntest meine Mutter.«

Die alte Bademagd schenkte dem jungen Wächter ein zahnloses Lächeln.

»Ich kannte nicht nur deine Mutter«, sagte sie feixend. »Ich kannte auch deinen Vater!«

Bruno rollte mit den Augen.

»Nicht sag, du erzählst jetzt wieder die alte Geschichte vom ‚Hohen Herrn'!«

»Es ist mehr als zwanzig Jahre her«, begann Mariann, unbeeindruckt vom Unbehagen Brunos. »Als ich noch in der *Schönen Frau* in Stein meine Haut zu Markte trug. Gutes Haus, gutes Geschäft. Wegen des Hafens und der Fähre.«

Niki blickte auf die alte Frau hinunter. Ein wenig Farbe war in ihre Wangen gestiegen und ließ ihr Gesicht aussehen wie einen verschrumpelten, aber fröhlichen Apfel am Ende eines langen Winters im Vorratskeller. Einen Moment lang meldete sich sein schlechtes Gewissen, weil Mariann offenkundig so viel Freude daran hatte, ihre Erinnerungen an längst vergangene Zeiten vor Zuhörern auszubreiten, die so gar kein Interesse daran hatten – und sich selbst nahm er dabei gar nicht aus. Daher blieb er neben ihr stehen und nickte ihr aufmunternd zu.

»Ich erinnere mich noch an diesen Tag, als ob es gestern gewesen wäre«, beteuerte Mariann. »Ich war mit der kleinen Josefina, Brunos Mutter, zum Wäschewaschen am Alauntalbach. Einen schöneren Sommertag kannst du dir nicht vorstellen. Da kamen sie angeritten: Ein hoher Herr mit seinem Diener, fein gekleidet alle beide, auf riesigen Rössern. ‚Sieh mal da, was für ein süßes kleines Ding', sagte der Herr. Damit hatte er natürlich recht: Josefina war gerade sechzehn geworden – klein für ihr Alter, fast noch wie ein Kind, aber hübsch wie kaum eine andere. Die beiden Männer stiegen ab, traten an sie heran, lachten und scherzten mit ihr. Dann riss ihr der hohe Herr ohne Vorwarnung das Kleid entzwei.«

Niki schluckte. Er konnte sich vorstellen, wie die Geschichte weitergehen würde und bereute schon, stehen geblieben zu sein, um sie sich anzuhören.

»Als sie die Hände hob, um ihre Brüste zu bedecken,

packte der Diener sie und hielt sie fest, während sein Herr sie mit Gewalt nahm, direkt auf der kleinen Brücke. Als es vorbei war, hob er Josefina hoch wie einen Sack Mehl und warf sie ins Wasser hinunter, bevor er wieder auf sein Pferd stieg und weiterritt. Deine Mutter – Gott hab sie selig – war außer sich vor Zorn darüber, dass man sie gegen ihren Willen genommen hatte, ohne ihr den angemessenen Lohn zu bezahlen, und dabei auch noch ihr bestes Sommerkleid zerrissen hatte. Sogar du wärst rot geworden, wenn du sie schimpfen gehört hättest! Und zwei Wochen danach war sie schwanger mit dir. Was haben wir später miteinander gelacht über diese Geschichte!«

»Meine Mutter – Gott hab sie selig – hat ihren Körper Tag für Tag an jeden Mann verkauft, der ihren Preis bezahlen konnte«, sagte Bruno gutmütig. »Ich kann genauso gut der Sohn eines ungarischen Treidelknechtes sein wie der eines braven Kremser Familienvaters oder eines Göttweiger Mönches auf Abwegen. Nicht von Vater Sebastian, hoffe ich. Niemand wird je mit Sicherheit wissen, wer mein Vater war.«

»Können wir jetzt bitte gehen?«, fuhr er, nunmehr an Niki gewandt, mit einem Grinsen fort. »Bevor Mariann noch ein paar peinliche Geschichten aus meiner Kindheit und Jugend einfallen? Ein paar gäbe es noch!«

»Mariann, du bist echt ein Quell der Weisheit«, sagte Niki galant. »Ich hätte mich mehr mit dir unterhalten sollen, als in Krems auf der Suche nach Informationen herumzulaufen.«

»Es ist ja noch nicht aller Tage Abend«, gab Mariann mit einem koketten Lächeln zurück, das sie auf einen Schlag um zwanzig Jahre jünger aussehen ließ. »Ich könnte dir Geschichten erzählen, das glaubst du nicht!«

Niki beugte sich lächelnd zu der alten Bademagd hinunter und berührte sanft ihre faltige Wange.

»Lass uns eine Abmachung treffen, Mariann«, sagte er. »Wenn ich heute Abend hierher zurückkomme, dann setze ich mich zu dir und du kannst mir so viele Geschichten erzählen, wie dein Herz begehrt. Und du trinkst bis dahin vielleicht nicht so viel wie üblich, damit du dann nicht schon schläfst wie sonst immer. Abgemacht?«

»Abgemacht«, sagte die alte Frau.

Es war nicht Wolfram der Bader, den Niki und Bertram als Erstes trafen, als sie das Badehaus betraten: Der Empfangsbereich war verwaist. Es war auch nicht Marie die Aufheberin, die Herrin über die Umkleidekammer.

Es war Albina, die ihnen im Vorraum in die Arme lief, als sie das Badehaus gerade verlassen wollte.

»Erst Magdalena, dann Petrissa«, fuhr die kleine Bademagd die beiden Burschen an, ohne ihnen auch nur Gelegenheit zu geben, irgendetwas zu sagen. »Jetzt sind wir nur noch zu dritt hier. Wer von uns wird die nächste sein? Anna? Klara? Ich selber? Ist es nicht die Aufgabe der Stadtwache, unseren Leib und unser Leben zu beschützen? Was ist eure Entschuldigung dafür, so verdammt … *nutzlos* zu sein?«

Wütend spuckte sie vor Niki und Bertram auf den Boden und wollte an ihnen vorbei ins Freie stürmen.

Niki streckte beiläufig einen Arm aus und versperrte Albina den Weg. Als das Mädchen versuchte, darunter durchzutauchen, packte er es mit beiden Armen. Albina zappelte wie ein Fisch in seinen Händen, aber Niki hielt sie eisern fest und überwand ohne Anstrengung ihre Gegenwehr: Nicht umsonst war er zwei Köpfe größer und doppelt so schwer.

Als er sie an sich drückte, spürte er, wie ihr Körper zitterte.

»Ich verstehe, dass du wütend bist, Albina«, flüsterte Niki. »Ich verstehe auch, dass du Angst hast. Zwei Bademägde wurden getötet, und noch dazu beide aus diesem Haus.«

Wieder versuchte Albina, sich loszureißen. Wieder überwand Niki ihre Gegenwehr und presste sie erneut an sich.

»Wir werden euch ab sofort beschützen«, sagte er. »Ich habe zwei tüchtige Bewacher mitgebracht. Sie werden dir auf Schritt und Tritt folgen, sobald du dieses Haus verlässt – bis der Mörder unschädlich gemacht wurde. Anna und Klara ebenso. Vertrau mir: Euch wird nichts geschehen!«

»Zwei gleich?«, fragte Albina neugierig und hörte auf zu zappeln. »Wer sind sie?«

»Sie sind absolut zuverlässig. Du kannst dich auf sie verlassen.«

»Aber wer sind sie?«

»Sie warten vor dem Tor«, sagte Niki, löste vorsichtig seine Umklammerung und wandte sich dem Eingang ins innere Sanktum des Badehauses zu.

»Ihr werdet viel Spaß miteinander haben«, sagte er mit einem Zwinkern, als er sich in der Tür nochmals zu der jungen Bademagd umdrehte. »Mit den Zwillingen hat man immer Spaß. Ob man will oder nicht.«

Nikis und Bertrams Nachmittag im Badehaus war in jeder Hinsicht unergiebig. Das Badehaus war geschlossen, die Stimmung unter dem Gefrierpunkt. Die verängstigten Bademägde hatten verweinte Augen, die Knechte waren noch schweigsamer als sonst. Wolfram war unkooperativ wie eh und je; seine Hauptsorge schien zu sein, wer ihm den Verdienstentgang ersetzte, jetzt, wo man ihm schon die zweite Bademagd ermordet hatte.

»Wahrscheinlich kommen auch keine Kunden mehr, wenn wir wieder aufmachen«, grantelte er. »Klar sind keine Gäste meines Hauses zu Schaden gekommen, sondern nur Bademägde. Aber erklärt das einmal jemandem! Die Leute sind abergläubisch; sie werden glauben, auf dem Badehaus liegt ein Fluch.«

Petrissas Zimmer sah auf den ersten Blick aus wie eine exakte Kopie des Zimmers von Magdalena. Der Grundriss und die Einrichtung waren identisch; ein verschlissener Knüpfteppich und ein billiger Kerzenständer legten die Vermutung nahe, dass die jüngere Bademagd versucht hatte, mit bescheideneren Mitteln die einfache, aber geschmackvolle Dekoration des Zimmers ihrer älteren Kollegin nachzuahmen.

Einen Unterschied gab es doch: In Petrissas Zimmer befand sich unter dem Teppich kein Geheimfach unter dem Bretterboden.

Nikis heimliche Hoffnung, bei der Durchsuchung auf Magdalenas gestohlene Ersparnisse zu stoßen, wurde enttäuscht, da auch die Truhe mit Petrissas persönlichen Sachen nichts Unerwartetes zu Tage förderte.

Dann hat sie sich also doch nicht verstellt, als ich sie auf dem Friedhof darauf angesprochen habe, dachte Niki. *Sie hatte wirklich keine Ahnung, wovon ich geredet hab.*

Niki und Bertram wollten eben die Durchsuchung von Petrissas Zimmer beenden, als es zaghaft an der Tür klopfte. Niki nahm an, dass es eine der verstörten Bademägde war, die vertraulich mit ihnen reden wollte. Als er die Türe öffnete, stand zu seiner Überraschung Thomas davor.

Der Badeknecht sah übernächtigt aus. Seine Hände spielten nervös miteinander, während sein linkes Auge in einem besonders abenteuerlichen Winkel nach außen schielte.

»Blondie, ich muss mit dir reden«, sagte er zögerlich, nachdem er eingetreten war und die Tür hinter sich geschlossen hatte.

»Was … was weißt du über Träume?«

»Träume?«, sagte Niki. Er hatte mit allem gerechnet, aber nicht mit dieser Frage.

»Ich habe einen Traum«, fuhr der Badeknecht fort. »Drei

Nächte hindurch jetzt schon. Immer den gleichen. Von Magdalena.«

»Das ist nichts Ungewöhnliches«, sagte Niki beruhigend. »Ihr seid euch sehr nahegestanden. Ihre Ermordung hat dich stark mitgenommen. Deine Gedanken daran kommen selbst in der Nacht nicht zum Stillstand, nicht einmal während du schläfst. So entstehen Träume.«

»Wenn es nur das wäre«, sagte Thomas und verstummte. Dem jungen Mann war anzusehen, wie er mit sich kämpfte.

»Ich habe das Gefühl, ich verliere den Verstand«, sagte er schließlich leise.

»Möchtest du uns von dem Traum erzählen?«, fragte Niki mit sanfter Stimme und fühlte sich dabei ein bisschen wie Sigmund Freud.

»Der Traum beginnt mit Magdalena«, sagte Thomas langsam, als ob er nach jedem einzelnen Wort in seiner Erinnerung graben müsste. »Es ist dunkel und nebelig. Sie geht eine Straße hinunter. Ich hinter ihr her. Ich habe ein Messer in der Hand. Warum zum Teufel hab ich ein Messer in der Hand?«

Der Badeknecht verstummte. Eine Zeit lang war nur sein schwerer Atem zu hören.

»Ich möchte, dass sie stehen bleibt«, fuhr er nach einer Weile fort. »Ich rufe ihr etwas zu. Sie dreht sich um, erkennt mich, dreht sich wieder um und beginnt wegzulaufen. Vielleicht hat sie das Messer in meiner Hand gesehen.«

Auch das gute Auge von Thomas sah jetzt nicht mehr Niki und Bertram an. Weit aufgerissen blickte es ins Nichts, gefangen in der Erinnerung an seinen Albtraum.

»Ich laufe ihr nach«, stieß er hervor. »Ich bin schneller als sie, ich hole sie ein. Ich möchte ihr nichts zuleide tun, ich möchte nur mit ihr reden. Sie hört mir aber nicht zu. Sie hat Angst vor mir. Ich halte sie fest. Sie reißt sich los und läuft wieder weg von mir. Das macht mich wütend. Ich kann nicht mehr klar denken vor Wut. Erneut hole ich sie ein. Und diesmal steche ich mit dem Messer nach ihr. Wieder und wieder. Bis sie vor mir auf dem Boden liegt. Und nicht mehr weglaufen kann.«

Niki und Bertram starrten Thomas an, der weiß im Gesicht war und am ganzen Körper zitterte.

Jetzt sieht er wirklich aus, als hätte er den Verstand verloren, dachte Niki.

»Ich beuge mich hinunter, greife nach ihrer Schulter. Drehe sie auf den Rücken. Ihre blonden Haare fallen aus ihrem Gesicht und ich sehe … es ist gar nicht Magdalena. Es ist Petrissa! Und heute höre ich, dass Petrissa … dass Petrissa auch …«

Thomas schlug sich die Hände vors Gesicht.

»Warum träume ich das jede Nacht? Was hat das zu bedeuten?«, murmelte er. »Ich habe sie aber nicht wirklich umgebracht, oder? Das ist nur ein Traum, nicht wahr? Nur ein Traum …«

In diesem Augenblick klopfte es erneut an der Tür und Bruno trat ein.

»Wolfram hat mir gesagt, dass ich euch hier finde«, sagte er munter. »Der Bürgermeister will mit dir reden, Blondie. Er sagt, es ist dringend.«

Jetzt erst bemerkte er Thomas, der immer noch zitternd um seine Fassung rang. Fragend sah er zwischen Niki und Bertram hin und her, die auch reichlich blass aussahen.

»Hab ich … hab ich was verpasst?«

»Warum hast du ihn nicht verhaftet?«, fragte Bruno.

»Nur weil er einen Traum gehabt hat?«, gab Niki zurück. »Wenn du so weitermachst, wirst du eines Tages ein würdiger Nachfolger von Hauptmann Roderich.«

»Also für mich hört sich das an, als hätte er beide Morde gestanden!«

»Zugegeben: Er hat auch mir einen ziemlichen Schrecken eingejagt. Du hättest ihn sehen sollen: bleich wie die Wand, am ganzen Körper zitternd, die Augen so weit aufgerissen, dass man das Weiße darin sehen konnte. Gerade, dass er keinen Schaum vorm Mund hatte.«

Niki schüttelte sich bei der Erinnerung.

»Andererseits: Das Letzte, was Thomas im Streit zu seiner großen Liebe gesagt hat, war, dass er sie irgendwann umbringen würde«, fuhr er fort. »Eine halbe Stunde später war sie tot – ermordet auf schreckliche Weise. Davon kann man schon mal einen Albtraum bekommen, auch wenn man nichts mit dem Mord zu tun hat. Außerdem ist Thomas Rechtshänder: Bei unserem ersten Gespräch letzte Woche hat er wütend seine rechte Faust vor meinem Gesicht geschüttelt, das ist sogar mir aufgefallen. Kann jemand, der den Verstand verliert, dabei vom Rechtshänder zum Linkshänder werden?«

Niki und Bruno eilten die Landstraße entlang auf ihrem Weg zum Rathaus. Niki hatte Bertram dazu abgestellt, Thomas in sein Bett zu bringen, in seinem Zimmer Wache zu halten und dem Badeknecht dabei zur Beruhigung in kleinen Schlucken Wein zu verabreichen. Bruno hatte versprochen, nach dem Abendläuten einen dienstfreien Wächter als Ablöse zu schicken.

»Was um alles in der Welt ...«, sagte Niki, als die beiden jungen Männer am Ende der schmalen Burgstiege nach links in Richtung Hoher Markt abbogen.

Vor dem Eingang zum Rathaus hatte sich eine Menschenmenge versammelt.

Im ersten Moment konnte Niki nicht erkennen, wie viele der Menschen tatsächlich Parolen riefen, ihre Fäuste und Stöcke wütend in der Luft schüttelten, und wie viele sich dem Aufruhr nur als neugierige Zaungäste angeschlossen hatten. Alle zusammen machten auf jeden Fall gehörigen Lärm.

Als sich Niki und Bruno der sichtlich aufgebrachten Menge näherten, konnten sie allmählich einzelne Rufe unterscheiden.

»Wer hat Magdalena und Petrissa umgebracht?«

»Mörder, Mörder!«

»Wer tötet unsere Frauen?«

»Tod dem Schlächter!«

»Der Mörder muss hängen!«

»Hängt ihn auf! Hängt ihn auf!«

Bloody Hell, dachte Niki. *Nur die Fackeln und Heugabeln fehlen noch!*

Ein kleiner, stämmiger Mann, dessen kahler Kopf nur noch von einem dünnen weißen Haarkranz gesäumt wurde, sprang agil auf die oberste Stufe des Einganges zum Rathaus und pflanzte sich selbstbewusst direkt vor dem Tor auf. Dem diensthabenden Wächter war anzusehen, dass er sich unbehaglich fühlte. Er öffnete den Mund, um etwas zu sagen, überlegte es sich dann anders und schloss ihn wieder.

»Darf ich vorstellen?«, sagte Bruno laut in Nikis Ohr, um die Rufe der Menge zu übertönen. »Altbürgermeister Albrecht. Berühmt insbesondere für seine Frauengeschichten und seine Wutanfälle. Hat fünfundzwanzig Jahre lang im Rathaus residiert und erst letzte Weihnachten gegen Eduard knapp den Kürzeren gezogen. Beste Freunde werden die beiden nicht mehr!«

»Zwei tote Frauen in einer Woche«, rief Albrecht in die Menge. »Wer wird wohl die Nächste sein?«

Die Stimme des Altbürgermeisters war laut und befehlsgewohnt; mühelos übertönte sie die Rufe aus der Menge, die rasch weniger wurden und schließlich verstummten.

»Ich habe eine Frau. Und zwei Töchter!«, rief er. »Ich mache mir Sorgen um ihre Sicherheit! Können sie nach Einbruch der Dunkelheit noch unbewacht außer Haus gehen – hier, mitten in unserer schönen Stadt Krems, geschützt von hohen Mauern und starken Toren? Oder müssen sie Angst haben, bei lebendigem Leib in Stücke geschnitten zu werden in irgendeiner dunklen Ecke, so wie die beiden tüchtigen Bademägde, die wir alle kannten und schätzten?«

Irgendwo in der Menge rief ein Mann: »Das frag ich mich auch!« Ein anderer schrie: »Recht hat er, der Albrecht!«, ein dritter: »Wer ist dafür verantwortlich?«

Der Altbürgermeister lächelte.

»Wie es aussieht, gelingt es der Stadtwache nicht, auf den Straßen unserer Stadt für die Sicherheit der Bevölkerung zu sorgen«, rief er. »Warum? Ich weiß es nicht. Vielleicht sind die Wächter einfach nur unfähig? Das hätte es unter einem Bürgermeister Albrecht nicht gegeben. Das würde es unter einem Bürgermeister Albrecht auch nicht mehr geben, das kann ich euch versprechen!«

Niki sah Bruno von der Seite an, während dieser sich höflich, aber unerbittlich einen Weg durch die Menschenmenge bahnte: Sein ärmelloses Lederwams, sein Mantel aus schwarzer Wolle und sein breitkrempiger Hut wiesen ihn für alle sichtbar als Mitglied der Stadtwache aus. Die Blicke, die er auf sich zog, waren nicht freundlich.

»Vielleicht sind unserem Bürgermeister unsere Sorgen aber auch einfach nur egal?«, schrie Albrecht mit donnernder Stimme und rotem Kopf in die Menge. »Ich glaube: Unsere Frauen sind ihm egal! Unsere Töchter sind ihm egal. *Wir* sind ihm egal!«

Niki fühlte sich zunehmend unbehaglich im Gedränge der aufgebracht hin- und herwogenden Menschentraube. Er bemühte sich, mit Bruno Schritt zu halten. Die beiden jungen Männer hatten das Eingangstor fast erreicht.

»Vielleicht ist es an der Zeit, dem Bürgermeister unsere Sorgen persönlich mitzuteilen – von Angesicht zu Angesicht«, schrie Albrecht. »Wer ist mit dabei?«

Aus der aufgewiegelten Menge kamen zustimmende Rufe.

Irgendwo rief ein Mann: »Eduard, komm raus!«

Wie ein Lauffeuer verbreitete sich der Ruf unter den Leuten, und bald riefen alle im Chor: »Eduard, komm raus! Eduard, komm raus!«

Niki und Bruno sprangen die drei Stufen zum Eingang des Rathauses hinauf und schlüpften am feixenden Altbürgermeister und am angstvoll aussehenden Torwächter vorbei in die Eingangshalle. Drinnen begegneten sie einer Anzahl von Wächtern, die im Laufschritt auf dem Weg zum Eingangstor waren, um ihrem Kameraden zu helfen und die aufgebrachte Menschenmenge aufzulösen.

Niki konnte sich vor Müdigkeit kaum mehr aufrecht halten, als er Stunden später in den *Knochenmann* zurückkehrte: Es war noch dunkel gewesen, als ihn Bruder Franziskus frühmorgens aus seinem unruhigen Schlaf geweckt hatte; es war bereits wieder dunkel, als er endlich das Rathaus verließ.

War es am zweiten Mord gelegen, oder lag es am Zorn der Bevölkerung, den der Altbürgermeister geschickt für seine eigenen Zwecke instrumentalisiert hatte? Was auch immer den Meinungsumschwung von Bürgermeister Eduard ausgelöst hatte – spät, aber doch hatte er an diesem Nachmittag gehandelt, wie Niki es sich von Anfang an gewünscht und erwartet hätte.

Gemeinsam mit Hauptmann Roderich, seinen beiden Stellvertretern im Rang eines Leutnants und allen anderen Offizieren der Stadtwache hatte er eine Art Krisensitzung einberufen, zu der er auch Niki und Bruno als die von Anfang an mit dem Mord an Magdalena vertrauten Wächter hinzugezogen hatte.

Ohne das Ansehen von Rang und Namen hatten alle Teilnehmer ihre Meinung kundtun und Vorschläge zur weiteren

Vorgangsweise machen dürfen. Als Ergebnis hatte man sich am Ende auf eine Reihe von Maßnahmen geeinigt – darunter das Aufstellen und Unterhalten von Feuerkörben an allen größeren Straßenkreuzungen, die Verdoppelung der Anzahl der Nachtwächter auf ihren Rundgängen und die gewissenhafte Anhaltung und Kontrolle aller Passanten, die nachts noch unterwegs waren. Und zwar wirklich aller: auch derjenigen, die wichtige Persönlichkeiten und gut angezogen waren.

Auf Hinweise, die zur Ergreifung von Isengrim (wie man den Frauenmörder in Anlehnung an den von der Bevölkerung verwendeten Namen nannte) führten, wurde eine wahrhaft fürstliche Belohnung ausgesetzt. Auf Nikis Vorschlag hin wurde eine Kronzeugenregelung beschlossen: Wenn diese Hinweise von einem Komplizen des Mörders kämen, bliebe dieser straffrei – unabhängig davon, was er sich zuvor zuschulden kommen hatte lassen.

Selbst nachdem Roderich, Bruno und die übrigen Wächter entlassen worden waren, hatte der Bürgermeister darauf bestanden, sich von Niki noch ausführlich unter vier Augen über die Geschehnisse der vergangenen Woche unterrichten zu lassen.

Niki bezweifelte, dass die beschlossenen Maßnahmen die Leben von Magdalena und Petrissa gerettet hätten; dennoch war er erfreut darüber, dass die Verbrechen nunmehr ernst genommen wurden und endlich eine einigermaßen professionell anmutende Untersuchung in die Wege geleitet wurde.

Bertram und die Zwillinge hatten das Badehaus für die Nacht verlassen und waren nach dem Abendläuten nach Dürnstein zurückgeritten. Liesbeth hatte sich vom Abklappern der Märkte in den umliegenden Dörfern auf der Suche nach dem Verkäufer der Mordwaffe nicht zurückgemeldet. Niki war nicht beunruhigt; er nahm an, dass sie direkt nach Hause zurückgekehrt war. Er selbst hatte beschlossen, wie schon in der Nacht zuvor bei Bruder Franziskus im *Kno-*

chenmann zu übernachten: Er zog die warme, nach Wein duftende Geborgenheit der Gaststube seinem einsamen kalten Wohnturm vor.

Das Erste, was Niki bemerkte, als er das schwere Tor der Taverne aufschwang, war die absolute Dunkelheit im zu dieser Uhrzeit schon von Gästen verlassenen Gastraum. Danach erst fiel ihm die Stille auf. Und dann erst der Geruch.

»Bruder Franziskus?«, rief er. »Hallo?«

Wonach roch es hier nur? Einerseits lag ein Hauch von gerade erst ausgeblasenen Kerzen in der Luft, der Niki an die Weihnachtsfeste seiner Kindheit erinnerte. Andererseits ... was war nur dieser metallische, säuerliche Geruch, den er mehr in seinem Mund als in seiner Nase zu spüren schien? Was hatte man da wieder verschüttet in der Gaststube?

Vorsichtig tastete Niki sich in den Raum hinein. Natürlich nicht, ohne sich dabei schmerzhaft den Oberschenkel an einer Ecke des Tisches anzustoßen, auf einen heruntergefallenen Weinbecher zu treten und zu guter Letzt über einen auf dem Boden liegenden Gegenstand zu stolpern.

Fluchend kam Niki wieder auf die Beine. Jetzt, wo sich seine Augen ein wenig an die Dunkelheit gewöhnt hatten, konnte er schattenhaft den großen Kamin erkennen, in dem noch die Reste der letzten Holzscheite glosten. Er griff sich eine Kerze vom Kaminsims, kniete nieder und schaffte es, den Docht an den Glutresten anzuzünden.

»Na endlich«, sagte er, als die Kerzenflamme aufleuchtete – und erstarrte.

Sein erster Gedanke war: *Da ist ja Blut an der Kerze.*

Sein zweiter Gedanke war: *Da ist ja Blut an meinen Händen!*

Fast hätte er im ersten Schreck die Kerze fallen lassen.

»Was zum Teufel ...«, murmelte er, drehte sich um und hob die Kerze hoch über sein Gesicht.

Das war der Moment, in dem er erkannte, worüber er zuvor in der Finsternis gestolpert war.

Mariann würde ihm keine Geschichten mehr erzählen. Ihre weit offenen Augen funkelten blicklos im Licht von Nikis Kerze. Ihr Hals war von einem Ohr zum anderen durchgeschnitten, der Boden des Gastraums rund um ihren Kopf nass und glitschig von frischem, hellrotem Blut.

Ein Teil seines Verstandes sagte ihm – objektiv und sachlich wie ein außenstehender Zuschauer: *Da kommt das Blut auf meinen Händen her. Vom Aufstützen auf dem Boden, nachdem ich über sie gestolpert bin.*

Der andere Teil schien völlig paralysiert zu sein. Unfähig, auch nur einen einzigen klaren Gedanken zu formulieren. Wie gelähmt vor Grauen starrte Niki auf die Schachfigur neben Marianns Hand.

Warum hat Isengrim der alten Mariann nur die Kehle durchgeschnitten?, meldete sich die Stimme der Vernunft wieder zu Wort – offenbar gänzlich unbeeindruckt von dem grauenhaften Anblick. *Und sie nicht aufgeschlitzt und ausgeräumt wie Magdalena und Petrissa?*

Niki hatte keine Zeit mehr, sich umzudrehen, als er das Geräusch hinter sich hörte.

Das Letzte, was er dachte, bevor der Schmerz durch seinen Kopf zuckte und alles rund um ihn schwarz und gleichgültig wurde, war:

Ich Idiot. Weil er noch hier ist natürlich.

❧

Als Niki wieder zu sich kam, lag er auf dem Rücken.

Sein Kopf schmerzte so sehr, dass er Angst hatte, sich übergeben zu müssen, wenn er die Augen öffnete. Daher beließ er es für den Moment dabei und konzentrierte sich darauf, langsam und tief zu atmen. Unter sich fühlte er nicht den harten Steinboden aus der Taverne. Er bewegte seine Schultern ein wenig und spürte Stroh unter seinem Rücken:

Offensichtlich hatte man ihn auf eine Art einfaches Bett gelegt.

Wo bin ich?, fragte er sich verwirrt. *Und warum stinkt es hier so fürchterlich?*

Er öffnete probehalber ein Auge, dann das zweite, und fand sich von Dunkelheit umgeben. Als er seinen schmerzenden Kopf ein wenig zur Seite drehte, bemerkte er einen schmalen Lichtstreifen, der aussah, als würde er unter einer Türe hindurchfallen. Dann erst wurde er der schattenhaften Gestalt gewahr, die auf dem dreibeinigen Schemel neben seiner Liegestatt saß.

»Roderich? Was … Was zum Teufel soll das?«, krächzte Niki, überrascht über den schwachen Klang seiner eigenen Stimme. »Warum bin ich hier in diesem … stinkenden Loch?«

Bevor der Hauptmann antworten konnte, zuckte Niki zusammen, als die Erinnerungen mit aller Macht zurückkehrten.

»Oh Gott, Mariann!«, stöhnte er. »Mariann ist tot! Sie wurde ermordet! Wahrscheinlich nur Minuten, bevor ich zur Tür hereinkam: Ich muss den Mörder auf frischer Tat überrascht haben! Ihr Blut war noch ganz nass und klebrig auf meinen Händen!«

Niki hob voller Ekel die Hände vor sein Gesicht, konnte in der Dunkelheit aber nicht erkennen, ob sie immer noch mit Marianns Blut befleckt waren.

»Nikolaus von Dürnstein. Der berühmte Sänger Blondie, endlich wieder zu Gast in unserem Hause!«, sagte Roderich mit öliger Stimme. »Es wundert mich, dass Ihr den Raum nicht wiedererkennt. Bis heute Morgen hat hier noch Mendel gewohnt, der alte Dreckskerl. Wisst Ihr eigentlich, wie lange es dauert, eine Hinrichtung auf dem Galgenberg vorzubereiten? Da spaziert man nicht einfach hinauf mit dem Verurteilten und einem Strick. Wir hatten alles bis ins Detail geplant, gestern Abend sogar noch eine Probe durchgespielt, damit nur ja alles funktioniert und es keine Pannen gibt. Und wofür? Alles für nichts! Nur durch Eure Schuld!«

»Habt Ihr mich nicht verstanden, Hauptmann?«, sagte Niki eindringlich. »Mariann. Die Taverne! Der Mörder! Hat man ihn erwischt?«

»Oh. Ja«, sagte der Hauptmann triumphierend, jedes Wort einzeln betonend. »Bruder Franziskus hat ihn gefunden. Direkt neben seinem letzten Opfer. Die Hände voll mit Marianns Blut.«

»Und? Wer ist es? Sagt schon: Wer zum Teufel ist es?«

Hauptmann Roderich genoss seinen Moment, zögerte die Antwort lange hinaus.

»Ihr seid es«, sagte er schließlich. »Ihr habt Mariann umgebracht. Ihr habt sie alle drei umgebracht.«

Niki war so fassungslos, dass er kein Wort herausbrachte. Er starrte den Hauptmann der Stadtwache nur mit großen Augen an.

»Petrissa wurde am Höllentor ermordet, nur einen Steinwurf entfernt vom *Knochenmann*, wo Ihr die Nacht verbracht habt, obwohl diese Taverne keine Zimmer vermietet. Warum eigentlich? Die Leichen von Magdalena und Mariann habt Ihr überhaupt selbst entdeckt, nur wenige Momente nach der Ermordung der beiden Frauen. Kann es ein Zufall sein, dass Ihr bei allen drei Morden am Tatort wart? Ihr und Eure … *Schachfiguren*?«

»Habt Ihr … Habt Ihr jetzt völlig den Verstand verloren, Roderich?«, keuchte Niki. Mit großer Kraftanstrengung schwang er die Beine von der wackeligen Strohpritsche, versuchte aufzustehen und blieb dann doch lieber sitzen, weil alles sich um ihn zu drehen begann. Vorsichtig betastete er eine riesige Beule an seinem Hinterkopf.

»Und diese Beule am Kopf hab ich, weil ich nach getaner Tat im Dunkeln irgendwo dagegen gerannt bin, bevor ich bewusstlos wurde?«, fragte er. »*Rückwärts*?«

Hauptmann Roderich zuckte mit den Schultern.

»Vielleicht seid Ihr ja ausgerutscht auf dem glitschigen Boden, gestolpert, rücklings über eine Bank gefallen? Habt Ihr schon einmal etwas vom Fluch der bösen Tat gehört?«

»Und was bitte sollte ich für ein Motiv haben, die drei Frauen zu ermorden? Es gibt keinen Mord ohne Motiv. Ich *mochte* Magdalena. Sie war sogar Engels verdammte *Trauzeugin*!«

Nikis Augen hatten sich an die Dunkelheit so weit gewöhnt, dass er das dreckige Grinsen auf dem Gesicht des Hauptmanns erkennen konnte.

»Ich habe gehört, Magdalena hat im Badehaus herumerzählt, Ihr hättet einmal mit ihr einen Zuber geteilt, und dort – sagen wir mal so: als Mann versagt. Und dass Ihr untenrum nicht so gut ausgestattet seid, insbesondere im Vergleich mit Joachim von Senftenberg. So ein Gerücht kann den Ruf eines Mannes zerstören, wenn es erst einmal die Runde macht. Könnte ihn sogar zum Gespött der Leute werden lassen. Keine guten Aussichten für einen *Troubadour*, einen Spielmann, für jedermanns beliebtesten Bänkelsänger, nicht wahr?«

»Was?!?«

»Soll ich es für Euch nochmals in einfachen Worten wiederholen? Sie hat herumerzählt, Ihr hättet keinen hochbekommen im Zuber. Und Ihr hättet einen kleinen Schwanz.«

»Was hat das jetzt damit zu tun?«, brauste Niki auf, seine Empörung stark genug, um ihn – schwankend, aber doch – trotz seines Schwindels auf die Beine zu bringen. »Das ist jetzt bitte eineinhalb Jahre her! Ich war damals schon in Engel verliebt, und sie war im Zuber direkt nebenan voller Leidenschaft mit Joachim zugange. Und ich habe ganz sicher keinen kleinen …«

»Genug davon«, unterbrach Hauptmann Roderich Nikis Proteste. »Das könnt Ihr alles dann dem Stadtrichter erzählen. Also unserem geschätzten Bürgermeister.«

Roderich erhob sich und stand nun dem vor Zorn bebenden Niki direkt gegenüber.

»Man behauptet oft, Worte würden mehr schmerzen als Verletzungen des Körpers«, sagte er. »Das ist natürlich Unsinn, was ich Euch morgen bei der peinlichen Befragung auch gerne beweisen werde. Nehmt dies als kleine Anzahlung.«

Roderich schlug Niki ansatzlos mit der Faust in den Bauch, drehte sich um und ließ seinen Gefangenen nach Luft schnappend auf dem schmutzigen Zellenboden zurück.

Niki schrak aus einem unruhigen Schlummer hoch und riss die Augen weit auf. Nicht, dass das seine visuelle Wahrnehmung groß veränderte: Es war stockdunkel in seiner Zelle – so dunkel wie die Nacht, die über Krems lag.

Aus der Dunkelheit nahm er das Geräusch von Schritten wahr. Nicht die Schritte einer einzelnen Person: Es war offensichtlich eine Gruppe von Menschen, die draußen auf dem Gang auf ihn zukam.

Oh Gott, sie kommen, um mich zu foltern, dachte er in einem Anflug von Panik, noch ein wenig desorientiert nach seinem Schlaf. *Hat Bruno nicht erzählt, dass der Vollstrecker beim ersten Grad der peinlichen Befragung dem Verdächtigen die vorhandenen Geräte nur zeigt und erklärt? Mir ist überhaupt noch nichts gezeigt und erklärt worden! Ich habe die verdammte Streckbank noch nicht gesehen!*

Niki ließ sich zurück auf die wackelige Pritsche fallen, wickelte sich notdürftig in die stinkende Decke und schloss die Augen wieder.

Es spielte keine Rolle mehr. Nichts spielte mehr eine Rolle.

Er würde es seinen Folterern nicht schwer machen. Er würde sich nicht die Fingernägel ziehen und zu einem psychischen und physischen Wrack machen lassen wie Mendel der Schachspieler, nur um am Ende ohnehin alles zu gestehen, was Roderich und seine Schergen von ihm hören wollten.

Den Teil schenk ich mir, dachte er. *Ich, der meine Zahnärztin ohne schmerzstillende Spritze am liebsten nicht einmal hineinschauen lassen würde in meinen Mund! Daumenschrauben, spanischer Stiefel, Flaschenzug? Never ever!*

Die Schritte am Gang kamen näher. Niki meinte, bereits aufgeregte, leise Stimmen unterscheiden zu können.

Jetzt können mich nur noch zwei Dinge retten, dachte er und wunderte sich dabei, wie ruhig und distanziert er trotz seiner Angst seine Situation analysierte – fast wie vorhin im *Knochenmann*.

Erstens: Isengrim mit einem weiteren Mord. Eine Schachfigur hat er ja noch. Wenn ich Glück habe, bringt er sein nächstes Opfer um, bevor ich auf dem Galgenberg lande. Dann geht es mir wie Mendel: Ich hab ein hieb- und stichfestes Alibi und sie müssen mich wieder laufen lassen.

Niki schüttelte den Kopf über seine eigenen Gedanken: Darauf wollte er nun wirklich nicht hoffen.

Na, dann bleibt nur noch zweitens: ein Wunder, dachte er. *Wie bei den »James Bond«-Filmen, wo der Held sich immer wieder mal in irgendeiner geheimen unterirdischen Bunkeranlage an einen Tisch gekettet wiederfindet – nackt und umgeben von zahlreichen schwer bewaffneten Feinden. Mit einem Laserstrahl auf seine Genitalien gerichtet. Und man sich als Zuschauer sagt: »Da kann er aber jetzt wirklich nicht mehr lebend rauskommen. Ab-so-lut unmöglich.« Und dann passiert im letzten Augenblick doch noch: ein Wunder!*

Die Schritte auf dem Gang kamen vor der Tür von Nikis Zelle zum Stillstand.

Dann drehte sich ein Schlüssel im Schloss, und die Tür wurde aufgestoßen.

»Bruno meint, Ihr wollt ein Geständnis ablegen«, rief Bürgermeister Eduard durch das kleine, vergitterte Fenster in der starken Eichentür, die Nikis Zelle verschloss. »Ihr wollt Euer Gewissen erleichtern, indem Ihr alle Einzelheiten über Eure abscheulichen Verbrechen und Eure Beweggründe dafür offenlegt. Und Ihr wollt das ausschließlich mir gegenüber tun.«

Aus der Kerkerzelle drang nur ein kaum hörbares Ächzen als Antwort an sein Ohr.

»Bruno sagt, Hauptmann Roderich hat Euch übel zugerichtet bei der peinlichen Befragung und er weiß nicht, ob Ihr die Nacht überlebt. Nur deswegen bin ich gekommen.«

Erneut antwortete ihm nur ein schmerzerfülltes Stöhnen.

Der Bürgermeister trat näher an das kleine Fenster heran, blinzelte ins Halbdunkel und verzog angeekelt den Mund, als er die verdreckten Binsen auf dem steinernen Boden und die muffige Luft bemerkte.

Auf einer Strohpritsche lag zusammengekauert eine Gestalt, bewegte sich wie unter starken Schmerzen und flüsterte etwas, das Eduard nicht verstand.

»Was sagt Ihr da?«

»... Geständnis ...«, murmelte Niki und streckte in einer kraftlosen Geste hilfesuchend einen zitternden Arm in Richtung des Bürgermeisters aus.

»Ja, sprecht schon. Ich höre Euch zu, Blondie!«

Niki begann zu weinen und mit zuckenden Schultern unverständliche Laute vor sich hin zu brabbeln. Das einzige Wort, das Eduard verstehen konnte, war »Beichte«.

»In Gottes Namen, sperr die Tür auf. Ich kann ihn nicht verstehen von hier aus!«, befahl der Bürgermeister Bruno. »Was zum Teufel hat Roderich mit ihm angestellt? Der sieht ja wirklich aus, als ob es jeden Moment mit ihm zu Ende ginge!«

Eduard betrat die Zelle und rümpfte die Nase.

»Jetzt lasst endlich hören Eure Beichte!«, sagte er ungeduldig. »Aber macht schnell. Der Gestank hier drinnen ist ja kaum auszuhalten!«

Mit einem satten Geräusch fiel die schwere Zellentür hinter dem Bürgermeister ins Schloss. Ein Schlüssel drehte sich hörbar.

Eduard fuhr herum und riss überrascht die Augen auf, als er bemerkte, dass Bruno ihn mit Niki in der Zelle eingesperrt hatte.

Ein zweites Mal wurde er überrascht, als das weinende Häufchen Elend, die mitleiderregende Gestalt, die bei seinem Eintreten zusammengerollt auf der schmutzigen Strohpritsche gelegen hatte, dynamisch aufsprang, auf ihn zutrat und ihn schelmisch anlächelte.

»Ich fürchte, ich muss Euch enttäuschen«, sagte Niki mit seiner gewohnten Stimme – von Kraftlosigkeit keine Spur mehr.

»Die Beichte ist leider abgesagt.«

»Glaubt Ihr eigentlich an Wunder, Herr Bürgermeister?«, fragte Niki, als Eduard endlich damit aufgehört hatte, Zeter und Mordio zu schreien und Bruno mit allen Niki bekannten Schimpfwörtern einzudecken – und dazu mit noch ein paar, die er bis jetzt noch nicht gehört hatte. Irgendwann hatte er eingesehen, dass ihn zu so später Stunde hier im Keller unter dem Herzogshof niemand hörte, auf dem dreibeinigen Hocker Platz genommen und starrte Niki von dort aus finster an.

»Mein persönliches Wunder geschah, als vor ungefähr einer Stunde statt Hauptmann Roderich und seinen Folterknechten Liesbeth und ihre Brüder meine Zelle betraten«, fuhr er fort, ohne auf seine Frage eine Antwort erhalten zu haben. »Bruno hat ihnen dankenswerterweise Zutritt gewährt.«

»Das hier ist kein Gefängnis, das ist ein gottverdammtes *Gästehaus*«, knurrte der Bürgermeister. »Dafür wird der Hurenspross bezahlen. Unter anderem!«

»Die drei laufen schon die ganze Woche durch Krems. Ihr wisst schon: Zeugen finden. Man sollte doch annehmen, dass bei inzwischen drei Morden irgendjemand irgendetwas gesehen oder gehört hat – egal, wie dunkel und nebelig es auch draußen war. Und stellt Euch vor: Heute sind sie tatsächlich fündig geworden!«

»Und das gibt Euch das Recht, mich spätabends noch zu stören mit diesem billigen ... Taschenspielertrick?«, fragte Eduard mit kampflustig vorgeschobenem Kinn. »Was hab ich mit Eurem Zeugen zu schaffen?«

»Ich habe über Euch nachgedacht«, sagte Niki, anscheinend mehr zu sich selbst als zu dem unfreiwilligen Gast in seiner Zelle. »Eduard, unser Bürgermeister. Sieht gut aus und weiß das. Er ist jung, intelligent, ehrgeizig und ... antisemitisch. Das heißt, er hat Vorurteile gegen Juden. Aber damit ist er hier ja offensichtlich in guter Gesellschaft, wie ich in der letzten Woche feststellen durfte.«

Niki schnitt eine Grimasse.

»Er ist immer nach der neuesten Mode gekleidet und bedient sich gerne, sagen wir mal: affektierter Gesten. Er ist gepflegt von Kopf bis Fuß: das Haar, der Bart, die Hände! Und er riecht nach Lavendel. Kein Wunder, dass er Frauen anzieht wie Motten das Licht. Dennoch ist er Junggeselle. Er besucht keine der dekadenten Orgien des Münzmeisters, und im Badehaus lässt er sich lieber von Lutz massieren als von einer der hübschen Bademägde.«

Niki sah Eduard prüfend an. Dieser erwiderte den Blick ausdruckslos.

»Ich kann mich natürlich irren, aber ich glaube, unser

Bürgermeister ... hat ein Geheimnis. Wenn dieses Geheimnis an die Öffentlichkeit gelangt, wird er am Weihnachtstag nicht wiedergewählt werden. Egal, ob meine Vermutungen zutreffen oder ob es sich dabei nur um ein Gerücht handelt: Wenn diese Geschichte bekannt wird, ist es vorbei mit dem jüngsten Bürgermeister, den Krems je hatte!«

Eher wird er mit Schimpf und Schande aus der Stadt gejagt, mitsamt dem schweigsamen Lutz, dachte Niki.

Eduard sagte nichts. Er sah Niki nur unverwandt an und strich sich dabei mit der Spitze seines Zeigefingers über die Augenbraue.

»Engel sagt, dass Magdalena eine ungewöhnlich einfühlsame Persönlichkeit war«, fuhr Niki fort. »Sie hatte einen scharfen Blick und ein gutes Gefühl für Stimmungen. Was, wenn sie das Geheimnis des Bürgermeisters erraten hat? Magdalena war eine lebenslustige Frau, die gerne gefeiert und getrunken hat, manchmal auch über den Durst. Was, wenn sie in Feierlaune eine Bemerkung hat fallen lassen? Vielleicht in Gegenwart von Petrissa, die schon häufiger unter Beweis gestellt hat, wie geschickt sie derartige Informationen zu Geld machen kann? Heute sind beide Frauen tot. Und eine dritte noch dazu.«

Niki machte eine nachdenkliche Pause.

»Eduard, unser Bürgermeister«, wiederholte er dann. »Ja, Ihr hattet durchaus ein Motiv. Gelegenheit hattet Ihr sowieso: Ihr wart am Abend von Allerheiligen bis zum Abendläuten im Badehaus anwesend. Als Bürgermeister könnt Ihr Euch ungezwungen in der ganzen Stadt bewegen. Egal, zu welcher Tages- oder Nachtzeit: Niemand würde bei Eurem Anblick argwöhnen, dass Ihr etwas Böses im Schilde führt.«

»Ihr habt tatsächlich über mich nachgedacht«, sagte Eduard leise. Aus seiner Stimme war Ärger herauszuhören, aber auch ein Hauch von widerwilliger Anerkennung.

»Deswegen weiß ich auch, dass Ihr *nicht* Isengrim seid«, sagte Niki. »Eine Mordserie in Eurer Stadt direkt vor der nächsten Wahl ist das Letzte, was Ihr brauchen könnt. Außerdem kann ich mir Euch beim besten Willen nicht als blutrünstigen Messerstecher vorstellen: Es passt einfach nicht zu Eurem Wesen. Wenn Ihr jemanden ermorden wolltet, würdet Ihr ihn wahrscheinlich vergiften oder so. Irgendetwas weniger Schmutziges auf jeden Fall. Unser Bürgermeister, von Kopf bis Fuß blutbespritzt, im dreckigen Schlamm kniend beim Ausweiden einer Leiche? Unvorstellbar!«

Wo Blutflecken doch so schlecht herausgehen aus der Kleidung, dachte Niki.

»Abgesehen davon seid Ihr Rechtshänder.«

»Woher wisst Ihr das?«

Niki hob seinen rechten Zeigefinger und strich sich damit demonstrativ langsam über die Augenbraue.

»Und zu guter Letzt habt Ihr für den Mord an Mariann ein Alibi: Ihr wart noch im Rathaus, als ich es verlassen habe. Ich bin auf dem kürzestmöglichen Weg zum *Knochenmann* zurückgekehrt. Es gibt keinen Umweg, auf dem Ihr mich ungesehen überholen und so lange vor mir in der Taverne eintreffen hättet können, um den Mord an der armen alten Frau zu begehen. Das geht sich schlicht und einfach zeitlich nicht aus, so schnell könnt Ihr gar nicht laufen.«

Eduard nickte nachdenklich.

»Das ist es also, was Ihr mir sagen wollt?«, sagte er nach einer Weile mit ruhiger, kontrollierter Stimme. »Deswegen habt Ihr mich hierher gelockt? Um mir zu sagen, dass ich nicht der Mörder bin? Oder wollt Ihr mich einfach nur erpressen? So, wie Ihr sagt, dass Petrissa es getan haben könnte?«

»Nein«, lächelte Niki. »Viel besser. Ich will Euch ein Angebot machen.«

»Ich höre.«

»Erstens: Holt mich raus aus dieser gottverdammten Zelle. Der Gestank ist wirklich kaum auszuhalten. Das war er übrigens auch schon, bevor ich hier eingezogen bin!«

Zum ersten Mal in dieser Nacht erschien ein Anflug von Lächeln auf dem Gesicht des Bürgermeisters.

»Ihr seid ein kluger Mann«, fuhr Niki fort. »Ihr wisst sehr wohl, dass ich nicht Isengrim bin. Deswegen hat Euch auch die Ankündigung meines Geständnisses derart neugierig gemacht, dass Ihr mir so spät am Abend bei Nacht und Nebel noch einen Besuch abstattet. Mir ist sehr wohl bewusst, wie dringend Ihr einen Schuldigen braucht. Ich kann Euch den wahren Mörder liefern. Dann braucht Ihr mich auch nicht mehr als Sündenbock!«

Eduard sah Niki unschlüssig an.

»Herr Bürgermeister, dieser Mörder wird nicht aufhören zu töten, nur weil Ihr einen alten Juden, einen jungen Sänger oder irgendein anderes armes Schwein an den Galgen bringt!«, sagte Niki eindringlich. »Was macht Ihr, wenn das nächste Opfer gefunden wird? Dann werden alle wissen, dass Ihr Euch geirrt habt. Schon zum zweiten Mal. Wie bei der Verhaftung von Mendel. Das wird Eure Chancen bei der nächsten Wahl auch nicht gerade erhöhen! Habt Ihr nicht die Menschen gehört, die heute vor dem Rathaus demonstriert haben – angestachelt von Altbürgermeister Albrecht? Wenn Ihr dagegen den wahren Mörder zur Strecke bringt, dann geht Euer Name in die Stadtchroniken ein. Dann seid Ihr Bürgermeister auf Lebenszeit!«

»Wie?«, fragte Eduard nach einer Weile. »Wie wollt Ihr mir den wahren Mörder liefern?«

»Beruft morgen Abend eine Versammlung ein, oben in der großen Halle. Ladet dazu alle Personen ein, die ich Euch gleich aufzählen werde. Egal ob sie kommen wollen oder nicht. Nach bestem Wissen und Gewissen sage ich Euch: Isengrim ist einer von ihnen. Und ich gebe Euch mein Wort: Niemand von uns verlässt morgen die Halle, bevor wir den Mörder überführt haben!«

Eduard hörte sich schweigend die Namen an, die Niki ihm nannte.

»Das ist … sehr ungewöhnlich, was Ihr hier vorschlagt«, sagte er schließlich. »Wisst Ihr bereits, wer von ihnen Isengrim ist? Habt Ihr Beweise für seine Schuld?«

»Zumindest habe ich jetzt – Liesbeths Nachforschungen sei Dank – den Schmied, der den Dolch hergestellt hat, mit dem Magdalena getötet wurde. Und der schwört, er würde den Mann, der ihm diesen abgekauft hat, bei einer Gegenüberstellung wiedererkennen.«

»Und warum erst am Abend und nicht schon am Morgen?«, fragte der Bürgermeister.

»Weil ich morgen voraussichtlich bis Mittag schlafen werde«, antwortete Niki mit einem grimmigen Lächeln. »Danach gehe ich ins Badehaus, lasse mir im heißesten Wasser, das ich nur irgendwie aushalten kann, all das Blut, all den Schmutz und all den Gestank der letzten Woche aus den Haaren und vom Körper waschen. Dann ziehe ich frische Kleidung an. Und wenn ich dann wieder wie ein Mensch aussehe und rieche, dann möchte ich noch ein, zwei andere Dinge erledigen, bevor wir uns zum *Grande Finale* versammeln.«

Eduard erwiderte Nikis Lächeln: Mit diesem Plan konnte er etwas anfangen. Er stand von seinem Hocker auf und streckte Niki die Hand entgegen.

»Ich werde Eurem Vorschlag entsprechen«, sagte der Bürgermeister, als Niki einschlug und sich von ihm auf die Beine ziehen ließ. »Lasst uns das morgen zu einem Ende bringen!«

Auf dem Weg zur Zellentür drehte er sich nochmals zu Niki um.

»Woher wisst Ihr von meinem … Geheimnis?«, fragte er leise. »Was hat mich verraten? Ich dachte immer, ich wäre vorsichtig.«

»Ich kann die Zeichen lesen«, gab Niki ebenso leise zurück. »Besser als alle anderen hier. Da, wo ich herkomme, müssen Männer und Frauen aus solch einer Neigung kein Geheimnis machen. Sie können offen darüber reden, sich vor allen Leuten zeigen, ohne Angst vor Ächtung und Ausgrenzung zu haben. Wenn sie möchten, dürfen sie sogar heiraten.«

Der Bürgermeister machte große Augen.

»Das hört sich zu gut an, um wahr zu sein«, sagte er, während Bruno von außen den Schlüssel im Schloss drehte. »Das höre ich zum ersten Mal. Ihr müsst aus einem sehr weit entfernten Land stammen, Nikolaus.«

Du hast überhaupt keine Vorstellung, dachte Niki.

Der siebente Tag: Endspiel im Herzogshof

Dienstag, 8. November 1194

»Weißt du wirklich nicht, wer der … Mörder ist?«, fragte Bertram und legte Niki die Hand auf den Arm, bevor dieser das Tor zur großen Halle des Herzogshofes öffnen konnte.

Niki drehte sich zu seinem Freund um und lächelte.

»Sagen wir mal so: Ich glaube, es zu wissen«, sagte er. »Was ich habe, sind sechs Verdächtige. Sechs Personen, von denen jede Gelegenheit und Motiv für die Morde hatte. Wenn ich eine Wette abschließen müsste, hätte ich einen Favoriten. Aber wissen tu ich gar nix, weil wir keinen einzigen Beweis haben. Bis jetzt. Der wackere Schmied, den Liesbeth aufgetrieben hat, wird uns gleich zeigen, wer von ihnen ihm die Mordwaffe abgekauft hat. Dann haben wir unseren Mörder.«

»So leicht kommst du … mir nicht davon«, sagte Bertram. »Ich möchte jetzt wissen, wen du für … Isengrim hältst.

Sonst kannst du nachher immer behaupten, du hättest es … von Anfang an gewusst!«

Niki konnte sich ein Lachen nicht verkneifen. Er trat nahe an Bertram heran, beugte sich vor und flüsterte ihm einen Namen ins Ohr. Bertram nickte nachdenklich.

»Und was ist, wenn du … dich irrst?«, fragte er schließlich. »Was ist, wenn es … keiner von den sechs ist?«

»Dann geh ich still und leise in den Keller hinunter und setz mich wieder in meine Zelle«, sagte Niki und zwinkerte Bertram zu. »Entspann dich, Bulle! In einer Stunde ist dieser Albtraum vorbei. Wird auch höchste Zeit. Ich kann es echt nicht mehr erwarten, Engel wiederzusehen. Und die vergangenen sieben Tage so rasch wie möglich hinter mir zu lassen!«

Ein letztes Mal atmete er tief durch.

Dann stieß er das Tor zur großen Halle auf.

Niki kannte den Prunksaal der Babenbergerherzöge nur mit geschlossenen Fensterläden, dunkel und abweisend. Viel Licht fiel auch jetzt nicht durch die Fensterscheiben, dafür war der Novembernachmittag zu nebelig. Eduard hatte jedoch ein gewaltiges Feuer im Kamin an der Stirnseite der Halle anzünden lassen, der so groß war, dass man darin wohl ein Spanferkel hätte grillen können. Über der langen und breiten Festtafel, die aussah, als könnte man sie jederzeit als Brücke über einen durchschnittlich großen Bach im Waldviertel zweckentfremden, hing ein schmiedeeiserner Leuchter in Form eines Wagenrades von der hohen Decke, auf dem in drei konzentrischen Kreisen Dutzende von Kerzen leuchteten. An den Wänden waren in regelmäßigen Abständen Halterungen eingelassen, in denen Fackeln brannten. In den Zwischenräumen hingen Wappenschilder aller

Städte und Landstriche, über die Herzog Leopold herrschte. Auf beiden Seiten des Kamins zeigten kunstvoll bestickte Wandteppiche die Wappen der Babenberger: das traditionelle mit den zwei schwarzen Panthern auf goldenem Grund, und das neue in Rot-Weiß-Rot. Die goldenen und silbernen Fäden darin glitzerten im Feuerschein.

Niki hatte dem Bürgermeister sechs Namen genannt von Personen, die an der Zusammenkunft teilnehmen sollten – die sechs Namen zu den Figuren aus der Aufstellung auf Mendels Schachbrett. Ein erster schneller Rundblick bestätigte ihm, dass alle sechs gekommen waren. Manche von ihnen waren in Begleitung erschienen, so dass viele Plätze auf beiden Seiten der langen Tafel besetzt waren. Die Anwesenheit von einem halben Dutzend diskret postierter Männer der Stadtwache ließ darauf schließen, dass nicht alle Verdächtigen aus freiem Willen der Einladung des Bürgermeisters Folge geleistet hatten.

Als Niki die Halle betrat und sich sämtliche Köpfe ihm zuwandten, hatte er kurz das Gefühl, alle zum ersten Mal zu sehen: Roderich, den bulligen Hauptmann mit der Stoppelglatze und der Säufernase. Wolfram, den glatzköpfigen Bader mit den behaarten Armen, der neben seiner Bademagd Albina aussah wie ein Großvater mit seiner kleinen Enkeltochter. Neben ihm Thomas, der großgewachsene, dunkle Badeknecht mit dem Silberblick. Madame Wilhelmine, die finster dreinblickende Hurenmutter, begleitet von Jacqueline, Bernadette und Pierre der Augenbraue. Vater Sebastian, der im hellen Licht noch fetter und verschwitzter aussah als sonst schon. Und Reinhardt der Münzmeister, begleitet von seiner Frau, deren üppiger Hals- und Armschmuck im Licht glitzerte.

Wer soll denn nun dein Herzblatt sein?, dachte Niki. *Einer von den sechs ist unser Mörder, die Frage ist nur: wer?*

Gemurmel entstand im Saal, während Niki und Bertram wortlos die Tafel entlangschritten bis zu ihrem Kopfende, an dem Bürgermeister und Stadtrichter Eduard auf einem hohen, mit kunstvollen Schnitzereien verzierten Holzstuhl Platz genommen hatte, flankiert vom jungen Hadmar von Kuenring und Joachim von Senftenberg. Nikis bester Freund zwinkerte ihm aufmunternd zu.

»He, Blondie!«, grölte Hauptmann Roderich mit schwerer Zunge. »Der Bürgermeister sagt, Euch haben wir die zweifelhafte Ehre dieser Einladung zu verdanken! Was soll der Scheiß? Ich war gerade mitten in einer Glückssträhne beim Würfeln!«

Niki ignorierte den sichtlich betrunkenen Stadtwächter, der anscheinend direkt aus einer Taverne in den Herzogshof gebracht worden war.

Bertram setzte sich an eine Ecke der Tafel, etwas abseits der drei hohen Herren am Kopfende. Niki ignorierte den für ihn bereitgestellten Stuhl, blickte in die Runde und wartete stehend, bis das Gemurmel verstummte.

»Herr, unser Gott und Gott unserer Vorfahren«, sagte er endlich mit lauter und klarer Stimme in die erwartungsvolle Stille hinein, als hielte er eine Lesung in einer heiligen Messe. »Möge es dein Wille sein, uns in Frieden zu leiten, unsere Schritte auf den Weg des Friedens zu richten, und uns wohlbehalten zum Ziel unserer Reise zu führen.«

Vater Sebastian schlug ein Kreuzzeichen.

»So sagt es das Gebet, das die Juden sprechen, jedes Mal, wenn sie eine Reise antreten«, fuhr Niki fort. »Hat mir Mendel der Schachspieler mit auf den Weg gegeben, als ich ihn heute besucht habe. Gemeinsam mit ein paar anderen Informationen. Und bevor jemand fragt: Mendel geht es besser. Die Fingernägel werden nachwachsen. Er kommt wieder vollständig in Ordnung.«

Niki lächelte, als ihm auffiel, wie Hauptmann Roderich den Kopf senkte und finster zu Boden blickte.

»Wieso ich mit einem Gebet für eine sichere Reise und vor allem für eine sichere Ankunft beginne? Weil ich euch heute

Abend auf eine Reise mitnehmen möchte. Eine Reise in die Vergangenheit, und eine Reise in die Abgründe der menschlichen Seele. Drei Frauen sind tot. Nicht nur das: Sie wurden schrecklich zugerichtet, so als hätte sie ein Raubtier zerrissen. Viele unserer Mitbürger glauben deshalb, kein Mensch wäre für die Morde verantwortlich, sondern ein Monster: Isengrim der Werwolf. Ein Mensch, der tagsüber ein unauffälliges Leben in unserer Mitte lebt und sich des Nachts in einen Wolf verwandelt.«

Albina riss die schwarzen Augen weit auf und sah mehr denn je aus wie eine angsterfüllte Maus. Thomas legte tröstend einen Arm um sie und flüsterte ihr ein paar beruhigende Worte ins Ohr.

»Ich glaube nicht an Werwölfe«, sagte Niki mit fester Stimme. »Ich glaube, dass die drei Frauen von einer Person aus Fleisch und Blut ermordet wurden. Kaltblütig und nicht in einem instinktgesteuerten Blutrausch. Ich glaube, dass ihnen die grauenhaften Verletzungen mit Absicht zugefügt wurden, um den Verdacht auf den legendären Isengrim zu lenken und das wahre Motiv des Mörders zu verschleiern.«

»Auch der legendäre Isengrim hat seine Opfer zerrissen«, warf Wolfram der Bader ein. »Legt die Art und Weise der Verbrechen an meinen Bademägden nicht nahe, dass der Unhold sein schreckliches Werk wiederaufgenommen hat?«

Niki warf Joachim einen unsicheren Seitenblick zu.

»Der Mörder, der landauf, landab als Isengrim bekannt ist, hat seine letzte Untat vor fünfzehn Jahren verübt«, antwortete Joachim. »Ich gebe euch mein Wort: Dort, wo er jetzt ist, kann er niemandem mehr gefährlich werden.«

»Ihr meint, er ist tot?«, fragte Wolfram.

Joachim lächelte nur grimmig.

»Ich war von Anfang an überzeugt davon, dass der Schlüssel zu den drei Morden bei Magdalena zu suchen ist«, fuhr Niki rasch fort, bevor Wolfram weitere unangenehme Fragen stellen konnte. »Ich glaube nicht, dass die beiden anderen Frauen unabhängig von ihr getötet wurden. Alle drei kannten einander, waren Bademägde aus demselben Badehaus. Mit Magdalena hat das Morden angefangen. Solange ich nicht genau wusste, was für ein Mensch Magdalena gewesen ist, hätte ich nie herausgefunden, warum sie getötet wurde – und von wem. Ich habe sie zwei Jahre lang gekannt, sogar selbst einmal einen Zuber mit ihr geteilt. Aber in Wahrheit wusste ich wenig von ihr. Die erste Frage, die ich jedem Gesprächspartner stellte, lautete daher immer: Was war Magdalena für eine Frau? Die Antworten darauf waren überraschend vielfältig, und langsam begann sich ein Bild von ihr vor meinen Augen abzuzeichnen, mit dem ich so nicht gerechnet hätte.«

Niki begann an seinen Fingern abzuzählen.

»Für Hauptmann Roderich war Magdalena ‚nur eine Hure'. Eine Einschätzung, die meine Verlobte Engeltrud zu einem Wutanfall veranlasste, wie ich ihn selten bei ihr erlebt habe. Sie selbst beschrieb ihre Freundin als ‚eine Frau, die keine Feinde hatte'. Für den Bader war sie klug und kalkulierend. Für Albina war sie wie eine Mutter, Petrissa beschrieb sie als gefühlskalt und geldgierig. Thomas machte aus seiner Abneigung ihr gegenüber keinen Hehl. Für Madame Wilhelmine war sie ein ... *Investment*. Eine zukünftige Zier für ihr Etablissement. Für den Münzmeister war sie ein willkommener Gast auf seinen römischen Orgien, für Vater Sebastian ein verlorenes Lamm. Aber zumindest eines mit geschickten Händen.«

Einige der Anwesenden lachten. Niki bemerkte mit Befriedigung, dass der dicke Pfarrer heftig errötete.

»Magdalena kannte Gott und die Welt und war dem Vernehmen nach allseits beliebt. Bei jungen Gästen, denen sie den Weg vom Knaben zum Mann geebnet hatte. Bei betagteren Gästen, denen sie zu einem unerwarteten zweiten Frühling verhalf. Engeltrud erwähnte Magdalenas Einfühlsamkeit und ihr Talent fürs Zuhören. Auch Albina merkte an, dass insbesondere ihre männlichen Gäste ihr im Rausch der Gefühle manchmal Geheimnisse anvertrauten, von denen sie es am nächsten Tag bereuten. Gleich mehrere Personen hatten einen Verdacht, dass Magdalena etwas vorhatte. Etwas Besonderes. Etwas, das ihr Leben vollkommen verändern würde, und wohl auch das von Menschen aus ihrem Umfeld. Aber warum wurde sie getötet? Und warum danach Petrissa? Und am Ende auch noch die alte Mariann?«

Niki ließ seinen Blick in die Runde schweifen und spürte die ungeteilte Aufmerksamkeit aller Anwesenden.

»Ihr alle kennt die Vorschriften, was die Stadttore betrifft«, fuhr er fort. »Niemand betritt oder verlässt Krems zwischen Sonnenuntergang und Sonnenaufgang, ohne sich bei den diensthabenden Torwächtern auszuweisen. Alle drei Opfer wurden ermordet, während die Stadttore verriegelt waren. Laut den Torwächtern hat in den betreffenden drei Nächten kein Fremder die Stadt betreten oder verlassen. Kein Landstreicher, kein Tagedieb, kein Bettler. Es steht daher unzweifelhaft fest, dass der Mörder hier in Krems lebt. Er ist kein Monster. Er ist auch kein Fremder. Er ist einer von uns.«

Leises Gemurmel brach aus unter den Gästen, nachdem Niki in einem Aufwaschen sowohl die beliebteste als auch die bequemste Theorie über die Person des Mörders vom Tisch gewischt hatte. Wenn es nicht der Werwolf war, und keiner von Hauptmann Roderichs »üblichen Verdächtigen«: Wer war es dann?

»In der Theorie hatten also alle in Krems wohnhaften Menschen die Möglichkeit, sich im Schutz der Dunkelheit und des verdammten Nebels ungesehen durch die Stadt zu bewegen und die Morde zu verüben«, sagte Niki, als sich die Aufregung wieder gelegt hatte. »Das trifft auf fast tausend Männer und Frauen zu. Viele von ihnen waschen sich aber am Fluss, am Brunnen oder überhaupt nicht und haben die Bademägde höchstens vom Sehen gekannt. Andere gehen mit ihren Familien nur zweimal im Jahr ins Badehaus und kannten sie nur flüchtig. Auf jeden Fall nicht gut genug, um sie umbringen zu wollen. Daher haben Bertram und ich von Anfang an versucht, herauszufinden, wer Magdalena, Petrissa und Mariann überhaupt persönlich kannte – und wer von ihnen ein Motiv, einen möglichen Grund haben könnte, sie zu ermorden. Allen voran Magdalena, mit der alles begonnen hat. Anfangs schien es, als könnte niemand einen Grund haben, der allseits beliebten Bademagd etwas anzutun. Mit der Zeit haben sich aber doch eine Reihe von Personen herauskristallisiert, die meiner Einschätzung nach sehr wohl ein solches Motiv haben. Wie ich sehe, sind alle sechs der Einladung zu dieser Zusammenkunft gefolgt.«

Niki ließ noch einmal seinen Blick in die Runde schweifen und atmete einmal tief durch, bevor er zu seiner Schlussfolgerung kam.

»Daher bin ich überzeugt davon, dass der Mörder sich jetzt hier mit uns in diesem Raum befindet.«

Dieses Mal war das Gemurmel an der Tafel lauter, aufgebrachter als zuvor. Hauptmann Roderich grölte unverständliche Schimpfwörter in Nikis Richtung. Wolfram der Bader warf theatralisch die Hände in die Höhe. Vater Sebastian bekreuzigte sich schon zum zweiten Mal. Reinhardt der Reiche fragte den Bürgermeister, ob es wirklich notwendig wäre, sich diesen Unsinn noch länger anzuhören.

Niki fiel auf, dass das Gemurmel diesmal aber auch von unübersehbaren Seitenblicken zwischen den Gästen begleitet war – manche versteckt, manche ganz offen. Der Mörder – hier an diesem Tisch? Undenkbar! Aber falls doch: Wer aus der illustren Schar käme wohl am ehesten dafür infrage?

»Wer aus der illustren Schar kommt wohl am ehesten dafür infrage?«, wiederholte er laut seinen Gedanken, verließ seinen Platz am Kopfende der Tafel und wanderte langsam den Weg in Richtung Eingang zurück, bis er vor Hauptmann Roderich stehen blieb.

»Wie wäre es zum Beispiel mit ... dem Hauptmann der Stadtwache?«, sagte Niki. »Er ist der erste Verdächtige, dem ich nach dem Mord an Magdalena begegnet bin. Er ist brutal. Er ist arrogant. Er schaut gerne tief ins Glas. Und er hat auch ein Geheimnis: Der Hauptmann ist nämlich leidenschaftlicher Spieler. Hin und wieder gewinnt er. Meistens aber verliert er. Dann benötigt er frisches Geld, um seine Verluste wieder hereinzuholen. Sein karger Sold als Hauptmann reicht nie und nimmer aus, um seine Spielsucht zu finanzieren. Daher wendet er sich an den hiesigen Geldverleiher: an Mendel den Schachspieler. Der Jude leiht ihm gerne Geld. Und zwar zum gesetzlich erlaubten Höchstzinssatz von 33 1/3 Prozent.«

Ein Raunen ging durch die Anwesenden.

»Als sein Gläubiger ihm eine letzte und schließlich eine allerletzte Frist für die Rückzahlung setzt, steht Roderichs Ansehen, sein ganzes Leben auf dem Spiel. Was tun? Wenn Mendel selbst gewaltsam zu Tode kommt, wird man in seinem Nachlass die Schuldscheine mit seiner Unterschrift finden. Also schmiedet der Hauptmann einen besseren Plan: Er schneidet Magdalena am Täglichen Markt die Kehle durch und legt die sterbende Frau auf der Türschwelle von Mendel ab. Am nächsten Morgen verhaftet er gleich in aller Früh den nichtsahnenden Juden, beschlagnahmt seine Geschäftsunterlagen und schlägt damit zwei Fliegen mit einer Klappe: Der rasche Fahndungserfolg ist seiner beruflichen Laufbahn förderlich. Und nach der Hinrichtung seines Gläubigers ist niemand mehr da, der seine Schulden eintreiben kann.«

»Es gibt keine Schuldscheine«, knurrte Hauptmann Roderich. »Zeig mir doch einen Schuldschein, du stinkender Lügner, du!«

»Ihr wisst genau, dass es keine Schuldscheine mehr gibt, weil Ihr sie vernichtet habt«, gab Niki ruhig zurück. »Ich habe dafür aber etwas anderes, gerade heute erst bekommen. Mendel selbst hat es mir gezeigt. Es ist das, was der alte Jude seine ‚doppelte Buchhaltung' nennt: eine vollständige Auflistung der Namen aller seiner Schuldner und der ausgeborgten Beträge. Versteckt an einem geheimen Ort außerhalb seines Hauses. Ihr seid nicht der Erste, Roderich, der versucht, seine Schulden auf diese Weise aus der Welt zu schaffen: Das haben schon klügere Köpfe vor Euch versucht!«

Roderich starrte Niki aus blutunterlaufenen Augen hasserfüllt an, sagte aber nichts. Der Bürgermeister gab ein unauffälliges Zeichen, worauf zwei kräftige Stadtwächter links und rechts von ihrem Hauptmann Aufstellung nahmen.

»Petrissa muss beseitigt werden, weil sie etwas gesehen hat und versucht, ihr Wissen zu Geld zu machen. Und die alte Mariann, weil sie offensichtlich etwas weiß, ohne sich dessen bewusst zu sein. Weil sie viel trinkt und viel redet, hauptsächlich mit mir, und der Mörder Angst hat, dass sie dabei ihr Wissen preisgibt, was immer das auch ist. Als Kommandant der Stadtwache kennt er die Runden, die seine Wächter in der Nacht abschreiten; es fällt ihm daher leicht, ihnen bei seinen Untaten aus dem Weg zu gehen. Alle drei Opfer verunstaltet er nach dem Vorbild einer alten Mordserie, an der er als junger Wächter gearbeitet hat und an die sich viele Kremser noch erinnern können, um den Verdacht auf Isengrim den Werwolf zu lenken. Danach versucht er mit allen nur erdenklichen Mitteln, Bertram und mich davon abzuhalten, den Mord an Magdalena genauer zu untersuchen, als die Stadtwache es getan hat. Oder vielmehr *nicht* getan hat. Als das alles nichts nützt, lässt er mich unter einem nichtigen Vorwand festnehmen und in den Kerker werfen.

Heute stehe ich trotzdem hier und frage mich: Traue ich diesem Mann drei Morde zu? Und ob ich das tue!«

»Du verdammtes Hurenkind von einem Sänger!«, knurrte Hauptmann Roderich, stemmte sich aus seinem Scherenstuhl und wollte sich auf Niki stürzen. Es kam zu einem kurzen Handgemenge mit den beiden Wächtern, dem Niki ohne erkennbare Emotion folgte.

»So könnte es abgelaufen sein«, sagte er nachdenklich, nachdem der Hauptmann von Angehörigen seiner eigenen Wache mit vereinten Kräften wieder auf seinen Platz niedergedrückt worden war.

»Aber *ist* es auch so abgelaufen? Hat Hauptmann Roderich die drei Frauen getötet?«

Niki hatte nun die ungeteilte Aufmerksamkeit seiner Zuhörerschaft. Alle Blicke im Saal waren auf ihn gerichtet, als er das Gesicht zu einer schmerzvollen Grimasse verzerrte und ärgerlich den Kopf schüttelte. Es war ihm deutlich anzusehen, wie sehr die Antwort auf seine rhetorische Frage ihn verdross.

»Nein, hat er nicht«, sagte er schließlich mit sichtlichem Widerwillen.

»Der Hauptmann ist ein Mensch, der nichts dabei findet, andere Menschen zu verletzen, ihnen unter der Folter richtige oder auch falsche Geständnisse abzupressen. Er liebt es, wenn ihm andere Menschen ausgeliefert sind – am besten in einem diskreten Kellerraum hier unter dem Herzoghof. Ich denke, es bereitet ihm ganz besondere Freude, Frauen auf diese Weise zu quälen.«

Außerdem hat er eine Erektion bekommen, als er Magdalenas nackte Leiche gesehen und uns so lebhaft geschildert hat, wie der Mord seiner Vorstellung nach wohl abgelaufen ist, dachte Niki.

»Die drei Mordopfer sind aber nicht gequält worden. Nach allem, was wir wissen, kam der Tod schnell und überraschend über sie. Die Messerstiche wurden ihnen erst beigebracht, als sie schon tot waren. Was Petrissa betrifft: Selbst wenn Hauptmann Roderich von ihr erpresst worden wäre, hätte er sie wohl nicht ausgerechnet in der Nacht vor Mendels geplanter Hinrichtung getötet. Die ein, zwei Stunden hätte er in jedem Fall noch abgewartet. Außerdem ist Roderich Rechtshänder: Mit dem rechten Zeigefinger hat er mir schon bei unserem Kennenlernen drohend auf die Brust getippt, mit der rechten Hand kratzt er sich ständig die Eier – und mit der rechten Faust hat er mich gestern im Kerker zusammengeschlagen.«

Niki machte eine Pause und sah den Hauptmann finster an.

»Und vor allem: Hauptmann Roderich ist nicht die hellste Birne, ähm, *Kerze* im Kronleuchter«, sagte er schließlich. »Eine Bademagd umzubringen und sie seinem Gläubiger vor die Haustüre zu legen, damit er ihn am nächsten Morgen wegen Mordes verhaften kann – einen gefinkelten Plan wie diesen trau ich ihm einfach nicht zu. Dafür ist er schlicht und einfach nicht intelligent genug.«

Der Hauptmann wollte erneut aufspringen und sich auf Niki stürzen; auf halbem Weg aus seinem Stuhl wurde ihm bewusst, dass Niki ihn gerade von seinem Verdacht freigesprochen hatte, zögerte einen Moment verwirrt und setzte sich dann ohne ein weiteres Wort wieder hin.

»Der zweite Verdächtige, mit dem ich nach dem Mord an Magdalena gesprochen habe, war … Wolfram der Bader«, sagte Niki und ging die paar Schritte der Tafel entlang, die nötig waren, um sich vor dem Besitzer des Badehauses aufzubauen.

»Wolframs Badehaus blickt auf kein gutes Jahr zurück«, fuhr er fort. »Vorigen Herbst kam ihm Engeltrud abhanden, Magdalenas kongenialer ‚Zwilling‘. Zusammen waren die beiden Frauen verantwortlich für den wirtschaftlichen Erfolg von Wolframs Haus. Da Engel im Auftrag von Herzog Leopold mit Hadmar, Joachim, Bertram, mir und anderen wackeren Gefährten nach Konstantinopel reiste, konnte der Bader dagegen keinen Einspruch geltend machen. Als wir im Frühjahr zurückkehrten, trug sie bereits mein Kind unter dem Herzen. Seit damals muss ihm klar gewesen sein, dass Engel nie wieder als Bademagd arbeiten wird. Kurz darauf ereilte sein Haus ein weiterer wirtschaftlicher Schlag: Neuankömmlinge eröffneten ein Hurenhaus am Pfarrplatz, mitten im Herzen der Stadt. Madame Wilhelmine und ihre Mädchen brachten mit ihren unaussprechlichen französischen Namen den Flair der großen weiten Welt nach Krems – oder was sie dafür halten. Klar, zum Baden, Rasieren und Haarewaschen würden die Kremserinnen und Kremser weiterhin ins Badehaus kommen. Aber das wirklich lukrative Geschäft mit den, ähm, persönlichen Dienstleistungen für männliche Kunden wurde weniger und weniger. Wie lautet gleich noch einmal das Motto seines Hauses? *Der Leib im Wasser, die Kehle voll Wein – mehr braucht es nicht zum Glücklichsein?* Für viele männliche Gäste braucht es etwas mehr, und das weiß der Bader ganz genau.«

Niki machte eine Pause und sah nachdenklich auf den Bademeister hinunter, der seinen Blick mit zusammengekniffenen Lippen trotzig zurückgab.

»Wolfram hat es mir selbst bei meiner letzten Rasur gesagt: Magdalena war die beliebteste unter den Bademägden und brachte ihm Tag für Tag viel Geld ein. Nicht wenige Gäste kamen nur ihretwegen in sein Haus und warteten im Fall des Falles lieber, bis Magdalena frei wurde, bevor sie sich von einer der anderen Mägde bedienen ließen. Vordergründig scheint es, als hätte Wolfram allen Grund, Magdalena ein langes und gesundes Leben zu wünschen. Welchen Grund hätte der Bader, ausgerechnet seinen Goldesel töten?«

»Ganz meine Rede«, sagte Wolfram. »Ich verstehe überhaupt nicht, warum man mich gegen meinen Willen hierher gebracht hat. Kann ich jetzt endlich wieder gehen?«

»Vielleicht, weil der Goldesel ihm mitgeteilt hat, dass er nicht länger für ihn arbeiten will?«, fuhr Niki fort, ohne den Protesten des Baders Aufmerksamkeit zu schenken. »Magdalena hatte ihrem engsten Umfeld gegenüber bereits mehrfach anklingen lassen, dass eine große Veränderung in ihrem Leben bevorstand. Nachdem darunter auch Petrissa war, wusste bald das ganze Badehaus und halb Krems darüber Bescheid. Wolfram hat Engeltrud nie verziehen, dass sie sein Badehaus verlassen hat, ohne dass ihn jemand zumindest für ihre, ähm, *Ausbildung* entschädigt hat. Jetzt auch noch Magdalena? Wo soll das hinführen, wenn ihr Beispiel Schule macht?«

One does not simply walk … out of the Badehaus, dachte Niki.

»Von uns allen hier im Saal weiß Wolfram am besten mit Messern umzugehen. Er besitzt im Badehaus eine ganze Sammlung davon, jedes einzelne scharf wie ein, ja, wie ein Rasiermesser eben!«

Der Bader sprang auf.

»Das reicht mir jetzt«, sagte er. »Ich höre mir diesen Unsinn nicht mehr länger an. Ich bin ein ehrenwerter Mann, eine Stütze der Gesellschaft, das muss ich mir nicht gefallen lassen!«

»Außerdem hat die Stadtwache unter der Führung von Bruno heute eine Hausdurchsuchung in den privaten Räumlichkeiten von Wolfram durchgeführt«, sagte Niki ungerührt. »Dabei haben sie das hier gefunden.«

Niki löste einen Beutel von seinem Gürtel und ließ ihn mit großer Geste vor Wolfram auf die Tischplatte fallen. Der Beutel öffnete sich ein wenig, und ein paar weiße, glitzernde Silberpfennige klimperten auf die Tafel. Die Anwesenden beobachteten schweigend, wie einer davon bis zum Kopfende des langen Tisches rollte, wo er vor dem Bürgermeister liegen blieb. Eduard hob den wertvollen Pfennig schweigend auf, betrachtete ihn eingehend von beiden Seiten und gab dann den zwei Wächtern am Tisch ein Zeichen, ihren Platz bei Hauptmann Roderich zu verlassen und stattdessen den Bader in ihre Mitte zu nehmen.

»Dazu hattet Ihr kein Recht, Nikolaus«, sagte Wolfram entrüstet.

»Dazu hatte ich *jedes* Recht!«, sagte Niki, seine Stimme plötzlich scharf und schneidend.

»Das Geld steht mir zu!«, behauptete der Bader im Brustton der Überzeugung. »Ihr wisst genau, dass die Mägde ihren Verdienst mit mir teilen!«

»Teilen? Eure Vorstellung vom Teilen besteht darin, dass Ihr den Frauen zu überhöhten Preisen Unterkunft und Verköstigung gewährt und sie ihr Trinkgeld behalten dürfen!«, gab Niki zornig zurück. »Magdalena hat viel Trinkgeld bekommen. Ihr habt es mir selbst gesagt: Sie war sehr sparsam und lebte äußerst bescheiden. Und jetzt behauptet Ihr ernsthaft, sie wäre mittellos gestorben, nur mit den paar Münzen, die sie bei ihrer Ermordung bei sich trug?«

Wolfram wollte etwas sagen, aber Niki schnitt ihm mit einer Handbewegung das Wort ab.

»Ihr habt Magdalena ermordet, um ein verdammtes Exempel zu statuieren!«, donnerte er. »Ein abschreckendes Beispiel für Eure anderen ... *Mitarbeiterinnen* – die gegenwärtigen und die zukünftigen. Und als sie dann tot war, seid Ihr in ihr Zimmer gegangen und habt auch noch ihr Geld gestohlen!«

Ein paar Augenblicke lang war es totenstill im Saal. Wolfram war weiß wie die Wand geworden und ließ sich schwer wieder in seinen Sessel sinken. All die bis jetzt zur Schau gestellte pompöse Rechtschaffenheit, all seine gespielte Empörung war aus seinem Benehmen verschwunden. Der Bader sah mit einem Mal alt und müde aus.

»Ja, ich habe ihr Geld genommen«, sagte er schließlich. Selbst seine Stimme klang nunmehr alt und müde, zittrig wie die von einem Greis. »Sie hat nicht einmal Kinder – wem hätte sie es denn sonst vererbt? Wenn die Stadtwache es in ihrem Zimmer gefunden hätte, wäre all das schöne Geld von Hauptmann Roderich verspielt und versoffen worden. Ohne mich hätte Magdalena dieses Geld nie verdient. Ohne mich wäre sie immer noch eine fahrende Hure, die sich ihre Kunden in den Dörfern zusammensucht und auf den Wegen dazwischen damit rechnen muss, von Gruppen von betrunkenen Halbwüchsigen beschimpft, bespuckt oder gar in irgendeinem Gebüsch mit Gewalt genommen zu werden, von allen der Reihe nach! Magdalenas Geld steht mir mehr zu als irgendjemand anderem!«

Mit sichtlicher Mühe erhob sich Wolfram wieder aus seinem Stuhl und trat einen Schritt nach vorne, bis er direkt vor Niki stand. Da er einen Kopf kleiner war als der junge Spielmann, musste er seinen Kopf in den Nacken legen, um Niki in die Augen schauen zu können.

»Aber ich habe sie nicht getötet!«, sagte er eindringlich, nun wieder mit fester Stimme. »Ich habe überhaupt noch nie jemanden getötet! Ich kann nicht einmal Blut sehen: Wenn ich beim Rasieren jemanden schneide, wird mir vom Anblick ganz seltsam zumute und ich muss mich kurz hinsetzen, weil sich alles um mich zu drehen beginnt! Ich spreche die Wahrheit, Gott ist mein Zeuge!«

Niki seufzte.

»Ja, ich weiß«, sagte er. »Die drei Morde passen nicht zu Wolframs Persönlichkeit. Mehr als das: Sie widersprechen seinem Charakter ganz und gar«, fuhr er nach einer kurzen Nachdenkpause fort, jetzt wieder an alle seine Zuhörer gewandt.

»Er mag geldgierig sein, aber er ist nicht gewalttätig. Er nimmt seine Frauen finanziell aus bis auf das sprichwörtliche letzte Hemd, aber er greift nicht zum Ochsenziemer, um Widerspruch aus der Welt zu schaffen. Ich habe keinen Zweifel daran, dass er in seinen Träumen gerne ein harter Bursche wäre, ein mächtiger Hurenwirt, gleichermaßen geachtet wie gefürchtet.«

Don Vito Corleone, der Pate von Krems, dachte Niki und musste unwillkürlich lächeln.

»Solch ein Mann würde einer abtrünnigen Bademagd vielleicht die Kehle durchschneiden, einfach nur, um für die anderen ein Zeichen zu setzen. Und danach mit der gleichen Kaltblütigkeit allfällige Zeugen aus dem Weg räumen. Aber aus diesem Holz ist Wolfram einfach nicht geschnitzt. In Wahrheit ist er nur ein Friseur mit einem einträglichen Nebenerwerb.«

Niki seufzte erneut.

»Außerdem ist er Rechtshänder: Wolfram könnte hundert Bürgen aufmarschieren lassen, die bezeugen, dass er sein Rasiermesser mit der rechten Hand führt. Er könnte sogar mich als Zeugen benennen, ohne dass ich ihm in diesem Punkt widersprechen könnte. Wenn er jemandem im Affekt die Kehle durchschneiden würde – zum Beispiel einem Einbrecher, der es auf seine Ersparnisse abgesehen hat – würde er es sicher nicht mit der linken Hand tun, wie es Magdalena widerfahren ist. So schwer es mir auch fällt, das zuzugeben: Ich glaube nicht, dass Wolfram die drei Morde begangen hat.«

»Darf ich mein Geld nun wiederhaben, nachdem das jetzt geklärt ist?«, fragte Wolfram in das einsetzende Gemurmel hinein und griff nach dem Beutel mit den Silberpfennigen.

Niki machte einen raschen Schritt nach vorne und schlug dem Bader hart auf die ausgestreckten Finger.

»Nein. Magdalenas Geld ist beschlagnahmt. Als Beweismittel«, sagte er. »Kraft meines Amtes als Beauftragter von Herzog Leopold. Es steht Euch frei, beim Herzog Beschwerde darüber einzulegen.«

»Viele kennen Thomas, den Badeknecht. Wenige haben ihn jemals etwas sagen hören«, sagte Niki, während er wieder ein paar Schritte die Tafel entlang weiterzog. »Die Nummer drei auf meiner Liste.«

Thomas sah nicht auf, als Niki vor seinem Stuhl stehen blieb. Er starrte geistesabwesend auf die Spitzen seiner weit von sich gestreckten Stiefel.

»Thomas und Magdalena kannten einander seit vielen Jahren. Seite an Seite arbeiteten sie tagsüber in Wolframs Badehaus, Seite an Seite bewohnten sie zwei Zimmer im Hinterhof. Vordergründig hat die beiden eine leidenschaftliche gegenseitige Abneigung verbunden: Albina hier beschrieb das Verhältnis der beiden als ‚wie Katz und Maus'. Sie hat mir auch von den Blicken erzählt, mit denen er Magdalena angesehen hat, wenn sie mit Männern einen Zuber oder eines der Ruhebetten teilte. Sie sagte, dass das keine freundlichen waren: ‚Gut, dass Blicke nicht töten können', waren ihre Worte. Thomas selbst behauptete von sich mit entwaffnender Offenheit, er hätte Magdalena gehasst. Und er wäre froh, dass sie tot ist.«

Thomas ließ Nikis Erzählung ungerührt über sich ergehen. Nichts deutete darauf hin, dass er überhaupt zuhörte.

»Albina war es auch, die am Abend von Magdalenas Tod Zeugin einer lautstarken Auseinandersetzung im Zimmer ihrer Nachbarin wurde. Das Thema des heftigen Streits konnte sie nicht erkennen. Sehr wohl aber hat sie gehört, wie Thomas – bereits draußen vor Magdalenas Tür – gerufen hat: ‚Sag nachher nicht, dass ich dich nicht gewarnt hätte!' Seine letzten Worte waren dann: ‚Eines Tages bringe ich dich um!' Thomas selbst sagt, die Gründe für diesen Streit wären privat und gingen niemanden etwas an. Wir wissen nicht, worum sich die Auseinandersetzung drehte. Und außerdem …«

Niki sah den Badeknecht prüfend an.

»… hat Thomas Albträume. In denen er sich selbst dabei beobachtet, wie er Magdalena tötet. Und Petrissa. Hattest du deinen Traum letzte Nacht wieder, Thomas? Du hast nicht zufällig Mariann auch gesehen dieses Mal?«

»Dazu müsste ich Prophet sein statt Badeknecht«, antwortete Thomas ruhig. »Vom Tod Marianns habe ich erst heute Morgen erfahren. Das ist sich nicht mehr ausgegangen für meinen Albtraum.«

Einen Versuch war es wert, dachte Niki.

»Thomas ist einer von diesen starken, ruhigen Männern«, fuhr er fort. »Er zeigt so gut wie nie Gefühle. Das heißt aber nicht, dass er keine hat. Sie sind nur eingesperrt, und das mit der Zeit unter immer höherem Druck. Wie in einem Kelomat. Will sagen: Wie in einem Schnellkochtopf. Ach, vergesst es einfach. Was ich sagen wollte, ist: Wenn der Druck zu hoch wird, dann kann auch ein ruhiger Mensch wie Thomas seine Selbstbeherrschung verlieren, und wenn das passiert, dann sollte man ihm besser nicht im Weg stehen. Ich war von Anfang an überzeugt, dass der Mord an Magdalena ein Mord aus Leidenschaft war. Thomas erfüllt alle Anforderungen an einen Mörder aus Leidenschaft. Mariann hat mir einmal erzählt, dass er im Schlachthof gearbeitet hat, bevor er im Badehaus angefangen hat. Halbe Rinder herumtragen – davon hat er seine breiten Schultern. Kann vermutlich ein Schwein zerlegen in der Zeit, die ich brauche, um ohne Hilfe mein verdammtes Kettenhemd anzulegen. Traue ich ihm die drei Morde grundsätzlich zu? Ja, das tue ich.«

»Danke«, sagte Thomas, als wäre das ein Kompliment. Ein kleines Lächeln huschte über sein Gesicht, während sein Blick ungerührt an seinen Stiefelspitzen haften blieb.

»Ich glaube dir sogar, dass du Magdalena gehasst hast«, sagte Niki leise. »Aber zuvor schon hast du sie geliebt. Du liebst sie noch immer, nicht wahr?«

»Ich habe sie vom ersten Tag an geliebt«, sagte Thomas

träumerisch, ein überraschend zärtliches Lächeln auf den Lippen. »Ich hätte alles für sie getan – die Sonne und den Mond vom Himmel geholt, wenn sie das von mir verlangt hätte. Es war schwer genug, ihr dabei zuzusehen, wie sie tagein, tagaus anderen Männern ... zu Diensten war. Ich konnte nur dabei zuschauen, und heißes Wasser in die Badezuber nachfüllen. Es gab Tage, da hatte ich Hoffnung ... Insbesondere in manchen Nächten ... Aber Magdalena war immer schon eine, die auf ihr Geld geschaut hat. Kein Wunder, dass ihr wohlhabende Kunden besser zu Gesichte standen als ein schielender Badeknecht.«

Tiefes Schweigen lag über der Halle.

»Willst du immer noch wissen, worum es sich bei unserem Streit drehte?«, fragte Thomas nach einer Weile und sah dabei den Münzmeister finster an. »Das kann ich dir sagen: Es ging um ihn!«

Alle Gesichter wandten sich Reinhardt dem Reichen zu, der sich unbehaglich auf seinem Sessel bewegte.

»Als der Münzmeister am Nachmittag ins Badehaus gekommen ist und Magdalena gebeten hat, am Sonntag bei dem dreckigen Gelage mit seinen fetten, reichen Freunden dabei zu sein, habe ich zum ersten Mal in all den Jahren meinen Gleichmut verloren«, fuhr Thomas fort. »Es ist eine Sache, im Badehaus zahlende Kundschaft zu bedienen. Es ist eine andere Sache, einen Kunden zu Hause zu besuchen. Viel ... persönlicher. Ich hab sie gebeten, sich das zu überlegen. Sie hat mich nur ausgelacht. Hat gesagt, dass ich nicht ihr Vater sei. Hat sich über mich lustig gemacht. Als ich ihn dann abends aus ihrem Zimmer kommen sah, ist es mir so ergangen, wie du das vorhin beschrieben hast mit dem ... mit dem *Schnell-Koch-Topf*? Mit einem Mal ist alles aus mir herausgebrochen, was ich all die Jahre in mich hineingefressen hatte. Ich verlor völlig die Beherrschung, war so fuchsteufelswild wie noch nie zuvor in meinem Leben.«

Der Bürgermeister wechselte einen Blick mit den beiden

Wächtern, die von Wolfram abrückten und sich stattdessen unauffällig Thomas annäherten.

»Und was hast du dann getan?«, fragte Niki leise.

»Dann hab ich mir eine Flasche Wein aus dem Badehaus geholt, bin in mein Zimmer gegangen und habe mich betrunken. Ich habe keine Erinnerung mehr an den weiteren Abend. Ich bin erst am nächsten Morgen aufgewacht, als man mir erzählt hat, dass Magdalena ... dass Magdalena ...«

Thomas unterbrach sich und schluckte schwer.

»Glaubst du ... Glaubst du, dass ich sie umgebracht habe, Blondie?«

Das Schweigen in der Halle lag lange in der Luft.

»Nein, das glaube ich nicht«, sagte Niki schließlich. »‚Sag nachher nicht, dass ich dich nicht gewarnt hätte' klingt eher nach einem guten Ratschlag als nach einem angedrohten Mord. Und danach hast du gesagt: ‚Eines Tages bringe ich dich um', und nicht: ‚Jetzt reicht es, jetzt hole ich ein Messer und bringe dich um.' Du hast Bertram und mir deinen Albtraum sehr detailliert beschrieben. Wenn du Magdalenas Leichnam jemals gesehen hättest, dann wüsstest du, dass deine Beschreibung nicht zu ihren Wunden passt. Nicht zuletzt hast du deine lebhafte Schilderung mit überaus anschaulichen Gesten unterstrichen. All die Stiche, die du im Traum deinem Opfer zugefügt hast, wieder und wieder – die hast du alle mit der rechten Hand ausgeführt.«

»Madame Wilhelmine«, sagte Niki und deutete eine höfliche Verbeugung an.

»Nikolaus«, gab die Frauenwirtin knapp zurück. »Man hat mir gesagt, dass Ihr hier einen Mörder sucht. Ich verstehe jetzt, dass Euer Besuch in meinem Haus letzte Woche einen anderen Grund hatte als den, der Ihr vorgabt. Ich hoffe, Ihr und Euer Freund ...« – Wilhelmine schenkte Bertram ein huldvolles Nicken, das diesen bis in die Haarspitzen erröten ließ – »... gebt meinen Mädchen und mir bei einem anderen, freudigeren Anlass die Gelegenheit, unsere Gastlichkeit und unsere Künste unter Beweis zu stellen. Was ich nicht verstehe, ist, warum ich hierher gebracht wurde. Noch dazu auf eine äußerst rüde Art, wenn ich mir die Anmerkung gestatten darf. Ich bin mir sicher, in Paris würde man das nicht so machen!«

»Madame Wilhelmine«, sagte Niki unbeirrt ein zweites Mal. »Die Besitzerin des neuen ... *Etablissements*. Sie ist hierhergekommen, um den Flair der großen weiten Welt nach Krems zu bringen. Und dem alteingesessenen Badehaus die Kundschaft abspenstig zu machen. Zumindest die männliche, der es mehr um persönlichen Kontakt zu hübschen Maiden geht als um Schwitzen, Baden und Rasieren. Sie ist eine kluge, warmherzige Mutter, die für ihre Mädchen alles tun würde. Und gleichzeitig eine jähzornige, abgebrühte Kämpferin, die für ihre Mädchen ebenfalls alles tun würde. Nur halt auf andere Weise. Dies alles hat ihr in Krems rasch zu großer Bekanntheit verholfen, obwohl ihr Haus erst seit ein paar Monaten geöffnet hat. Meine geschätzten Gehilfen haben in der vergangenen Woche mit vielen Kremserinnen und Kremsern gesprochen und sie unter anderem gefragt, wen sie für den Mörder halten. Neben dem Werwolf Isengrim und dem unbekannten Landstreicher war ‚die Verrückte aus Wien' die häufigste Antwort.«

»Verrückte? Warum Verrückte?«, empörte sich Madame Wilhelmine. »Immer diese Fremdenfeindlichkeit! Nur weil ich aus Wien komme, heißt das noch lange nicht, dass ich deshalb nicht bei klarem Verstand bin. Wie kann man nur so etwas über mich sagen?«

Niki schüttelte ungläubig den Kopf.

Sie hat wirklich keine Ahnung, dachte er. *Alle zerreißen sich die Mäuler über sie, aber sie selbst hat keine Ahnung, was mit ihr passiert.*

»Sie hat daheim in Wien gelernt, wie man ein Dirnenhaus aufbaut, ein Revier erobert und es gegen Konkurrenz verteidigt«, fuhr er fort. »Dasselbe will sie nun auch hier in Krems durchziehen. Von ihren Mägden Jacqueline und Bernadette wissen wir, dass sie mit Wolfram über eine Aufteilung des Marktes verhandelte. Die Mädchen vermuten, dass Madame Wilhelmine ihm entweder eine Ablöse anbieten oder ihm androhen würde, das Badehaus niederzubrennen. Wolfram ist kein mutiger Mann, aber er kann überraschend stur werden, wenn es um Geld geht. Würde Wilhelmine so weit gehen, zur Abschreckung auch seine Bademägde umzubringen, eine nach der anderen, um ihn zum Einlenken zu bewegen?«

Wilhelmine blickte Niki mit missbilligend hochgezogenen Augenbrauen an, sagte aber nichts.

»Engel hat mir erzählt, Wilhelmine hätte auch Magdalena ein Angebot unterbreitet, nämlich für besseren Lohn in die *Nackte Frau* – Entschuldigung: zu den *Schönen Damen* natürlich – zu wechseln«, sagte Niki. »Sie hat mir aber auch gesagt, Magdalena wäre eine treue Seele: Nie im Leben hätte sie das Badehaus verlassen, auch nicht für ein besseres Angebot. Hat Wilhelmine auch Magdalena ein Angebot gemacht, das sie nicht ablehnen konnte? Und Magdalena, die nicht wusste, mit wem sie sich da anlegte, hat es doch getan und damit ihr Schicksal besiegelt? Traue ich Wilhelmine zu, in einem ihrer berüchtigten jähzornigen Anfälle der beliebtesten Bademagd von Krems die Kehle durchzuschneiden und sie mit zwanzig Messerstichen zu bestrafen?«

Niki hob den Kopf, sah in die Runde – und blickte in ungläubige bis gelangweilte Gesichter: Die Begeisterung seines Publikums war gelinde gesagt enden wollend. Nicht einmal die Wächter fanden es der Mühe wert, ihren Platz neben Thomas zu verlassen und sich näher zu Wilhelmine zu stellen.

»Verstehe ich Euch richtig, Nikolaus«, sagte Wilhelmine in das Schweigen hinein. »Ihr unterstellt tatsächlich mir die drei Morde? *Mir*? Ist es das, was Ihr mit Euren langatmigen Ausführungen sagen wollt? Seht Ihr nicht selbst, wie lächerlich dieser Vorwurf ist?«

Niki seufzte. So, wie Wilhelmine jetzt vor ihm saß – eine alte Frau im braven Kleid, das graumelierte Haar zu einem Zopf geflochten, die Hände im Schoß gefaltet –, sah sie eher aus wie jedermanns Lieblingstante als wie eine blutrünstige Killerin.

Ihr glaubt mir also nicht, dachte er. *Na wartet. Euch werd ich's zeigen.*

»Langatmige Ausführungen?«, fuhr er Wilhelmine an, die erschrocken zusammenzuckte.

»Wenn Euch meine Ausführungen zu langatmig waren: Ich kann Euch gerne auch kurz und bündig schildern, was am Abend von Magdalenas Tod passiert ist«, rief er. »Ihr wart im Badehaus, zusammen mit Eurem Leibwächter. Ihr habt Euch mit Wolfram gestritten, der nicht auf Euer Angebot eingehen wollte. Ihr wart zornig, denn Ihr hattet nicht damit gerechnet, dass Euch ausgerechnet ein Friseur aus der Provinz die Stirn bieten würde!«

Niki unterbrach sich, trat auf Wilhelmine zu und sah aus nächster Nähe auf sie hinunter. Er bemerkte, dass plötzlich Schweißperlen auf ihrer Stirn standen. Die zwei Wächter bemerkten es ebenfalls, verließen ihren Platz bei Thomas und schoben sich diskret an die Hurenmutter heran.

»Und dann ist Euch zu allem Überfluss noch Magdalena über den Weg gelaufen. Ihr habt sie zur Rede gestellt, eine Entscheidung über Euer Angebot verlangt – und auch Magdalena hat abgelehnt. Das hat etwas mit Euch gemacht. Eure vernünftige Seite hat sich zurückgezogen, Eure rücksichtslose hat übernommen. Die, die mich bereits einmal angegriffen hat. Sie ist flink, sie ist wendig und sie verfügt über fast übermenschliche Kräfte. Ihr seid Magdalena nachgelaufen, habt sie eingeholt, habt sie getötet. Aber damit nicht genug: In Eurer blinden Wut habt Ihr weiter auf sie eingestochen, wieder und wieder«, donnerte er. »Ihr habt eine unschuldige Frau umgebracht, nur weil sie *Eurem verdammten Geschäft im Wege stand*!«

Niemand konnte von sich behaupten, tatsächlich gesehen zu haben, wie Wilhelmine aufsprang. In einem Moment saß sie noch mit gefalteten Händen auf ihrem Platz, im nächsten stürzte sie sich bereits auf Niki.

»Du – Dreckskerl – willst – mir – diese – Morde – anhängen?«, schrie sie und schlug bei jedem Wort mit einer Faust auf ihn ein, während ihre andere Hand in sein langes, blondes Haar verkrallt war. »Ich bin zu dir gekommen und hab dir meine Hilfe angeboten, Blondie! Dankst du mir so meine Freundlichkeit, du mieses Stück Scheiße?«

Inzwischen hingen sowohl Pierre die Augenbraue als auch die beiden Wächter an Wilhelmine und versuchten vergeblich, die tobende Frau von Niki wegzuzerren. Immerhin schafften sie es, ihre Arme festzuhalten, während Wilhelmine weiterhin mit den Füßen nach Niki trat und sogar nach ihm spuckte.

»Das wird deiner Zwillingsschwester aber gar nicht gefallen«, sagte Niki.

»Zwillingsschwester?«

Niki nutzte den kurzen Moment von Wilhelmines Verwirrung – und küsste sie sanft, aber bestimmt auf den Mund. Einen Herzschlag lang fühlte er ihr Feuer, ihre Hitze, ihren Zorn fast körperlich; dann wurden ihre Lippen weich und ihr Körper entspannte sich.

»Zwillingsschwester?«, fragte Wilhelmine nochmals, während Pierre die Augenbraue sie vorsichtig wieder zu ihrem Sitzplatz zurückgeleitete. »Was meint Ihr damit, Nikolaus?«

»Nehmt bitte wieder Platz, Madame Wilhelmine«, sagte Niki förmlich. »Darüber sprechen wir, wenn dieser Abend hier vorüber ist. Es ist höchste Zeit, dass das jemand tut. Ich gebe Euch mein Wort.«

»Glaubt Ihr wirklich, dass ich die Morde begangen habe?«, fragte Wilhelmine ein wenig hilflos, als sie wieder auf ihrem Stuhl saß, die Hände im Schoß gefaltet, als wäre nichts geschehen. »Wisst Ihr, ich ... ich kann mich nicht immer an alles erinnern, was ich tue. Es kommt vor, dass ich irgendwo ... aufwache und keine Ahnung habe, wie ich an diesen Ort gekommen bin. Und dass mir Leute erzählen, ich hätte Dinge getan, von denen ich nichts weiß. Einmal soll ich sogar jemandem ein Ohr abgebissen haben, könnt Ihr Euch das vorstellen? Ihr glaubt doch nicht wirklich, dass ich die Morde begangen habe?«

Niki lächelte beruhigend.

»Nein, das glaube ich nicht«, sagte er. »Eure Mädchen nennen Euch nicht umsonst respekt- und liebevoll ‚Mutter'. Ihr habt Magdalena ein Angebot gemacht, also habt Ihr sie offenbar für würdig gehalten, selbst eines Eurer ‚Kinder' zu werden. Ich bin mir sicher, Ihr hättet Magdalena kein Leid zugefügt. Keine der beiden Zwillingsschwestern hätte das getan. Das Badehaus abgefackelt: jederzeit. Eine Bademagd umgebracht: niemals. Die alte Mariann musste vermutlich sterben, weil der Mörder Angst hatte, sie könnte ein Geheimnis aus seiner Vergangenheit ausplaudern. Weil sie das die ganze Zeit getan hat: betrunken in alten Erinnerungen schwelgen – egal ob ihr jemand zugehört hat oder nicht. Ihr seid die Einzige unter den Verdächtigen, von denen Mariann mir nie etwas erzählt hat. Und das ist auch kein Wunder – Ihr stammt aus Wien und lebt erst seit dem Sommer in Krems. Ihr hattet ein Motiv, Magdalena umzubringen, und, wenn sie Euch erpresst hat, auch Petrissa. Aber Ihr hattet als Einzige nicht den Hauch eines Grundes, die alte Mariann zu töten.

Niki rang sich ein Lächeln ab und legte eine Hand unwillkürlich an seine Niere.

»Und nicht zu vergessen: Ihr seid Rechtshänderin. Das weiß niemand besser als ich.«

»Vater Sebastian, der Stadtpfarrer«, sagte Niki, blieb vor dem Sessel des dicken Mannes stehen und sah nachdenklich auf ihn hinunter. Der Pfarrer stützte sein Dreifachkinn auf die wie zum Gebet zusammengelegten Hände und gab Nikis Blick ungerührt zurück. Ein einsamer Schweißtropfen kullerte über seine Schläfe und danach weiter über seine rosige Backe, ehe Sebastian ihn mit einer raschen Handbewegung wegwischte wie ein lästiges Insekt.

»Unser Pfarrer ist ein Mann, der Frauen liebt«, begann Niki seine Anklage. »Frauen üben eine große Anziehungskraft auf ihn aus. Er verbringt gerne Zeit in ihrer Gegenwart, gerne auch ohne Kleidung. Er hat keine körperlichen Berührungsängste. ‚Der Geist ist willig, aber das Fleisch ist schwach', wie Vater Sebastian es mir gegenüber selbst formuliert hat. Als junger Mann war er ein Stammkunde von Mariann, später dann von Magdalena. Beziehungen körperlicher Natur zu Petrissa sind keine bekannt.«

Niki hielt kurz inne. Er wählte seine Worte jetzt mit Bedacht.

»Unser Pfarrer ist aber auch ein Mann, der Frauen fürchtet. Warum fürchtet er sie? Er selbst meint, Frauen hätten in manchen Situationen Kontrolle über ihn. Und das mag er gar nicht. Jeder hier kennt seine leidenschaftlichen Predigten, wenn er erst einmal in Fahrt kommt. Sagt mir, Vater: Erinnert Ihr Euch noch an Eure Worte bei der Totenmesse für Magdalena?«

»Isebel«, krächzte der Pfarrer, leckte sich über die trockenen Lippen und wiederholte dann, diesmal lauter: »Isebel.«

»Genau. Isebel«, fuhr ihn Niki an. »*Mit aufreizender*

Kleidung und angemaltem Angesicht. Was genau hat Euch bewogen, bei Magdalenas Messe ausgerechnet über Isebel zu predigen? Hat Euch Magdalena vielleicht unbewusst an Isebel erinnert? Magdalena mit ihrem durchsichtigen Badehemd und dem sorgfältig zurechtgemachten Gesicht? Wie war das doch gleich wieder? *Isebel war boshaft, hinterhältig und schlecht, sie musste bestraft werden?* Was dachtet Ihr eigentlich über den Mord an Magdalena, Herr Pfarrer? Dass sie den Tod verdient hat? Weil sie bestraft werden musste? Warum musste Magdalena sterben? Warum, zum Teufel?«

Niki schlug mit der flachen Hand auf die Tischplatte neben Vater Sebastian, dass die Weinbecher in der Umgebung nur so wackelten. Die letzten Worte hatte er laut hineingeschrien in dieses unschuldige, rosafarbene Puttengesicht mit den aufgeblasenen Backen und gespitzten Lippen.

»Gottes ... Gottes Ratschluss ist für den Menschen unergründlich, Nikolaus«, stotterte der Pfarrer.

»Gottes Ratschluss?«, rief Niki aufgebracht. »Von welchem Gott sprechen wir hier? Von *Gott, wie wir ihn aus den Evangelien kennen*? Oder vom *Gott des Alten Testaments: groß, mächtig und unerbittlich*? Wie sagtet Ihr so schön und mit unverhohlener Bewunderung in Eurer Stimme: *Ohne Gnade bringt er den Tod – für all die Isebels in unserer Welt*?«

Niki bemerkte, wie die beiden leidgeprüften Wächter einander ansahen, mit den Schultern zuckten und betont unauffällig ihren Platz an der Seite von Madame Wilhelmine verließen.

»Vater Sebastian, der Stadtpfarrer«, begann er nochmals, jetzt wieder mit ruhigerer Stimme. »Ist er der Ansicht, dass alle Frauen mit aufreizender Kleidung und angemaltem Angesicht ‚Isebels' sind, die ohne Gnade den Tod verdienen? Betrachtet er sich als Werkzeug, um Gottes Willen zu vollstrecken? Ein moderner Prophet Elija sozusagen? Alibi hat er auf jeden Fall keines: Beim Abendläuten war er naturgemäß in seiner Kirche. Wenn er unmittelbar danach von der Kirche wieder zurück zum Badehaus gegangen wäre, hätte er Magdalena dennoch rechtzeitig antreffen können. Ich habe es selbst ausprobiert. Er hätte sie in ein Gespräch verwickeln oder mit einem Taschenspielertrick ablenken können – Vater Sebastian hat ungewöhnlich geschickte Hände. Das hat er Bertram und mir beim Vorführen seines ‚Gottesurteils' eindrucksvoll demonstriert. Ja, er hätte sie töten können, er hätte die Gelegenheit gehabt – und ein Motiv. Aber hat er es auch getan?«

»Ich muss doch sehr bitten, Nikolaus!«, sagte der Pfarrer. »Ich bin ein Mann Gottes. Ich sorge mich hier auf Erden um meine Schäfchen. Es ist nicht meine Aufgabe, sie schneller mit ihrem Schöpfer zu vereinen, als dieser es in seinem unergründlichen Plan vorgesehen hat! Ich bedauere den Tod der drei Frauen, die ich seit vielen Jahren gut kannte. Ich verdanke ihnen interessante seelsorgerische Gespräche und – zugegeben: nicht minder interessante, ähm, körperliche Erfahrungen. Bei allem, was mir heilig ist: Ich habe nichts mit den Morden zu tun. Der Herr ist mein Zeuge!«

Vater Sebastian hatte mit fester Stimme gesprochen und Niki offen in die Augen geschaut bei seinen Worten.

»Sag jetzt nicht, der Pfaffe ist auch nicht der Mörder«, murmelte Hadmar von Kuenring am Kopfende der Tafel.

»Nein, der Pfaffe ist auch nicht der Mörder«, sagte Niki leise an Vater Sebastian gewandt. »Ich denke, Ihr seid ein Mann, der mit seinen inneren Dämonen schwer zu kämpfen hat. Mehr als die meisten von uns. Mörder seid Ihr aber keiner. Ihr hättet keine der drei Frauen umgebracht, vor allem nicht Mariann. Bruder Franziskus hat mir erzählt, dass Ihr für ihre Unterkunft und Verköstigung im *Knochenmann*, will sagen: im *Lesehof St. Peter* bezahlt und dass er Mariann nichts davon erzählen durfte. Mariann selbst hat einmal erwähnt, dass sie die erste Frau in Eurem Leben war. Sie hat von niemandem häufiger gesprochen in ihrem betrunkenen Halbschlaf als von Euch, Vater. Sie war Euch bis zuletzt zärtlich zugetan.«

»Das beruhte auf Gegenseitigkeit«, sagte Vater Sebastian mit belegter Stimme und vergrub den Kopf in den Händen. »Oh Gott, Mariann«, flüsterte er. »Was hat man dir angetan? So hätte das nicht enden dürfen …«

»Ich glaube nicht einmal, dass Ihr Frauen hasst«, fuhr Niki fort. »Bertram und ich haben mit allen Bademägden gesprochen, und keine von ihnen hat auch nur ein schlechtes Wort über Euch verloren. Alle haben Euch als verständnisvollen Zuhörer und klugen Ratgeber erlebt in einer Welt, in der sich wenige für ihre Gedanken und Probleme interessieren. Und als dankbaren Kunden, der leicht glücklich zu machen war und nie mit Trinkgeld knauserte. Ich habe großes Vertrauen in die Intuition von Frauen. Wenn Ihr tatsächlich einen so unbändigen Hass auf sie empfinden würdet, dass Ihr nicht einmal vor Mord zurückschreckt, dann hätte eine von ihnen irgendwann einmal etwas davon gemerkt.«

Niki griff dankbar nach einem Becher Wein, den Albina ihm reichte, schenkte der kleinen Bademagd ein Lächeln und nahm einen Schluck.

»Nein, ich glaube nicht, dass er Frauen hasst«, sagte er dann – mehr zu sich selbst als zu irgendjemandem Bestimmten. »Ich glaube, dass er sich manchmal selbst hasst, weil sein Geist zwar willig, aber sein Fleisch am Ende doch immer wieder schwach ist. Vielleicht träumt er ja manchmal von einer perfekten Welt, in der er der perfekte Diener Gottes ist, und dann fallen ihm seltsame Predigten aus dem Alten Testament ein. Abgesehen davon ist er natürlich Rechtshänder: Wir haben ihm bei seinem Trick mit Kruzifix und Dolch zugesehen, und allein am heutigen Abend hat er schon ein paar Kreuzzeichen gemacht – alle mit der rechten Hand. Nein, der Pfaffe ist definitiv auch nicht der Mörder.«

»Dann bleibe eigentlich nur noch ich übrig, nicht wahr?«, grinste Reinhardt der Reiche, als Niki sich von Vater Sebastian abwandte. Er sah sich theatralisch in der Halle um. »Sonst niemand mehr da? Alle schon dran gewesen? Na, dann muss es wohl der Münzmeister gewesen sein!«

Reinhardt sah den ganzen Abend schon aus, als würde er sich königlich amüsieren. Seine Augen über der römisch anmutenden Hakennase leuchteten, und ein breites Lächeln lag auf seinem Gesicht.

Dir wird dein Lachen noch vergehen, dachte Niki. *Oder mir meines.*

»Ich muss Euch wahrlich gratulieren, Nikolaus«, sagte Reinhardt. »So gut wie heute habe ich mich schon lange nicht mehr unterhalten. Fünfmal habt Ihr uns nun schon erklärt, warum einer von uns der neue Isengrim ist. Erst war Roderich der Mörder, dann Wolfram. Thomas, Madame Wilhelmine und sogar unser braver Vater Sebastian. Lasst mich raten: Jetzt werdet Ihr sicher gleich *mir* erzählen, warum ich die drei Morde begangen habe?«

»Sagt man nicht: Das Beste kommt zum Schluss?«, gab Niki zurück. »Darf ich?«

Reinhardt der Reiche machte eine theatralische Handbewegung und übergab Niki damit die Bühne.

»Der Münzmeister also«, begann Niki. »Auch er liebt schöne Frauen. Die eigene. Und auch andere. Im Gegensatz zu Vater Sebastian hat er aber kein schlechtes Gewissen dabei: Hauptsache, er kommt auf seine Rechnung. Sein Appetit scheint unersättlich: Huren und Bademägde gehören zu seinem täglichen Umgang. Das Geld für diese kostspielige Leidenschaft ist kein Problem – schließlich stellt er es selber her. Wer kann das schon von sich behaupten? Mariann hat mir erzählt, dass er sich das Amt des Münzmeisters mit dem

Geld seiner Frau erkauft hat, und seither fließen Milch und Honig für ihn und seine Freunde. Ich war in seiner Wohnung, ich hab mit eigenen Augen gesehen, in welchem Reichtum er dort lebt. Was verdient ein Münzmeister so im Jahr? Sicher nicht wenig. Aber verdient er auch genug, um sich diese Art von Lebenswandel zu leisten?«

Das Lächeln war noch nicht aus Reinhardts Gesicht verschwunden; sein Blick fixierte Niki aber jetzt wachsam.

»Der erste Hinweis auf Euch war natürlich die Münze, die Magdalena in der Nacht ihres Todes bei sich trug«, sagte Niki und trat auf den Tisch zu, auf dem noch immer der Beutel mit Magdalenas Ersparnissen lag. Er griff hinein, nahm eine Handvoll der Münzen heraus und ließ sie vor den Augen Reinhardts einzeln, eine nach der anderen, auf den Boden fallen. Beim Aufprall auf die Steinplatten machten sie fröhlich klingende, helle Geräusche.

»Eine Münze wie diese hier: Kremser Pfennige aus glänzendem Silber, direkt aus der Prägung. Nicht die gebrauchten, schwarz angelaufenen, mit denen wir gewöhnlichen Leute zahlen. Genau wie all diese Münzen kann Magdalena auch die in ihrer Geldkatze nur von Euch erhalten haben, Reinhardt. Und zwar am Tag ihres Todes – sonst hätte sie sie wohl bereits zu all den anderen hinzugefügt, in ihrem Versteck unter den Bodenbrettern ihres Zimmers. Das bringt uns zu der Frage: Wofür hat sie die Münze von Euch bekommen am Allerheiligentag? Diese und alle anderen? Als Belohnung für geleistete Dienste wohl kaum: Keine der anderen Bademägde wurde jemals mit so einem Pfennig bezahlt. Wofür also?«

»Das ist alles, was Ihr habt?«, spottete der Münzmeister. »Nikolaus, ich präge hier die Silberpfennige für das gesamte Herzogtum Österreich. Werft doch bitte einmal einen Blick in Euren eigenen Geldbeutel! Ich traue mich wetten: Abgesehen vielleicht von einem weitgereisten Pfennig aus Bayern oder einem aus Ungarn wurden alle Münzen darin hier bei uns in Krems geschlagen. Die Tatsache, dass auch Magdalenas Ersparnisse aus Kremser Pfennigen bestehen, belastet mich daher überhaupt nicht! Sonst habt Ihr nichts anzubieten? Ich muss sagen, Eure anderen Geschichten waren wesentlich unterhaltsamer!«

»Doch, doch«, lächelte Niki. »Ich hab noch etwas viel Besseres. Und das Allerbeste daran ist: Ihr habt es mir selbst geliefert, auf einem Silbertablett sozusagen.«

Reinhardt der Reiche zog fragend eine Augenbraue in die Höhe.

»Wusstet Ihr, dass etwa jeder zehnte Mensch als Linkshänder geboren wird?«, fragte Niki. »Jedem – und zwar wirklich jedem – Mann wird das hier abtrainiert, weil die linke Hand angeblich des Teufels ist. Nur sehr wenige von ihnen werden später wieder in der Benutzung ihrer linken Hand unterrichtet: Es gehört zur ritterlichen Grundausbildung, mit der linken Hand so gut kämpfen zu lernen wie mit der rechten. Hier oben am Tisch sitzen zwei Männer, die das können: Hadmar von Kuenring und Joachim von Senftenberg. Ihr, Reinhardt, habt ebenfalls eine ritterliche Ausbildung genossen – das hat mir Mariann erzählt. Bei unserem Besuch in der Münze konntet Ihr nicht widerstehen, Liesbeth beeindrucken zu wollen. Ihr musstet unbedingt den Hammer in die Hand nehmen, nein, noch besser: abwechselnd in *beide* Hände! Ihr schlagt mit der Linken genauso hart und präzise zu wie mit der Rechten, als einziger von allen Verdächtigen in diesem Raum! Und unten im Keller stapeln sich mittlerweile die Leichen, denen man von einem Ohr zum anderen die Kehlen durchgeschnitten hat – und zwar mit der linken Hand! Bei Magdalena hab ich das sogar mit eigenen Augen gesehen, als Bruno Engel und mich darauf hingewiesen hat! Was sagt Ihr dazu? Wird die Geschichte schon besser?«

»Ihr habt gerade selbst gesagt: Hadmar von Kuenring und Joachim von Senftenberg können auch mit beiden Händen kämpfen«, antwortete Reinhardt unbeeindruckt. »Ich bin mir sicher, unter den tausend Seelen in Krems gibt es noch einige mehr, die das können. Warum zum Teufel sollte ich Magdalena und die anderen überhaupt töten wollen? Ja, ich habe Spaß an und mit Frauen, das ist kein Geheimnis. Aber nur an lebenden – je lebendiger, desto besser! Fragt meine Frau hier neben mir. Fragt alle Frauen, die jemals mit mir das Lager geteilt haben. Zeigt mir eine einzige, der ich Gewalt angetan hätte! Warum ausgerechnet diesen dreien?«

»Erpressung«, gab Niki kurz zurück. »Eure Herkunft aus einfachen Verhältnissen macht Euch zu einem Prahler: Ihr könnt nicht widerstehen, mit Eurem neuerworbenen Reichtum anzugeben. Ihr wollt unbedingt dazugehören zu den Reichen und Schönen von Krems, deshalb richtet Ihr exquisite Gastmahle mit Musik und Poesie für die feine Gesellschaft und wilde Gelage mit teuren Frauen für die nicht ganz so feine Gesellschaft aus. Ihr habt wohl auch Magdalena gegenüber mehr über die Herkunft Eures üppigen Privatvermögens verraten, als gut für Euch war: Jede Bademagd kann ein Lied davon singen, was ihr ihre Kunden im Überschwang der Gefühle nach einer, ähm, geschlechtlichen Vereinigung so alles anvertrauen.«

Albina, Bernadette und Jacqueline grinsten und nickten so gleichzeitig, als hätte ihnen jemand ein Kommando dazu gegeben.

»Es war Magdalenas größtes Ziel im Leben, eines Tages genug Geld auf der Seite zu haben, um ihre Arbeit im Badehaus hinter sich zu lassen«, fuhr Niki fort. »Sie hatte wohl kein schlechtes Gewissen dabei, Euch als Gegenleistung für ihr Schweigen um das eine oder andere kleine Geschenk zu bitten – immerhin sitzt Ihr direkt an der Quelle. Die Geldgeschenke waren auch nicht Euer Problem. Euer Problem war, dass Magdalena Euch eines Tages verraten hätte können, ob mit Absicht oder ohne: Auf Diebstahl von der herzoglichen Münzstätte steht die Todesstrafe, nicht wahr? Ihr habt sie am Abend von Allerheiligen besucht, nicht offiziell im Badehaus wie am Nachmittag, sondern in ihrem Zimmer, um ihr ungesehen von den anderen einen weiteren Pfennig zu übergeben. Streitet es nicht ab: Thomas hat Euch danach aus ihrem Zimmer kommen sehen! Sie hat Euch arglos erzählt, dass sie an diesem Abend noch einmal ausgeht: in den *Knochenmann*, wo wir, ihre Freunde, schon auf sie gewartet haben. In diesem Moment ist Euch die Idee gekommen, den nebeligen Abend und die menschenleeren Straßen auszunutzen, um ihr vor dem Badehaus aufzulauern. Und Euch der lästigen Mitwisserin für immer zu entledigen!«

Ein paar Augenblicke lang war es so still in der Halle, dass man das Holz im großen Kamin knacken hörte.

Dann begann Reinhardt der Reiche zu klatschen. Einmal, zweimal, dann ein paar Mal hintereinander.

»Ich muss schon sagen, Nikolaus«, lachte er, »ich werde Euch in Zukunft öfters zu meinen kleinen Feiern einladen, Ihr seid echt jeden Pfennig wert. Was für eine wunderbare Geschichte! Wenn es Eure Absicht war, den wahren Mörder damit in vollkommener Sicherheit zu wiegen, dann ist Euch das fürwahr vorzüglich gelungen! Falls nicht …«

Der Münzmeister wurde schlagartig ernst, seine Stimme mit einem Mal scharf wie eine Klinge.

»Falls Ihr den hanebüchenen Unsinn, den Ihr gerade zum Besten gegeben habt, wirklich ernst meint, dann schlage ich vor, Ihr legt zur Abwechslung einmal einen Beweis vor für Eure verrückten Behauptungen! Ansonsten würde ich nämlich nach Hause gehen – diese lächerliche Veranstaltung hat jetzt wirklich lange genug gedauert!«

»Einen Beweis wollt Ihr sehen?«, fragte Niki mit einem Lächeln. »Ihr werdet es nicht glauben, Reinhardt, aber den habe ich. Man führe den Schmied herein.«

Der Mann, der im düsteren Vorraum zur großen Halle gewartet hatte, blieb stehen und blinzelte in der plötzlichen Helligkeit. Es war ihm anzusehen, dass er sich unwohl fühlte – von einem Moment auf den anderen angestarrt von so vielen Menschen.

Niki ging ihm ein paar Schritte entgegen und begrüßte ihn.

»Seid bitte so gut und nennt uns Euren Namen und Eure Profession«, bat er den Mann.

»Ich bin Martin von Förthof«, antwortete dieser. »Ich bin Schmied.«

Wie alle Schmiede, die Niki kannte, war auch Martin von Förthof ein Bär von einem Mann: breitschultrig und mit den für seinen Beruf typischen Brandnarben auf den Händen und Unterarmen.

»Erzählt uns bitte, wie es dazu gekommen ist, dass Ihr heute hier vor uns steht.«

»Ich betreibe eine kleine, aber feine Schmiede in Förthof, einem kleinen Dorf unweit von Krems. Meine Erzeugnisse gelten als hochwertig, wenn auch nicht gerade als wohlfeil. Da Förthof nur aus einer kleinen Kirche und ein paar Gehöften besteht, verkaufe ich meine Waren auch in Krems und anderen Städten – je nachdem, wo gerade Wochenmarkt ist. Gestern war ich mit meinem kleinen Stand in Mautern, drüben auf der anderen Seite der Donau. Eine junge Frau trat auf mich zu, zeigte mir einen Dolch und fragte mich, ob das vielleicht einer von meinen sein könnte. Ich habe ihn sofort wiedererkannt.«

Martin von Förthof hielt Niki die Waffe entgegen, mit der Magdalena getötet worden war.

»Als ich ihr das bestätigt habe, wurde sie sehr aufgeregt und hat mich gefragt, wann und wo ich den Dolch verkauft hätte und ob ich die Person wiedererkennen würde, die ihn erworben hat. Ich hab geantwortet: ‚Auf dem Wochenmarkt in Krems, vor noch nicht allzu langer Zeit.' Und dass ich mich noch an den Käufer erinnern kann. Beschreiben konnte ich den Mann nicht mehr, daher hat man mich gebeten, mich hier im Herzogshof einzufinden. Man hat mir eine Belohnung versprochen, wenn ich den Käufer unter den Anwesenden ausfindig machen kann.«

»Das stimmt«, bestätigte Niki. »Ihr habt mein Wort.«

Mit einer einladenden Handbewegung trat er zur Seite und gab den Weg frei zur Tafel, von wo aus der Bürgermeister und die eingeladenen Gäste dem Schmied neugierig entgegensahen.

Niki spürte seine Hände feucht werden und sein Herz bis in den Hals schlagen. Und das nicht nur, weil die Auflösung seiner sieben Tage langen Mörderjagd unmittelbar bevorstand.

Ich Depp hätt mich nicht festlegen sollen, dachte er. *Wenn der Schmied jetzt sagt, der Hauptmann war es, dann bin ich blamiert bis auf die Knochen!*

Martin von Förthof sagte nicht, dass es der Hauptmann war. Er erwiderte Roderichs trotzigen Blick ungerührt, schüttelte den Kopf und ging weiter.

Wolfram der Bader und Thomas der Badeknecht ernteten lediglich ein Kopfschütteln; Pierre die Augenbraue erntete zumindest ein Grinsen.

»Diesen hier hätte ich beschreiben können, wenn er es gewesen wäre«, sagte der Schmied.

Als Martin von Förthof auch an Vater Sebastian kopfschüttelnd vorbeigegangen war und als Letzten in der Reihe an den Münzmeister herantrat, erreichte Nikis Nervosität ihren Höhepunkt.

Wenn er jetzt sagt, Reinhardt war es auch nicht, dann lässt der Bürgermeister wahrscheinlich trotz allem mich aufhängen, dachte er.

Nikis Sorge war unbegründet.

Ohne zu zögern, zeigte der Schmied auf den Münzmeister und sagte: »Der hier war es. Dieser Mann hat mir den Dolch abgekauft.«

Martin von Förthof streckte Reinhardt die Waffe anklagend entgegen.

Während Niki nicht nur ein Stein, sondern gefühlt ein ganzes Bergwerk vom Herzen fiel, starrte der Münzmeister mit weit aufgerissenen Augen auf den Dolch und wurde dabei abwechselnd rot und blass. All seine Arroganz, all sein gerade eben noch zur Schau gestelltes Selbstbewusstsein war von einem Moment auf den anderen verschwunden.

Er erkennt die Mordwaffe, dachte Niki triumphierend und wischte sich ein paar Tropfen kalten Schweiß von der Stirn. *Reinhardt, es ist vorbei!*

»Reinhardt, es ist vorbei«, sagte er auch laut. »Ihr habt sie umgebracht, alle drei: erst Magdalena, dann Petrissa, dann die alte Mariann. Magdalena und Petrissa, weil sie Euch erpresst haben. Mariann, damit sie mir nicht noch mehr Geschichten aus Eurer Vergangenheit erzählt. Euer Spiel ist aus. Es wird Zeit für ein Geständnis!«

Der Münzmeister reagierte nicht. Sein Blick folgte noch immer dem Dolch, als der Schmied die Waffe auf den Tisch legte und sich in den Hintergrund zurückzog. Endlich schüttelte er den Kopf und richtete seine Aufmerksamkeit mit sichtlicher Mühe wieder auf Niki.

»Nein«, sagte er nur, leise und fast ein wenig abwesend wirkend. »Das habe ich nicht. Hätte ich nie getan. Das stimmt einfach nicht.«

»Jetzt macht doch aus Eurem Herzen keine Mördergrube«, rief Bürgermeister Eduard aufgebracht. »Nikolaus hat recht: Redet frei heraus und gesteht Eure Taten! Ihr selbst habt nach einem Beweis gefragt: Hier ist er!«

»Ich war es aber nicht, verdammt noch einmal«, sagte

Reinhardt heftig und sprang von seinem Stuhl hoch. »Bei allem, was mir heilig ist: Ich war es nicht!«

»Leugnen und abstreiten wird Euch jetzt nicht mehr helfen«, fuhr ihn Niki an. »Ihr wart am Abend noch einmal bei Magdalena im Zimmer! Stimmt's, oder hab ich recht?«

»Ja, aber ...«

»Und habt ihr den Silberpfennig gegeben! Und alle anderen davor!«

»Ja schon, aber ...«

»Ihr hattet einen Grund. Ihr hattet die Gelegenheit. Und Ihr habt die verdammte *Mordwaffe* gekauft! Streitet Ihr das etwa ab?«

»Nein, aber ...«

»Sie hat Euch erpresst, und Ihr musstet sie zum Schweigen bringen«, donnerte Niki. »GEBT – ES – ENDLICH – ZU!!!«

»Nein!«, schrie der Münzmeister zurück, mit leuchtenden Augen, praktisch Nase an Nase mit Niki. »Ich habe sie nicht umgebracht! Wie oft soll ich das noch sagen? Ich habe sie geliebt!«

Einen Moment lang war es totenstill in der Halle.

Dann stand Beatrix auf und versetzte ihrem Mann eine schallende Ohrfeige.

Für Niki schien in diesem Augenblick die Zeit stehenzubleiben. In diesem einen Moment, in dem alle Anwesenden wie eingefroren auf Beatrix starrten – die Augen aufgerissen, die Münder zu dem einem oder anderen überraschten »Oh!« geformt. Auf Beatrix, die mit immer noch erhobener Hand vor ihrem Mann stand, den Mund zu einer hasserfüllten Grimasse verzerrt.

Der Erste im Saal, der den Fluch überwand und sich bewegte, war der Letzte, von dem Niki das erwartet hätte.

Bertram griff nach der auf dem Tisch liegenden Mordwaffe, fasste den Dolch an der Klinge, rief: »Frau Beatrix?«, und warf ihn der herumfahrenden Frau des Münzmeisters zu.

Beatrix fing das Messer reflexartig am Griff und sah sich genauso verständnislos nach Bertram um wie alle anderen Anwesenden, Niki eingeschlossen.

Es dauerte einen weiteren Atemzug lang, bis Niki bemerkte, dass Beatrix die Mordwaffe mit der linken Hand aufgefangen hatte – mit derselben Hand, mit der sie ihren Mann geschlagen hatte.

Niemand sagte etwas.

Alle starrten nur Beatrix an, wie sie dastand, das Messer in der erhobenen Linken, schnell atmend, die Augen leuchtend, die Wangen hektisch gerötet.

»Oh Gott«, flüsterte Niki. »Und Ihr habt mir noch selber gesagt: Liebe ist nicht Teil der Vereinbarung …«

»Ich bin der unfähigste Ermittler der gesamten Kriminalgeschichte«, rief Niki, raufte sich die blonden Locken und trat wütend mit seinem Stiefel gegen einen der nunmehr verlassenen Stühle an der Längsseite der Tafel. »Der vergangenen, der gegenwärtigen, und auch der zukünftigen! Ich bin eine Schande für Sherlock Holmes, Hercule Poirot und jeden verdammten ‚Tatort'-Kommissar, der sich jemals an der Aufklärung eines Verbrechens versucht hat!«

Hadmar, Joachim und Bertram, die als Einzige mit ihm im Prunksaal des Herzogshofes zurückgeblieben waren, sahen peinlich berührt zu Boden, während Niki wie ein wütender Tiger in der leeren Halle auf und ab lief und seine Frustration an diversen Einrichtungsgegenständen ausließ.

»Magdalenas Geld hab ich bei Petrissa vermutet, dabei hatte es Wolfram. Und ermordet hat sie nicht Reinhardt, sondern dessen eifersüchtige Ehefrau. Gibt es eigentlich irgendetwas, bei dem ich nicht *völlig* danebengelegen bin in diesem Fall?«

»Du hattest recht, als du am Anfang sagtest, dass Magdalenas Mörder sich mit uns in diesem Raum befindet?«, schlug Joachim mit einem Zwinkern vor.

Niki war nicht in der Stimmung, sich mit Galgenhumor trösten zu lassen, und brachte seinen Freund mit einem finsteren Blick zum Verstummen.

»Eine ganze Woche lang haben Bertram und ich jetzt allen auch nur im Ansatz Verdächtigen genau auf die Finger geschaut, um rauszufinden, welche ihre starke Hand ist. So lange, bis es fast schon zu einem Fimmel geworden ist, einer Marotte, einer wahnhaften Idee! Und bei der Einzigen, bei der es darauf angekommen wäre, ist mir nichts aufgefallen, weil ich verdammt noch mal *abgelenkt war*!«

»Das hast du mir ... gar nicht erzählt«, warf Bertram ein wenig vorwurfsvoll ein. »Wobei genau hast du ... Frau Beatrix auf die Finger geschaut?«

Niki presste die Lippen zusammen und schwieg. Vor seinem geistigen Auge sah er wieder Bernadette und Jacqueline bei der Arbeit vor sich – Ablenkung ohne Ende. Und natürlich Beatrix. Und die langen, schlanken Finger ihrer linken Hand zwischen seinen Beinen.

Mit einem Fluch ließ er sich auf einen Stuhl fallen, vergrub das Gesicht in seinen Händen und bewegte sich nicht mehr.

Seine Freunde sahen einander verstohlen an.

»Aber du warst es, der die Dinge ... überhaupt erst in Bewegung gebracht hat«, sagte Bertram schließlich. »Und sie in Bewegung ... gehalten hat. Auch dann noch, als du ... selbst im Kerker warst! Du hast Bruno, Liesbeth und die Zwillinge jeden Tag aufs ... Neue hinausgeschickt auf die Straßen, um ... Leute zu befragen. Das haben sie für *dich* gemacht – weil *du* ihr Freund bist! Nur dadurch sind sie am Ende auf ... Martin den Schmied gestoßen!«

»Und du hast hier und heute alle Verdächtigen zusammengeholt, um mit jedem einzeln abzurechnen«, fügte Joachim hinzu. »Ein verdammt unterhaltsames Schauspiel, wo wir gerade davon reden. Es waren *deine* lästigen Fragen, die Reinhardt am Ende zu seiner so sicher nicht geplanten Liebeserklärung an Magdalena provoziert haben. Und das hat erst die Reaktion von Beatrix ausgelöst. Stell dein Licht nicht so unter den Scheffel, Blondie: Ohne dich wäre der Mord an Magdalena nie aufgeklärt worden.«

Niki musste unwillkürlich in seine Hände hineinlächeln über die Worte seiner Freunde. Besonders über die von Bertram: Eine derart lange Rede hatte er von seinem sonst so schweigsamen Schwager in spe überhaupt noch nie gehört.

»Gute Arbeit übrigens, Bertram, das mit dem Dolch«, fügte Joachim hinzu und schlug dem Bullen aufmunternd die Hand auf die Schulter. »Du sprichst nur halb so schnell wie wir anderen, aber dafür denkst du doppelt so schnell, wenn es darauf ankommt. Ich weiß nicht, ob sonst noch jemandem aufgefallen ist, dass Beatrix ihren Mann mit der linken Hand geschlagen hat. Mir auf jeden Fall nicht.«

Niki hob den Kopf aus den Händen, stand auf und trat zu Bertram.

»Joachim hat recht«, sagte er, als er seinen Freund umarmte und fest an sich drückte. »Gute Arbeit, Partner! Ohne dich wäre Beatrix nicht überführt worden. Wenn ich nur daran denke, dass ich Idiot dich am Anfang gar nicht dabeihaben wollte! Wie konnte ich nur so eingebildet und dumm sein? Wenn ich im Rückblick irgendetwas bereue, dann nur das, dass ich dich nicht ständig auf Schritt und Tritt mit dabeihatte. Na ja, mit einer Ausnahme vielleicht: bei der römischen Orgie des Münzmeisters …«

Alle vier Männer lachten, während Bertram bis unter die karottenfarbenen Haarwurzeln errötete.

»Seid ihr jetzt bald fertig mit dem gegenseitigen Schulterklopfen? Ist es nicht völlig egal, wer von euch was genau zur Aufklärung der Morde beigetragen hat?«, fragte Hadmar mit leichter Ungeduld in der Stimme. »Hauptsache, es ist vorbei und der Schrecken hat ein Ende! Können wir jetzt endlich in den *Knochenmann* was trinken gehen? Die ganze Aufregung hat mich fürwahr durstig gemacht!«

»Vorbei?«, sagte Niki irritiert. »Wie kommst du darauf, dass es vorbei ist? Hast du nicht gehört, was Beatrix gesagt hat? Sie hat nur den Mord an Magdalena gestanden! Hast du nicht gehört, wie entschieden sie bestreitet, ihren Körper danach auch noch verunstaltet zu haben? Wie sehr sie darauf beharrt, dass sie mit den Morden an Petrissa und Mariann nichts zu tun hat?«

»Ich schätze mal, sie lügt«, sagte Hadmar und zuckte mit den Schultern. »Warst es nicht du, der die ganze Zeit behauptet hat, die Morde hängen zusammen und wurden alle von ein und derselben Person begangen?«

»Schon. Aber warum sollte Beatrix lügen? Sie wird für den Mord an Magdalena hängen. Es ist völlig gleichgültig, ob sie zwei andere auch noch umgebracht hat! Was hätte sie davon, die beiden anderen Morde abzustreiten?«

Niki war drauf und dran, sich wieder sein Haar zu raufen. Im letzten Moment verschränkte er seine Hände, um sich daran zu hindern.

»Also noch einmal zurück zum Anfang«, sagte er. »Was ist an diesem unseligen Abend von Allerheiligen passiert? Beginnen wir mit dem Münzmeister, der seine heimliche Liebe, die er nicht länger geheim halten will, in ihrem Zimmer im Hinterhof vom Badehaus besucht. Die beiden schlafen miteinander und er schenkt ihr einen weiteren Silberpfennig. Das erklärt den, ähm, Mannessaft in Magdalenas Scheide und den nagelneuen Pfennig in ihrer Geldkatze. Thomas sieht Reinhardt aus Magdalenas Zimmer kommen und hat den Streit mit ihr, dessen Ende Albina mithört. Magdalena verlässt das Badehaus und trifft vor der Türe auf Beatrix. Die Frau des Münzmeisters stellt sie zur Rede, beschimpft sie unflätig und fordert sie auf, die Finger von ihrem Mann zu lassen. Die dergestalt gedemütigte Magdalena lässt sich in ihrem Zorn dazu hinreißen, ihr Geheimnis zu enthüllen, bevor es – wie eigentlich ausgemacht – am nächsten Tag der Münzmeister tut: Sie erzählt Beatrix, dass Reinhardt seine Frau für sie verlassen will – Gott, diese Neuigkeit hätte tatsächlich einigen Staub aufgewirbelt in Krems! Beatrix sieht rot, läuft Magdalena nach und schneidet ihr von hinten die Kehle durch – genau so, wie Bruno es von Anfang an vermutet hat. Mit dem Dolch, den ihr Gatte ein paar Wochen zuvor als Geschenk für sie gekauft hat. Vor Grauen über ihre Tat geschüttelt wirft sie die blutige Mordwaffe weg und läuft nach Hause. Das alles wissen wir aus den Aussagen aller Beteiligten und aus dem Geständnis von Beatrix. Aber was zum Teufel ist danach passiert?«

Niki hatte seine rastlose Wanderung durch die große Halle wiederaufgenommen während seiner Schilderung. Jetzt blieb er stehen und sah seine Freunde auffordernd an.

»Auftritt Isengrim?«, sagte Joachim.

»Auftritt Isengrim«, wiederholte Niki grimmig. »Er findet die tote Magdalena, trägt sie bis unter den Torbogen vom alten Mendel – und sticht ein dutzend Mal auf die Leiche ein, schneidet ihren Bauch auf und verstreut ihre Eingeweide in der Umgebung. Warum um alles in der Welt tut jemand so etwas? Was für einen noch so abartigen Grund kann jemand haben, so etwas tun? Wer zum Teufel hat Spaß daran, an toten Menschen herumzuschneiden?«

Niki fluchte laut und ausgiebig.

»Welcher Teufel hat mich geritten, dass ich jemals geglaubt habe, ich könnte einen Serienmörder überführen?«, rief er. »Ich hätte lieber den Schweinediebstahl für deinen Vater aufklären sollen, Hadmar. Und sogar dafür wäre ich vermutlich zu dämlich gewesen!«

»Das wäre vielleicht eine gute Vorbereitung gewesen. Denen sind ja auch Organe herausgeschnitten worden«, warf Hadmar beiläufig ein und erhob sich von seinem Stuhl. »Können wir jetzt gehen?«

Einen Augenblick lang stand Niki da wie vom Schlag gerührt. Dann trat er einen Schritt auf Hadmar zu und schnappte den jungen Kuenringer am Kragen.

»Was hast du da gesagt?«, rief er aufgebracht. »Den Schweinen sind Organe entnommen worden? Das hör ich jetzt zum ersten Mal! Wieso hör ich das jetzt erst zum ersten Mal?«

»Bist du närrisch, Blondie? Was ist mit dir?«, beschwerte sich Hadmar und stieß wütend Nikis Hände weg. »Du bist neben mir gestanden damals! Hast du nicht zugehört?«

»Nein, hab ich verdammt noch einmal nicht«, rief Niki, wütend auf sich selber, und ignorierte die kleine, unwillkommene Stimme in seinen Gedanken, die sagte: *Bertram wäre das nicht passiert*! »Was genau hat der Bauer erzählt? Sag schon!«

Hadmar legte die Stirn in Falten wie immer, wenn er angestrengt nachdachte.

»Dass ihm vier Schweine gestohlen wurden im Abstand von ein paar Wochen«, sagte er ein wenig unwillig. »Und dass sie später mit aufgeschlitztem Bauch aufgefunden wurden. Das hat ihn am meisten empört: dass man sie nicht einmal aufgegessen, sondern einfach nur getötet und dann liegen gelassen hat. Reicht dir das? Oder willst du die Namen der Schweine auch noch wissen?«

Rehe. Schweine. Leichen vom Friedhof, dachte Niki. *Und am Ende dann: frische Leichen? Irgendjemand zieht hier ein ganz krankes Experiment durch!*

»Blondie? Alles in Ordnung mit dir?«, fragte Hadmar.

»Es geht ihm nur um die Organe«, murmelte Niki. »Alles andere ist reines Theater. Nichts als Schall und Rauch. Damit alle denken, Isengrim der Werwolf sei zurückgekehrt. Aber wer um alles in der Welt ...«

Niki verstummte, schloss die Augen und massierte beim Nachdenken seine Schläfen mit kleinen kreisförmigen Bewegungen.

»Was wäre, wenn Petrissa mit ihrer seltsamen Aussage nicht *mir* etwas versteckt mitteilen wollte, weil Bruno dabei war und mithörte«, sagte er schließlich leise. »Wenn sie stattdessen *Bruno* etwas versteckt mitteilen wollte, weil ich dabei war und mithörte? Was hat sie noch einmal gesagt?«

Niki konzentrierte sich und versuchte, sich Petrissas Aussage möglichst wortgetreu ins Gedächtnis zu rufen.

»Wenn ich Magdalena nachgeschaut hätte, wie sie die Landstraße hinaufging und dann in den Täglichen Markt eingebogen ist, dann hätte ich vielleicht sehen können, dass ihr jemand gefolgt ist«, murmelte er. »Genau so hat sie es gesagt. Nur, dass sie niemanden gesehen haben konnte, weil es zu dem Zeitpunkt schon stockfinster war und nebelig obendrein. Es sei denn, dieser jemand trug eine Laterne. So wie – ein Nachtwächter zum Beispiel …«

Niki verstummte. Er stand wie zur Salzsäule erstarrt, mit weit aufgerissenen Augen, die ins Nichts starrten.

»Wo ist eigentlich Bruno heute den ganzen Tag?«, fragte er nach einer Weile.

»Hat noch bis zum … Abendläuten Dienst am … Steinertor«, antwortete Bertram. »Wieso?«

»Ich denke«, sagte Niki so langsam, wie es sonst nur Bertram tat, »wir sollten seinem Zimmer einen … Besuch abstatten.«

Als die Tür endlich nachgab und mit lautem Krachen in Brunos Zimmer stürzte, fiel Bertram der Bulle mit ihr – in einem Regen von Holzsplittern und mit einem letzten urtümlichen Kampfschrei auf den Lippen.

Fünf Anläufe hatte es gebraucht, bis Nikis Partner, der seinen Beinamen nicht zu Unrecht trug, die schwere Holztür eingetreten hatte. Und bei jedem Versuch, bei jedem Krachen, bei jedem Schrei von Bertram war vor Nikis geistigem Auge ein Bild aufgeleuchtet – wie ein Dia in einem altmodischen Lichtbildprojektor:

Bruno in makellos sauberer Uniform, mit frisch geschrubbtem Lederwams bei der Obduktion von Magdalena. Ein Krach, ein Schrei.

Bruno, wie er Petrissa tief in die Augen schaut und sagt: »Ich werde mich persönlich um dich kümmern. Es soll dir an nichts fehlen, darauf gebe ich dir mein Wort!« Ein Krach, ein Schrei.

Bruno, wie er mit einer lässigen Bewegung aus dem Handgelenk heraus das Stück Leder ausrollt, in dem all seine glänzenden Messer, Scheren, Sägen und sonstigen Gerätschaften stecken. Ein Krach, ein Schrei.

Bruno, wie er Niki beim Fußabdruck neben Petrissas Leiche mit einem schiefen Grinsen die Sohle seines Stiefels präsentiert und sagt: »Das ist einer von unseren!« Ein Krach, ein Schrei.

Bruno, wie er lachend zu Niki sagt: »Können wir jetzt bitte gehen, bevor Mariann noch mehr peinliche Geschichten aus meiner Kindheit zum Besten gibt?« Ein letzter Krach, ein letzter Schrei.

Wer zum Teufel hat Spaß daran, an toten Menschen herumzuschneiden?, dachte Niki. *Gott, was war ich nur für ein blinder Idiot!*

Brunos Zimmer lag nicht im Erdgeschoß des Herzogshofes, wo die anderen Wächter ihre Unterkünfte hatten. Es lag im Keller. Auf dem gleichen Gang wie Hauptmann Roderichs Verhörraum. Wie der Kerker, in dem Mendel und Niki inhaftiert gewesen waren. Wie der Raum, in dem Bruno die Leichen von Magdalena und Petrissa untersucht hatte.

Wie alle diese Räume war es etwa acht Schritte lang und vier Schritte breit. Wie alle diese Räume verfügte es über keine Fenster, sondern lediglich über zwei vergitterte Öffnungen in der Decke. Wie in allen diesen Räumen roch es darin nach Schimmel und Feuchtigkeit.

Niki wusste nicht, was er sich von dem Einbruch in Brunos Zimmer erwartet hatte. Süßlichen Verwesungsgestank? Einen Haufen vermodernder menschlicher Knochen in einer Ecke? Nackte Totenschädel, säuberlich aufgereiht auf einem Regalbrett?

Was immer seine Erwartungen gewesen sein mochten: Sie wurden enttäuscht. Brunos Unterkunft sah wohl ziemlich genau so aus, wie die aller anderen Wächter: ein roh gezimmertes Holzbett mit einer strohgefüllten Matratze, darauf säuberlich zusammengelegt eine Decke aus Leinenstoff und eine zweite aus dicker Schafwolle. Eine kleine Feuerstelle an der Rückwand, unterhalb der beiden Öffnungen in der Decke, daneben Brennholz. Eine schwere Holztruhe für Brunos Habseligkeiten. Ein paar Haken an der Wand für seine Uniform und Rüstung. Ein Tisch, ein Schemel. Absolut nichts Ungewöhnliches.

Erst auf den zweiten Blick entdeckte Niki über dem Tisch eine Halterung, in der eine erloschene Fackel steckte, Federkiel und Tintenfässchen auf dem Tisch – und eine zweite, kleinere Holztruhe unter dem Tisch.

Schau an, schau an, dachte er. *Bruno kann nicht nur lesen, sondern offensichtlich auch schreiben. Vielleicht führt er ja ein Tagebuch?*

Im Gegensatz zu der großen Truhe, die Joachim bereits auf methodische Art und Weise durchsuchte, war die kleinere abgeschlossen. Niki hob sie auf den Tisch, winkte Hadmar zu sich und bat ihn, sie zu öffnen. Das Schloss leistete dem schweren Dolch des Kuenringers nur kurz Widerstand, dann sprang der Deckel auf.

Die kleine Truhe enthielt ausschließlich Pergamente. Dafür aber einen ganzen Stapel davon.

Niki griff hinein und hob den Stapel vorsichtig heraus. Hadmar entzündete mit seiner eigenen Fackel jene in der

Wandhalterung. Weiches Licht fiel auf das oberste Pergament.

Niki erstarrte.

Was zum Teufel ist das?, dachte er.

»Was zum Teufel ist das?«, fragte Hadmar.

Das Pergament wies keine Schriftzeichen auf, sondern lediglich eine Zeichnung. Die mit sorgfältigen Federstrichen angefertigte Skizze zeigte den Umriss eines Menschen. Den breiten, runden Hüften und den angedeuteten langen Haaren nach schien es sich dabei um eine Frau zu handeln. In ihrem Inneren breitete sich ein Netz von dicken Linien aus, die sich durch den gesamten Körper erstreckten und sich dabei immer weiter verästelten, bis sie als zarte Linien in den Füßen, in den Händen und im Kopf ihr Ende fanden.

»Das«, sagte Niki langsam, »ist ein Schaubild des menschlichen Blutkreislaufes.«

Einen Atemzug lang herrschte Schweigen im Raum.

»Der Weg, auf dem das Blut durch unseren Körper fließt«, fügte er hinzu, als er die verständnislosen Blicke seiner Freunde bemerkte.

»Und was ist dieser Klumpen da in ihrer Brust?«, fragte Hadmar.

»Das ist ihr Herz.«

»Ihr Herz? Was hat denn das Herz mit dem Blut zu tun?«, fragte Hadmar weiter. »Ich dachte immer, das Blut wird in der Leber gebildet aus dem Essen, das wir zu uns nehmen?«

»So hat es der griechische Arzt Galenus vor tausend Jahren gelehrt«, murmelte Niki diplomatisch. *Und meines Wissens dauert es noch ein paar hundert Jahre, bis ein kluger Kopf draufkommt, dass der alte Galenus damit völlig falsch lag.*

Ohne weiter auf Hadmars Frage einzugehen, legte Niki das Pergament zur Seite und nahm das nächste zur Hand.

Es zeigte den Querschnitt eines menschlichen Kopfes: ein fein komponiertes Profil mit einer langen Nase. Im Inneren des Umrisses waren sorgfältig Schädel- und Kieferknochen eingezeichnet, man erkannte Zähne, einen Augapfel – sogar Gehirnwindungen waren mit leichtem Federstrich markiert worden.

Entweder hat er das von einem unglücklichen Opfer des Kreuzzuges abgezeichnet, dachte Niki. *Oder er hat irgendwem extra dafür den verdammten Schädel mitten durch gesägt.*

Niki ließ das Pergament fallen, als hätte er sich daran die Finger verbrannt.

»Den Kopf hab ich erkannt«, sagte Hadmar stolz, während er Niki über die Schulter auf das nächste Pergament blickte. »Aber was bitte soll *das hier* darstellen?«

Das nächste Blatt in Nikis Hand zeigte ein menschliches Herz. Einmal von außen, und einmal im Querschnitt.

Niki ließ sich schwer auf den Schemel fallen und nahm ein paar tiefe Atemzüge. Er hasste sich für seinen empfindlichen Magen, der ihm wieder einmal einen Streich zu spielen drohte. Die Erinnerung an einen Schulausflug zu einer Ausstellung namens »Körperwelten« kam in ihm hoch, wo der Anblick der ersten plastinierten Leichen und Leichenteile ihn schon nach wenigen Minuten zum fluchtartigen Verlassen der Ausstellungshalle gezwungen hatte.

»Bruno ist unser Mörder«, sagte er schließlich leise. »Die Zeichnungen sind zu detailliert, als dass er sie auf der Basis von Vermutungen angefertigt haben könnte. Oder von Geschichten, die er nur vom Hörensagen kennt. Die stammen von echten Menschen. Von toten Menschen. Manche von ihnen waren schon vorher tot. Bei manchen hat er nachgeholfen.«

Aber er ist mehr als nur ein Mörder, dachte er. *Er ist auch ein wahnsinniges Genie. Oder ein genialer Wahnsinniger?*

»Seht euch das mal an!«, sagte Joachim, der die Untersuchung der großen Truhe inzwischen beendet hatte, und holte Niki damit aus seinen Gedanken. »Das müsst ihr gesehen haben!«

Er brachte ein in Streifen aus schmutzigem Leinenstoff gehülltes Paket zum Tisch, legte es ab und entfernte mit spitzen Fingern die Stoffstreifen, einen nach dem anderen.

Bertram zog scharf die Luft ein.

»Bei allen Heiligen – es ist ... ein Säugling«, ächzte er. »Nein, dafür ist es zu klein. Es ist ein ... ungeborener Fetus!«

Joachim legte dem heftig atmenden jungen Mann beruhigend eine Hand auf den Arm.

»Ein Fetus wohl, aber kein menschlicher«, sagte er leise. »Schau dir die Nase an. Die Ohren. Die Gliedmaßen. Und es hat einen Schwanz.«

»Es ist ein ... Schweinchen!«, sagte Bertram.

»Es ist ein Schweinchen«, bestätigte Joachim mit einem kleinen Lächeln.

»Wie hat er es geschafft, dass das Ding nicht verfault?«, fragte Hadmar.

»Na hör mal, Hadmar«, sagte Joachim. »Bei euch in der Halle von Burg Dürnstein hängen so viele Trophäen an den Wänden, dass da nicht einmal Platz für einen einzigen geschmackvollen Wandteppich bleibt!«

»Das ist etwas anderes«, gab Hadmar zurück. »Bei den auf der Jagd erlegten Tieren wird die Haut samt Fell abgezogen, gereinigt und dann mit Sägespänen so ausgestopft wie ein Kopfkissen mit Federn. Dieses Schweinchen hier ist nicht ausgestopft, das sieht aus wie lebendig.«

»Pökeln und trocknen«, sagte Joachim.

»Was?«

»Pökeln und trocknen«, wiederholte Joachim. »Er hat es in Salz eingelegt. Dann am Feuer getrocknet. Dem Geruch nach am Schluss noch mit Harz eingerieben. Oder mit harzgetränkten Stoffstreifen eingewickelt. Wenn es nicht feucht wird, hält das fast ewig.«

Niki hörte Joachim nur mit einem Ohr zu; seine Gedanken waren woanders.

Schweine, dachte er. *Immer wieder kommen wir auf Schweine zurück.*

»Was für Schweine waren das, von denen der Bauer am Gerichtstag gesprochen hat?«, fragte er an Hadmar gewandt. »Du hast vorhin gesagt, dass es vier waren. Und dass man ihnen Organe entnommen hat. Hat der Bauer mehr darüber erzählt?«

»Was hast du nur immer mit diesen Schweinen?«, knurrte Hadmar und legte wieder die Stirn in Falten. »Lass mich nachdenken: ein ausgewachsenes Schwein. Ein junges Ferkel. Und eine schon ziemlich alte Sau.«

»Und das vierte?«

»Oh, das war das Trächtige. Von dem muss wohl dieses Ding hier stammen!«

Eine Weile herrschte Schweigen, während die vier Männer auf den mumifizierten Schweinefötus hinuntersahen.

»Magdalena, Petrissa, die alte Mariann. Witziger Zufall eigentlich«, sagte Hadmar schließlich in die Stille hinein. »Nur gut, dass wir in Krems nicht auch noch eine schwangere Bademagd ...«

Hadmar verstummte, als er merkte, wie Niki neben ihm erstarrte.

Einen Augenblick lang stand Niki da wie vom Blitz getroffen. Er hatte das Gefühl, dass sein Blut zu flüssigem Eis gefror, während gleichzeitig sein Kopf in Flammen stand.

Dann drehte er sich um und stürmte ohne ein weiteres Wort aus dem Raum.

Seine Freunde schauten ihm überrascht nach.

Hadmar kratzte sich am Kinn.

»Hab ich etwas Falsches gesagt?«

»Endlich ist es vorbei!«, flüsterte Engeltrud, als sie das Schnauben eines Pferdes draußen vor der Türe hörte, das Klirren von Zaumzeug und das Geräusch von Schritten. »Endlich ist Niki wieder da!«

Ihre Wangen röteten sich, ihr Gesicht schien mit einem Mal aufzuleuchten, ihre grünen Augen vor Freude zu funkeln im Halbdunkel der Hütte.

»Komm rein, Liebster, die Tür ist offen!«, rief sie und lächelte.

Langsam, fast zaghaft öffnete sich die Tür.

»Ach du bist es, Bruno«, sagte Engel, als sie ihres Besuchers ansichtig wurde und sich bemühte, sich ihre Enttäuschung nicht anmerken zu lassen.

»Bist du gar nicht bei Niki und den anderen im Herzogshof?«, fragte sie. »Ist die große Zusammenkunft schon beendet? Weiß man schon, wer der Mörder ist?«

Bruno antwortete ihr nicht, drehte sich um und schloss die Tür hinter sich.

Als er sich wieder Engel zuwandte, bemerkte sie das seltsame Lächeln in seinem Gesicht.

Dann erst sah sie das Messer in seiner Hand.

Und die Schachfigur in der anderen.

Isengrim

Dienstag, 8. November 1194, abends

Avanti, Ramazzotti, avanti!«, rief Niki und trat seinem Pferd hart in die Flanken. Das Tier erschrak ob der ungewohnten Brutalität seines Herrn, legte die Ohren an und stürmte los. »Lauf, wie du noch nie gelaufen bist, Alter!«

Als Niki nach seinem Sprint durch die halbe Stadt mit brennender Lunge und pfeifendem Atem am Steinertor angekommen war, war Bruno bereits weg gewesen.

»Weggeritten. Gerade erst, noch nicht lange her. Nach Westen, Richtung Stein hinaus«, hatte einer der anderen Wächter gesagt. »Das macht er häufig. Vertritt sich gerne nach Dienst noch ein wenig die Beine im Wald draußen. Ich glaube, der kennt jeden Baum zwischen hier und Dürnstein persönlich!«

Niki war die paar Schritte zur Taverne am Steinertor weitergelaufen, in deren Stall Ramazzotti eingestellt war, wenn er sich in Krems aufhielt. So schnell war der hübsche braune Wallach mit der schwarzen Mähne, den Niki ein halbes Jahr zuvor auf der Rückreise von Konstantinopel in Genua gekauft hatte, noch nie aufgezäumt worden.

Gemeinsam flogen sie nun förmlich die Landstraße zwischen Krems und Stein entlang, als sei der Teufel hinter ihnen her – ohne Rücksicht auf die Bauern, Händler und anderen Besucher, die sich vor dem Schließen der Stadttore noch auf den Heimweg in ihre Dörfer gemacht hatten. Menschen sprangen zur Seite, fluchten und schimpften Niki wütend hinterher.

Die beiden Wächter am Stadttor von Stein sahen Niki in vollem Galopp herankommen und traten ihm auf der Zugbrücke entgegen, um ihn aufzuhalten und nach seinem Begehr zu fragen.

Jetzt nicht, Burschen, dachte Niki und trieb den unmerklich zögernden Ramazzotti weiter an.

Im Vorbeireiten sah er, wie die Augen der beiden Männer groß wurden, ehe sich einer der beiden durch einen Sprung von der Zugbrücke in das schmutzige Wasser des Stadtgrabens in Sicherheit brachte, während der andere rücklings in einen Misthaufen an der Seite der Stadtmauer stolperte.

Ungebremst und begleitet von weiteren Flüchen und Schimpfwörtern rasten Pferd und Reiter auf der einen Seite in die Stadt Stein hinein und am anderen Ende wieder hinaus. Die Straße nach Dürnstein hatten sie dann fast für sich alleine.

Während rechter Hand die kleine Siedlung Förthof vorbeiflog, wo Martin der Schmied zu Hause war, versuchte Niki zu rechnen.

Von Krems nach Dürnstein sind es acht Kilometer. Wie schnell läuft Ramazzotti im gestreckten Galopp? Vierzig Kilometer in der Stunde, so wie ein Moped? Schneller? Dann würd ich, Moment … zwölf Minuten brauchen. Wenn Bruno, sagen wir mal: zwanzig Minuten vor mir weggeritten ist, aber nur halb so schnell unterwegs ist wie ich …

Nikis Gedanken schalteten ab, seine Berechnungen zerfaserten im Nirgendwo.

Vielleicht will er sich ja wirklich nur ein wenig die Beine vertreten im Wald, dachte er. *Vielleicht bilde ich mir das alles nur ein. Wenn er aber zu Engel unterwegs ist, dann zählt jede verdammte Sekunde!*

Schon konnte er auf der rechten Seite der Straße die Lichter des Dorfes Loiben vor sich erkennen. Ramazzotti kannte den Weg in- und auswendig, und das war gut so: Niki war voll und ganz damit beschäftigt, sich auf dem Rücken des braven Tieres festzuhalten, um nicht herunterzufallen und sich den Hals zu brechen.

Lieber Gott, lass mich bitte nicht mit gebrochenem Genick auf der Straße zwischen Krems und Dürnstein sterben, betete er inbrünstig.

Und lass mich bitte, bitte nicht zu spät kommen.

»Der Mord an Magdalena – wer immer ihn auch begangen hat – war für mich ein Geschenk des Himmels«, sagte Bruno träumerisch. »Ein Zeichen und ein Wunder, als ob mir Gott höchstpersönlich den rechten Weg weisen wollte. So, wie er damals dem Propheten Jona diesen großen Fisch geschickt hat, der ihn verschluckt und nach drei Tagen und drei Nächten auf den richtigen Weg ausgespuckt hat.«

Bruno beugte sich vor, bis die Spitze seines schlanken, rasiermesserscharfen Dolches Engeltruds Hals berührte. Dann machte er einen raschen Schnitt.

Engels wollenes Kleid, seines letzten Halts beraubt, raschelte zu Boden und blieb auf ihren Füßen liegen.

Das Mädchen stand jetzt nur noch in seinem schlichten leinenen Unterkleid vor Bruno. In einem Reflex hob Engel die Hände vor ihre Brüste, die sich jetzt, am Ende ihrer Schwangerschaft, überdeutlich unter dem dünnen Stoff abzeichneten. Eine Hand berührte dabei unabsichtlich das keltische Kreuz, das Niki viele Jahre selbst getragen und ihr zur Verlobung geschenkt hatte. Verzweifelt schloss sie die Finger um das kunstvoll gearbeitete Stück Silber, das mehr als achthundert Jahre später in Schottland angefertigt werden würde, und kämpfte gegen die aufsteigende Panik.

»Ich hab sie da liegen sehen in ihrem Blut und sofort gewusst: Das ist die Gelegenheit, auf die ich immer gewartet habe«, fuhr Bruno mit leuchtenden Augen fort. »Die Organe von einem frischen Leichnam zu untersuchen – noch ganz warm! Nicht halb verwest und grau und stinkend wie bei den Leichen vom Friedhof!«

Unter anderen Umständen wäre die spürbare Begeisterung von Bruno wohl ansteckend gewesen.

»Ich hab Magdalenas Leichnam in den Schutz des nächstgelegenen Hauseingangs getragen. Reiner Zufall, dass das der von Mendel dem Geldverleiher war. Ich wusste, dass ich nicht viel Zeit hatte; jeden Moment hätte jemand um eine Ecke biegen können, trotz des Scheißwetters. Außerdem hatte ich die Rolle mit meinen Werkzeugen nicht bei mir. In dem Moment kam mir der rettende Einfall: Wenn ich Magdalenas Leiche mit Messerstichen traktiere und untenrum aufschneide, würde sie nach ihrer Entdeckung von alleine im Keller vom Herzogshof auf meinem Untersuchungstisch landen – und das Beste kommt noch: Ich müsste sie nicht einmal selbst dorthin tragen! Ich hätte dann die ganze Nacht Zeit, mir ihr Innenleben in aller Ruhe anzusehen, bei gutem Licht, mit all meinen schönen Werkzeugen – und völlig unverdächtig. Und genauso ist es gekommen!«

Brunos Miene verfinsterte sich für einen Augenblick.

»Weißt du eigentlich, dass Blondie mich fast erwischt hätte? Ich hatte Magdalena gerade erst abgelegt. Keine Menschenseele weit und breit. Gerade ziehe ich meinen Dolch – und dann steht auf einmal Blondie auf der Straße, vor der Tür vom *Knochenmann*, nur ein paar Schritte von mir entfernt und wickelt sich in seinen peinlichen Pelzmantel. Ich hab mich kaum zu atmen getraut, bis er Gott sei Dank in die andere Richtung weggegangen ist.«

Die Erinnerung brachte das glückliche Lächeln auf Brunos Gesicht zurück.

»Ist es nicht seltsam, wie das Leben manchmal so spielt? Wenn er mich in diesem Moment entdeckt hätte, wären Petrissa und Mariann heute noch am Leben. Und du morgen.«

Bruno trat entschlossen auf Engeltrud zu, machte seinen zweiten Schnitt – und lächelte, als er sah, wie Engels weißes Unterkleid sich rasch rot färbte.

Der tote Mann in dem Käfig starrte Niki aus leeren Augenhöhlen an.

Niki ignorierte den Anblick des vor Jahren hingerichteten Verbrechers Herfried von Mautern, der ihm so vertraut geworden war in den zwanzig Monaten, seitdem er durch seinen Sturz von der Mauer der Burgruine Dürnstein ins Mittelalter katapultiert worden war.

Ramazzottis Hufe klapperten noch über die hölzerne Zugbrücke, als Niki bereits aus dem Sattel sprang und nur mit Mühe einen Sturz verhindern konnte, weil er schon loslaufen wollte, ehe er richtig gelandet war.

»Hannes!«, rief er und trommelte mit beiden Fäusten auf das geschlossene Stadttor von Dürnstein. »Mach das verdammte Tor auf, Hannes!«

Eine kleine, mit einem Gitter geschützte Klappe wurde mit einem knarzenden Geräusch zur Seite geschoben. Ein misstrauisches Auge lugte aus der dadurch entstehenden Öffnung.

»Wer seid Ihr, und was ist Euer Begehr?«, fragte eine gelangweilte Stimme.

»Was?«

»Nach der Sperrstunde hat der diensthabende Nachtwächter jeden Besucher des Stadttores nach seinem Namen und seinem Begehr zu fragen«, sagte die Stimme ohne erkennbare Emotion.

»Ich bin's: Nikolaus«, rief Niki. »Der gottverdammte Sänger Blondie. Du kennst mich jetzt seit fast zwei Jahren, Hannes! Ich *wohne* hier! Mach endlich das Tor auf!«

»Das kann jeder sagen«, antwortete die Stimme ungerührt. »Tretet zurück ins Licht, damit ich Euch besser sehen kann!«

Mit einem nicht jugendfreien Fluch trat Niki einen Schritt zurück, sodass er zwischen den auf beiden Seiten des Tores in ihren Halterungen brennenden Fackeln zum Stehen kam.

»Da! Jetzt stehe ich hier im Licht! Bist du jetzt zufrieden? Erkennst du mich jetzt, du kurzsichtiger Uhu?«, schrie er mit sich überschlagender Stimme. »Und nun mach endlich das verdammte Tor auf, oder – so wahr mir Gott helfe: Ich trete es ein!«

»Kein Grund, unhöflich zu werden«, brummte die Stimme. »Ich mache hier nur meine Arbeit.«

Niki trat ungeduldig von einem Fuß auf den anderen, während er den metallischen Geräuschen von diversen sich bewegenden Riegeln und Bolzen und Ketten zuhörte. Endlich schwang eine Hälfte des schweren Stadttors auf.

»War Bruno hier?«, fuhr er den überraschten Nachtwächter an.

»Ja«, gab Hannes zurück und bestätigte damit Nikis schlimmste Befürchtungen. »Gerade erst. Unmittelbar, bevor ich das Tor für die Nacht geschlossen habe. Was ist denn los?«

Niki fluchte, drückte Hannes ohne ein weiteres Wort die Zügel von Ramazzotti in die Hand und rannte die Dorfstraße hinunter, als wären alle armen Seelen des Fegefeuers hinter ihm her.

Engel war im letzten Moment zurückgesprungen, flink wie eine Katze. Dennoch hatte der rasiermesserscharfe Dolch ihr Unterkleid vom runden Halsausschnitt bis hinunter zu ihren Hüften aufgeschlitzt. Das Mädchen konnte einen Schmerzensschrei nicht unterdrücken: Brunos Waffe hatte die Haut an ihrem durch die Schwangerschaft vorgewölbten Bauch gestreift. Blut quoll aus der vertikalen Schnittwunde und färbte die Fetzen ihres Unterkleides rot.

»Warum Petrissa?«, keuchte sie und versuchte, das Brennen der Wunde zu ignorieren. »Warum die alte Mariann?«

Bruno zögerte einen Augenblick – den Dolch zum finalen Stich bereits erhoben.

»Petrissa ist Magdalena gefolgt am Allerseelenabend«, sagte er dann langsam und ließ seine Hand sinken. »Erst nach einiger Zeit, sodass sie den Mord selbst nicht mitbekommen hat. Petrissa war neugierig. Ich nehme an, sie wollte einfach nur wissen, wo Magdalena bei dem Wetter noch hinging. Sie hat die Landstraße hinauf- und hinuntergeschaut, und dabei hat sie mich aus der Entfernung gesehen, wie ich mit meiner Laterne in den Täglichen Markt abgebogen bin auf meiner Runde. Ich sie leider nicht. Am nächsten Tag hat sie vom Mord an Magdalena erfahren und wo sie gefunden wurde, und hat sich gewundert, warum ich die Leiche nicht schon vor Blondie entdeckt hatte, wo sie doch wusste, dass ich praktisch über sie gestolpert sein musste auf meinem Weg. Daher hat sie angenommen, *ich* wäre Magdalenas Mörder! Sie hat mir das mehr oder weniger unauffällig im Beisein von Blondie zu verstehen gegeben und für ihr Schweigen Geld verlangt. Das war ihr erster Fehler. Petrissa hat noch nie der Versuchung widerstehen können, aus Geheimnissen Geld zu machen. Ihr zweiter Fehler war, dass sie zugestimmt hat, mich nachts bei der Pferdetränke am Höllentor zu treffen. Das war dann aber auch ihr letzter Fehler.«

Bruno hielt inne und kicherte.

‚»Ich muss gerade lachen: Petrissa hat mich wegen eines Mordes erpresst, den ich nicht begangen habe. Eigentlich witzig, wenn man darüber nachdenkt, nicht wahr?«, grinste er. »Einerlei: Sie musste sterben, bevor sie jemandem davon erzählen konnte. Und ich hatte mein zweites ... *Untersuchungsobjekt.*«

»Und Mariann?«, fragte Engel so ruhig wie möglich, fast im Plauderton, bevor Bruno auf die Idee kommen konnte, seinen Dolch wieder zu heben. »Mariann wird dich wohl kaum erpresst haben?«

»Mariann hat einfach zu viele alte Geschichten ausgeplaudert den lieben, langen Tag lang«, antwortete Bruno, gleichfalls im Plauderton. Ein zufälliger Zuhörer wäre niemals auf die Idee gekommen, dass in der Hütte, in der dieses freundschaftlich anmutende Gespräch stattfand, ein lächelnder junger Mann mit einem Messer in der Hand seinem nackten, blutverschmierten Opfer gegenüberstand.

»Erstaunlich, was sie noch alles von Ereignissen wusste, die zehn, zwanzig und mehr Jahre zurücklagen«, fuhr er fort. »Und sich doch nicht mehr erinnern konnte, was sie gerade zum Mittagessen hatte. Ich war dabei, als sie Blondie allen möglichen Unsinn über meine Geburt erzählt hat. Und ihm versprochen hat, am Abend weitere Geschichten über mich zu erzählen. Das konnte ich nicht riskieren.«

»Und deshalb musste sie sterben?«, fragte Engel.

»Mariann war dabei, als meine Mutter starb. An der Seitenkrankheit. Du weißt schon: Fieber. Erbrechen. Schmerzen im rechten Unterbauch. Wird ganz heiß und angespannt, der Bauch dort. Unheilbar. Aber nicht mehr lange.«

Bruno gestattete sich ein selbstzufriedenes Lächeln.

»Mariann hat gehört, dass ich am Sterbebett meiner Mutter geschworen habe, eine Heilung für diese teuflische

Krankheit zu finden. Alle haben gelächelt damals, sogar meine Mutter, unter Tränen: *So ein lieber Junge!* Mariann war drauf und dran, Blondie diese alte Geschichte zu erzählen, wenn nicht an diesem Abend, dann wahrscheinlich am nächsten. Dein Verlobter ist ein kluger Kopf. Wenn er das gehört hätte, hätte er mit Sicherheit zwei und zwei zusammengezählt: An zu vielen Tieren und Leichen hatte ich schon nach … Erkenntnisgewinn gesucht. Nein, Mariann musste sterben. Außerdem war mir zu diesem Zeitpunkt bereits die Eleganz klargeworden – die innewohnende Schönheit der Situation: Ich hatte schon bei meinen Experimenten mit den Schweinen unterschiedliche Exemplare ausgewählt, um alle Altersgruppen untersuchen zu können: Ein ausgewachsenes Schwein in der Blüte seiner Jahre, ein junges Ferkelchen und eine alte Sau. Und dann spielt das Schicksal mir ausgerechnet Magdalena, Petrissa und Mariann zu. Verstehst du jetzt, warum ich manchmal glaube, der Himmelvater selbst muss dabei seine Hand im Spiel haben? Nur du fehlst mir noch, um den Reigen abzuschließen. Als Gegenstück zu der trächtigen Sau, die mein viertes schweinisches Opfer wurde. Langweile ich dich, Engeltrud?«

Engel zuckte zusammen. Sie hatte Brunos ausschweifende Erklärungen genutzt, um in der durch das sterbende Feuer dunkler werdenden Hütte so unauffällig wie möglich nach einem rettenden Strohhalm Ausschau zu halten. Nicht unauffällig genug offensichtlich. Zu allem Überfluss befand sich das einzige infrage kommende Objekt außerhalb ihrer Reichweite. Solange Bruno mit dem zustoßbereiten Dolch in der Hand direkt vor ihr stand, konnte sie es nie und nimmer erreichen. In ihrer zunehmenden Panik sagte sie das Einzige, was ihr noch einfiel.

»Die … die Schachfigur! Wozu die Schachfigur?«

»Das?«, sagte Bruno und präsentierte dem zitternden Mädchen seinen letzten weißen Bauern auf der Handfläche. »Das ist nur ein kleiner Scherz unter Freunden. Also zwischen Blondie und mir. Konnte ich mir nicht verkneifen. Du hättest deinen Verlobten erleben sollen, wie er sich während der ganzen Ermittlungen gebärdet hat. Allein, dass er sich beim Herzog eine Vollmacht geholt hat, weil wir von der Stadtwache ja ach so dringend seine Hilfe benötigten. Da musste ein dahergelaufener Spielmann kommen und uns zeigen, wie man einen Mord untersucht. Und wie er sich dann wichtig gemacht hat mit seinem Wissen aus irgendwelchen Büchern, die er gelesen hat, da wo er herkommt. Aber beim Anblick des ersten Tropfens Blut fällt ihm das Essen aus dem Gesicht! Nein, als Wächter gab er wahrlich keine gute Figur ab. Mit den Schachfiguren wollte ich ihn nur ein wenig ablenken. Ihm zusätzlichen Stoff zum Nachdenken geben. Was glaubst du, was er für Augen machen wird, wenn er die letzte Figur in deiner Hand findet!«

Brunos Gesicht verzerrte sich zu einer bösen Fratze, als er den Dolch hob und den letzten Schritt machte, der ihn von seinem Opfer trennte.

Engel wich zurück, bis sie die Wand ihrer Hütte im Rücken spürte. Sie hatte keine Möglichkeit mehr, ihrem Angreifer auszuweichen.

Sie begann lautlos zu weinen. Es war kein wildes Schluchzen; sie stand einfach nur da und die Tränen liefen ihr über die Wangen.

»Jeden Tag wird mein Kind auf die Welt kommen«, sagte sie leise und eindringlich. »Vielleicht schon morgen. Auf jeden Fall noch diese Woche. Ich kann es deutlich spüren!«

Händeringend blickte sie zu Bruno auf, ihr Gesicht nass von Tränen.

»Nimm mich fort von hier, ich bitte dich! Ich folge dir und bleibe deine Gefangene, bis mein Kind geboren ist. Wenn du mein Kind nur leben lässt, will ich danach gerne in den Tod gehen!«

»Sei unbesorgt«, antwortete Bruno lächelnd. »Im Gegensatz zu dir wird dein Kind ewig leben.«

Das letzte Aufflackern der sterbenden Flammen spiegelte sich in seinen braunen Augen wider und verlieh ihnen ein unheilvolles orangefarbenes Leuchten.

»Dafür kann ich sorgen. Was, das glaubst du mir nicht?«, fragte er und sah dabei tatsächlich ein wenig gekränkt aus. »Ich brauche dazu nur Salz, ein offenes Feuer und ein wenig Harz!«

Niki stieß krachend die Tür auf, die so fest gegen die Wand prallte, dass aus dem Dachgebälk Staub und Sand in die Hütte rieselten.

Bruno ließ erschrocken von seinem Opfer ab und fuhr herum. Die Hand mit dem Dolch zeigte plötzlich auf Nikis Brust.

Es war dieser Moment, als Niki bewusst wurde, dass er Krems ohne Mantel, ohne Waffe und vor allem: ohne Plan so überstürzt verlassen hatte. Sein einziger, alles beherrschender Gedanke, sein gesamtes Tun und Trachten waren ausschließlich darauf ausgerichtet gewesen, Bruno zu finden, bevor dieser Engel fand. Über diesen Punkt hinaus hatte er schlicht und einfach noch nicht nachgedacht.

Einen Moment lang schien die Zeit Atem zu holen, schienen die drei jungen Menschen in der inzwischen fast in völliger Dunkelheit liegenden Hütte wie erstarrt in der Pause zwischen einer Sekunde und der nächsten.

Niki hörte Engels Bewegung mehr, als dass er sie sah.

Bruno hörte sie auch; er fuhr erneut herum – und starrte auf den bedrohlichen Schatten einer Armbrust in den Händen des Mädchens, von dem man nur mehr die Augen funkeln sah im Dunkeln.

»Diese Armbrust hat einmal einem Mann namens Bohemund von Buonalbergo gehört«, sagte Engel mit ruhiger, beherrschter Stimme. »Hadmar hat sie mir geschenkt und mir beigebracht, damit umzugehen. Ich habe sie bis heute zweimal auf einen Menschen abgeschossen. Beide waren abgrundtief böse Männer, die meinen Tod wollten – so wie du: Der erste hatte ein Kettenhemd an; der Bolzen hat ihn trotzdem glatt durchschlagen und dabei ein großes Loch in seiner Brust und ein noch viel größeres in seinem Rücken hinterlassen. Beim zweiten ist der Bolzen durch ein Ohr rein- und durch das andere Ohr wieder rausgeflogen und hat dabei die Schädeldecke mitgenommen. Möchtest du gerne der dritte sein, Bruno?«

Ganz still standen sie da, alle drei: Engel, den Finger am Abzug, die Armbrust auf Bruno gerichtet – ein unmöglich zu verfehlendes Ziel. Bruno, den Dolch in der erhobenen Hand, aber den einen Schritt zu weit weg, um eine Chance zu haben, Engel zu erreichen, bevor sie abdrückte. Niki, immer noch ein wenig außer Atem, unbewaffnet und auch den einen Schritt zu weit weg, um Bruno mit bloßen Händen angreifen zu können.

»Du hast zwei Frauen getötet«, fuhr Engel fort. »Du hättest auch mich und mein Kind getötet. Das Einzige, was mich daran hindert, dir hier und jetzt einen Bolzen durch den Kopf zu schießen, ist, dass ich meine Hütte nicht mit deinem Blut beschmutzen möchte! Hast du jemals miterlebt, was diese Dinger in einem geschlossenen Raum für einen Saustall anrichten? Ich hab wahrlich keine Lust, morgen dein Gehirn von der Wand zu kratzen. Warum also tust du nicht uns beiden einen Gefallen und haust einfach ab? Verschwinde und lass dich hier nie, nie wieder sehen!«

In diesem Augenblick bemerkten sie es, alle drei gleichzeitig: Geräusche, die sich aus der Richtung des Stadttores näherten. Hufschläge. Aufgeregte Stimmen.

Bruno fluchte, fuhr herum und stürmte aus der offenen Tür ins Freie hinaus.

Niki hörte, wie die schwere Armbrust zu Boden krachte

und konnte Engel gerade noch auffangen, bevor sie selbst hinsank.

Das verletzte Mädchen zuckte zusammen bei Nikis Umarmung.

»Du ... Du blutest!«, stammelte Niki. »Gott, was hat er dir angetan?«

»Ist nur ein Kratzer«, flüsterte Engel. »Aber viel Zeit hättest du dir nicht mehr lassen dürfen!«

Engel begann hysterisch zu lachen, brach gleichzeitig in Tränen aus und lächelte dann doch wieder, während Niki ihr feuchtes Gesicht mit tausend kleinen Küssen bedeckte.

»Da ist kein Bolzen in der Armbrust, oder?«, fragte Niki, als er sich vorsichtig wieder von seiner Verlobten löste.

»Da ist nicht einmal eine Sehne drauf«, sagte Engel und rang sich ein Lächeln ab. »Du weißt doch, dass die nur bei Bedarf eingespannt wird, weil der Bogen sonst seine Spannkraft verliert. Gott sei Dank ist es hier drin inzwischen stockdunkel. Woran hast du es gemerkt?«

»Wenn die Armbrust geladen gewesen wäre, hättest du ihn erschossen«, sagte Niki trocken. »Blut und Gehirn an der Wand oder nicht. So gut kenne ich dich inzwischen.«

Er drehte sich um und sah in die Nacht hinaus, von wo die Geräusche immer näherkamen. Er erkannte die Stimmen von Hadmar, von Joachim und von Bertram. Und die von Hannes, dem Torwächter.

»Geh nur«, sagte Engel leise, küsste Niki sanft auf die Lippen und legte eine Hand beschützend auf ihren Bauch.

»Uns geht es gut. Holt euch diese Bestie. Holt euch Isengrim!«

Bruno fluchte, als sein rechter Wächterstiefel schwer – die Winterausführung – mit einem schmatzenden Geräusch tief in den morastigen Boden versank.

Auch das noch!

Der junge Wächter haderte mit seinem Schicksal: Als er am Täglichen Markt in Krems über die Leiche von Magdalena gestolpert war, auf die Stunde genau sieben Tage zuvor, hatte Nebel geherrscht. Seither war kein einziger Abend vergangen, an dem nicht dichte Nebelschwaden von der Donau herauf in die Stadt gezogen waren, um ihre Kirchen, ihre Paläste, ihre Häuser und Hütten in wattiges Weiß zu tauchen. Und ausgerechnet heute, wo Bruno es am wenigsten brauchen konnte, erhellte das Licht eines fast vollen Mondes an einem wolkenlosen Nachthimmel die Auenlandschaft zwischen Dürnstein und Weißenkirchen, in die er sich vor seinen Verfolgern geflüchtet hatte. Er konnte ihre Stimmen immer noch hören, irgendwo hinter ihm im Wald. Anscheinend wollten sie sich aufteilen, um nach ihm zu suchen. Sollten sie doch!

Bruno machte sich keine Sorgen: Im Gegensatz zu seinen Häschern kannte er dieses Stück Land wie seine Westentasche. Schließlich hatte hier alles begonnen: Hier hatte er seine ersten Schlingen ausgelegt und die ersten Rehe gefangen, um seine Experimente an ihnen durchzuführen. Hier zwischen all den kleinen Nebenarmen der unregulierten Donau, die die Auwälder wie ein Spinnennetz durchzogen, wie aus dem Nichts auftauchten, bei jedem stärkeren Regenfall ihren Lauf veränderten, bis sie irgendwann, abgeschnitten vom Hauptstrom, als sumpfige Teiche voll mit totem Holz und surrenden Insekten endeten und langsam austrockneten.

Genau in so eine Stelle musste er jetzt getreten sein bei

seiner Flucht: Die Senke enthielt bis auf ein paar kleine Tümpel kein stehendes Wasser mehr, der Boden war aber überall tief und sumpfig.

Wütend versuchte er, seinen rechten Fuß mit einem Ruck aus dem Schlamm zu ziehen. Überrascht davon, wie sehr die dicke, schwarzbraune Brühe Widerstand leistete, verlor Bruno das Gleichgewicht, taumelte und machte mit dem linken Bein zum Ausgleich einen großen Schritt nach vorne. Nun sank auch sein linker Stiefel tief in den Sumpf, während auf der anderen Seite der Schlamm bereits bis zu seinem Knie reichte.

Bruno rollte mit den Augen und lächelte bitter: Wenn man kein Glück hatte, kam oft Pech auch noch dazu.

Das Lächeln erstarb auf seinen Lippen, als er trotz aller Anstrengung mit beiden Beinen tiefer im Schlamm versank. Kurz nur konnte er den rechten Fuß befreien, indem er den Stiefel auszog und verloren gab. Durch die einseitige Belastung sank sein linkes Bein aber umso tiefer ein: Der saugende Schlamm reichte Bruno rasch bis übers Knie, wodurch auch sein eben erst befreites rechtes Bein wieder in der braunen Masse versank.

In einem Wutanfall begann er, wild mit den Armen zu rudern und mit den Beinen zu strampeln; als er erkannte, dass ihn die hektischen Bewegungen nur noch rascher in den Morast einsinken ließen, und seine Bemühungen einstellte, reichte ihm der schmatzende Brei bereits bis über die Taille.

Bruno stand nun ganz still und sah sich nach etwas um, an dem er sich festhalten konnte. Vergeblich. Ein moosbewachsener umgestürzter Baumstamm lag genauso außerhalb seiner Reichweite wie die Äste eines mächtigen alten Baumes, die den ausgetrockneten Nebenarm der Donau überspannten: zu hoch, um sie zu erreichen, selbst wenn er hätte springen können. Erreichen konnte er lediglich ein paar abgestorbene Äste und das eine oder andere Büschel Sumpfgras, doch nichts davon konnte ihn aus seiner misslichen Lage befreien. Im Gegenteil: Seine verzweifelten Versuche, sie zu erreichen und sich an ihnen festzuhalten, ließen ihn erneut tiefer versinken.

Der Schlamm reichte bereits bis zu seiner Brust und begann ihm langsam den Atem abzudrücken, als Bruno die Stimme hörte.

Sie rief seinen Namen.

»Bruno!«, rief Niki noch einmal.

Niki erkannte sofort, in welcher Gefahr Bruno sich befand. Ohne groß nachzudenken schwang er sich in die unterste Astgabel des großen Baumes, der am ehemaligen Ufer des ausgetrockneten Donauarmes stand. So wie Bruno zuvor hatte auch er den niedrigen Ast bemerkt, der weit ausladend bis zu der Stelle hinausragte, an der Bruno gegen das endgültige Versinken im Sumpf kämpfte. Vorsichtig bewegte er sich vorwärts, Fußbreit für Fußbreit, bis er nicht mehr weiterkonnte, ohne seinen Griff an einem über seinem Kopf befindlichen höheren Ast loszulassen. Mit einer Hand löste er etwas unbeholfen seinen Gürtel, wand sich ein Ende um das Handgelenk und ließ das andere Ende mit der Schnalle langsam in Richtung Boden hinunter – soweit es eben ging. Wenn er den Gürtel ein wenig schaukeln ließ zum Schwungholen und Bruno seine Hand danach ausstreckte, könnte der junge Stadtwächter ihn möglicherweise gerade mit den Fingerspitzen erreichen.

Bruno hob den Kopf und erfasste, was Niki vorhatte. Zu dessen Überraschung rührte er aber keinen Finger, selbst als Niki sich auf seinem bedrohlich schwankenden Ast vorbeugte, um die Gürtelschnalle so nahe wie möglich an Bruno heranschwingen zu lassen.

»Warum willst du mich retten?«, fragte er nur.

»Damit du dich und deine Taten vor einem Gericht verantworten kannst«, gab Niki zurück.

»Das Gericht wird mich zum Tode verurteilen.«

Bei mir daheim würdest du dafür lebenslänglich kriegen, dachte Niki. *Vermutlich in einer Anstalt für geistig abnorme Rechtsbrecher.*

»In den du den alten Mendel ohne Bedenken geschickt hättest, für einen Mord, den er nicht begangen hat!«, sagte er laut.

»Und vor dem ich ihn letzten Endes auch wieder bewahrt habe.«

»Durch einen weiteren Mord, Bruno!«, rief Niki aufgebracht. »Und dann Mariann. Und als Nächstes wäre Engel dran gewesen! Warum das alles, Bruno? Warum zum Teufel hast du das getan?«

»Das Schicksal hat mich zum Leichnam Magdalenas geführt und mir die Möglichkeit geschenkt, sie zu untersuchen. Nicht bei Nacht und Nebel am Friedhof wie die Leichen, die ich dort ausgegraben habe, sondern in aller Ruhe im Keller vom Herzogshof! Ich hatte vorher schon eine Vermutung, und die hat sich auch bewahrheitet: Magdalena hatte tatsächlich einen Fortsatz an den Gedärmen, geformt wie ein kleiner Wurm, auf der rechten Seite ihres Bauches! Petrissa und Mariann hatten den gleichen! Ich bin mir sicher, das ist der Auslöser der teuflischen Krankheit, an der meine Mutter hilflos gestorben ist, wie so viele andere Menschen jedes Jahr!«

Niki starrte Bruno mit großen Augen an; die Gürtelschnalle schwang langsamer und kam zum Stillstand.

»Die Seitenkrankheit macht keinen Unterschied, Blondie«, sagte Bruno eindringlich. »Sie tötet ohne Ansehen von Stand, Geschlecht und Vermögen Männer wie Frauen, Bettler wie Könige! In allen Ländern der Welt! Meine Mutter ist daran verstorben, und niemand konnte sagen, woran genau, weil menschliche Körper nach ihrem Tod nicht geöffnet werden dürfen. Die Kirche betrachtet das als Leichenschändung und verhindert damit jede Suche nach der Ursache! Ich kenne jetzt die Ursache. Stell dir nur all die Leben vor, die damit gerettet werden können! Meine Entdeckung wird die Medizin für immer verändern! Hol mich hier raus, und wir können damit in die Geschichte eingehen!«

Bruno sprach jetzt schneller und ein wenig gepresst, weil er inzwischen bis unter die Achseln im Schlamm versunken war und der Druck ihm langsam den Brustkorb zuschnürte und die Luft aus den Lungen presste. Jetzt, wo er sich nicht mehr bewegte, sank er nur mehr langsam, Zentimeter für Zentimeter.

»Du und ich, Blondie – wir sind aus demselben Holz geschnitzt. Wir sind Männer der Wissenschaft, anders als die rückständigen, abergläubischen Dörfler. Wir sind Männer der Zukunft, nicht der Vergangenheit!«

»Du bist kein Mann der Wissenschaft. Du bist ein gefährlicher Psychopath, der für seine Ziele über Leichen geht!«, sagte Niki, aber seine Stimme klang nicht mehr so fest wie zuvor.

»Alles, was ich unternommen habe, habe ich für das *bonum generalis*, für das Allgemeinwohl, getan!«, sagte Bruno.

»Das Allgemeinwohl ist es nicht wert, dafür Menschen zu töten«, gab Niki leidenschaftlich zurück. »Jedes Leben ist gleich viel wert!«

»Ich habe die Ursache einer Krankheit entdeckt, die jedes Jahr Tausende und Abertausende Leben kostet. Und weiterhin kosten wird, wenn ich jetzt und hier draufgehe und die Ergebnisse meiner Forschung mit ins Grab nehme!«, drängte Bruno. »Was ist mit den Leben all der Menschen, die gerettet werden könnten? Und die jetzt weiterhin sterben werden, unter entsetzlichen Schmerzen und ohne Hoffnung auf Heilung, wie meine Mutter damals? Petrissa war eine gemeine Erpresserin und Mariann eine tattrige alte Säuferin!

Und sie waren nur verdammte Bademägde, wenig besser als gewöhnliche Huren! Wenn jedes Leben gleich viel wert ist, müssten die vielen doch wertvoller sein als die wenigen?«

Hundertvierundsechzig Menschen töten, um siebzigtausend zu retten – darf der Pilot eines Kampfjets ein von Terroristen entführtes Flugzeug abschießen, das auf ein voll besetztes Fußballstadion zurast?, dachte Niki. *Die Antwort hängt wohl stark davon ab, ob deine Frau im Flugzeug sitzt oder im Stadion ...*

»Du wolltest auch Engel töten!«, rief Niki und verscheuchte die unwillkommene Erinnerung an einen Fernsehfilm aus seiner Zeit. »Das ist meine zukünftige Ehefrau, nicht irgendeine Hure. Und sie trägt unser Kind unter dem Herzen! Bedeutet dir das alles gar nichts?«

»Du bist jung, siehst gut aus, bist in der ganzen Wachau als Spielmann bekannt, Blondie«, sagte Bruno und rollte mit den Augen. »Du kannst Frauen ohne Zahl haben. Hübschere als Engel – ich habe ohnehin nie verstanden, was du an ihr findest. Und kannst noch zehn Kinder bekommen, wenn dir das wichtig ist.«

Niki starrte Bruno fassungslos an.

»Kein Mensch hat das Recht, zwischen wertvollerem und weniger wertvollem Leben zu unterscheiden, Bruno«, sagte er schließlich leise, aber entschlossen. »Nicht du. Nicht ich. Niemand.«

»Dann bleibt es dabei: Wenn du mich rausholst, komme ich vor Gericht?«

Der Schlamm reichte Bruno mittlerweile bis unters Kinn; nur seine Arme und Hände befanden sich noch über der Oberfläche des Morastes.

Niki antwortete nicht, aber sein Blick sprach Bände. Ein letztes Mal schwang die Gürtelschnalle auf den jungen Wächter zu.

Bruno streckte nicht einmal die Hand danach aus, sondern grinste nur.

»Fahr zur Hölle, Blondie!«, sagte er und sah Niki dabei direkt in die Augen, von unten nach oben, mit stolz zurückgeworfenem Kopf, das Gesicht zu einer höhnischen Fratze verzerrt.

Der Ruck, der durch Niki ging, als ihm einfiel, wo er wenige Tage zuvor Zeuge einer nahezu identischen Szene geworden war, war so stark, dass er fast von seinem Ast gefallen wäre.

»Großer Gott«, stieß er hervor. »Ich weiß, wer dein Vater ist!«

Er sah gerade noch, wie Bruno die Augen überrascht aufriss, als die braune Suppe ihm in den Mund rann und den letzten Schrei seines Lebens erstickte. Oder die letzte Frage?

Eine Zeit lang ragte noch eine Hand aus dem Schlamm, die Finger ausgestreckt, zur Faust geballt und endlich wieder ausgestreckt im Todeskampf.

»Fahr zur Hölle, Bruno«, flüsterte Niki, als die Hand schließlich versank.

Epilog: Frohes Neues Jahr

1. Jänner 1195, morgens

»Frohes Neues Jahr, Liebster«, flüsterte Engel und drückte Niki einen zarten, etwas klebrigen Kuss auf den Nabel.

Sie lächelte ihren Ehemann liebevoll an, schenkte ihm einen unschuldigen Augenaufschlag und sah mehr denn je aus wie ein zufriedenes Kätzchen, nachdem es eine Schale Milch ausgeleckt hat.

»Dir auch, mein Schatz«, gab Niki leise zurück. »Ein Jahr, das *so* anfängt, kann gar kein schlechtes Jahr werden. Sehr selbstlos von dir! Du hast da übrigens noch was an der Nase!«

»Wer sagt, dass ich das aus Selbstlosigkeit mache?«, lächelte Engel, strich mit einem prüfenden Zeigefinger über ihre Nase und leckte dann gedankenverloren an der Fingerspitze. »Aber seit wann bist du dabei so leise? Ich dachte schon, es gefällt dir nicht!«

»War schwierig genug«, grinste Niki und deutete mit dem Kopf auf die Krippe, die neben dem Himmelbett im Schlafzimmer ihres Wohnturms stand. »Aber wenn ausnahmsweise einmal Ruhe und Frieden herrschen …«

Leise huschten die beiden verliebten jungen Menschen aus dem noch nachtwarmen Himmelbett, warfen sich wollene Röcke über ihre leinenen Unterkleider und verließen nach einem letzten prüfenden Blick in die Krippe, aus der gleichmäßige Atemgeräusche zu vernehmen waren, auf Zehenspitzen das Turmzimmer.

»Gott sei Dank hast du daran gedacht, unser Schlafgemach mit einer Tür von der Treppe zum Wohnbereich unten abzugrenzen«, sagte Engel in normaler Lautstärke, nachdem Niki ebendiese vorsichtig hinter ihnen zugezogen hatte.

»Massive Eiche. Einer meiner seltenen Geistesblitze«, gab Niki nicht ohne Stolz zurück. »Falls unser Turm einmal angegriffen wird und der Feind das Wohnzimmer einnimmt, können wir uns immer noch oben im Schlafzimmer verbarrikadieren, bis Hilfe eintrifft.«

Engel kicherte und knuffte ihren Mann spielerisch mit dem Ellenbogen in die Rippen, während die beiden die Treppe in das Erdgeschoß hinunterstiegen.

»Die dicke Tür hat sich schon in unserer Hochzeitsnacht bezahlt gemacht«, fuhr Niki fort und verdrehte bei der Erinnerung die Augen. »Hat völlig ausgereicht, dass die Zwillinge mich durch die geschlossene Tür hindurch angefeuert haben. Ich wünschte, ich hätte deinen Gleichmut, was Zuseher und Zuhörer betrifft!«

»Reine Übungssache«, sagte Engel, während sie ihrem Mann zusah, wie er am Kamin mit Feuerstein und Feuereisen geschickt Funken schlug und diese vorsichtig zur Glut anhauchte. »Wenn du im Badehaus arbeitest, gewöhnst du dich rasch daran, dass du die ganze Zeit von Leuten umgeben bist. Auch in *solchen* Momenten.« Das rothaarige Mädchen blickte träumerisch in das aufflackernde Feuer. »Du warst doch dieser Tage erst wieder unten in Krems: Was tut sich denn im Badehaus?«

»Nicht viel Neues«, sagte Niki. »Wolfram hat sich überhaupt nicht verändert. Er hat den Tag am Stadtpranger abgesessen, den ihm der Bürgermeister als Strafe für den Diebstahl von Magdalenas Ersparnissen aufgebrummt hat, ohne eine Miene zu verziehen. Danach hat er von Vater Sebastian noch eine Bußmesse lesen lassen und gleich am nächsten Tag zwei neue Bademägde aufgenommen. Der schielende Thomas trägt jetzt in der Öffentlichkeit eine Augenklappe und kann sich, was man so hört, vor weiblicher Aufmerksamkeit kaum retten: Auf einmal merken sie alle, was für ein gutgeschnittenes Gesicht er eigentlich hat, und was für einen tollen Körper sowieso. Und Albträume hat er auch keine mehr.«

Niki schenkte seiner Frau ein Lächeln, während er hölzerne Teller, irdene Becher und das selbstgeschmiedete, aus Messern und Löffeln bestehende Essbesteck, das ihnen Gottfried und Gerwald zur Hochzeit geschenkt hatten, zum Tisch trug.

»Jedes Mal, wenn ich ins Badehaus komme, denke ich mir, dass Albina wohl nicht mehr dort sein wird«, fuhr er fort. »Und jedes Mal ist sie die Erste, die mich begrüßt. Seit Bürgermeister Eduard meinem Vorschlag zugestimmt hat, sie als Magdalenas Erbin anzuerkennen, ist Albina eine ausgesprochen wohlhabende junge Frau: Da waren *wirklich* viele Silberpfennige in diesem Beutel! Alle Junggesellen von Krems und Umgebung reißen sich um sie, aber sie lässt alle abblitzen!«

»Ist sie immer noch mit den Zwillingen … *befreundet?*«, fragte Engel mit einem Zwinkern.

»Oh ja, und wie«, grinste Niki. »Seit ich sie damals zu ihren Leibwächtern gemacht habe. Gottfried und Gerwald haben ihre Aufgabe offensichtlich sehr ernst genommen. Seither bekommt Albina den körperlichen Kontakt, nach dem sie sich so sehr sehnt, von den Zwillingen. Dem Vernehmen nach von beiden. Abwechselnd, manchmal auch gleichzeitig. Eigentlich die perfekte Beziehung: Albina wird gleich in doppelter Ausführung mit Zuneigung, Zärtlichkeit und, ähm, körperlicher Aufmerksamkeit überschüttet, und die beiden brüderlichen Leibwächter sind nicht aufeinander eifersüchtig.«

Engel lachte.

»Hat Wolfram seinen Disput mit Madame Wilhelmine jetzt eigentlich beigelegt?«

»Soviel ich weiß, haben sich die beiden fürs Erste auf eine friedliche Koexistenz geeinigt, weil Wilhelmine nicht davon profitieren wollte, dass das Badehaus durch die Morde an Magdalena und Petrissa geschäftlich so schwer angeschlagen war. Das erschien ihr als unehrenhaft: Wenn schon, dann will sie ihre Konkurrenz selbst vernichten. Bernadette und Jacqueline haben mir erzählt, dass sich Wilhelmines Persönlichkeiten seit dem langen Gespräch, das wir miteinander hatten, langsam aufeinander zubewegen: Heli ist nicht mehr gar so aufbrausend und aggressiv, und Mini nicht mehr gar so betulich und tantenhaft. Ein gut eingespieltes Team waren die beiden Hälften ja schon immer. Vielleicht wird sie eines Tages wirklich nur noch Wilhelmine sein. Und wenn nicht, weiß sie jetzt zumindest, was mit ihr los ist, wenn sie wieder einmal irgendwo aufwacht und keine Ahnung hat, wie sie dahin gekommen ist und was sie in den paar Stunden davor gemacht hat. Darunter hat sie am meisten gelitten all die Jahre.«

»Das kann ich mir lebhaft vorstellen«, sagte Engel und schüttelte mitleidig den Kopf. Dann hellte sich ihre Miene wieder auf, und ihre Mundwinkel verzogen sich zu einem grimmigen Lächeln.

»Mich persönlich freut es ja am meisten, dass Mendel der Schachspieler wieder völlig genesen ist und dass mein spezieller Freund, der Hauptmann, zum einfachen Wächter degradiert wurde«, sagte sie und gab sich dabei nicht einmal Mühe, ihre Schadenfreude zu verbergen.

»Und mich, dass *mein* spezieller Freund, der Münzmeister, wieder auf der Burg seines älteren Bruders im hintersten Waldviertel wohnt«, sagte Niki. »Seit der Verurteilung und Hinrichtung von Beatrix ist ein alter Mann aus ihm geworden. Ich schätze, er war gar nicht böse darüber, dass Herzog Leopold die Münze ein wenig früher als geplant für immer geschlossen hat. Der Kremser Pfennig ist tot – es lebe der Wiener Pfennig.«

Niki seufzte, erhob sich aus seinem Stuhl und lächelte seiner Frau liebevoll zu.

»Du springst kurz raus und holst Wasser und Eier fürs Frühstück, und ich schau nach, ob oben alles in Ordnung ist?«

Engel erwiderte das Lächeln ihres Mannes. Wenn seine Augen so leuchteten wie in diesem Moment, konnte sie ihm keinen Wunsch der Welt abschlagen.

Leise stieg Niki die Stufen ins Obergeschoß wieder hinauf, öffnete vorsichtig die Tür und trat auf Zehenspitzen auf die Krippe neben dem Ehebett zu, aus der immer noch friedliche Schlafgeräusche drangen.

Wie jedes Mal, wenn er in die Krippe blickte, war er völlig verzaubert, fast zu Tränen gerührt vor Glück und Liebe beim Anblick ... seiner Töchter.

Lena und Lisa, dachte er. *Lena nach Magdalena, der Frau, die nicht Trauzeugin werden konnte. Lisa nach Liesbeth, der Frau, die es dann geworden ist.*

»Frohes Neues Jahr«, flüsterte er und küsste beide sanft auf den Kopf, zart wie ein Schmetterling, um sie nicht schon aufzuwecken am ersten Tag des neuen Jahres 1195.

THE END

Anhang

Historische Anmerkungen

Dies ist mein erster historischer Kriminalroman, mit Betonung auf »Kriminalroman«. Die Anmerkungen können daher kürzer ausfallen als die zu meinen ersten beiden Romanen um den unfreiwilligen Zeitreisenden Niki Wolff (»TROUBADOUR – Die Löwenherz-Verschwörung« aus 2017 und »RELIQUIAE – Die Konstantinopel-Mission« aus 2019), die ungleich mehr historische Bezüge aufweisen.

Beginnen möchte ich mit ein paar Worten zum Titel, weil ich darauf schon im Vorfeld der Veröffentlichung häufig angesprochen wurde. Bereits im Jahr 1148 wurde ein Tierepos veröffentlicht, in dem zum ersten Mal ein mit menschlichen Eigenschaften ausgestatteter Fuchs und ein ebensolcher Wolf die Hauptrollen spielen. In dieser allerersten Version, abgefasst in lateinischer Sprache, hießen Fuchs und Wolf noch »Reinardus« und »Ysengrimus«, in der ersten deutschsprachigen Fassung dann »Reinhard« und »Isengrim«. Das ist die Version, die zur Zeit der Handlung meines Romans aktuell war, von ihr habe ich den Titel abgeleitet. Um also die Fragen dazu ein für alle Mal zu beantworten: Das »n« in »Isengrim« ist kein Tippfehler, das steht mit Absicht da – bis zur modernen Fassung der bekannten Tierfabel um »Reineke« den Fuchs und »Isegrim« den Wolf sollten noch mehr als sechshundert Jahre ins Land ziehen.

Mein Roman spielt an lediglich sieben Tagen im November 1194 (daher der Untertitel) in der Stadt Krems an der Donau, zu dieser Zeit neben Wien die bedeutendste Stadt des Herzogtums Österreich. Gründe dafür waren ihre geografische Lage im Herzen des Landes, an der Kreuzung der beiden wichtigsten Handelswege – und die Tatsache, dass in Krems die »Kremser Pfennige« geprägt wurden, das Zahlungsmittel für das gesamte Herzogtum. Die Babenbergerherzöge bevorzugten Wien als Hauptstadt, weil sie näher an der traditionell unruhigen östlichen Grenze ihres Landes residieren wollten. Ihr Hälfteanteil aus dem wahrhaft fürstlichen Lösegeld für die Freilassung von Richard Löwenherz (100.000 Mark Silber, das entspricht etwa dreiundzwanzig Tonnen bzw. dem Doppelten des damaligen Jahreseinkommens der englischen Krone) floss überwiegend in den Ausbau der neuen Hauptstadt: Unter anderem wurde damit der Bau der ersten Wiener Stadtmauer finanziert, die in dieser Form noch der Türkenbelagerung im Jahr 1529 standhalten musste. Ein weiterer großer Teil wurde für die Errichtung der ersten Wiener Münzstätte ausgegeben, die das Ende des Kremser Pfennigs einläutete. And the rest, wie man so schön sagt, is history: Heute, mehr als achthundert Jahre später, hat Wien fast zwei Millionen Einwohner – und Krems nicht ganz 25.000.

Das Aussehen der mittelalterlichen Stadt Krems habe ich aus einem Stadtplan mit dem etwas sperrigen Namen »Wachstumsphasen von Krems und Stein« aus dem Wiener Stadt- und Landesarchiv rekonstruiert, der die Besiedlung ab der Errichtung der ersten Kremser Stadtburg mit Palisadenzaun um das Jahr 1000 sehr anschaulich und in unterschiedlichen Farben für die einzelnen Jahrhunderte der Stadtentwicklung dokumentiert. Auch das liebevoll gestaltete dreidimensionale Modell der Altstadt im »museumkrems« war mir eine Inspiration.

Heute steht leider kein Gebäude mehr in Krems, das noch so aussieht wie in jenen sieben Tagen im November 1194, in denen Niki und Bertram dort nach dem Mörder der Bademagd Magdalena gesucht haben. Die Pfarrkirche St. Stephan (heute: Piaristenkirche oder Frauenbergkirche) und die Pfarrkirche St. Veit (heute: Dom der Wachau) standen damals zwar schon, haben seither ihr Aussehen aber bis zur Unkenntlichkeit verändert. Die sogenannte »Gozzoburg« – das Haus des Stadtrichters Gozzo, das heute als das älteste Gebäude der Stadt gilt – wurde erst im 13. Jahrhundert und somit ein paar Jahrzehnte nach den in diesem Roman geschilderten fiktiven Ereignissen errichtet.

Die Wiener »Babenbergerpfalz«, die Niki und Bertram im vorliegenden Roman besuchen, hat im modernen Wien keine sichtbaren Spuren hinterlassen. An ihrer Stelle befindet sich heute die Zentrale der Wiener Berufsfeuerwehr, und nur noch der Name des Platzes (»Am Hof«) erinnert an die mittelalterliche Burg von Herzog Leopold. Im Gegensatz zu Krems gibt es in Wien jedoch ein Gebäude, das einem Zeitreisenden ins Mittelalter bekannt vorkommen würde: Die Ruprechtskirche am Schwedenplatz sieht heute tatsächlich noch mehr oder weniger so aus wie im Jahr 1194.

Hadmar von Kuenring, der Burgherr von Dürnstein, und seine Söhne Hadmar und Heinrich, die später unter dem Namen »die Hunde von Kuenring« unverdienterweise als Raubritter in die Geschichte und in die Wachauer Sagenwelt eingingen, haben tatsächlich gelebt. Aus dramaturgischen Gründen habe ich mir die Freiheit genommen, den jungen Hadmar ein paar Jahre älter zu machen: Im Jahr 1194 war er tatsächlich wohl erst vierzehn Jahre alt und nicht ungefähr zwanzig wie in meinen Geschichten.

Herzog Leopold V., genannt der Tugendhafte, ist ebenfalls eine historische Figur. Der Babenberger regierte ab 1177 das Herzogtum Österreich und ab 1192 zusätzlich das Herzogtum Steiermark. Sein Streit mit Richard Löwenherz bei der Eroberung der Stadt Akkon ist legendär, genau wie seine Rolle bei der Gefangennahme des englischen Königs auf dem Rückweg vom Kreuzzug. Das immense Lösegeld, das das Königreich England für dessen Freilassung bezahlen musste, wurde von Leopold und seinen Nachfolgern klug investiert und ebnete den Weg zum Aufstieg des unbedeutenden Herzogtums Österreich zur späteren Weltmacht.

Herzog Leopold starb am 31. Dezember 1194 als Folge eines bei einem Ritterturnier erlittenen Beinbruchs; er überlebte die in diesem Roman geschilderten Ereignisse also nur um knapp zwei Monate.

Der herzogliche Münzmeister Schlom (auch: Schlomo) war der erste urkundlich erwähnte Jude in Wien. Er überlebte seinen Förderer Leopold nicht lange: Im Jahr 1196 fiel Schlom gemeinsam mit 15 Angehörigen seines Haushaltes einem Massaker zum Opfer, nachdem er einen seiner (nichtjüdischen) Diener wegen Diebstahls ins Gefängnis hatte werfen lassen. Die Frau des Dieners hatte sich in einer Kirche lauthals darüber beklagt, dass ihr christlicher Ehemann durch die Hand eines Juden eingesperrt worden war und damit eine Gruppe von Kreuzfahrern zu diesem feigen Mord aufgehetzt. Herzog Friedrich I., Leopolds Sohn und Nachfolger, ließ den zwei Anführern der Gruppe den Kopf abschlagen. Zur allgemeinen Überraschung: Üblicherweise kamen die Täter mit gewaltsamen Ausschreitungen gegenüber Juden damals ungestraft davon.

Das »Stapelrecht«, das Niki Herzog Leopold und Münzmeister Schlom gegenüber unvorsichtigerweise schon vor seiner tatsächlichen Erfindung ausplaudert, ist in Wien urkundlich erstmals im Jahr 1221 erwähnt. Dafür hat Niki aber ganz bewusst der Versuchung widerstanden, die beiden Männer vor ihrem gewaltsamen Tod zu warnen: aus Sorge, damit möglicherweise die Geschichte, wie er sie aus den Schulbüchern seiner Zeit kennt, zu verändern – ein beliebtes Gedankenexperiment, das in fast allen Zeitreisegeschichten vorkommt.

In Bezug auf meine Figur Mendel den Schachspieler wurde ich kürzlich gefragt, ob ich mit ihm nicht ein Klischee bediene: Der Sündenbock für den ersten Mord ist natürlich ein Jude, und was ist er von Beruf? Eh klar – ein Wucherer, ein Geldverleiher. Leider beruhen beide Zuschreibungen, sowohl der Sündenbock als auch der Wucherer, auf historischen Fakten. Mit dem ersten Kreuzzug ab 1096, hundert Jahre vor meiner Romanhandlung, hatte die Lebensrealität von Juden in Europa schlagartig begonnen, sich massiv zu verschlechtern. Egal ob Seuche, Hungersnot oder Krieg: Eine zunehmend fanatisierte christliche Bevölkerung machte bald für jedes nur erdenkliche Unheil die Juden verantwortlich. Man warf der jüdischen Bevölkerung rituelle Christenmorde vor, Blasphemie und Brunnenvergiftung – und die Schändung von christlichen Hostien im Rahmen von geheimen Ritualen. Es kam europaweit zu ersten Ausschreitungen, Misshandlungen und Pogromen. Die »Gottesmörder» wurden von Kreuzfahrern oder von lokalen Aufwieglern gewaltsam getauft, vertrieben oder gleich getötet – und in jedem Fall um ihr Vermögen erleichtert.

Nach und nach verbot man Juden alle produktiven Tätigkeiten in Wirtschaftsbereichen, die wir heute als »primär« oder »sekundär« bezeichnen: Weder durften sie Land erwerben noch ein Handwerk ausüben. Was ihnen übrigblieb, war einerseits die von Christen seit jeher ungeliebte Medizin: Die Pflege von kranken Körpern überließ man gerne der Kunst von jüdischen Ärzten. Und andererseits der sogenannte »Wucher«: das Verleihen von Geld gegen Zinsen, das war Christen nämlich verboten. Wucher war ganz schlicht definiert als »mehr erhalten als man gab«, unabhängig vom verrechneten Zinssatz. Solange die damals marktüblichen Zinsen von durchschnittlich um die 30% nicht grob überschritten wurden, war Wucher so legal wie heute ein Bankkredit und wurde von Kaiser, König, Edelmann, Bürger, Bauer und Bettelmann gerne in Anspruch genommen. Bei diesen Zinssätzen fiel so manchem Schuldner naturgemäß die Rückzahlung schwer; zusammen mit dem Wohlstand, den sich die Geldverleiher dadurch vermeintlich mühelos erwarben, schürte dies weiteren Neid und Missgunst, womit sich der Kreis vom Wucherer zum verhassten Sündenbock wieder schließt.

Mein Protagonist Niki bringt Mendel (den er in Gedanken konsequent »den Schachspieler« und nicht wie alle anderen »den Wucherer« nennt) im Gegensatz dazu Neugier, Respekt und Mitgefühl entgegen und nimmt große Anstrengungen auf sich, den offensichtlich zu Unrecht beschuldigten Juden vom Verdacht des Mordes zu reinigen und vor dem Tod am Galgen zu bewahren. Genau wie ich als sein Erfinder beurteilt Niki Menschen ausschließlich nach ihren Taten und nicht nach ihrer Religionszugehörigkeit.

Eines noch zum Schluss: Wer wissen möchte, wie sich das Lied »Non Nobis Domine« von Magdalenas Begräbnis anhört, möge es auf YouTube nachschlagen. Meine Lieblingsversion stammt aus dem Film »Henry V.« von und mit Kenneth Branagh als Sieger über die Franzosen bei der Schlacht von Agincourt. (Und wer schon mal dort ist, möge sich die berühmte »Band of Brothers«-Rede des englischen Königs anhören – wohl eine der besten Motivationsreden aller Zeiten, die ihm William Shakespeare da in den Mund gelegt hat.) Der lateinische Psalm »Non Nobis Domine« wurde textgleich auch im Jahr 1194 schon gesungen, wenn auch wohl in einer älteren Melodiefassung als zweihundert Jahre später in Agincourt.

Danksagung

Mit der Auswahl von Niki Wolffs musikalischen Darbietungen als Troubadour verneige ich mich einmal mehr vor einigen Helden meiner Jugend: In diesem Roman finden sich Zitate aus Rainhard Fendrichs »Tränen trocknen schnell« und aus »Wie wird des weitergehn« von Wolfgang Ambros.

An dieser Stelle möchte ich mich bei allen Helferinnen und Helfern bedanken, ohne deren selbstlose Arbeit hinter den Kulissen wir dieses Buch heute nicht in unseren Händen halten würden.

Ganz besonders hervorheben möchte ich dabei folgende Personen, angeführt in der Reihenfolge ihres Auftretens:

Nikolaus Lackner, nicht nur (laut Eigendefinition) »der Kommunist aus der Landstraße«, sondern auch ein begeisterter Heimatforscher, für den Link zu dem oben schon erwähnten Wachstumsphasenplan von Krems, für alle möglichen anderen historischen Karten der Stadt und jede Menge weiterführende Informationen, die ich alleine im großen World Wide Web nie gefunden hätte.

Patricia Staniek, in deren Ausbildung zum »Certified Profiler« ich alles gelernt habe, was ich über Psychopathen, Soziopathen und Narzissten weiß – und über Kriminalistik, die ein bisschen moderner ist als zu Zeiten von Sherlock Holmes und Hercule Poirot.

Meine schönen und klugen Testleserinnen und Testleser *Dirk Behrens, Grazyna Görg, Tanja Görg, Elisabeth Kaplan, Jörg Loidolt, Verena Minoggio-Weixlbaumer, Pamela Obermaier* und *Judith Schenk* für jede Menge sachdienlicher Hinweise zu jedem neuem Kapitel, das ich geschrieben habe im letzten Jahr. Manche hatten den Mörder schon sehr früh auf dem Zettel, manche lagen bis zum Schluss völlig falsch, aber alle haben mir damit sehr, sehr geholfen.

Verena Minoggio-Weixlbaumer (noch einmal) für ihr aufmerksames Lektorat, für ihre einfallsreichen Verbesserungsvorschläge – und für ihre Engelsgeduld angesichts meiner regelmäßig überzogenen Deadlines.

Pamela Obermaier (auch noch einmal) für ihren wachen Geist und ihr scharfes Auge beim Korrektorat, das so viel mehr beinhaltet hat als bloß meine Rechtschreibung.

Irene Maurer für den wunderschönen Einband, unseren dritten inzwischen – wer hätte das gedacht, damals vor fünf Jahren? Wird wohl nicht unser letzter bleiben.

Es war mir eine Ehre und ein Privileg, in den letzten zweieinhalb Jahren mit Euch zu arbeiten – und mit all den anderen, die hier nicht einzeln genannt sind. Ohne Eure Mitwirkung und Hilfe wäre dieses Buch nie in der vorliegenden Form erschienen.

Christoph Görg, im September 2022

Inhaltsverzeichnis